Joy Ellis
Die Schuld der Zeugen

W0222484

PIPER

Zu diesem Buch

Detective Rowan Jackman versteht die Welt nicht mehr: Seine Schwägerin Sarah soll ihre beiden Söhne und ihren Mann freiwillig zurückgelassen und Selbstmord begangen haben? Die Droh-E-Mails auf ihrem Laptop sprechen Bände, offenbar wurde sie durch gezielten Psychoterror und schlimmste Schuldzuweisungen in den Freitod getrieben. Doch warum sollte jemand seiner Schwägerin so etwas antun? Nach und nach wird klar, dass niemand, nicht einmal Sarahs Ehemann, etwas über ihre Vergangenheit weiß. Bei ihren Recherchen stoßen DI Rowan Jackman und DS Marie Evans auf Sarahs beste Freundin aus Kindertagen, die sich auf ähnlich tragische Weise das Leben nahm, und auf einen zwanzig Jahre zurückliegenden Mordprozess, in dem die beiden als Zeuginnen ausgesagt hatten.

Joy Ellis kam über ihre Arbeit als Buchhändlerin zum Schreiben. Bei den Ermittlungsdetails ihrer Fälle verlässt sie sich auf ihre Partnerin, eine pensionierte Polizeibeamtin. Sie lebt in den Lincolnshire Fens, wo auch ihre Kriminalromane spielen.

Joy Ellis

DIE SCHULD DER ZEUGEN

Jackman und Evans ermitteln

Aus dem Englischen
von Sonja Rebernik-Heidegger

PIPER

Mehr über unsere Autoren und Bücher:
www.piper.de

Wenn Ihnen dieser Krimi gefallen hat, schreiben Sie uns unter Nennung des Titels »Das Gewissen der Toten« an *empfehlungen@piper.de*, und wir empfehlen Ihnen gerne vergleichbare Bücher.

Von Joy Ellis liegen im Piper Verlag vor:
Fenland Police:
Band 1: Der Sohn der Mörderin
Band 2: Die verschwundenen Töchter
Band 3: Das Gewissen der Toten
Band 4: Die Schuld der Zeugen

Das Zitat auf Seite 106 stammt aus:
William Shakespeare, *Tarquin und Lucretia*, in: *William Shakespeare's sämmtliche Gedichte*. Im Versmaße des Originals übersetzt von Emil Wagner. Verlag J. H. Bon, Königsberg 1840.

Die Zitate auf den Seiten 106, 137, 266, 289 und 366 stammen aus:
Die Bibel. Einheitsübersetzung Altes und Neues Testament. Herder Verlag, Freiburg 2009.

FSC www.fsc.org
MIX
Papier aus verantwortungsvollen Quellen
FSC® C083411

Deutsche Erstausgabe
ISBN 978-3-492-31668-2
Januar 2021
© Joy Ellis 2018
Titel der englischen Originalausgabe:
»The Guilty Ones«, Joffe Books, UK 2018
© der deutschsprachigen Ausgabe:
Piper Verlag GmbH, München 2021
Redaktion: Sabine Thiele
Umschlaggestaltung: zero-media.net, München
Umschlagabbildung: Rekha Garton/Arcangel; Finepic®, München
Satz: Satz für Satz, Wangen im Allgäu
Gesetzt aus der Freight Text
Druck und Bindung: CPI books GmbH, Leck
Printed in the EU

Für Yvonne Bark.
Danke, dass du Jacqueline auf dem Badmintonplatz
auf Trab hältst, während ich Bücher schreibe!
Dieses Buch ist für dich – und zum Gedenken
an deine wunderbare Mutter Margaret Bark.

PROLOG

Der Junge saß auf dem Bett seiner Schwester und betrachtete sie im Spiegel.

»Dad wird dich umbringen, wenn du so spät noch rausgehst.« Es klang weder wütend noch tadelnd, sondern besorgt.

»Er muss es ja nicht erfahren, oder?« Ihre Augen wurden schmal, und sie warf ihm im Spiegel einen herausfordernden Blick zu, der bis in seine tiefste Seele drang.

Er sah sie mit großen Augen an. »Ich sage nichts, versprochen.«

»Ich traue dir nicht. Du hast mich schon mal verraten.« Sie drehte ihre blonden Haare zu einem komplizierten Knoten. Damit sah sie viel älter aus, als sie tatsächlich war.

»Aber nur, weil er mich geschlagen hat. Er hat mir wehgetan, weißt du.« Die Erinnerung daran trieb ihm die Tränen in die Augen, und er blinzelte dagegen an. »Er hat mir echt wehgetan.«

»Du musst härter werden, kleiner Bruder. Du bist ein solcher Waschlappen. Und du solltest nie vergessen, dass ich alles bin, was du noch hast. Vater schert sich einen Dreck um uns beide.«

Das stimmte, und auch wenn seine Schwester ihn mies behandelte, waren es immer nur Worte. Im Gegensatz zu ihrem Vater hatte sie ihn noch nie geschlagen. Mittlerweile hatte er sich sogar schon an ihre plötzlichen Stimmungsschwankungen gewöhnt, auch wenn er nicht verstand, wie sie in einer Sekunde noch liebevoll und in der nächsten schrecklich gemein sein konnte. Wahrscheinlich war sie einfach so.

»Wo gehst du hin?«

»Das ist meine Sache, also halt dich da gefälligst raus.« Sie warf ihm einen drohenden Blick zu.

»Du triffst dich wieder mit dem Jungen, oder?« Sie hatte noch nie seinen Namen erwähnt, aber er wusste genau, wer es war. Er war ihr einige Male gefolgt, und einmal hatte er gesehen, wie sie den Jungen geküsst hat. Außerdem merkte er an ihrem Verhalten, dass etwas im Busch war – manchmal war sie fast schon nett zu ihm, und in letzter Zeit hatte er sie von einer anderen, sehr viel weicheren Seite kennengelernt.

»Spar dir die Mühe, kleiner Bruder, und jetzt sei nicht so neugierig, von mir erfährst du nichts.« Sie griff nach ihrer Schultasche, holte ein paar Bücher und Stifte heraus und schließlich einen kleinen Beutel. Ihr Make-up.

Der Junge lehnte sich nach vorne. Er liebte die Prozedur. Ein paar bunte Stifte und Puderdosen verwandelten dieses gewöhnliche Mädchen, das ihm jeden Tag die Schulbrote schmierte, in eine exotische Fremde. Es war wie Zauberei. Wenn sie fort war, holte er den Beutel manchmal heimlich aus ihrer Tasche, öffnete den Lippenstift und betrachtete ihn lange. Vielleicht, weil Dad ihr jedes Make-up verboten hatte und sie die Sachen versteckt hielt. Es schien ihm so geheimnisvoll wie die Rätsel in den Comics, die er las.

»Geh zurück in dein Zimmer. Wenn er nachsieht, dann tu, als würdest du schlafen. Wir sehen uns morgen früh.«

Sie lehnte sich zu ihm, und einen Moment lang dachte er, sie wolle ihn küssen, doch stattdessen zog sie ihn an sich und murmelte: »Du musst tapfer sein und noch ein klein wenig durchhalten. Wir holen dich hier raus.«

Er wollte etwas sagen, aber ihr Gesichtsausdruck veränderte sich von einer Sekunde zur anderen. Sie schien der Meinung, dass er etwas nur dann verstand, wenn es mit einer Drohung einherging.

Sie packte ihn grob an den Schultern und flüsterte ihm ins Ohr: »Heute Nacht ist sehr wichtig für mich, kleiner Bruder. Ich will es mehr als alles andere auf dieser Welt. Ein Wort zu Vater, nur ein Wort zu ihm oder *irgendjemandem,* und ich mache Folgendes ...«

Sie sprach noch leiser, doch er hörte jedes Wort klar und deutlich. »Schwöre es!«, befahl sie anschließend. »Schwöre, dass du es niemals verraten wirst!«

Er schluckte, fluchte leise und rannte aus dem Zimmer. Dieses Mal ließ er den Tränen freien Lauf, und sie strömten über seine Wangen.

Er kauerte sich ins Bett und fragte sich, warum sie so grausam zu ihm war. Sie musste ihm nicht drohen. Warum kapierte sie es bloß nicht? Er verstand so gut wie alle anderen, was es bedeutete, jemanden zu lieben.

Er konnte nicht schlafen. Ihre Worte ließen ihn nicht los. Es stand außer Zweifel, dass sie es ernst gemeint hatte. Aber was hatte »Wir holen dich hier raus« zu bedeuten? Er rollte sich unter der Decke zusammen und zitterte vor Angst davor, was sie ihm antun würde. Da hörte er, wie das Fenster klickend von außen geschlossen wurde. Er stieg im Dunkeln aus dem Bett, tappte auf Zehenspitzen zum Fenster und sah durch den Spalt zwischen den Vorhängen nach draußen.

Seine Schwester schlich mit einem Paar Stöckelschuhen und einer glitzernden Handtasche in der Hand über das Flachdach des Wintergartens und verschwand.

Er stand wie erstarrt da und dachte an die schrecklichen Drohungen, doch dann wurde das Verlangen zu groß. Er schnappte sich seine Jeans und eine Jacke mit Reißverschluss und zog beides über den Schlafanzug. Danach schlüpfte er in seine Turnschuhe, atmete tief durch und folgte ihr.

KAPITEL 1

DS Marie Evans stieg von ihrer nagelneuen Suzuki Hayabusa und sah sofort, dass DI Rowan Jackmans Parkplatz leer war. Sie überlegte kurz, doch sie konnte sich nicht erinnern, dass er sich heute freigenommen hatte.

Hoffentlich ging es ihm gut. Sie nahm ihren Helm ab und marschierte auf den Eingang der Dienststelle zu.

Der Beamte am Empfang ordnete gerade seine Unterlagen.

»Guten Morgen, Sarge«, rief sie ihm zu. »Ist DI Jackman heute nicht da?«

»Ich habe ihn noch nicht gesehen, aber die Superintendentin war vorhin hier, und sie wirkte ziemlich beunruhigt.«

Das war ungewöhnlich. Superintendentin Ruth Crooke ließ sich um diese Uhrzeit selten bei ihnen blicken. Marie war sich ziemlich sicher, dass etwas Ernstes passiert war, und eilte besorgt nach oben in den Ermittlungsraum.

Nachdem sie die Erste war, konnte sie niemanden fragen. Doch kaum hatte sie sich an ihren Schreibtisch gesetzt, kam die spindeldürre Superintendentin auf sie zu. Sie hatte die Lippen aufeinandergepresst und runzelte sorgenvoll die Stirn.

»Ma'am? Stimmt etwas nicht?«, fragte Marie.

Ruth Crooke nickte und winkte sie mit sich in ihr Büro.

Dort schloss sie sorgfältig die Tür, und Marie setzte sich auf den angebotenen Stuhl. Was, zum Teufel, war hier los?

»Rowan hat heute frühmorgens angerufen. Er musste zu einem familiären Notfall. Können Sie sich während seiner Abwesenheit um die laufenden Ermittlungen kümmern?«

Ruth wirkte angesichts dieses »familiären Notfalls« mehr als beunruhigt, und Marie wollte unbedingt wissen, was los war. Doch vorerst antwortete sie bloß: »Natürlich, Ma'am.«

»Er meinte, er würde Sie später noch anrufen.«

»Wissen Sie, was passiert ist?« Jackmans Mutter war erst Anfang sechzig und, soweit Marie wusste, eine fitte, gesunde Frau, die ihren eigenen Reitstall leitete und mehrmals täglich auf einem Pferd saß. Hatte sie einen Unfall gehabt? Sie wusste außerdem, dass Jackmans Bruder verheiratet und Vater zweier kleiner Jungen war, und hoffte, dass die beiden nichts mit dem Notfall zu tun hatten.

Ruth zögerte, dann beugte sie sich nach vorne und flüsterte: »Rowans Schwägerin ist verschwunden. Sie ist gestern früh zur Arbeit gegangen und seitdem nicht mehr aufgetaucht.«

Marie schnappte nach Luft. »O Gott.«

»Sie ist am Abend nicht nach Hause gekommen, und laut ihren Vorgesetzten war sie auch nicht im Büro. Rowans Bruder ist verständlicherweise vollkommen außer sich, und Rowan versucht zu helfen, so gut es geht.«

»Was ist mit den Kindern?«

»Die sind im Moment bei ihrer Großmutter und wissen von nichts. Sie glauben, dass sie ein paar Tage Ferien bei Oma machen. Es ist ein wunderschönes Haus mit angeschlossenem Reitstall, und sie lieben es dort natürlich.« Ruth zuckte mit den Schultern. »Mehr weiß ich leider auch nicht.«

Marie versuchte, sich an alles zu erinnern, was sie über Jackmans Familie wusste, doch es war nicht gerade viel. Er legte großen Wert auf seine Privatsphäre, und auch wenn er nicht nur ihr Vorgesetzter, sondern auch ein guter Freund war, redeten sie kaum über persönliche Angelegenheiten. »Ich kümmere mich um die Arbeit, Ma'am. Bei dem Drogenfall liegen wir genau im Zeitplan, und ich bin mit dem Betrugsfall vertraut, den wir gemeinsam mit DI Pete Lawrence bearbeiten, da gibt es also keinerlei Probleme.«

»Gut. Halten Sie das Schiff einfach weiterhin auf Kurs, und in der Zwischenzeit hoffen wir, dass seine Schwägerin bloß ein paar Tage Auszeit braucht.«

»Und dafür ihre Kinder zurücklässt?«

Ruth verzog das Gesicht. »Wir wissen doch nur zu gut, dass sehr viel Schlimmeres passieren kann, wenn einer Frau alles zu viel wird.«

Marie nickte. Das stimmte, aber sie glaubte nicht, dass es in diesem Fall zutraf. Jackman hatte ihr einmal gestanden, wie sehr er seinen Bruder um dessen wunderbare Familie, die liebevolle Frau und die beiden hübschen Jungen beneidete. Seine Mutter versuchte andauernd, ihn unter die Haube zu bringen, und wünschte sich, er wäre mehr wie sein Bruder. Sie hoffte, dass er ebenfalls bald zur Ruhe kommen und eine eigene Familie gründen würde.

Ruth warf einen Blick auf die Aktenberge auf ihrem Schreibtisch. »Ich sollte mich besser wieder an die Arbeit machen. Geben Sie Bescheid, wenn Sie Hilfe bei den laufenden Ermittlungen brauchen – und auch, wenn Sie etwas von Rowan hören.« Sie atmete tief durch. »Er klang schrecklich erschöpft, Marie. Sein Bruder ist offenbar außer sich und kann keinen klaren Gedanken fassen, und Rowan versucht, alles im Griff zu behalten.«

»Ich werde helfen, so gut ich kann«, erwiderte Marie und meinte es auch so. Im Moment wollte sie allerdings einfach nur mit ihm reden.

Dank der zusätzlichen Aufgaben verging der Tag wie im Flug. Marie hatte beschlossen, dem Rest des Teams erst Bescheid zu geben, nachdem sie persönlich mit Jackman gesprochen hatte. Vorerst wussten die anderen nur, dass es sich um eine familiäre Angelegenheit handelte, und alle packten mit an, um mit der Arbeit nicht in Verzug zu geraten. Nur PC Gary Pritchard schien zu ahnen, dass es sich um etwas Ernsteres handelte, und kurz vor Feierabend nahm er Marie zur Seite, um ihr seine Hilfe anzubieten. Ehe sie etwas erwidern konnte, klingelte ihr Telefon.

»Jackman?« Sie bedeutete Gary, sich zu setzen und einen Moment zu warten, während sie ihrem Vorgesetzten aufmerksam zuhörte.

Er bat sie, nach der Arbeit zum Haus seines Bruders zu kommen, und klang dabei seltsam gekünstelt. »Es sieht nicht gut aus, Marie.«

»Noch kein Lebenszeichen von ihr?«

Er schwieg vielsagend, dann sagte er: »Ich will nicht am Telefon darüber reden. Bitte kommen Sie vorbei. Das Anwesen heißt Rainham Lodge und liegt in der Water Lane in Amberly Fen. Fahren Sie etwa zweieinhalb Kilometer die Straße entlang und dann nach links über eine schmale Brücke.«

»Ich bin in einer Stunde da.«

»Danke, Marie.« Er legte auf.

Gary sah sie an. »Das klingt ernst.«

»Ja. Wahrscheinlich ist es noch schlimmer, als ich befürchtet habe. Sein Tonfall gefiel mir überhaupt nicht.«

»Sagst du mir, worum es geht? Du weißt ja, dass ich nichts weitergebe.«

Marie nickte. »Gehen wir in sein Büro, dann erzähle ich dir, was ich weiß. Obwohl ich dir nach dem Gespräch mit ihm sicher mehr sagen kann.«

Sie berichtete ihm, was sie wusste.

Gary schüttelte den Kopf. »Im Grunde ist unser DI ein großer Unbekannter. Er spricht kaum über seine Familie, oder? Sind beide Eltern noch am Leben?«

»Ja. Aber soweit ich weiß, ist sein Vater von früh bis spät im Büro, und er steht seiner Mutter um einiges näher. Natürlich auch, weil sie die Liebe zu Pferden teilen.«

»Darüber redet er tatsächlich manchmal. Er hat mir erzählt, dass er sich sofort eigene Pferde zulegen will, sobald er in Rente gegangen ist.« Gary lächelte.

»Seine Mühle steht auf einem weitläufigen Grundstück, also kann ich mir das durchaus vorstellen.« Marie seufzte. »Er klang so verängstigt, und das gefällt mir ganz und gar nicht. Es passt nicht zu Jackman.«

»Ruf mich an, wenn du zu Hause bist. Egal, wie spät es ist. Halt mich einfach auf dem Laufenden, und wenn du irgendwo Hilfe brauchst, dann gib mir Bescheid. Ich mag den DI sehr, er war immer gut zu mir, und ich werde helfen, wo ich kann.«

Marie lächelte. »Mache ich, versprochen. Aber jetzt muss ich wirklich los.«

Fünfzehn Minuten später fuhr Marie durch die endlosen Felder der Fens und fragte sich, was sie bei Jackmans Bruder erwarten würde.

KAPITEL 2

Marie fuhr über die Brücke, die den tiefen, von Schilf gesäumten Wasserlauf überspannte, und bog auf einen großzügigen Parkplatz. Neben Jackmans Land Rover standen zwei Streifenwagen und ein BMW.

Rainham Lodge war ein dreistöckiges ehemaliges Farmhaus im georgianischen Stil, und der nächste Nachbar war an die fünfhundert Meter entfernt. Es erinnerte Marie wieder einmal daran, dass ihr Vorgesetzter und sie aus vollkommen unterschiedlichen Welten stammten. Die Familie Jackman war immens wohlhabend, und offensichtlich hatte auch der älteste Sohn mehr als genug Geld.

Sie sah sich um. Es war zwar ein teures Anwesen, wirkte aber trotzdem einladend. Der Herbst näherte sich in großen Schritten, doch in den Hängekörben und Trögen wuchsen üppige Blumen, und an der Wand lehnten zwei Kinderfahrräder. Es war ein Zuhause voller Leben und Liebe.

»Hier geht es nicht um einen Familienstreit«, murmelte sie, obwohl die Alternativen nicht minder tragisch waren.

Jackman trat zur offenen Tür heraus. »Marie! Vielen Dank, dass Sie gekommen sind!«

Sie eilte auf ihn zu und griff nach seinem Arm. »Geht es Ihnen gut?«

Einen Moment lang schien er den Tränen nahe zu sein. Dann schloss er sie in eine schnelle Umarmung. »Ich bin mir nicht sicher, Marie. Ehrlich gesagt, eher nicht. Es ist alles so schrecklich.« Er warf einen Blick über die Schulter. »James redet gerade mit den Kollegen. Gehen wir doch in den Garten, dann kann ich Ihnen in Ruhe erzählen, was passiert ist.«

Hinter dem Gebäude erstreckte sich eine weitläufige Rasenfläche, an deren Ende ein kleines Gartenhaus stand.

Jackman hielt ihr die Tür auf, und sie traten ein.

Im Inneren fanden sich noch mehr Beweise für ein glückliches Familienleben. Ein offenbar häufig benutztes Krocketset, Kricketschläger, vier altmodische Liegestühle mit aufgedruckten Namen an der Rückseite, stapelweise Brettspiele und eine Staffelei mit Holzkisten voller Farben und Pinsel.

Es roch nach Holz, und Marie wurde nostalgisch zumute. Ihre Eltern waren nicht so wohlhabend gewesen wie die Jackmans und außerdem geschieden, doch damit hatte sie auch zwei Zuhause gehabt – eines in Wales bei ihrer Mutter und eines hier in Lincolnshire bei ihrem Dad. Und sie hatte sich überall geliebt gefühlt.

Jackman ließ sich in einen der Liegestühle sinken, und Marie tat es ihm nach. Eine Weile saßen sie schweigend nebeneinander. Offenbar war Jackman nicht sicher, wie er beginnen sollte.

»Sarah ist tot«, erklärte er schließlich.

Die Worte hingen zwischen ihnen in der Luft.

»Tot?«

Jackman seufzte schmerzerfüllt. »Sie ist in die Themse gesprungen.«

»Wie bitte?«

»Ich weiß.« Er hob ergeben die Hände. »Ich sagte ja, dass es schrecklich ist.«

»Aber ich dachte, sie wären glücklich gewesen?«

»Das waren sie auch. Sie hat James geliebt und die Jungen vergöttert.« Er schluckte. »Es ergibt keinen Sinn. Sie hätte sie niemals verlassen.«

Marie runzelte die Stirn. »War es denn ganz sicher Selbstmord? Kein Unfall oder sogar Fremdverschulden?«

Jackman schüttelte den Kopf. »Selbstmord. Definitiv.«

Er rieb sich die Augen. Marie hatte den sonst so gepflegten Jackman noch nie so zerzaust erlebt. Er hatte offensichtlich die ganze Nacht nicht geschlafen.

»Ich erzähle Ihnen jetzt mal, was ich von meinem am Boden zerstörten Bruder und den örtlichen Polizeikollegen erfahren habe: Gestern Morgen hat Sarah für alle Frühstück gemacht, dafür gesorgt, dass die Jungen gewaschen und ordentlich angezogen sind, und sich anschließend auf den Weg in die Arbeit gemacht.«

»Wo hat sie denn gearbeitet?«, fragte Marie.

»Ein Stück weit außerhalb von Lincoln, aber sie war Vertreterin und viel unterwegs. Sie teilte sich die Stelle mit einer anderen Frau, um mehr Zeit für die Jungen zu haben. Gestern wurde sie in Lincoln erwartet, aber sie ist nie dort angekommen. Stattdessen hat sie das Auto bei einem Shoppingcenter in Greenborough geparkt und ist mit dem Zug nach Peterborough und weiter nach London gefahren. Eine Überwachungskamera hat sie beim Verlassen des Bahnhofs King's Cross gefilmt.«

»Hatte sie vielleicht einen Termin, von dem niemand

etwas wissen sollte?« Marie dachte zum Beispiel an einen Arztbesuch.

»Nein. Sie fuhr weiter nach East London und wurde dabei mehrere Male von Überwachungskameras erfasst, dann verlor sich die Spur. Bis sie vor Kurzem wiederauftauchte.«

»Man hat sie gefunden?«

Jackman nickte. »Ich muss sie identifizieren. James ist nicht dazu in der Lage, und Sarahs Eltern sind beide tot.«

»Soll ich mitkommen?«, fragte Marie sofort.

»Nein, das ist nicht nötig. Ich werde in einer Stunde abgeholt. Ich schaffe das schon – wir haben das immerhin schon oft genug gemacht, nicht wahr?«

»Aber dieses Mal geht es um ein Familienmitglied, Jackman.« Die Trauer über den tragischen Tod ihres Mannes stieg plötzlich erneut in ihr hoch.

»Ehrlich, ich schaffe das. Es klingt zwar fürchterlich, aber ich brauche dringend Abstand von meinem Bruder. Sein Kummer zerreißt mich. So kann ich wenigstens etwas Sinnvolles tun und ihm außerdem diese schwere Last abnehmen.«

»Die armen Jungen«, flüsterte Marie.

»Ja. Meine Mutter ist unglaublich, und Dad fliegt gerade von einem Geschäftstermin in Belgien nach Hause, aber ich habe keine Ahnung, wie es auf längere Sicht weitergehen wird.«

»Wie alt sind Ihre Neffen?«

»Ryan ist acht, Miles sieben. Sie sind beide sehr schlau, und es wird nicht lange dauern, bis sie Verdacht schöpfen.«

Marie wurde von der Tragik der Situation überwältigt. Sie konnte sich vorstellen, wie schrecklich die nächste Zeit werden würde. »Jackman? Woher weiß man so genau, dass es Absicht war?«

»Dank einer Überwachungskamera am Hintereingang eines Clubs, direkt am Fluss.« Er biss sich auf die Lippe. »Sie war ganz allein, Marie, und dann ist sie gesprungen. Es war zweifellos Selbstmord.«

Doch Marie war anderer Meinung. Es gab so viele Fragen. Die drängendste war: *Warum?*

KAPITEL 3

Anstatt sofort nach Hause zu fahren, hielt Marie vor dem kleinen Bungalow, in dem Gary Pritchard mittlerweile wohnte.

Sie parkte ihr Motorrad neben seinem Nissan Juke und nahm den Helm ab.

Als sie sich umdrehte, stand Gary bereits in der Tür. »Komm rein. Ich habe schon gegessen, aber ich habe dir etwas übrig gelassen.« Er ging voran, und sie folgte ihm. Aus der Küche drang ein herrlicher Duft nach Rindereintopf und Kräuterklößen, und ihre Lebensgeister erwachten wieder.

»Mhm, das ist genau das, was ich jetzt brauche.«

Sie schlüpfte aus ihrer Lederjacke, hängte sie im Flur an einen Haken und eilte zu Gary, der gerade einen Suppenteller mit Eintopf auf den Tisch stellte.

»Ich dachte mir schon, dass du noch nichts gegessen hast.«

»Du bist mein Retter. Ich bin am Verhungern.«

»Dann hau rein. So, wie du aussiehst, war es furchtbar.«

»Nicht so sehr wie für Jackman. Ich habe ihn noch nie so fertig erlebt.«

Während sie aß, erzählte Marie ihm, was passiert war. »Er hat mich gebeten, es gleich morgen früh dem Team zu sagen. Bevor sie es aus den Medien erfahren.«

»Soll er sie heute Abend noch identifizieren?«

»Ja. Der Wagen kam gerade an, als ich fuhr. Ich kann gar nicht sagen, wie seltsam das alles ist. Was, um alles in der Welt, hat sie dazu gebracht, so etwas zu tun?«

»Wie heißt es so schön? Man kann nie wissen, was hinter verschlossenen Türen vor sich geht. Viele Leute sind hervorragende Schauspieler. Vielleicht hatten sie Probleme, von denen niemand wusste, und die arme Frau sah keinen Ausweg mehr.«

»Du hast das Haus nicht gesehen, Gary. Es schrie geradezu nach *glücklicher Familie*. Von den Bildern und Notizen am Kühlschrank bis zu den gerahmten Fotos im Wohnzimmer. Sie leben praktisch im Wohnzimmer – überall liegen Kinder- und Erwachsenensachen verstreut, alles wild durcheinander. Es war so ... fröhlich. Ich glaube nicht, dass man so etwas inszenieren kann.«

»Vielleicht war sie unheilbar krank?«

»Das habe ich mich auch schon gefragt.« Marie starrte gedankenverloren auf ihren Suppenteller. »Vielleicht sind wir nach der Obduktion schlauer. Jackman hat übrigens Professor Rory Wilkinson dafür angefordert.«

»Das überrascht mich nicht. Der Mann übersieht nichts, egal, wie unbedeutend es scheint.«

Gary lehnte sich zurück und verschränkte die Arme. »Es gibt noch eine Möglichkeit, auch wenn es eher unwahrscheinlich ist. Vielleicht litt sie unter einer psychischen Störung. Obwohl Jackman das vermutlich bemerkt hätte.«

Marie überlegte. »Dann wäre ihr Mann wohl nicht so schockiert und am Boden zerstört.«

»Vielleicht kommt die Wahrheit nie heraus. Obwohl ich der Familie zuliebe hoffe, dass sie ein paar Antworten finden werden.« Er deutete auf Maries leeren Teller. »Möchtest du einen Nachschlag?«

»Puh, nein danke, Gary. Es war köstlich und sehr aufmerksam von dir.« Sie warf einen Blick auf die Uhr. »Aber ich gehe jetzt besser.«

»Sei bloß vorsichtig auf dieser Bestie von Motorrad.«

»Harvey? Er ist keine Bestie, sondern ein Schmusekätzchen.«

»Du nennst dein Motorrad *Harvey?*«

»Na und?«

Gary lachte erneut. »Schon gut. Es sieht nur eher aus wie Satan oder Godzilla.«

»Blödsinn. Harvey schnurrt wie ein Kätzchen. Ich wette, ich störe keinen einzigen Nachbarn, wenn ich gleich losfahre.«

»Da wäre ich dir sehr dankbar. Die meisten Leute hier sind um halb neun schon im Bett.«

Sie stand auf und schob den Stuhl unter den Tisch. »Danke fürs Essen, Gary. Das war super. Wir sehen uns morgen im Büro.«

»Frisch und munter. Und falls du noch mal mit Jackman redest, grüß ihn von mir.«

Marie nickte. »Natürlich.«

Ihr Haus fühlte sich an diesem Abend leer an, und obwohl sie überall Licht machte, war es trotzdem düster – so wie ihre Stimmung. Die Fröhlichkeit, die sie bei Gary verspürt hatte, war verschwunden, und sie wurde von einer tiefen Traurigkeit darüber erfasst, wie schnell sich das Leben durch ein einziges tragisches Ereignis verändern konnte.

Es war bereits elf, als Jackman anrief. Er klang erschöpft, war allerdings froh, dass er Sarahs Leiche identifiziert hatte.

»Ich übernachte heute noch einmal bei James. Wir müssen gleich morgen früh zu meiner Mutter und es den Kindern sagen. Wir dürfen nicht riskieren, dass sie es irgendwo lesen oder hören, bevor wir mit ihnen gesprochen haben.«

»Haben Sie professionelle Hilfe angefordert?« Marie wusste, wie wichtig psychologische Unterstützung beim traumatischen Tod eines Elternteils war.

»Laura Archer hat angeboten, uns zu begleiten.«

Laura war Polizeipsychologin, und nach einem besonders schwierigen Fall rund um einen Officer, dem Marie sehr nahegestanden hatte, waren sie gute Freunde geworden. »Das ist wunderbar. Sie ist die Beste. Wie geht es Ihrem Bruder?«

»Der Arzt hat ihm etwas zum Schlafen gegeben, aber ich glaube nicht, dass es helfen wird. Ich hätte nie gedacht, dass er so reagieren würde. Er war immer stark, geradlinig, ruhig und selbstsicher, aber jetzt ...«

»Es war ein grauenhafter Schock. Ich weiß noch, als ich zusehen musste, wie Bill starb. Es war unvorstellbar. Man wird vollkommen von dem Horror aufgefressen und funktioniert nicht mehr.«

Jackman stöhnte leise. »Es tut mir so leid. Ich hätte das nicht alles auf Ihnen abladen sollen. Das ist nicht fair.«

»Seien Sie nicht albern, Jackman! Ich bin Ihre Freundin. Sie können alles auf mir abladen. Sie wissen ja, was für ein zäher alter Drache ich bin. Ich kann mich nur gut in Menschen hineinfühlen, das ist alles.«

»Zäh, ja. Aber *alt* und *Drache* halte ich für ein Gerücht.«

Eine Spur des alten Jackman lag in diesen Worten, und das machte Marie Mut.

»Das gefällt mir schon besser.« Sie erzählte von ihrem Gespräch mit Gary und richtete die Grüße aus. »Das Team hat alles im Griff, bis Sie wieder da sind. Darüber brauchen Sie sich keine Gedanken zu machen. Aber die anderen wissen es sicher zu schätzen, wenn Sie sie einweihen.«

»Natürlich. Sie sind nicht nur Arbeitskollegen, sondern auch Freunde.«

»Jackman, Sie klingen hundemüde. Schlafen Sie ein wenig, wenn Sie können, und halten Sie mich wegen morgen auf dem Laufenden.«

Zur selben Zeit versammelte sich in einem anderen Teil des Countys eine Familie im Wohnzimmer eines kleinen Cottages.

Dale, seit dem Tod des Vaters Familienoberhaupt, war gerade aus dem Krankenhaus zurückgekehrt. »Sie geben Mum noch etwa drei Monate.«

Die anderen seufzten und murmelten leise durcheinander.

»Es ist also so weit.« Er klang ernst, und die anderen sahen ihn schweigend an. »Wir müssen uns entscheiden. Kämpfen wir weiter und sorgen vielleicht noch vor ihrem Tod für Gerechtigkeit, oder lassen wir es bleiben, damit sie ihre letzten Tage in Frieden und ohne Gedanken an Vergeltung verbringen kann?«

»Wir können doch jetzt nicht aufgeben! Nach all den Jahren!«, rief Liam. »Diese Familie wird sich nicht geschlagen geben – das haben wir noch nie.«

»Aber du sagst es doch selbst: *all die Jahre* – und wohin hat es uns gebracht? Unser Dad ist tot, Mum wird ihm bald folgen, und wir haben nur noch mehr Schmerz verursacht. Ich glaube, es ist Zeit, dass wir loslassen.« Yvette, die jüngere der beiden Frauen, war den Tränen nahe.

»Wir können Brendan nicht einfach so aufgeben!«, fauchte Liam.

»Aber *er* hat doch auch aufgegeben, oder nicht?«, erwiderte Kenny traurig.

»Weil er als gut aussehender junger Mann in ein Gefängnis voller Psychopathen kam! Der Himmel weiß, was mit ihm passiert ist. Da hättest du auch aufgegeben! Aber *wir* müssen nicht dasselbe tun.«

»Liam! Brendan ist tot! Wofür kämpfen wir eigentlich noch? Um Gerechtigkeit für unseren Bruder? Oder darum, dass du dich besser fühlst?« Susie war derselben Meinung wie ihre Schwester. »Sorgen wir dafür, dass Mums letzte Tage glücklich sind. Sie soll alles haben, was sie sich wünscht. Wir verwöhnen sie nach Strich und Faden und genießen jede Minute mit ihr.«

Die Diskussion ging noch über eine Stunde weiter, bis jemand Dale fragte, warum er so ruhig war.

»Weil ich darauf warte, dass einer von euch das Offensichtliche sagt, aber bis jetzt war das nicht der Fall.« Er betrachtete sie traurig und auch mit einer Spur Verachtung. »Ich weiß, dass ich die Frage in den Raum gestellt habe, aber die einzig richtige Antwort ist: Wir tun, was unsere Mutter will.«

Die anderen schwiegen eine Weile, dann wagte sich Yvette vor. »Dann hat sie es dir also gesagt?«

»Ja. Sie will nicht, dass wir irgendetwas tun, womit wir nicht glücklich sind, aber ich erwarte trotzdem, dass diese Familie als Einheit auftritt und ihrem Wunsch entspricht. Ist das klar?«

Zustimmendes Murmeln erklang.

»Sie will, dass Brendan Gerechtigkeit erfährt. Sie will, dass wir weiterkämpfen, auch nach ihrem Tod. Sie erträgt den Gedanken nicht, dass ihr wunderhübscher Junge mit dem Schild ›Mörder‹ um den Hals in seinem Grab liegt. Sie will eine posthume Begnadigung, und wir dürfen erst ruhen, wenn wir es geschafft haben.«

Keiner sagte ein Wort, bis Liam aufsprang und die Faust in die Luft stieß. »Gerechtigkeit für Brendan! Sorgen wir dafür, dass unsere Mutter stolz auf uns ist!«

KAPITEL 4

Es war bereits später Nachmittag, als Marie DI Pete Lawrence' Büro nach einer einstündigen Besprechung über den aktuellen Betrugsfall verließ und in den Ermittlungsraum zurückkehrte. Die Tür zu Jackmans Büro stand offen. Sie runzelte die Stirn und sah nach, wer sich darin zu schaffen machte.

»Jackman? Was, um alles in der Welt, machen Sie hier?«, fragte sie.

Ihr Vorgesetzter hatte sich über den Schreibtisch gebeugt und starrte auf den Bildschirm, während der Drucker ein Blatt ums andere ausspuckte. »Oh, hallo, Marie.« Er lächelte schwach. »Ich weiß, ich habe hier nichts verloren, aber ich brauchte ein wenig Abstand, und mein Büro war der einzige Ort, der mir einfiel, um in Ruhe meine Gedanken zu ordnen.«

»Und gleich noch eine Menge Arbeit mit nach Hause zu schleppen«, erwiderte sie und deutete auf den immer größer werdenden Stapel.

»Das ist nur etwas, das mir einfach nicht aus dem Kopf geht.«

Er sah um einiges besser aus als am Vorabend, aber da

war noch immer dieser furchtbar gequälte Blick in seinen Augen. Sie war sich nicht sicher, wie sie ihn darauf ansprechen sollte, also fragte sie bloß: »Wie ist es mit den Jungen gelaufen?«

»So schlimm, wie ich es mir gedacht habe. Es war das Schrecklichste, was ich jemals tun musste. Wir mussten sehr vorsichtig sein und ihnen erst mal erklären, was es überhaupt bedeutet, wenn jemand stirbt. Ich war heilfroh, dass Laura dabei war. James und ich hätten es sicher vermasselt.«

»Nein, ganz bestimmt nicht. Ich habe Sie schon einige Male mit Kindern sprechen gehört. Sie sind einfühlsam und behandeln sie nie von oben herab.«

»Da wäre ich nicht so sicher.« Er seufzte. »Das Schlimmste kommt erst noch. Sie haben es noch nicht richtig begriffen und es viel zu gut weggesteckt. Als wir fertig waren, fragten sie, ob sie jetzt wieder zu den Pferden dürften. Laura meinte, Kinder trauern im Gegensatz zu Erwachsenen in Intervallen. In einem Moment sind sie traurig, im nächsten schon wieder aufgeregt und fröhlich. Es ist ziemlich verstörend.«

»Wo ist James jetzt?«, fragte Marie.

»Er übernachtet heute mit Ryan und Miles bei meiner Mutter, und mein Vater ist inzwischen auch zu Hause. Wir haben beschlossen, dass immer ein Erwachsener in der Nähe der Kinder bleiben soll, falls sie reden wollen oder Fragen haben.« Er fuhr sich mit der Hand durch die Haare. »Ich fahre später auch noch mal hin, aber nur bis heute Abend. Laura hat mir genau erklärt, worauf ich achten soll und wie ich ihre Fragen beantworten kann, damit sie sich am Ende nicht die Schuld an dem Unglück geben.«

»Warum sollten sie das tun?«

»Offenbar kommt das bei Kindern recht häufig vor. Sie suchen sich irgendeine Kleinigkeit aus, die sie falsch gemacht haben, und nehmen es als Grund für Mummys Tod. Daraus folgern sie, dass es ihre Schuld war.«

Marie fühlte mit Jackman und seiner Familie, aber im Hintergrund lauerte immer noch der Verdacht, dass etwas an diesem sorgfältig geplanten Selbstmord faul war. Doch jetzt war nicht der richtige Zeitpunkt, um Jackman darauf anzusprechen. »Sie wissen ja, wo ich bin, falls Sie mich brauchen. Egal, um welche Uhrzeit. Muten Sie sich auf keinen Fall zu viel zu, und nehmen Sie die Hilfe in Anspruch, die Ihnen zusteht.«

»Jawohl, Mutter.« Er lächelte kläglich. »Natürlich. Wir müssen uns jetzt vor allem Gedanken darüber machen, wie wir die nächsten Tage überstehen. Es ist noch zu früh für weitreichende Pläne, aber wir müssen uns überlegen, was für die Jungs das Beste ist und wie wir James wieder auf die Beine bekommen. Wir setzen uns heute Abend zusammen.«

»Alles Gute. Ich werde an Sie denken.« Sie betrachtete den Papierstapel vor dem Drucker. »Was *ist* das eigentlich?«

»Ich bin mir nicht sicher.« Er sah sie mit durchdringendem Blick an. »Vielleicht ist es nur, weil ich Polizist bin, aber ich habe kein gutes Gefühl bei der Sache. Irgendetwas stinkt hier.«

Marie nickte. »In diesem Fall würde ich vorschlagen, dass wir uns ebenfalls zusammensetzen, sobald mit Ihrer Familie alles geklärt ist. Ich habe nämlich dasselbe Gefühl.«

Erleichterung machte sich auf Jackmans Gesicht breit. »Gott sei Dank! Ich hielt mich schon für paranoid.«

»Das wird sich noch herausstellen. Sie dürfen nicht vergessen, dass ich ebenfalls Polizistin bin, und wir sind von Natur aus misstrauisch, bis Beweise auf dem Tisch liegen. Vielleicht sind wir *beide* paranoid.«

Jackman raffte die Unterlagen zusammen und steckte sie in eine Mappe. »Meine Abendlektüre.«

»Über Sarah?«

Er nickte. »Und über Selbstmord im Allgemeinen. Wenn Sie sie gekannt hätten, würden Sie verstehen, warum ich der Meinung bin, dass hinter ihrem Tod noch etwas anderes steckt. Es ist schlichtweg unmöglich.«

Marie brauchte keine Erklärung. »Gut, tun wir das, was wir am besten können – wir machen uns auf die Suche nach der Wahrheit.«

»Okay, dann sehen wir uns morgen im Lauf des Tages, und danke noch mal, Marie. Es ist schön zu wissen, dass wir auf derselben Wellenlänge sind.«

Sie lächelte. »Sind wir das nicht immer?«

Das gemeinsame Abendessen war eine Katastrophe. Die Kinder waren ungezogen, was äußerst untypisch für sie war, doch keiner der Erwachsenen brachte es übers Herz, sie zurechtzuweisen. Abgesehen von einigen halbherzigen Ermahnungen, schien James sie gar nicht zu bemerken, und es war beinahe unmöglich, mehr als ein paar Halbsätze aus ihm herauszubekommen.

Jackman hatte das Gefühl, als müsste er ein Gespräch am Laufen halten, versagte dabei jedoch kläglich. Schließlich schlug er seiner Mutter flüsternd vor, die Jungen in ihr Zimmer zu schicken, damit sie sich vor dem Schlafengehen noch einen Film ansehen konnten.

Sie war sofort einverstanden und brachte die beiden nach oben.

»Ich weiß nicht, was ich sagen soll.« Jackmans Vater nahm einen großen Schluck Wein. »Es ist ja nicht ihre Schuld. Die armen Kinder sind am Boden zerstört.«

Genau wie ihr Dad, dachte Jackman. Er fing den Blick seines Vaters auf und deutete mit dem Kopf in Richtung James.

Der ältere Mann zuckte hilflos mit den Schultern, und Jackman wurde klar, dass nicht nur sein Bruder mit der Situation überfordert war.

»Ähm ... Komm schon, mein Sohn. Rede mit uns. Wir sind für dich da, das weißt du doch«, versuchte es ihr Vater betreten.

Doch James zuckte bloß mit den Schultern. »Ich verstehe es nicht. Ich verstehe es einfach nicht. Wie konnte sie das nur tun? Und warum? Warum, um Himmels willen?«

Jackman hatte seinen großen Bruder noch nie so hilflos erlebt. Es war mehr als bloß Betroffenheit und Ungläubigkeit – James' Welt war aus den Fugen geraten, und er befand sich im freien Fall.

»Wir wissen nicht, warum sie es getan hat.« Jackman legte seinem Bruder eine Hand auf den Arm. »Aber ich werde alles in meiner Macht Stehende tun, um es herauszufinden. Das verspreche ich dir.«

James sah ihn mit Tränen in den Augen an. »Das Schlimmste ist, dass ich sie nie wiedersehen werde, ganz egal, was ich mache.«

Ihr Vater erhob sich und trat ungelenk auf seinen Sohn zu, dann drückte er James wie ein Kind an seine Brust. Er sagte nichts, denn offensichtlich fehlten ihm die Worte. Stattdessen summte er beruhigend vor sich hin.

Jackman konnte sich nicht erinnern, dass sein Vater

ihn jemals im Arm gehalten hatte, nicht einmal als kleines Kind.

Nach einiger Zeit wurde James' Schluchzen leiser, und ihre Mutter kehrte an den Tisch zurück und ließ sich auf den Stuhl sinken.

»Ich habe sie bettfertig gemacht, und jetzt sehen sie sich einen Zeichentrickfilm an, aber ich denke, sie werden bald eingeschlafen sein. Sie sind schrecklich müde.« Ihr Blick wanderte zu James und dann zu ihrem Mann. »Ich habe den Kamin im Büro angemacht, Darling. Trink einen kleinen Brandy mit deinem Sohn und unterhaltet euch ein wenig. Rowan und ich räumen in der Zwischenzeit auf.«

Jackman nickte zustimmend und sah zu, wie sein Bruder seinem Vater wie ein Zombie in dessen Büro folgte.

Das Geschirr war schnell in der Spülmaschine verstaut, und nachdem sie das Esszimmer in Ordnung gebracht und noch einmal nach den bereits schlafenden Jungen gesehen hatten, setzten Jackman und seine Mutter sich in die Küche. Es war ein grauenhafter Abend gewesen, an dem sie versucht hatten, das Unerklärliche zu verstehen. Jetzt waren sie beide erschöpft und sahen auch so aus.

Harriet Jackman schenkte sich und ihrem Sohn noch ein Glas Rotwein ein und schüttelte den Kopf. »Was für ein Albtraum.«

Seine Mutter sah aus, als wäre sie an einem Abend um zehn Jahre gealtert. Sie war eine starke, robuste Frau, aber das hatte sogar sie aus der Bahn geworfen.

»Ich mache mir im Grunde sogar mehr Sorgen um James als um die Jungen«, meinte Jackman.

Seine Mutter nickte. »Und ich dachte immer, *du* wärst der Sensiblere von euch beiden.« Sie legte ihre Hand auf seine. »Eigentlich bin ich nach wie vor dieser Meinung.

Aber James ist der Sache nicht gewachsen. Er hat keine Ahnung, wie er damit umgehen soll.«

»Große Emotionen waren noch nie sein Ding, da ist er wie Dad. Auch wenn ich zugeben muss, dass der sich wirklich bemüht. Er hat James sogar umarmt, während du oben bei den Jungen warst.« Jackman hielt die Hand seiner Mutter einen Moment lang fest. »Trotzdem habe ich das Gefühl, dass wir beide hier die grundlegenden, alltäglichen Entscheidungen treffen müssen, du nicht auch?«

Seine Mutter zog ihre Hand zurück und griff nach ihrem Glas. »Auf alle Fälle, aber das war doch schon immer so, oder? Wenn es um Gefühle geht, ist dein Vater in etwa so viel wert wie ein Fallschirm aus Blei.« Sie schnaubte. »Er kann Tabellen lesen und Aktienmärkte analysieren, aber familiäre Probleme, na ja ...« Sie schüttelte den Kopf.

»Also gut, worum kümmern wir uns zuerst?«

»Ich habe eine Liste mit Leuten gemacht, die von Sarahs Tod erfahren müssen. Und dann sind da auch noch die Kinder. Ich werde morgen in der Schule anrufen und erklären, was passiert ist. Ich glaube, es wäre wichtig, sie nicht vollkommen aus ihrem gewohnten Leben herauszureißen.«

Jackman nickte. »Ja. Sie brauchen Normalität, zumindest so viel, wie wir ihnen derzeit geben können, und die Lehrer wissen, wie man mit solchen Situationen umgeht.« Er nahm einen großen Schluck Wein. »Aber wir müssen ihnen auch zu Hause die nötige Ruhe vermitteln. Dazu brauchen wir allerdings auch James, und ich habe keine Ahnung, wie wir das schaffen sollen.«

Seine Mutter beugte sich nach vorne. »Rowan, ich habe da über etwas nachgedacht. Letzte Woche habe ich Ella Jarvis auf dem Supermarktparkplatz getroffen. Sie hat mir erzählt, dass sie gekündigt hat.«

Jackman nickte. »Das habe ich schon gehört. Es war eine sehr traurige Geschichte.«

Ella war früher Ryans und Miles' Nanny gewesen und hatte danach eine Ausbildung bei der Spurensicherung absolviert. Doch vor ein paar Monaten war sie zu einem schrecklichen Fall von Kindesmissbrauch hinzugezogen worden und hatte es nicht verkraftet. Sie hatte noch am selben Tag gekündigt.

»Sie stand Sarah sehr nahe, und die beiden hatten regelmäßig Kontakt. Die Jungen haben sie vergöttert.«

Jackman wusste sofort, worauf sie hinauswollte. »Glaubst du, sie würde uns helfen?«

»Ich wüsste nicht, wer besser geeignet wäre, und sie würde den beiden ein winziges Stück ihres alten Lebens zurückgeben. Was meinst du?«

Er lächelte. »Mum, du bist ein Genie.« Er warf einen Blick auf die Uhr. Es war bereits neun. »Hast du ihre Nummer noch?«

»Wahrscheinlich steht sie in meinem Adressbuch.« Sie schob den Stuhl zurück, ging ins Wohnzimmer und kam gleich darauf wieder. »Hier ist sie.«

Nach dem ersten Schock musste Ella Jarvis nicht lange über Harriets Bitte nachdenken und antwortete schlicht: »Natürlich helfe ich. Ich habe keinerlei Verpflichtungen, und ich wäre, ehrlich gesagt, enttäuscht gewesen, wenn Sie jemand anderen gefragt hätten. Ich komme morgen Vormittag vorbei, dann können wir besprechen, was ich konkret tun kann.«

Harriet legte auf und stieß ein erleichtertes Seufzen aus. »Sie macht es.«

Jackman lächelte. »Damit wäre ein Punkt abgehakt. Und vielleicht hilft es auch Ella aus ihrem Tief. Ich habe gehört, dass es ihr sehr schlecht ging. Sie war eine verdammt gute Kriminaltechnikerin, und Rory vermisst sie. Sie konnte hervorragend mit der Kamera umgehen und hat in mehreren schwierigen Fällen exzellente Arbeit geleistet.«

Ellas Anwesenheit im Haus hatte aber noch einen weiteren Vorteil. Nachdem sie Sarah sehr gut gekannt hatte, konnte sie ihnen vielleicht bei dem Rätsel um den tragischen Tod seiner Schwägerin helfen.

»Du wirkst so nachdenklich, mein Junge.«

»Mum? War mit Sarah in den letzten Wochen alles in Ordnung? Wirkte sie irgendwie ...« Er zuckte mit den Schultern. »Anders als sonst?«

Seine Mutter schnaubte. »Jetzt, wo du es sagst, bin ich mir nicht sicher, ob da nicht tatsächlich etwas war.« Sie rieb sich die Hände. »Als sie die Jungen vor etwa einer Woche zur Reitstunde vorbeibrachte, wirkte sie irgendwie verängstigt. Sie hat es abgestritten, als ich nachgefragt habe, aber sie sah abgespannt und nachdenklich aus.« Sie sah ihn durchdringend an. »Ich habe mir Sorgen gemacht, aber sie meinte, sie fühle sich ein wenig angeschlagen, mehr nicht.«

»Niemand bringt sich ohne guten Grund um, Mum, und *etwas angeschlagen* zählt da sicher nicht dazu. Mir fällt nichts in Sarahs Leben ein, das sie zu so einer verheerenden Entscheidung veranlasst haben könnte – für sich selbst, für James und für ihre geliebten Kinder. War sie vielleicht krank?«

»Körperlich, nein«, erwiderte seine Mutter entschieden. »Sie hatte vor Kurzem einen Gesundheitscheck und war vollkommen fit. Und seelisch? Ich bin keine Expertin, aber zeitweise war sie ...«, Harriet runzelte nachdenklich die Stirn, »... übermäßig besorgt, vor allem, wenn es um Miles und Ryan ging. Alle Mütter sind Glucken, und das sollten sie auch sein, aber bei ihr war da eine unterschwellige, ein wenig überdimensionierte Angst um das Wohlergehen ihrer Kinder.«

»Davon hast du nie etwas erzählt.«

»Ich konnte es nicht richtig erklären und dachte, ich wäre übersensibel. Aber jetzt denke ich, dass ich meinem Gefühl hätte vertrauen sollen.«

»Im Nachhinein sind wir alle schlauer, Mum. Ich glaube nicht, dass irgendjemand Sarahs Selbstmord vorhersehen konnte.« Er zog den Notizblock seiner Mutter näher heran und betrachtete die Liste. »Du hast ganze Arbeit geleistet.«

»Mir ist klar, dass wir den Großteil erst machen können, wenn wir die Sterbeurkunde haben, aber ich brauchte Beschäftigung. Wenigstens gibt es jetzt dieses System, bei dem man den Tod nur einer Behörde melden muss, und die leitet die Nachricht dann an alle anderen Stellen weiter. Dadurch wird es viel einfacher.« Sie nahm noch einen Schluck Wein. »Der arme James. Sarah war seine Verbindung zur echten Welt. Er ist deinem Vater schrecklich ähnlich, und ich bin mir nicht sicher, wie er ohne sie zurechtkommen soll.«

»Da könnte Ella eine große Hilfe sein. Sie wird dafür sorgen, dass die Schuluniformen der Kinder gewaschen sind und das Schulessen bezahlt wird.« Er neigte den Kopf. »Wo wir gerade davon reden, dass zwei Menschen einander ähneln. Ella war Sarah auch sehr ähnlich, oder? Nicht, was das Aussehen betrifft, aber im Charakter und im Auftreten.«

»Ich habe mir oft gedacht, dass die beiden Schwestern hätten sein können. Und ohne Ella hätte es Sarah nach Miles' Geburt noch sehr viel schwerer gehabt.« Seine Mutter biss sich auf die Lippe und sah ihn besorgt an. »Glaubst du, dass da ein Zusammenhang besteht? Hatte die postnatale Depression etwas damit zu tun?«

»Das kann ich mir nicht vorstellen, Mum. Sie hatte sich vollständig erholt, und so etwas kommt häufig vor. Ich habe zwar nicht viel Zeit mit ihnen als Familie verbracht, sondern vor allem mit den Jungen allein Ausflüge unternommen, aber mir wäre nie aufgefallen, dass sie depressiv ist.«

Harriet trank ihr Glas leer. »Es ist sicher normal, dass wir das alles immer wieder durchkauen, aber es bringt uns nicht weiter, oder?«

»Wir dürfen es aber auch nicht in uns hineinfressen.«

Sie seufzte. »Das gilt vor allem für James.«

Jackman wusste, dass sie recht hatte. Sein Bruder existierte in zwei Welten. In einer ging er voll im Geschäftsleben auf und hatte die totale Kontrolle, in der anderen stand die Familie an erster Stelle und Sarah hinter dem Steuerrad. Auch wenn sie Teilzeit gearbeitet hatte, hatte sie sich um den Haushalt gekümmert und das Leben der Kinder gemanagt, während James bereitwillig und fast wie ein drittes Kind hinterhergetrottet war und jede Minute genossen hatte. Doch jetzt fehlte ihm der Steuermann. Seine Söhne brauchten ihn, aber Jackman hatte das Gefühl, dass James in nächster Zeit nicht für sie da sein würde – oder konnte.

»Rowan?« Seine Mutter lächelte traurig. »Ich bin froh, dass du uns zur Seite stehst, aber ich will nicht, dass deine Arbeit darunter leidet, ja? Ich weiß, wie viel sie dir bedeutet.«

»Die Familie steht an erster Stelle«, erwiderte er schnell.

»Natürlich, aber ich wollte dir damit vor allem sagen, dass ich ganz genau verstehe, warum du Polizist geworden bist. Auch wenn dein Vater es nie wirklich nachvollziehen konnte. Außerdem weiß ich, warum du in deinem Job so glücklich bist und nicht das Bedürfnis hast, auf Kosten anderer die Karriereleiter hochzuklettern.«

»Du weißt tatsächlich, warum ich Polizist werden wollte, Mum?«

»Natürlich! Ich bin doch deine Mutter!«

Jackman sah sie ehrlich überrascht an. »Aber ich habe doch nie etwas gesagt.«

»Das musstest du nicht.« Sie lehnte sich zurück. »Korrigiere mich, wenn ich falschliege. Es war Winter, und du warst acht oder neun. Du hast im Stall geholfen, als plötzlich Geschrei aus der Reithalle drang. Ein Pferd hatte sich erschreckt und ausgeschlagen, und eine der Pferdepflegerinnen war getroffen und ohnmächtig geworden. Du wolltest gerade Alarm schlagen, als ein Mann wie aus dem Nichts auftauchte und sich vor das Pferd stellte, bevor es die junge Frau überrennen konnte. Er schaffte es, das Tier zu beruhigen und die Pferdepflegerin in Sicherheit zu bringen. Er wusste genau, was zu tun war, bis der Krankenwagen eintraf.« Harriet sah ihn grinsend an. »Stimmt es bis jetzt?«

Jackman nickte. »Ich habe erst später herausgefunden, dass er Polizist war und seine Tochter abholen wollte, die bei uns als Stallgehilfin gearbeitet hat. Er war so mutig und hatte alles unter Kontrolle. Da wusste ich, dass ich auch Leuten helfen wollte, so wie er – und danach wollte ich nichts anderes werden.«

»Seit dem Tag warst du wie ausgewechselt, mein Junge. Du hattest auf einmal viel mehr Verständnis für andere Menschen und deren Verhalten.«

»Es ist nur traurig, dass Dad es nicht einmal zu schätzen wüsste, wenn ich es bis zum Chief Constable schaffen würde.« Er lächelte kläglich. »Und als einfacher DI bin ich erst recht eine herbe Enttäuschung.«

»Er ist sehr stolz auf das, was du machst. Er kann es nur nicht zugeben. Denn wenn er es täte, gäbe es nichts mehr, worüber er sich beschweren kann.«

»Du meinst, wie über die Tatsache, dass er das Geld für die Universität zum Fenster hinausgeworfen hat? Dass ich mir noch keine hochrangigen Abzeichen verdient habe? Dass mir die Motivation fehlt, Geld zu scheffeln? Und so weiter und so fort?«

»So in etwa.« Ihr Lächeln verschwand. »Rowan, bitte finde heraus, was mit Sarah passiert ist! Du bist ein hervorragender Detective. Der Beste. Also liefere uns bitte ein paar Antworten.«

»Mum, das ist genau das, was ich vorhabe. Ich *weiß*, dass irgendetwas nicht stimmt, und ich werde es aufklären. Auch wenn es vielleicht nicht das ist, was wir gerne hören würden. Ich werde die Wahrheit ans Licht bringen.«

KAPITEL 5

DC Robbie Melton eilte auf Maries Tisch zu. »Guten Morgen, Sarge. Der Kollege am Empfang hat mich gerade aufgehalten. Es gibt einen verdächtigen Todesfall unten am Fluss, und es wurde jemand von der Kriminalpolizei angefordert. Können wir hinfahren?«

»Na, toll! Genau das, was wir brauchen, wenn der Boss nicht da ist.« Marie stand auf. »Hast du genauere Infos?«

Robbie schüttelte den Kopf. »Tut mir leid, Sarge, viel ist es nicht. Ein Mann fortgeschrittenen Alters, und es sieht aus wie Selbstmord, aber die Kollegen sind nicht überzeugt.«

Marie versteifte sich. Noch ein Selbstmord. »Klar, sag ihm, dass wir unterwegs sind. Und nimm Max mit, wenn er Zeit hat. Sechs Augen sind besser als vier. Wenn Sergeant Conway ein seltsames Gefühl hat, dann hat er vermutlich einen guten Grund. Ich organisiere inzwischen einen Wagen, und wir treffen uns am Parkplatz.«

Er nickte und ging zur Tür. Robbie war der letzte Neuzugang im Team. Er war noch nicht lange bei ihnen, passte aber sehr gut zur Truppe.

Auf dem Weg nach unten fragte Marie sich, was den Sergeant wohl misstrauisch gemacht hatte. Tote Landstreicher oder Obdachlose waren leider keine Seltenheit.

Am Fundort angekommen, schlüpften sie in ihre Einwegoveralls und Schuhüberzieher und machten sich auf den Weg zu der Leiche.

Ein uniformierter Beamter hielt vor dem blau-weißen Absperrband Wache, ein weiterer stand einige Meter entfernt.

Marie trat so nahe an den Toten heran, wie es möglich war, ohne den Fundort zu verunreinigen, und ließ ihren Blick über den Mann und die nähere Umgebung schweifen.

Er hatte ein markantes Gesicht und einen Dreitagebart. Seine Kleider waren zerrissen und schmutzig, und er lag zusammengekauert in einer Blutlache auf einem überwucherten und selten benutzten Fußweg am Flussufer. Neben seiner rechten Hand entdeckte Marie ein blutiges Teppichmesser, und als sie sich nach unten beugte, sah sie, dass das Blut von einer tiefen Wunde am linken Handgelenk stammte. Es sah tatsächlich aus wie ein Selbstmord, aber sie begann langsam zu verstehen, warum der uniformierte Kollege Zweifel bekommen hatte.

»Der Pathologe ist bereits auf dem Weg, Ma'am«, erklärte PC Kevin Stoner. »Die Spurensicherung habe ich noch nicht angefordert. Ich wollte zuerst abwarten, was Sie dazu sagen.«

»Wir brauchen sie auf alle Fälle, Kev.«

»Haben Sie dieselben Bedenken wie der Sarge?«

»Vermutlich.« Sie starrte auf die Leiche hinunter. »Wie viele tote Obdachlose haben Sie bis jetzt gefunden, die sich die Pulsadern aufgeschnitten haben?«

»Keinen einzigen, Ma'am. Normalerweise bringt sie gepanschter Alkohol ins Grab, sie verhungern, werden ausgeraubt oder sterben an einer Überdosis oder Unterkühlung.«

»Mmm.« Sie wandte sich an Max und Robbie. »Was meint ihr?«

»Seine Hände sind zwar schmutzig, aber der Dreck hat sich nicht so tief in die Haut gefressen wie bei den meisten Leuten auf der Straße«, bemerkte Robbie. »Und seine Fingernägel sind säuberlich geschnitten.«

»Das ist gar kein Obdachloser«, behauptete Max.

»Warum nicht?«

»Sieh dir mal die Haare an. Klar sind sie genauso schmutzig wie der Rest, aber der Schnitt war sauteuer.«

Marie sah noch genauer hin. »Woher weißt du das?«

Max warf ihr einen spöttischen Blick zu. Er war einer der coolsten und schicksten jungen Detectives in Saltern und wäre ohne Weiteres als Model durchgegangen. »Der Kerl hatte einen Topstylisten, das kannst du mir glauben. Der Schnitt ist schon etwas ausgewachsen, aber trotzdem richtig cool – für einen alten Knacker.«

»Sehr schön gesagt, Max.« Marie verkniff sich ein Grinsen. »Aber ich stimme dir zu. Wir brauchen neben dem Gerichtsmediziner auch ein oder zwei Leute von der Spurensicherung.«

»Ich kümmere mich darum.« Robbie hatte bereits sein Handy herausgeholt.

Marie wandte sich an PC Stoner. »Kevin? Sorgen Sie dafür, dass entweder ein Zelt oder zumindest ein Sichtschutz aufgestellt wird, und lassen Sie den Bereich großräumig absperren. Es handelt sich ab jetzt um einen Tatort. Wenn Sie also bitte alles Notwendige in die Wege leiten?«

Kevin nickte und sprach in sein Funkgerät.

»Ist es Mord, Sarge?« Robbie und Max betrachteten den unglückseligen Mann.

»Ehrlich gesagt, habe ich keine Ahnung, womit wir es zu tun haben, Jungs. Aber er war ganz sicher kein lebensmüder Obdachloser.«

Gerade, als Marie in den Ermittlungsraum zurückkehrte, klingelte ihr Telefon.

»Marie, ich brauche Ihre Hilfe. Haben Sie eine Stunde Zeit? Dann würde ich kurz vorbeikommen.« Jackman klang, als wäre es dringend.

Sie erzählte ihm, was gerade passiert war. »Ich habe die uniformierten Kollegen losgeschickt, um die Anwohner und anderen Obdachlosen zu befragen, und Charlie und Rosie kümmern sich um die Überwachungskameras der Gegend, also kann ich mehr oder weniger nur warten, bis die Leute von der Spurensicherung mir weitere Infos liefern. Sie können gleich kommen, wenn Sie wollen.«

Als Jackman den Raum betrat, merkte Marie sofort, dass der Schock und die Benommenheit verschwunden waren. Seine Schritte waren bestimmt, sein Gesicht wirkte aufgeweckt und munter. Er deutete auf sein Büro, und nachdem sie sichergestellt hatte, dass alle beschäftigt waren, folgte sie ihm.

Jackmans Augen funkelten. Er ließ sich in seinen Stuhl fallen und verkündete: »Wir hatten recht.«

Marie setzte sich ihm gegenüber. »Sie haben etwas gefunden?«

»Ich war heute Morgen in Rainham Lodge, um ein paar Sachen für die Jungen zu holen, und ganz hinten in Ryans Schrank habe ich Sarahs Umhängetasche entdeckt. Sie hat sie jeden Tag mit zur Arbeit genommen, außer an dem Tag, an dem sie verschwand.«

Marie runzelte die Stirn. »Und?«

»Ihr Laptop war nicht drin. Sie hat ihn als Terminkalender und Notizbuch verwendet und außerdem Unmengen an Arbeitsunterlagen darauf gespeichert. Sie hatte ihn ständig bei sich, und er befand sich immer in ihrer Umhängetasche.«

»Wissen Sie, wo er ist?«

»Sie hat versucht, ihn zu zerstören.«

»Wie bitte? Warum?«

»Ich hoffe, dass uns die IT-Abteilung in dieser Hinsicht weiterhelfen kann.« Er holte einen zerbeulten Laptop aus einer Einkaufstüte und legte ihn auf den Tisch. »Ich habe ihn gestern Abend tief unten in der Mülltonne entdeckt. Es war ein reiner Glückstreffer, denn heute kommt die Müllabfuhr.«

»Jetzt verstehe ich, worauf Sie hinauswollen.«

Er lächelte grimmig. »Außerdem hat mir meine Mutter gestanden, dass Sarah seit ein paar Wochen ängstlicher und besorgter gewirkt hatte als sonst, und eine ihrer Freundinnen hat sich bei meiner Mutter gemeldet und ihr erzählt, dass Sarah in letzter Zeit nicht mehr ans Telefon ging und auch nicht zurückrief. Was sehr ungewöhnlich für sie war.«

»Aber James war nichts aufgefallen?«, fragte Marie. »Normalerweise bekommt doch der Ehemann oder die Ehefrau die Hauptlast derartiger Stimmungseinbrüche zu spüren.«

Jackman schüttelte den Kopf. »Er schwört, dass alles so war wie immer.«

»Dann war sie entweder eine verdammt gute Schauspielerin, oder es hatte tatsächlich nichts mit der Familie zu tun, und sie wollte sie nicht mit ihren Problemen belasten.«

Jackman griff nach ein paar Unterlagen. »Ryan hat mir ihr Facebook-Passwort gegeben, und ich habe mir ihr Profil angesehen. Ein paar komische Typen hatten ihr Freundschaftsanfragen geschickt, sonst war da aber nichts außergewöhnlich Verdächtiges.« Sein Blick wanderte zu dem zerbeulten Laptop. »Viel wichtiger wäre, was *auf dem hier* gespeichert ist.«

Marie betrachtete das zerstörte Gerät und fragte sich, womit Sarah darauf eingeschlagen hatte. Wenn die Kollegen aus der IT-Abteilung tatsächlich noch Daten retten konnten, wurden sie ihrem Ruf als Zauberer wieder einmal gerecht. Denn das waren sie tatsächlich – vor allem Orac, die Leiterin der Abteilung. Marie hätte beinahe aufgelacht. Deshalb lag der Laptop also immer noch auf dem Schreibtisch und befand sich nicht schon längst unten im Kellergeschoss. Jackman mied Orla Cracken, die IT-Magierin, so gut es ging. Natürlich sah sie mit ihren weißblonden, zu einem Irokesen geschnittenen Haaren und den verspiegelten Kontaktlinsen beunruhigend aus, aber sie war auch unglaublich clever. Und sie liebte es, Jackman zu necken.

»Soll ich ihn für Sie nach unten bringen?«

Jackman strahlte sie an. »Ja bitte, Marie, ich muss nämlich unbedingt noch zu Ruth Crooke, und ...«

»Schon gut. Ich mache es ja, kein Problem.« Sie sah ihn an. »Wenn Sarah den Laptop beruflich genutzt hat, dann existiert doch sicher ein Back-up, oder? Vielleicht auf einem externen Speichermedium, wie zum Beispiel einem USB-Stick. Oder sie hat Dropbox benutzt, dann könnten Sie mit Sarahs E-Mail-Adresse und dem Passwort von jedem beliebigen Computer darauf zugreifen.«

Jackman sah sie an. »Gute Idee!«

Marie erhob sich und griff nach dem Laptop. »Aber zuerst soll Orac ein wenig zaubern. Wenn sie nichts herausbekommt – und das ist noch nie passiert –, dann können wir es immer noch über das Back-up versuchen.«

Jackman nickte. »Danke. Ich werde noch einmal mit meinem Bruder reden und mir das Haus ganz genau vornehmen. Es wird immer wahrscheinlicher, dass etwas nicht stimmt.« Er hielt kurz inne. »Oh, beinahe hätte ich das Wichtigste vergessen: Ryans und Miles' ehemalige Nanny Ella Jarvis kommt zurück und wird sich eine Zeit lang um die beiden kümmern.«

»Ella von der Spurensicherung?«

»Genau die. Sie war eng mit Sarah befreundet und weiß vielleicht etwas, das wir nicht wissen.«

»Außerdem könnte sie uns bei der Suche nach verdächtigen Hinweisen helfen«, schlug Marie vor. »Sie war eine sehr gute Forensikerin, oder?«

»Ja, Sie haben recht. Sie hat ein Auge fürs Detail, kann logisch denken und hinterfragt alles. Ich werde mit ihr reden, wenn ich sie treffe.«

Marie zögerte. »Es ist mir unangenehm, aber wann kommen Sie wieder ins Büro?«

Jackman sah sie nachdenklich an. »Bald, hoffe ich. Ich muss erst mit Ruth Crooke reden. Jetzt, wo wir jemanden haben, der sich um die Kinder kümmert, ist der Druck nicht mehr so groß, und Mum und Dad sind, so gut es geht, für James da. Ich glaube also, dass ich Anfang nächster Woche wieder loslegen kann – obwohl ich natürlich im Notfall erreichbar bleiben muss.«

»Machen Sie sich keine Sorgen, wir halten schon noch eine Weile durch. Es wäre nur schön, Sie wieder hierzuhaben. Es kommt mir irgendwie nicht richtig vor, wenn Sie nicht da sind.«

Jackman erschauderte. »Ich fühle mich wie ein Fisch auf dem Trockenen. Es ist wie ein Albtraum, aus dem es kein Erwachen gibt. Ich kann gut damit umgehen, wenn andere Leute Probleme haben, aber das hier ist schrecklich. Mein eigener Bruder steht kurz vor dem völligen Zusammenbruch, und dann auch noch die armen Jungen.« Er schüttelte den Kopf, und sein Blick wanderte über die Bücherregale an den Wänden. »Ich gehöre hierher, Marie. Ich *brauche* meinen Job.«

»Ich weiß«, erwiderte Marie sanft. »Aber im Moment besteht Ihr Job vor allem darin, herauszufinden, was mit Ihrer Schwägerin passiert ist.« Sie blieb an der Tür stehen. »Glauben Sie wirklich, dass jemand sie in den Selbstmord getrieben hat?«

»Ich habe nicht den geringsten Zweifel, Marie, auch wenn ich den Grund dafür nicht kenne. Aber ich bin mir sicher, dass etwas sehr Unheilvolles in Sarahs Leben vor sich ging.«

»Sagen Sie mir einfach, was ich zu tun habe, und ich helfe, wo ich kann.«

»Jawohl, Sergeant!« Jackman lächelte. »Ich halte Sie auf dem Laufenden.«

KAPITEL 6

Die Kirche war leer. Er schritt langsam den Mittelgang entlang und achtete sorgfältig darauf, nicht auf die Gedenksteine zwischen den kunstvoll verzierten Fliesen zu treten. Seine Schritte hallten in der Stille wider. Die Nähe der Heiligen und Märtyrer beruhigte ihn jedes Mal, auch wenn es nur Statuen waren. Sein Blick wanderte zu den zwölf Stationen des Kreuzweges, und er dachte an Jesu letzten Tag auf dieser Erde. Der Leidensweg Christi. *Via Crucis. Via Dolorosa*. Die Worte gefielen ihm. Er wusste, was Leid bedeutete.

Am Ende des Hauptschiffs setzte er sich auf eine der geschnitzten Holzbänke und betrachtete den Altar. Das Sanktuarium war der einzige Teil der Kirche, der in prunkvollem Glanz erstrahlte. An der Wand hing ein goldenes Kruzifix, und darunter befand sich ein dreiteiliges Gemälde mit Maria und dem Jesuskind, flankiert von mehreren Engeln. Der Anblick beruhigte ihn, was ihn immer wieder verwirrte, denn immerhin war er kein gläubiger Katholik. Tatsächlich hätte er sich überhaupt nicht als religiös bezeichnet, aber die absolute Sicherheit des Glaubens, der sich um ihn herum entfaltete, berührte ihn zutiefst. Die Gemälde, die

Buntglasfenster, die kunstvollen Statuen und die hoch aufragende, kuppelförmige Decke mit den goldenen und aufwendig bemalten Gedenktafeln waren Beweise für erhabene Prinzipien und unerschütterlichen Glauben.

Er seufzte. Hier fühlte er sich sicher. Als würde er sämtliche Ängste hinter sich lassen, sobald er den Finger in das Weihwasser am Eingang tauchte. Er roch den Weihrauch, und der Duft besänftigte seine Gedanken und sein rasendes Herz. Traurigkeit überkam ihn, als er daran dachte, dass draußen vor dem schweren Holztor Chaos und Gesetzlosigkeit herrschten. Wie gern hätte er den Frieden mitgenommen, aber er wusste, dass das unmöglich war.

Er konnte lediglich geschehenes Unrecht wiedergutmachen. Ein paar schreckliche Fehler ausmerzen, die im Namen der Gerechtigkeit begangen worden waren. Die Schuldigen durften nicht ohne die gerechte Strafe davonkommen, und wenn das System dazu nicht fähig war, dann lag es bei jenen, die es konnten, den Obrigkeiten ihre Fehler aufzuzeigen. Auch wenn er nichts mit Religion am Hut hatte, erinnerte er sich doch an ein Bibelzitat, das er irgendwann gehört hatte:

Wer eine Grube gräbt, fällt selbst hinein, wer einen Stein hochwälzt, auf den rollt er zurück.

Ihm gefiel das Konzept der Vergeltung im Alten Testament. Er glaubte ebenfalls an den Vorsatz *Auge um Auge.* Doch manchmal brauchte Gott – sofern er überhaupt existierte – ein wenig Hilfe.

Er schloss die Augen und atmete die Stille ein. Es wurde Zeit für die nächste Grube.

»Professor Wilkinson ist heute in London. Ich bin Lisa Forbes und soll mir Ihren toten Obdachlosen ansehen.« Sie klang jung für eine Gerichtsmedizinerin, aber Marie war aufgefallen, dass das in letzter Zeit häufiger passierte. Sachverständige, Vorstände großer Unternehmen, Professoren und Berater – sie sahen langsam alle so aus wie frisch aus der Schule.

»Danke, dass Sie sich die Zeit genommen haben. Können Sie mir vorab schon etwas am Telefon sagen, oder soll ich zu Ihnen kommen?« Marie hoffte, dass Letzteres nicht notwendig sein würde.

»Ich habe noch nicht viel, aber es ist definitiv kein gewöhnlicher Fall, Sergeant Evans. Sie hatten recht, es gab tatsächlich eine Fremdeinwirkung, und ich dachte, das sollten Sie so schnell wie möglich erfahren. Außerdem handelt es sich – trotz des Erscheinungsbildes – mit Sicherheit um keinen Obdachlosen.«

Gut gemacht, Max.

»Konnten Sie den Todeszeitpunkt bereits eingrenzen?«, fragte Marie.

»Ich kann vorerst nur eine Vermutung abgeben. Der Mann starb etwa zwei Stunden, bevor Sie ihn gefunden haben. Die Leichenstarre hatte gerade erst eingesetzt, war aber bereits in den kleineren Muskeln im Gesicht und im Nacken zu sehen. Die Ausbreitung der Leichenblässe stand ebenfalls noch am Beginn, also würde ich auf etwa sieben Uhr morgens tippen. Plus oder minus.«

Marie vermisste Rorys übliche schrullige Art, der Frage nach dem Todeszeitpunkt auszuweichen, aber in diesem Fall beschleunigte es die Sache ungemein.

»Danke vielmals. War die Schnittwunde am Handgelenk die Todesursache?«

Lisa Forbes zögerte. »Es sind noch weitere Untersuchungen notwendig, bevor ich diese Frage beantworten kann.

Ich schicke Ihnen den vorläufigen Bericht, sobald die Autopsie beendet ist.«

Mehr konnte sie sich für heute offenbar nicht erwarten. Keine verborgenen Hinweise auf bösartige Machenschaften, keine kryptischen Andeutungen auf ein medizinisches Rätsel. Ja, sie vermisste Rory Wilkinsons Ausführungen tatsächlich. Aber immerhin wusste sie nun, dass ihr Verdacht begründet gewesen war und sie es mit einem Mordfall zu tun hatten. Und angesichts Jackmans privater Nachforschungen war jetzt nicht gerade der perfekte Zeitpunkt dafür.

Sie seufzte und machte sich auf die Suche nach DI Pete Lawrence. Mit ein wenig Diplomatie standen die Chancen gut, dass Pete den Betrugsfall vorerst alleine bearbeitete, was ihr Leben um einiges einfacher machen würde. Was auch immer sonst noch anstand, sie würde Jackman nicht im Stich lassen, und abgesehen davon, ging Marie Sarahs Tod ebenfalls nicht mehr aus dem Kopf und verfolgte sie sogar bis in den Schlaf. Aus irgendeinem Grund hatte sie ein schlechtes Gefühl, und sie war beinahe genauso besessen von dem Fall wie Jackman selbst.

Als Jackman vor der Rainham Lodge hielt, stand neben dem Auto seiner Mutter ein weißer Honda Jazz, der vermutlich Ella Jarvis gehörte.

Die beiden Frauen saßen im Wohnzimmer und machten Pläne für die nächsten Tage.

»Rowan! Komm rein, Liebling.« Seine Mutter begrüßte ihn mit einem müden Lächeln und klopfte neben sich aufs Sofa. »Ella wird gleich morgen früh hier einziehen. Sie bekommt das Gästezimmer neben dem Kinderzimmer.«

Jackman ging mit ausgestreckter Hand auf Ella zu. »Ich

kann Ihnen gar nicht sagen, wie dankbar wir alle für das sind, was Sie für uns tun.«

Ella schüttelte ihm die Hand und zuckte mit den Schultern. »Es ist wirklich keine große Sache. Ich will helfen, und Sarah hätte sicher dasselbe für mich getan.«

Sie war groß und hatte lange, blassblonde Haare, die mit ziemlicher Sicherheit nicht gefärbt waren, blaugraue Augen und scharfe Gesichtszüge. Es war ungewohnt, sie ohne Schutzanzug der Spurensicherung und ohne Maske zu sehen. Er schätzte, dass sie wie er Mitte dreißig war, und sie wirkte auf sportliche Art kräftig.

»Ich habe überlegt, ob ein Gespräch mit unserer Polizeipsychologin vielleicht ratsam wäre«, sagte Jackman. »Über den Umgang mit trauernden Kindern, meine ich. Sie ist sehr offen, und es ist mir durchaus bewusst, dass Sie sich hier keine leichte Aufgabe aufbürden.«

Ella lächelte, doch dann seufzte sie. »Das ist nicht notwendig, Sir. Leider habe ich so etwas schon einmal mit meinem jüngeren Halbbruder durchgemacht. Ich glaube, Ehrlichkeit ist das Wichtigste. Man sollte immer darauf achten, den Kindern die Situation in einfachen Worten zu erklären, und sicherstellen, dass sie auch alles richtig verstanden haben.«

»Das klingt, als wüssten Sie, wovon Sie reden.« Er warf ihr einen entschuldigenden Blick zu. »Ich wollte nicht sagen, dass ich Sie nicht für geeignet halte, es ist mir nur klar, dass es nicht einfach werden wird. Und lassen wir das ›Sir‹, Ella. Alle außer meiner Mutter nennen mich Jackman.«

»Okay.« Sie lächelte, und er verstand, warum die Jungen sie so gernhatten. Sie hatte ein offenes, ehrliches Gesicht, und das zählte Jackmans Ansicht nach sehr viel.

Seine Mutter sah ihn an. »Wir haben nachher noch einen

Termin mit der Schulpsychologin. Die Kinder vermissen ihre Freunde und würden gerne wieder zur Schule gehen.« Sie neigte kaum merklich den Kopf. »James ist nicht in der Lage, mich zu begleiten. Aber Ella hat sich freundlicherweise bereit erklärt.«

»Soll ich auch mitkommen?«

»Nein, wir wollen der Schule lediglich mitteilen, was wirklich passiert ist und wie viel die Jungen wissen. Dann wollen sie uns Tipps geben, wie wir Ryan und Miles auf die Fragen ihrer Freunde vorbereiten können.«

Ella nickte. »Sie sollten ein paar Standardantworten in petto haben. Kinder können sehr verletzend sein, wenn sie etwas nicht richtig verstehen. Die Klassenlehrer haben angeboten, mit den engsten Freunden und Klassenkameraden zu reden und ihnen zu sagen, wie wichtig es ist, dass sie nett zu den beiden sind.«

»Das klingt, als hättet ihr alles im Griff. Ich werde mich in der Zwischenzeit noch einmal genauer im Haus umsehen. Vielleicht finde ich etwas, das uns besser verstehen lässt, was passiert ist.«

Ella warf ihm einen schnellen, neugierigen Blick zu, und er wusste, dass Marie recht gehabt hatte. Sie hatte ein Gespür für Dinge, die nicht so waren, wie sie sein sollten.

»Würden Sie mich bitte einen Moment lang entschuldigen, meine Liebe?«, meinte Jackmans Mutter zu Ella. »Ich muss noch ein Telefonat erledigen und meinen Mann fragen, wie es James geht. Es dauert auch nicht lange.« Sie stand auf und verließ das Zimmer.

»Haben Sie eine Ahnung, was hier los ist?«, fragte Ella mit Bezug auf Jackmans letzte Worte.

»Nein, absolut nicht.« Er hob frustriert die Hände. »Es ergibt alles keinen Sinn. Wie steht es mit Ihnen?«

»Als ich Sarah zum letzten Mal gesehen habe, wusste ich sofort, dass etwas nicht stimmt, aber sie wollte nicht darüber reden.« Ella biss sich auf die Lippe. »Ich dachte, sie hätte Eheprobleme, aber darüber hat sie nur gelacht, und ich sah, dass sie es ernst meinte. Sie sagte, sie hätte sich niemals erträumt, so glücklich zu sein wie mit James und den Jungen.« Ella stieß die Luft aus. »Und das war nicht gelogen. Das weiß ich bestimmt.«

»Trotzdem hat sie sich umgebracht.«

Ella sah ihn an. »Hat sie das?«

»Es wurde von einer Überwachungskamera aufgezeichnet. Ich habe es selbst gesehen, Ella. Sie ist einfach gesprungen. Ich konnte es zuerst nicht glauben, aber sie hat es zweifellos absichtlich getan.« Jackman lehnte sich nach vorne. »Helfen Sie mir, Ella? Ich will wissen, was wirklich passiert ist. Wir dürfen nicht zulassen, dass man es als Akt geistiger Verwirrung abtut. Wir müssen den wahren Grund finden, warum Sarah gestorben ist.«

Ella spitzte die Lippen. »Kinder sind oft sehr hellhörig. Sie sehen Dinge und bemerken vieles, auch wenn sie es nicht verstehen. Ich gebe Ihnen Bescheid, falls mir etwas seltsam vorkommt.«

Er nickte. »Danke, und halten Sie bitte auch sonst die Augen offen. Abgesehen von ihrer Arbeit, hat Sarah für dieses Haus und ihre Familie gelebt. Falls irgendetwas Ihre Aufmerksamkeit erregt oder irgendjemand etwas sagt ...«

»Ich will genauso wissen, was passiert ist, also werde ich natürlich wachsam sein und Sie sofort verständigen, wenn mir etwas verdächtig vorkommt.«

Jackman holte eine Visitenkarte heraus. »Sie können mich Tag und Nacht erreichen, Ella, okay?«

»Also, ich bin so weit.« Harriet Jackman stand im Türrahmen.

Ella erhob sich. »Es war nett, Sie wiederzusehen, Si... ähm ... Jackman. Ich wünschte nur, die Umstände wären anders gewesen.«

»Rufen Sie an, falls Sie Hilfe mit Miles und Ryan brauchen. Ich bin mir nicht sicher, ob mein Bruder Sie großartig unterstützen wird. Aber falls Sie für irgendetwas männlichen Beistand benötigen, bin ich da.«

Nachdem die beiden Frauen gegangen waren, sah sich Jackman im Wohnzimmer um und fragte sich, wo, um alles in der Welt, er mit seiner Suche beginnen sollte.

Da fiel ihm ein, dass Sarahs Smartphone nicht gefunden worden war. Es war zwar ziemlich wahrscheinlich, dass es irgendwo am Grund der Themse lag, aber die Taschen ihrer Kleidung waren nicht sonderlich tief gewesen, weshalb sie es vielleicht wie ihre Umhängetasche und den Laptop zu Hause zurückgelassen hatte.

»Also gut«, sagte er laut. »Komm schon, Jackman. Du weißt, wie eine polizeiliche Durchsuchung abläuft, also verschwende keine Zeit.«

Er eilte die Treppe hoch und ins Elternschlafzimmer. James hatte ihm die Erlaubnis erteilt, das ganze Haus auf den Kopf zu stellen, und er wollte unbedingt wissen, warum sein Bruder zum Witwer geworden war und seine Neffen ohne Mutter aufwachsen mussten.

KAPITEL 7

Marie gähnte. Es wurde Zeit, nach Hause zu fahren, aber sie fühlte sich ruhelos, als hätte sie noch nicht genug getan, um den Laden jetzt schon zuzusperren.

»Beschäftigt dich was, Sarge?«, rief Robbie ihr von seinem Platz aus zu.

»Tote Männer, die aussehen wie Obdachlose, zum Beispiel«, erwiderte sie. »Warum ergibt im Moment eigentlich nichts einen Sinn?«

»Das stimmt. Wenn man bedenkt, was mit Jackmans Schwägerin passiert ist ...«

»Ich habe mich nur gerade gefragt, ob wir heute noch etwas von der Spurensicherung hören werden. Wir müssen rausfinden, wer dieser Pseudopenner war.« In diesem Moment klingelte das Telefon, und Marie nahm eilig ab. Zu ihrer Überraschung war es Orac.

»Marie? Sie können Ihrem umwerfenden DI ausrichten, dass ich tatsächlich Wunder vollbracht und den massakrierten Laptop wiederhergestellt habe, den er mir freundlicherweise vorbeigeschickt hat. Aber ich fürchte, es wird ihm nicht gefallen, was ich in der Inbox gefunden habe.«

Marie schnappte nach Luft. »Haben Sie belastendes Material entdeckt?«

»Irgendjemand mochte Sarah Jackman nicht. Und zwar ganz und gar nicht.«

Marie sprang auf. »Danke, Orac, ich komme gleich runter.« Sie legte auf. »Geh nach Hause, Robbie. Das könnte eine Weile dauern. Wir sehen uns morgen.«

»Kann ich mitkommen? Die Frau fasziniert mich.« Er grinste breit.

»Heute nicht. Sie hat womöglich noch nicht zu Abend gegessen, und ihr Appetit ist unersättlich. Du wärst der perfekte Snack.«

»Sie verschlingt Detectives?«

»Klar, ständig.« Marie eilte aus dem Büro und rief über die Schulter: »Sieh zu, dass du nie im Dunkeln nach unten gehst!«

Orac saß vor ihrer Wand aus Computerbildschirmen. »Kommen Sie rein, Marie. Setzen Sie sich.« Sie deutete auf einen Stuhl. »Ich fürchte, es ist nicht sehr angenehm zu lesen, und es tut mir leid, dass Sie das Jackman weiterleiten müssen, obwohl er sich sowieso schon beschissen fühlt.«

Marie setzte sich. »Ich glaube, er wird erleichtert sein. Er ist überzeugt, dass Sarah in den Selbstmord getrieben wurde. Freiwillig hätte sie so etwas nie gemacht.«

»Da hat er vermutlich recht.« Marie sah Orac in die seltsam metallischen Augen. Sie wusste, dass die IT-Expertin nach einem Angriff auf einem Auge blind war und die Kontaktlinsen den Schaden verdeckten.

»Ich habe sämtliche Mails des betreffenden Absenders ausgedruckt. Außerdem habe ich mir die gelöschten Dateien angesehen und ein paar Entwürfe entdeckt, die damit in Zusammenhang stehen könnten.«

»Namen oder E-Mail-Adresse haben Sie wahrscheinlich nicht gefunden, oder?« Marie hatte keine große Hoffnung, musste aber trotzdem fragen.

»Nein, er hat seine Spuren gründlich verwischt. Es wäre zwar theoretisch möglich, ihn aufzuspüren, aber die Tarnmethoden sind mittlerweile sehr raffiniert. Was allerdings nicht bedeutet, dass ich es nicht versuchen werde – Sie kennen mich ja.«

Marie lächelte. »Ja, das tue ich. *Wenn* jemand den Absender identifizieren kann, dann die Frau neben mir.«

Orac lächelte ebenfalls. »Wie kommt Jackman mit der Sache klar?«

Marie seufzte. »Es sind vor allem die Kinder. Das macht ihn fertig.«

»Es sind immer die Kinder«, erwiderte Orac leise.

Marie hatte sie noch nie so emotional erlebt.

Orac warf einen Blick auf ihren Bildschirm. »Eines Nachts verschwand meine Schwester aus ihrem Bett. Sie war drei Jahre alt, und wir haben sie nie wiedergesehen. Es hat den ganzen Ort zerstört, in dem meine Familie lebte. Nichts war je wieder so wie früher, weder für uns noch für die anderen. Männer begegneten anderen Männern mit Misstrauen, obwohl sie sich von Kindesbeinen an kannten und sogar zusammenarbeiteten. Brüder beschuldigten Brüder. Wir fanden nie heraus, was passiert war. In dieser Nacht zog das Dunkel bei uns ein und zerstörte alles in einem Umkreis von mehreren Kilometern.«

Marie war so schockiert, dass sie keine Worte fand. Einen Moment lang fragte sie sich, warum sich diese extrem verschlossene Frau ausgerechnet ihr gegenüber öffnete. Warum hatte Orac das Gefühl, über derart persönliche Dinge sprechen zu können? Sie erschauderte.

»Tut mir leid. Ich weiß gar nicht, warum ich Ihnen das alles erzählt habe. Es ist schon ewig her, aber es tut immer noch weh, wie man sieht.«

»Mir tut es auch schrecklich leid. Ich weiß gar nicht, wie Sie das alles verkraften konnten.«

»Das tun Menschen nun mal. Sie überleben. So wie damals, als Sie Ihren Bill verloren haben. Wir finden Wege, um damit klarzukommen. Na ja, zumindest die meisten. Manche schaffen es nicht. Wie zum Beispiel Sarah Jackman.« Sie reichte Marie einen Stapel Ausdrucke. »Da war irgendetwas in ihrer Vergangenheit. Etwas Schreckliches. Und was es auch war, unser anonymer Absender wollte, dass Sarah auf irgendeine Art dafür bezahlt. Lesen Sie die Mails und bilden Sie sich Ihre eigene Meinung, ich bin mir jedenfalls ziemlich sicher, dass dieser Mann – und es ist zweifellos ein Mann – auf Rache aus war.«

Marie betrachtete gedankenverloren die Blätter in ihrer Hand. »Das heißt, wir müssen so viel wie möglich über Sarahs Vergangenheit herausfinden. Die Frage ist, ob sie ihrem Mann davon erzählt hat, oder ob sie ein Geheimnis hatte.«

»Ich würde auf Letzteres tippen. Unser selbst ernannter Richter und Henker hat sie scheinbar gezwungen, in eine sehr dunkle Zeit ihres Lebens zurückzukehren.« Orac lehnte sich zurück. »Oder es handelt sich um einen total verkorksten Irren, der sich einfach irgendwelche Anschuldigungen aus den Fingern gesaugt hat, die Sarah nicht nachvollziehen konnte und mit denen sie nicht zurechtkam.«

Marie warf einen Blick auf die E-Mails. Manchmal war die Wortwahl beinahe biblisch, dann wieder handelte es sich um schlichte Anschuldigungen. Doch in jeder Nachricht schien der Verfasser Gerechtigkeit einzufordern. Die Frage war, wofür?

»Viel Glück damit, ich versuche in der Zwischenzeit, den Absender ausfindig zu machen.« Orac sah sie an. »Ich kann es nicht leiden, wenn Menschen bedroht werden, Sie etwa?«

»Nein, vor allem nicht, wenn dadurch eine Frau dazu gebracht wird, ihre Kinder im Stich zu lassen.« Marie biss die Zähne zusammen. Sie war froh, dass sie etwas Greifbares für Jackman gefunden hatte, das ihre Theorie bestätigte. Aber sie hatte auch Angst vor dem, was dort draußen lauerte. Was genau war hier aus den dunklen Untiefen von Sarahs Vergangenheit ans Licht gekrochen?

Als Marie in den leeren Ermittlungsraum zurückkehrte, lag eine Nachricht auf ihrem Tisch. *Bitte ruf die Pathologin an, bevor du gehst. Sie hat etwas für dich. Rob.*

Marie nahm den Hörer, wählte und war überrascht, als Rory sich meldete.

»Ah, was für eine Freude. Meine liebe Marie, wie geht es Ihnen? Und nachdem ich *weiß*, was Sie gleich fragen werden: Ich erhole mich nur langsam von diesem grauenhaften Tag in der großen Stadt! Dieser Verkehr! Und der Lärm. Dagegen ist meine herrlich gemütliche Gerichtsmedizin in den feuchten und eintönigen Fens die reinste Wonne. Ein *Traum.*«

Marie lächelte. Das war schon besser! Er war nur einen Tag fort gewesen, aber sie hatte ihn bereits vermisst. »Tut mir leid, das zu hören, Rory, es überrascht mich allerdings auch nicht. Ich soll mich übrigens bei Lisa Forbes melden, deshalb rufe ich an.«

»Ah, die wunderbare Lisa! Die nette junge Dame ist eigens länger geblieben, um mich um meine Meinung zu dem verstorbenen Gentleman zu bitten, den Sie ihr heute freundlicherweise zur Untersuchung geschickt haben. Er war übrigens tatsächlich ein *Gentleman* – zumindest bis vor Kurzem. Er lebte noch nicht lange auf der Straße, so viel ist sicher.«

»Das hat Max schon vermutet, nachdem er den modischen Haarschnitt gesehen hat, und Robbie meinte, die gepflegten Hände würden in dieselbe Richtung deuten.«

»Max und Robbie sind zwei clevere junge Männer. Lisa hat sich allerdings nicht so sehr für seine Vorgeschichte interessiert, sondern vielmehr für den tiefen Schnitt an seinem Handgelenk. Wir haben uns die Leiche gemeinsam angesehen, und wir sind beide überzeugt, dass die Spurensicherung nur die Fingerabdrücke des Toten auf dem Teppichmesser finden wird.«

»Dann war es tatsächlich Selbstmord? Aber ich dachte ...«

»Geduld, meine Liebe! Die Geschichte ist noch nicht zu Ende.« Er legte eine Kunstpause ein. »Denn ... der Schnitt ist außergewöhnlich. Wenn der Selbstmörder zögert, entstehen verschiedene Verletzungen, die relativ häufig vorkommen. Er fügt sich erste kleine Schnitte und Ritzwunden zu, während er den Mut für den letzten, entscheidenden Schnitt sammelt. Bei näherer Betrachtung war bei Ihrem Opfer vor allem seine zitternde Hand daran schuld. Aber kommen wir zum Hauptschnitt. Auch dieser wurde – *am Anfang* – eher zögerlich gesetzt. Am Ende ist jedoch eine kaum merkliche Richtungsänderung der Klinge zu bemerken. Die Wunde wurde tiefer und führte letztlich zum Tod. Wir sind beide der Meinung, dass unser Mann den Schnitt zwar begonnen hat, ihm aber nach einer Weile eine zweite, behandschuhte Hand mit erheblicher Krafteinwirkung bei der Vollendung ›behilflich‹ war.«

»Ein von einem Unbekannten herbeigeführter Selbstmord?«, fragte Marie ungläubig.

»Die Gerichtsmedizin ist schrecklich aufregend, nicht wahr?« Rory schnurrte beinahe vor Begeisterung. »Nur eine winzige Änderung der Ausgangslage, und es eröffnen sich vollkommen neue Möglichkeiten!«

Marie schüttelte den Kopf. »Das kann man wohl sagen.«

»Gut, das war der interessante Teil. Und nun zu dem traurigen Grund meiner Reise nach London.«

»Sarah?«

»Die Ärmste. Ertrinken ist eine besonders unangenehme Form, dem Leben ein Ende zu setzen. Es dauert beinahe zwei qualvolle Minuten, bis man das Bewusstsein verliert. Durch das plötzliche Ende der Sauerstoffzufuhr kämpft der Körper instinktiv ums Überleben.« Rory seufzte missmutig. »Das Problem ist, dass wir ohne verlässliche Augenzeugen nicht sagen können, *wie* sie starb. Sie ist ertrunken, so viel steht fest, aber ist sie ausgerutscht oder gestolpert? Hatte sie einen Schwindelanfall, oder ist sie tatsächlich gesprungen?«

»Auf dem Überwachungsvideo ist zu sehen, wie sie springt.«

»Haben Sie sich das Band auch angeschaut?«

Marie runzelte die Stirn. »Nein, nur Jackman.«

»Das ist nicht dasselbe. Er kannte das Opfer persönlich. Sie sollten es sich auch ansehen. Unvoreingenommen.«

Das würde sie gleich morgen früh tun. »Was haben Sie noch?«

»Ich habe eine vollständige toxikologische Untersuchung angeordnet, um etwaige Drogen in Sarahs Körper aufzuspüren, die womöglich ihr Handeln beeinflusst haben, aber diese Tests werden leider einige Zeit dauern. Körperlich habe ich erst einmal keinen Hinweis darauf gefunden, dass sie etwas genommen hat.« Er klang ungewohnt bekümmert. »Es widerstrebt mir zutiefst, aber in diesem Fall werden die Umstände des Todes Ihnen vermutlich mehr Hinweise liefern als meine Laborberichte.«

»Rufen Sie Jackman an, Rory? Oder soll ich das erledigen?«

»Ich mache es gleich nachher, aber ich würde vorschlagen, dass Sie später auch noch mal mit ihm reden. Ich hoffe, er hat sich nicht mehr erwartet, aber Tod durch Ertrinken ist immer eine sehr komplizierte Angelegenheit.«

»Keine Sorge, er weiß, dass niemand mehr herausfinden würde als Sie. Ich sehe mir gleich morgen das Überwachungsvideo an, und dann melde ich mich bei Ihnen, okay?«

»Gute Nacht und schlafen Sie gut – wenn Sie können.«

Da war Marie sich nicht so sicher. Wobei sie vermutlich besser schlafen würde als Jackman, nachdem Orac und Rory ihn auf den neuesten Stand gebracht hatten. Sie suchte ihre Sachen zusammen und wollte gerade gehen, als sie Annie entdeckte, die ihr zuwinkte. Annie arbeitete für eine Reinigungsfirma und putzte schon jahrelang in der Dienststelle, wodurch sie die meisten Officer schon sehr lange und gut kannte.

»Sind Sie hier fertig, Sarge? Stefan und ich sind heute Abend allein, und wir müssen weitermachen.«

»Ja, ich wollte gerade gehen. Heute Nacht hat nur ein Kollege Dienst, und der musste auch gerade los.« Sie lächelte. »Ist Eric schon wieder krank?«

Annies Gesicht verdüsterte sich. »Dieser Schuft! Keine

Ahnung, was ich machen würde, wenn ich Stefan nicht hätte. Er ist immer da, nicht wie dieser verdammte Eric!«

Stefan winkte ihr von der anderen Seite des Ermittlungsraumes zu. »Guten Abend, Sarge. Alles okay?«

Sie erwiderte den Gruß und fragte sich kurz, aus welchem Land Osteuropas Stefan wohl stammte. Sein Akzent war nicht sehr ausgeprägt. Eines Tages würde sie ihn danach fragen, aber nicht heute. »Ich muss los und lasse euch beide weiterarbeiten.«

Sie machte sich tief in Gedanken versunken auf den Heimweg und holte sich an einer Frittenbude eine Portion Fish and Chips. Kurz darauf schloss sie erleichtert die Tür hinter sich und sperrte den Tag aus.

Sie trank ein Glas Weißwein zum Essen, und nach dem Abwasch fand sie endlich den Mut, Jackmans Nummer zu wählen.

Als Marie anrief, hatte Jackman Rorys Neuigkeiten bereits verdaut. Er hatte nichts anderes von dem Gerichtsmediziner erwartet, allerdings fragte er sich, ob er nicht zu weit gegangen war, als er Rory gebeten hatte, die Obduktion durchzuführen. Andererseits war er es Sarah schuldig, dass sich die besten Leute um sie kümmerten.

Sie redeten ein paar Minuten über die Erkenntnisse des Pathologen, dann bekam er das Gefühl, dass Marie noch mehr auf dem Herzen hatte. »Okay, Evans, raus damit.«

Sie holte tief Luft und erzählte ihm von den unheilvollen E-Mails, die Orac auf Sarahs Laptop gefunden hatte.

»Ich wusste es! Irgendein Irrer hatte es auf sie abgesehen!« Seine Gedanken rasten.

»Jackman? Wie viel wissen Sie über Sarahs Vergangenheit?«

Maries Frage holte ihn zurück. Er dachte einen Moment lang nach. »Also sie ... Ich ...« Er verstummte. »Nicht viel, Marie. Überraschend wenig, wenn ich ehrlich bin. Was mich betrifft, hatte sie keine Vergangenheit. Sarah war Ehefrau und Mutter und der Mittelpunkt ihrer Familie. Ich weiß, dass mein Bruder sie bei einer Wohltätigkeitsveranstaltung kennengelernt hat und dass ihre Eltern entweder beide tot sind oder im Ausland leben – das weiß ich nicht mehr so genau. Sie waren jedenfalls nicht auf der Hochzeit.« Er klang verlegen. »Das war's, mehr oder weniger.«

»Dann wissen Sie also mehr über mich als über die Frau Ihres Bruders?«

»Okay, Detective, worauf wollen Sie hinaus?«

»Ich sage es nur ungern, aber Sie – oder besser gesagt, wir – müssen dringend herausfinden, was Sarah vor der Ehe getrieben hat.«

Jackman ließ sich in seinem Stuhl zurücksinken. Marie hatte recht, aber es würde nicht einfach werden. »Der Schlüssel zu ihrer Vergangenheit ist sicher mein Bruder, aber der steht kurz vor dem Zusammenbruch. Ich werde sehr vorsichtig sein müssen.« Da fiel ihm Ella Jarvis ein. »Am besten, ich rede vorher mit Ella. Sie stand Sarah, soweit ich weiß, näher als irgendjemand sonst.«

»Und Ihre Mutter?«

»Die weiß vielleicht ein bisschen mehr als ich, aber ich vermute, dass sie Sarah in etwa so wahrgenommen hat wie ich und sich keine Gedanken über ihr Leben vor ihrer Ehe gemacht hat.«

Marie klang angespannt. »Jackman, soll ich Ihnen die Ausdrucke noch vorbeibringen? Ich habe sie mir durchgesehen und finde, Sie sollten sie auch lesen. Ich habe das Gefühl, dass dieser Mann – falls es tatsächlich ein Mann ist – etwas gegen Sarah hatte. Etwas, das lange in der Vergangenheit liegt. Seine Drohungen beziehen sich auf einen konkreten Vorfall, nicht auf irgendwelche Bedeutungslosigkeiten.«

Jackman war noch immer bei seinem Bruder zu Hause. Er warf einen Blick auf die Uhr. Es war halb zehn, und er hatte noch nicht einmal Zeit fürs Abendessen gefunden. »Das wäre zu viel verlangt, Marie. Hören Sie, ich fahre in die Stadt, hole mir etwas zu essen und komme auf dem Rückweg zu meiner Mutter kurz bei Ihnen vorbei. Wäre Ihnen das recht?«

»Sicher. Ich bin zu Hause«, erwiderte Marie.

Jackman kam eine Stunde später und entschuldigte sich überschwänglich. Trotzdem war ihm anzusehen, wie aufgeregt er war. Marie führte ihn ins Wohnzimmer und bot ihm einen Kaffee an.

»Ja bitte. Ich könnte jetzt tatsächlich einen Koffeinschub vertragen.« Er ließ sich aufs Sofa fallen und seufzte ausgiebig. »Was für ein Tag!«

»Gibt es Neuigkeiten?«, rief Marie aus der Küche.

»Ich habe Sarahs Handy gefunden! Sie hat gar nicht versucht, es zu entsorgen.« Er stand wieder auf und schlenderte in die Küche. »Ich glaube, sie wollte, dass wir es finden. Es lag in einer Schublade im Flur, gleich neben der Tür. Ich habe sie erst beim Hinausgehen entdeckt. So viel dazu, etwas vor aller Augen zu verstecken.«

»Haben Sie sich das Anrufverzeichnis bereits durchgesehen?«

»Jede Menge Anrufe von einem unbekannten Teilnehmer. An einem einzigen Tag hat er sie vierzehn Mal angerufen. Wer auch immer dieser Mistkerl ist, er hat sie in den Tod getrieben. Das ist so offensichtlich, als hätte er ihr in den Kopf geschossen.«

Marie reichte ihm den dampfenden Kaffeebecher. »Die E-Mails geben einen guten Einblick in seine beängstigende Gedankenwelt. Es ist, gelinde gesagt, erschreckend.«

»Die arme Sarah. Gott weiß, was sie durchgemacht hat.« Er kehrte zurück ins Wohnzimmer.

»Haben Sie sich wirklich etwas zum Essen geholt, Jackman?«, fragte Marie.

Er sah sie verwirrt an. »Ich ... ähm ... nein, das habe ich vergessen.«

»Ich kann Ihnen ein Omelett und ein paar Fritten aus dem Backofen anbieten. Sie müssen etwas essen, das wissen Sie genau.«

»Nein, nicht nötig. Meine Mutter hat mir sicher etwas übrig gelassen. Trotzdem danke.«

Marie holte die Mappe mit den Ausdrucken. »Ich hoffe, es ist in Ordnung, dass ich mir eine Kopie gemacht habe. Ein paar interessante Stellen will ich mir genauer ansehen. Sie geben uns vielleicht einen Hinweis darauf, mit wem wir es zu tun haben.«

»Mit einem Psychopathen, würde ich sagen.«

»Abgesehen vom Offensichtlichen.« Sie setzte sich ihm gegenüber. »Es gibt noch ein zweites Rätsel, das ich lösen muss.« Sie erzählte ihm von dem Toten am Fluss.

Er schwieg eine Weile, dann sah er sie besorgt an. »Wie wahrscheinlich ist es, dass sich bei zwei Selbstmorden innerhalb von zwei Tagen der Verdacht auf Fremdeinwirkung ergibt?«

»Ziemlich unwahrscheinlich, würde ich sagen. Denselben Gedanken hatte ich auch schon. Aber wo ist die Verbindung? Abgesehen davon, dass wir überhaupt keine Ahnung haben, wer der Tote überhaupt ist.«

»Dann müssen Sie zunächst darauf das Hauptaugenmerk legen, Marie. Es besteht immerhin die Chance, dass er etwas mit Sarah gemeinsam hatte, und dann wissen wir zumindest, dass wir es nur mit einem Psychopathen zu tun haben und nicht mit zweien.«

»Yippie, ich liebe diese Das-Glas-ist-halb-voll-Einstellung.«

»Ernsthaft, Marie. Sie wissen, dass ich nicht an Zufälle glaube. Da muss es etwas geben. Es wäre schon sehr großes Pech, wenn wir es mit zwei rachsüchtigen Mördern auf einmal zu tun hätten.«

»Ich bin ganz Ihrer Meinung, keine Angst. Ich werde mich morgen früh mit vollem Einsatz in diesen Fall stürzen. Und Sie sollten jetzt erst mal etwas essen und ein wenig schlafen, und morgen können Sie sich dann daranmachen, so viel wie möglich über Sarahs Vergangenheit herauszufinden. Ach ja, wie war übrigens ihr Mädchenname?«

Jackman sah sie ratlos an. »Ich habe keine Ahnung. Ich glaube nicht, dass ich den schon mal gehört habe.«

Marie musterte ihn. »Ihnen ist doch klar, dass das eher ungewöhnlich ist, oder? Sie sind Polizist. Polizisten fallen solche Dinge auf. Wir hören, was die Leute reden, und wir vergessen nichts. Es klingt für mich, als hätte Ihre Schwägerin ihre Vergangenheit absichtlich geheim gehalten. Keine Eltern? Kein Mädchenname? Keine witzigen Geschichten aus der Kindheit? Es ist, als hätte Sarah Jackman vor der Ehe mit Ihrem Bruder überhaupt nicht existiert.«

KAPITEL 8

Jackman war überrascht, dass seine Mutter noch in der Küche saß und auf ihn wartete.

»Ich habe dir etwas warm gehalten, Rowan. Du hast doch sicher nichts zu Abend gegessen, oder?« Sie ging zum Herd und nahm einen großen Suppenteller von der Warmhalteplatte. Sie trug einen Morgenmantel seines Vaters über ihrem seidenen Schlafanzug. Als Kind hatte er sie oft so gesehen, und einen Moment lang sehnte er sich nach dieser Art des Familienlebens zurück.

»Du hättest nicht extra wach bleiben müssen, Mum.« Jackman nahm den herrlich duftenden Hühnereintopf und die dicke Scheibe Brot dankbar entgegen.

»Ich kann sowieso nicht schlafen, mein Junge. Die ganze Situation ist unerträglich. Ich mache mir ständig Gedanken darüber, warum du mich nach Sarahs Gemütszustand gefragt hast, und mittlerweile bilde ich mir alles Mögliche ein. Glaubst du, dass es doch kein Selbstmord war?«

Jackman legte die Gabel beiseite und sah zu seiner besorgten Mutter. »Ja, das tue ich, und ich finde immer mehr Hinweise, die es bestätigen.«

»Du meine Güte. Das sind gute und zugleich auch sehr schlechte Nachrichten.«

»Wenn ich es irgendwann beweisen kann, wird es eine große Erleichterung für James und die Jungen sein, dass Sarah sie nicht freiwillig verlassen hat.«

Seine Mutter sah ihn schockiert an. »Aber wer macht so etwas?«

»Ich weiß es nicht, aber ich habe vor, es herauszufinden.« Er nahm einen Bissen. Er hatte gar nicht gemerkt, wie hungrig er war. »Mum, was weißt du über Sarahs Vergangenheit?«

Seine Mutter dachte lange nach und antwortete schließlich: »Nicht viel, Rowan, und das hat einen guten Grund. Nachdem James uns mitgeteilt hatte, dass sie heiraten wollen, hat er mich und deinen Vater gebeten, Sarah keinerlei Fragen über ihr Leben vor ihrer Beziehung zu stellen.«

Jackman runzelte die Stirn. »Warum, um alles in der Welt, bittet man die zukünftigen Schwiegereltern um einen solchen Gefallen?«

»Er meinte, es gäbe ein traumatisches Erlebnis in ihrer Vergangenheit, und darüber zu reden, würde alte Ängste und Sorgen wieder hervorholen.« Sie zuckte mit den Schultern. »Wir kamen seiner Bitte natürlich nach. Was blieb uns auch anderes übrig? Wir mochten Sarah von Anfang an, und wir beschlossen, dass James' Glück uns wichtiger war als alles andere. Im Grunde war es keine große Sache.«

Abgesehen davon, dass dieses Erlebnis Sarah schließlich doch eingeholt und letzten Endes zu ihrem Tod geführt hat, dachte Jackman düster. »Zu mir hat er nie etwas gesagt.«

Seine Mutter lächelte traurig. »Das musste er gar nicht, oder? Ihr beide standet euch nie so nahe, wie ich es mir gewünscht hätte, und ihr wart so mit euren Karrieren beschäftigt, dass ihr kaum Zeit miteinander verbracht habt.«

»Das ist ein ziemlich hartes Urteil, Mum.« Es tat weh, auch wenn Jackman zugeben musste, dass seine Mutter bis zu einem gewissen Grad recht hatte. »Ich liebe James – er ist immerhin mein großer Bruder –, aber wir haben uns zu zwei grundverschiedenen Männern entwickelt.«

»Ihr wart *schon immer* grundverschieden! Als Babys, als Kleinkinder, als Jungen, als Teenager und als junge Erwachsene.« Harriet lachte leise. »Ihr seid wie Tag und Nacht.«

Jackman seufzte. »Ich will ihm unbedingt helfen, aber dafür muss ich ihn bitten, mir alles zu sagen, was er weiß, und das wird nicht leicht werden.«

»Ganz sicher nicht, obwohl seine Stimmung heute Abend etwas besser war. Er ist nicht mehr so angespannt und ein wenig ruhiger.«

»Ist er bereit, wieder nach Hause zurückzukehren?«

»Ja, seit er weiß, dass Ella ihm helfen wird. Selbst in seinem derzeitigen Zustand will er nur das Beste für Ryan und Miles, und die wollen wieder zur Schule gehen.« Sie lächelte müde. »Aber keine Angst, ich behalte ihn im Auge. Meine Freundin Clara hat diese Woche die Pferde übernommen, also habe ich mehr Zeit.«

»Du siehst eher so aus, als müsste man dich im Auge behalten. Du wirkst total erschöpft, Mum.«

»Wir schaffen das schon. Alles in allem sind wir eine sehr widerstandsfähige Familie.«

»Stimmt. Ich werde zwischendurch auch öfter bei Ella vorbeischauen und sicherstellen, dass sie mit allem versorgt ist.«

»Danke, Rowan. Aber jetzt iss fertig und leg dich ins Bett. Niemand funktioniert ohne Nahrung und Schlaf.«

»Du klingst wie Marie! Sie hat vorhin dasselbe gesagt.«

»Kluge Frau. Du solltest auf sie hören. Und jetzt ab ins Bett.«

Er gehorchte, nahm jedoch die Mappe mit den Mails mit nach oben.

Um ein Uhr morgens starrte er immer noch auf die Zeilen und wünschte inständig, er hätte erst gar nicht zu lesen angefangen. Er hatte keine Ahnung, was genau passiert war, aber sie hatten es mit einem sehr kranken Mistkerl zu tun.

»Susie? Bist du wach?«, fragte Yvette leise.

»Ja, schon seit Stunden.«

»Ich auch.«

Yvette drehte sich zur Seite und sah zu Susies Bett hinüber. »Machst du dir Sorgen, weil Mum morgen nach Hause kommt?«

»Zum Teil. Ich habe natürlich Angst, dass es ihr bald wieder schlechter gehen wird, aber ich mache mir noch mehr Gedanken über die Jungs.«

Yvette fragte sich, warum sie ihre Brüder immer noch »die Jungs« nannten, obwohl sie mittlerweile zwischen dreißig und fünfundvierzig Jahre alt waren. »Hätte Mutter nur nie gesagt, dass wir nicht ruhen sollen, bevor wir Brendans Namen reingewaschen haben. Das hat Dale und Liam nur wieder bestärkt.«

»Ja, das befürchte ich auch. Ich wollte eigentlich, dass Mums letzte Tage friedlich und voller Liebe sind und nicht voller Anspannung.«

»Du kannst es bestimmt kaum erwarten, wieder bei deinen Kindern und Stevie zu sein, stimmt's?«

Susie seufzte. »Wir haben nun mal alle beschlossen, in dieser Phase für Mum da zu sein. Immerhin war sie auch immer für uns da. In guten und in schlechten Zeiten.« Sie bewegte sich, und das Bett knarrte. »Stevie versteht das schon, und er kommt gut mit den Kindern klar. Außerdem weiß er, dass es nicht für immer ist.«

»Es ist trotzdem lieb von dir, Susie. Und von Kennys Frau auch. Ich bin so froh, dass du bei mir bist. Ich weiß nicht, ob ich es ohne dich schaffen würde.«

»Sei nicht albern, natürlich würdest du das.«

Yvette war sich da nicht so sicher. »Dale und Liam machen mir Angst, Sue. Sie sind so ... so erbittert, fast schon besessen, und wenn ich ehrlich bin, fehlt mir inzwischen die Motivation. Brendan kommt nicht wieder, egal, was wir tun, was für einen Sinn hat das also alles noch?«

»Sag das bloß nicht, wenn die beiden in der Nähe sind, Yvie. Sie wollen, dass wir am Ende alle gemeinsam den Sieg feiern.«

»Dieser verdammte Kreuzzug! Ich wünschte, es wäre endlich vorbei«, erwiderte Yvette. »Macht dich Dales Blick denn nicht fertig?«

»Ganz ehrlich? Er erschreckt mich manchmal zu Tode. Und bei Liam ist es noch schlimmer. Mein Gott, er war erst acht, als es passiert ist, aber mir kommt es vor, als sei er am meisten davon besessen. Ich habe keine Ahnung, was sie als Nächstes vorhaben, aber ich bin wegen Mum hier, und deshalb bleibe ich auch und sage und tue das, was sie von mir verlangen, bis es vorbei ist.« Sie hielt einen Moment inne. »Und du solltest unbedingt dasselbe tun.«

Yvette zog die Knie an die Brust und die Decke enger um sich. Es war ein vernünftiger Ratschlag. Sie wusste, wie wichtig ihrer Familie Loyalität war. Trotzdem wurde die Befürchtung immer größer, dass etwas Schreckliches passieren würde.

KAPITEL 9

Jackman war gekommen, um die Jungen zu verabschieden. Es war ihr erster Tag in der Schule nach Sarahs Tod, und er hatte schreckliche Angst, was sie womöglich dort erwartete. Andererseits taten Kinder oft überraschende Dinge. Wie auch immer – er hatte jedenfalls das Gefühl, dabei sein zu müssen und ihnen zu zeigen, dass ihr Onkel immer für sie da war.

Ella verfrachtete die beiden lächelnd ins Auto, sah noch einmal nach, ob sie alles dabeihatten, und winkte Jackman und James durch das heruntergelassene Fenster zu, bevor sie davonfuhr.

»Ein kleiner Schritt nach vorn«, meinte er leise zu seinem Bruder, der ihn teilnahmslos ansah und keine Antwort gab. Es schien, als hätte er sich vollkommen in sich zurückgezogen, und das konnte Jackman im Moment nicht gebrauchen.

»Ella hat uns Croissants und Kaffee in die Küche gestellt, also komm schon, du musst etwas essen.« Jackman nahm James' Arm und führte ihn in Richtung Tür.

Sein Bruder setzte sich an den Küchentisch und starrte ausdruckslos ins Nichts.

Jackman wärmte die Croissants, schenkte den Kaffee ein und stellte zwei Teller und zwei Becher auf den Tisch. »Keine Widerrede, James. Iss!«

James griff nach der Marmelade und gab einen kleinen Klecks neben sein Croissant, dann betrachtete er das Glas eingehend. »Sarah hat Unmengen davon für die Kirchengemeinde gekocht, die sie dann bei einer Wohltätigkeitsveranstaltung verkauft hat.«

Seine Stimme war beinahe tonlos, und Jackman fragte sich, was, zum Teufel, der Arzt ihm verordnet hatte. »Ich weiß. Ryan hat mir zwei Gläser verkauft, dabei esse ich gerade mal eines im Jahr!«

James antwortete nicht und rührte auch sein Essen nicht an. »Das alles darf einfach nicht wahr sein. Was habe ich nur *falsch* gemacht?«

Jackman stellte seinen Becher ab. »Gar nichts, James, lass das. Nichts von alldem ist deine Schuld.«

»Warum fühlt es sich dann so an? So, als würde ich für ein schreckliches Verbrechen bezahlen?«

Jackman holte Luft. Vielleicht war das seine Chance, um zu seinem Bruder durchzudringen. »James? Es gibt da etwas, das ich dir sagen muss, und ich werde deine Hilfe brauchen.« Er wartete gar nicht erst auf eine Antwort. »Ich glaube, dass das, was Sarah zugestoßen ist, seinen Ursprung in ihrer Vergangenheit hat. Du musst mir alles darüber erzählen. Vor allem über die Dinge, über die sie nicht reden wollte.«

Zum ersten Mal blitzte so etwas wie Interesse in den Augen seines Bruders auf. James spürte, dass Jackman ihm einen Rettungsring zugeworfen hatte, der vielleicht bewies, dass er tatsächlich keine Schuld hatte.

»Das würde ich gerne, aber ich weiß selbst nichts darüber.«

Jackman starrte ihn an. »Wie bitte? Hast du sie denn nie danach gefragt?«

James zupfte an seinem Croissant. »Relativ am Anfang unserer Beziehung erklärte Sarah mir, dass ihr etwas zugestoßen war. Sie wäre in etwas verwickelt gewesen, das sie so sehr belastet habe, dass sie nicht darüber reden konnte. Vielleicht würde sie es mir eines Tages erzählen, aber vielleicht würde sie es nie schaffen. Es wäre meine Entscheidung, die Beziehung zu beenden oder weiterzuführen.«

»Und du hast beschlossen, bei ihr zu bleiben?«

»Ich habe sie geliebt, Ro. Das tue ich noch immer. Es schien mir nur ein kleiner Gefallen zu sein, und ich interessierte mich nicht für ihre Vergangenheit, sondern für unsere gemeinsame Zukunft.«

»Warst du denn nicht neugierig?«

James nippte an seinem Kaffee. »Ein bisschen, schätze ich. Aber ich habe ihr versprochen, sie nicht zu fragen, und das war's. Wir blieben zusammen, und es war perfekt. Zumindest dachte ich das.«

»Sarah hatte ein Geheimnis, James. Ich glaube, dass jemand aus ihrer Vergangenheit beschlossen hat, sie daran zu erinnern, und am Ende wurde es ihr zu viel.« Jackman goss sich noch einen Kaffee ein.

»Aber was, zum Teufel, kann das gewesen sein? Sie war ein liebenswürdiger Mensch und die beste Ehefrau und Mutter, die man sich vorstellen kann.«

Jackman stellte lieber keine Vermutungen an. Er hatte Dinge gesehen, die seinen Bruder zu Tode schockiert hätten. Er wusste, wie hinterhältig und zerstörerisch Menschen sein konnten. »Kannst du mir wenigstens irgendetwas über sie erzählen? Oder über ihre Familie?«

James strich ehrfurchtsvoll Sarahs Marmelade auf sein Croissant. »Wie zum Beispiel?«

»Was ist mit ihren Eltern? Hatte sie Geschwister? Woher kam sie? Im Grunde alles, was du weißt.« Jackman fand es frustrierend, dass er seinem Bruder alles aus der Nase ziehen musste.

»Es war immer eine Art Grauzone. Ich glaube nicht, dass sie Geschwister hatte, und ihre Eltern habe ich nie kennengelernt. Du weißt ja, dass sie nicht einmal bei der Hochzeit waren.« James klang entschuldigend und etwas verlegen. »Ich glaube, sie sind ins Ausland gezogen. Vielleicht sind sie aber auch schon tot.«

Niedergeschlagenheit machte sich in Jackman breit. Warum war ihm nie aufgefallen, dass seine Schwägerin keine Vergangenheit hatte? Er versuchte, sich an Gespräche zu erinnern, aber diese hatten sich immer nur um die Kinder oder die Ferien gedreht. Um zukünftige Ausflüge. Und natürlich um die Arbeit. Sarah hatte von ihrem Job erzählt, aber hatte er ihr wirklich zugehört? Sie hatte als eine Art Gebietsleiterin für eine Firma gearbeitet, die Bastel- und Malmaterialien für Grundschulen vertrieb, und war dadurch viel herumgekommen. Sie hatte Stunden reduziert, nachdem die Kinder zur Welt gekommen waren, und am Ende hatte sie sich ihre Stelle mit einer anderen Frau geteilt, die ebenfalls mehr Zeit zu Hause verbringen wollte. Er fragte sich, ob diese Frau bloß eine Arbeitskollegin oder auch eine Freundin gewesen war.

»Sie hat oft mit Ella gesprochen.« James schien plötzlich aufzuwachen. »Vor allem, als sie nach Miles' Geburt an einer postnatalen Depression litt. Ella war der einzige Mensch, den sie in ihrer Nähe duldete, und ich glaube, sie hat sich ihr gegenüber mehr geöffnet als mir.«

»Ich werde mit ihr reden, sobald sie aus der Schule zurück ist.« Er schenkte seinem Bruder ebenfalls noch einen Kaffee ein. »Gibt es irgendwo persönliche Unterlagen oder Fotos?«

James runzelte die Stirn. »Nein. Seltsamerweise hatte sie kein einziges Foto dabei, als wir hier einzogen. Wenn ich jetzt so darüber nachdenke, war das schon seltsam, denn sie machte andauernd Fotos von den Kindern, mir, dem Hund, dem Garten und unseren Ausflügen. Sie hatte Kartons voller Bilder und einen riesigen Ordner auf ihrem Computer, aber sie waren alle aus der Zeit hier im Haus.«

Jackman fragte sich, was, um alles in der Welt, geschehen war, dass Sarah ihr ganzes Leben vor der Beziehung mit James einfach gelöscht hatte. »Was auch passiert ist, es muss sehr tragisch gewesen sein, oder?«

James nickte langsam und riss immer noch Stückchen von seinem Croissant ab.

»Hör mal, ich weiß, dass es schwer für dich ist, aber überleg bitte trotzdem, ob es noch irgendetwas gibt, das mir bei der Suche nach der Wahrheit helfen könnte.« Er sah seinen Bruder eindringlich an. »Wenn ich recht habe, wurde Sarah von jemandem in den Selbstmord getrieben. Verstehst du das, James? Ich muss herausfinden, wer diese Person war.«

James hörte auf zu kauen und erwiderte Jackmans Blick. »Dann hat es also nichts mit uns und unserem gemeinsamen Leben zu tun?«

»Hilf mir bitte. Vergiss die Schuldgefühle. Dort draußen läuft ein sehr gefährlicher Mensch herum, und ich brauche unbedingt deine Unterstützung.«

»Okay, ich gebe mein Bestes, versprochen.«

»Es ist auch wegen Ryan und Miles. Sie müssen die Wahrheit über ihre Mutter erfahren. Nicht das, was die Zeitungen und die Medien aus ihr machen.«

James nickte langsam. »Du hast recht.«

»Denk nach, James! Gab es ein Thema, das sie vermied? Gespräche, bei denen sie sofort ablenkte? Etwas, das sie sich nicht im Fernsehen ansehen konnte?«

Sein Bruder runzelte konzentriert die Stirn. Dann antwortete er: »Seltsamerweise hatte sie nur ein einziges Mal richtig Angst. Und zwar, als ich ihr erzählt habe, dass mein kleiner Bruder Rowan Polizist ist.«

Jackman legte den Kopf schief. »Angst? Inwiefern?«

»Sie fing sich schnell wieder und behauptete, es hätte sie überrascht, weil Vater und ich im Finanzsektor arbeiten. Aber ich wusste, dass der Schock echt war. Es hat ihr Angst gemacht.«

Dann hatte das, was vor all den Jahren passiert war, wahrscheinlich etwas mit der Polizei zu tun. »Danke, James. Damit kann ich schon mal etwas anfangen.« Jackmans Gedanken begannen zu rasen. Vielleicht gab es eine Akte oder einen Eintrag im System. Aber war Sarah das Opfer oder die Täterin gewesen?

Gary Pritchard und PC Kevin Stoner sahen sich unter den voll besetzten Tischen der Wärmestube um. Sie suchten nach einem bestimmten Gesicht.

»Sie kommt fast jeden Tag her, um sich einen heißen Tee und ein Sandwich zu holen.« Kevin trat vor die Küchendurchreiche und wandte sich lächelnd an den Freiwilligen, der gerade Dienst hatte. »Ron? War Cassie heute schon da?«

Ron war ein großer, beleibter Mann und trug ein Rugbyshirt der Leicester Tigers. Er schüttelte den Kopf. »Nein, noch nicht, Kumpel. Sie kommt mittlerweile immer später. Schätze, die Arthritis macht ihr zu schaffen.«

Oder die Drogen, dachte Gary. Er wusste, dass Cassie alt war. Sie lebte auf der Straße, seit er denken konnte. Es war eine traurige Geschichte, aber waren sie das nicht alle? In letzter Zeit hatten Kevin und er jedoch bemerkt, dass es der alten Dame nicht gut ging. Früher war sie frech, sarkastisch und streitlustig gewesen, doch jetzt war sie geradezu schweigsam. Trotzdem war sie noch immer die beste Anlaufstelle, wenn man etwas über die Leute auf der Straße in Erfahrung bringen wollte. Es war zwar nie vorauszusehen, wie gesprächig sie sein würde, aber ihr entging nichts, und sie hatte Gefallen an dem höflichen, gut aussehenden *PC Kev* gefunden, wie sie ihn nannte.

»Wenn man von der Sonne spricht ...« Gary deutete in Richtung Eingangstür. Cassie trug so viele Lagen zerlumpter Kleider übereinander, dass Gary sich an ihrer Stelle kaum hätte bewegen können, und versuchte, ihren ramponierten Einkaufswagen durch die Tür zu manövrieren.

Kevin eilte zu ihr, um ihr zu helfen, woraufhin sie ihn beschimpfte, sie könne das allein, und wenn sie Hilfe bräuchte, dann würde sie ihn schon darum bitten. Kevin sah grinsend in Garys Richtung, zog einen Zehner aus seiner Geldbörse und ging wieder zu der Durchreiche, wo er ihn Ron in die Hand drückte. »Gib ihr, was sie will. Und das Wechselgeld auch.«

»Schätze, ihr braucht was?«, fragte Cassie an Gary gewandt. »Und nachdem ich nicht bescheuert bin, vermute ich, dass es um den Toten am Fluss geht.«

Gary fiel auf, dass sie nicht von einem Selbstmord oder Mord gesprochen hatte, sondern bloß von einem *Toten*. »Wäre schön, wenn Sie uns helfen könnten, Cassie.«

»Habe ich denn eine Wahl?«, murmelte sie.

»Es ist ein kostenloses Frühstück für Sie drin, und vielleicht noch ein paar Pfund obendrauf.«

Sie ließ sich schwerfällig auf den Stuhl sinken. »Na gut, schießt los!«

Kevin beugte sich zu ihr. »Was können Sie uns über den Mann erzählen, der da gestorben ist?«

»Zuerst das Essen.«

Kevin sprang auf und ging zur Durchreiche. »Einmal das volle Programm und einen großen Becher Tee.« Er kehrte an den Tisch zurück. »Ron bringt es gleich.«

Cassie zupfte einige Lagen Kleidung zurecht und lehnte sich zurück, als wäre sie eine alte, reiche Witwe, die Hof hielt. »Wir haben ihn die ganze Woche über immer wieder gesehen, aber er war nicht an das Leben hier gewöhnt, wisst ihr? Er hatte Angst. Große Angst.«

»Wenn man hier neu ist, dann ist es doch *richtig* Furcht einflößend, oder?«

»Schon, aber nicht so wie bei ihm, Schätzchen. Wir haben versucht, mit ihm zu reden, aber er wollte nichts davon wissen. Ab und zu haben wir ihn mit einem zweiten Mann gesehen, aber den kannten wir genauso wenig, und niemandem gefiel, wie er aussah. Er war sehr seltsam.«

»Was meinen Sie mit *seltsam*?«, fragte Gary. »In welcher Hinsicht?«

»Gut angezogen, aber immer dunkel. Wie auf einer Beerdigung. Mitte vierzig, schätze ich. Ein Gesicht wie ein Totengräber. Aber es waren vor allem die Augen. Dieser starre Blick, als wäre er auf Drogen, obwohl er es gar nicht war. Ich kann mich auch täuschen, aber ich bin mir sicher, dass der Tote wegen ihm so große Angst hatte.«

»Haben Sie den Mann seither noch einmal gesehen?«

»Nein, der ist fort.«

Gary warf Kevin einen Blick zu und hob eine Augenbraue. »Würden Sie ihn wiedererkennen, Cassie?«

»Ich sehe ihn noch in meinen Träumen, Schätzchen.« Sie erschauderte. »O ja, so jemanden vergisst man nicht. Und wenn ich ihn wiedersehe, dann bin ich sofort bei euch auf dem Revier, und ihr könnt ihn einsperren.«

»Warum sollten wir ihn einsperren?«

»Weil er hundertprozentig für den Tod des armen Teufels verantwortlich ist.«

In diesem Moment trat Ron mit einem Teller Eier, Speck, Würstchen, Hash Browns und einem großen Becher Tee an den Tisch. »Das geht auf die beiden Gentlemen, Cass. Das Wechselgeld ist für dich.«

»Das will ich hoffen«, knurrte sie, doch Gary sah das Funkeln in ihren Augen. Cassie begann, mit Appetit zu essen.

»Der Mann hat also vor seinem Tod mit keinem von euch geredet?«

»Mit keinem.« Sie würzte ihr Essen mit reichlich Salz und Pfeffer und ertränkte alles in Tomatenketchup. »Aber ich sage euch was: Die Angst, die er mitgebracht hat, ist noch immer da. In den Gassen und Straßen der Stadt, vor allem, wenn es dunkel ist. Letzte Nacht hat hier keiner gut geschlafen.«

»Der Tod hinterlässt manchmal dunkle Schatten.«

Gary warf Kevin einen scharfen Blick zu. Die Emotionalität in den Worten des jungen Mannes überraschte ihn.

Cassie hörte auf zu kauen und sah Kevin ebenfalls an. »Schön gesagt, PC Kev. Sie sind wohl ein kleiner Philosoph, was?«

Der zuckte mit den Schultern, doch Gary musste Cassie insgeheim recht geben. An den Worten des jungen Officers war was Wahres dran. Der Tod warf tatsächlich dunkle Schatten auf einen Ort.

Gary holte eine Fünfpfundnote aus seiner Tasche und gab sie der Frau. »Wenn Sie den Mann noch mal sehen, dann kommen Sie sofort zu uns, und wenn Sie Angst haben, dann helfen wir, so gut wir können.«

Draußen wandte sich Gary noch einmal an Kevin. »Sie hat den Mörder gesehen, nicht wahr? Und das weiß sie auch.«

Kevin Stoner nickte ernst. »Ich hoffe nur, dass der Mörder es nicht auch weiß.«

Marie konnte kaum das Ende der Morgenbesprechung erwarten, damit sie sich das Überwachungsvideo von Sarah am Themseufer anschauen konnte.

Sie öffnete das Programm auf ihrem Computer und starrte auf den Bildschirm. Sie sah sich das Video zweimal in normaler Geschwindigkeit an, dann ging sie Bild für Bild einzeln durch. Beim zweiten Mal hielt sie bei einem Ausschnitt an und druckte ihn aus.

Sie betrachtete das Bild immer noch, als Robbie Melton hinter sie trat und einen Blick über ihre Schulter warf. Sie sah zu ihm auf. »Rob? Sieh dir doch bitte mal das Video an. Und dann geh es Bild für Bild durch und sag mir, ob dir etwas seltsam vorkommt.«

Sie stand auf und ließ Robbie vor ihrem Computer Platz nehmen.

Ein paar Minuten später hielt er das Video an derselben Stelle an wie sie. »Ich bin mir nicht sicher, ob sie allein ist, Sarge. Ich würde sogar darauf wetten, dass jemand hinter ihr steht. Man sieht denjenigen nicht, aber ...« Er deutete mit dem Finger auf das Bild. »Es sieht so aus, als würde sie einen schnellen Blick über die Schulter werfen. Und dem gequälten Gesichtsausdruck nach zu schließen, steht da jemand.« Er biss sich auf die Lippe und sah noch genauer hin. »Vielleicht hat sie sich aber auch umgedreht, ob auch niemand sie beobachtet. In einer solchen Situation will man schließlich nicht, dass jemand die Flusswache alarmiert und sie einen in letzter Sekunde rausholen, bevor alles erledigt ist. Trotzdem würde ich eher auf die erste Variante tippen.«

»Ganz genau. Es würde vor Gericht zwar niemals als Beweis standhalten, aber ich bin mir verdammt sicher, dass wir recht haben.«

Robbie grunzte. »Es ist uns allerdings keine große Hilfe. Außer, dass es ebenfalls darauf hindeutet, dass das kein klassischer Selbstmord war.« Er stand auf, damit Marie sich wieder setzen konnte. »Bist du sicher, dass etwas dahintersteckt? Oder interpretieren wir zu viel in einen flüchtigen Blick hinein, weil das Opfer Jackmans Schwägerin war?«

Marie schüttelte den Kopf. »Nein, Robbie. Die ganze Sache schreit nach Fremdeinwirkung und damit einem Verbrechen. Es ist zwar nicht klar ersichtlich, aber ich glaube, je mehr wir herausfinden, desto bösartiger wird es werden.«

»Wenn es sich um Nötigung oder eine widerwärtige Art von assistiertem Selbstmord handelt, dann müssen wir auch eine Verbindung zu unserem toten Obdachlosen in Betracht ziehen.«

Marie nickte. »Wie läuft es mit der Identifizierung?«

»Charlie und Max gehen die Vermisstenmeldungen durch, und Rosie arbeitet an einem Bild, das ihn glatt rasiert und gepflegt zeigt. Vielleicht erkennt ihn jemand wieder.«

»Gary und Kevin sind losgezogen, um mit ein paar Leuten von der Straße zu reden, und ich werde sie später noch bitten, in den Wohltätigkeitsläden der Umgebung vorbeizuschauen. Bei der Heilsarmee, oder wo auch immer er seine ›Straßenklamotten‹ herhatte. Laut Spurensicherung handelt es sich um Secondhandteile, die allerdings noch nicht sonderlich abgetragen waren.«

»Warum wird ein Mann, der offensichtlich Geld hat und sich um sein Äußeres sorgt, plötzlich zum Obdachlosen? Das ergibt doch keinen Sinn.«

»Gary hat vorhin angerufen und mir erzählt, dass er mit einem zweiten Mann gesehen wurde. Gut gekleidet und mit stechendem Blick. Unser Möchtegernpenner hatte offenbar Angst vor ihm.«

Robbie stöhnte. »Noch mehr Rätsel. Was gäbe ich nicht für einen schlichten, geradlinigen Mord.«

Marie lachte. »Könntest du mit deinem Wunsch bitte warten, bis Jackman wieder da ist? Im Moment haben wir mehr als genug zu tun.«

Nachdem Ella Jackman erzählt hatte, wie es den Jungen ergangen war, machte sie Tee. Sie hörte sich Jackmans Fragen an, war ihm aber keine große Hilfe.

»Wir haben so oft geredet, aber im Nachhinein betrachtet, ging es dabei nie um ihre Vergangenheit. Sie hat mir gegenüber nur einmal angedeutet, dass sie als junges Mädchen in eine Sache verwickelt war, aber es fiel ihr schwer, darüber zu sprechen. Sie meinte, sie hätte sogar James gebeten, ihr keine Fragen zu stellen, also ließ ich es ebenfalls bleiben. Man will doch niemanden verletzen.«

»Aber Sie hätten gerne Bescheid gewusst, oder?«, fragte Jackman.

»Natürlich. Ich war schrecklich neugierig. So bin ich nun mal. Ich habe sogar ihren Namen gegoogelt, um rauszufinden, was passiert ist.«

»Ohne Erfolg, schätze ich.«

»So ist es. Dabei kann ich echt gut im Internet herumschnüffeln.«

Jackman lächelte. »Dann war der Job bei der Spurensicherung ja genau das Richtige für Sie.« Sobald er es ausgesprochen hatte, bereute Jackman es auch schon.

»Ich glaube, für das hier bin ich besser geeignet«, erwiderte Ella.

»Tut mir leid, das war gedankenlos von mir. Sie waren sehr gut in Ihrem Job, und viele Leute vermissen Sie. Unter anderem Professor Wilkinson.«

»Danke, aber ich habe offensichtlich nicht die Nerven dafür.« Ella lenkte das Gespräch wieder zurück auf Sarah. »Sie hat einmal eine Schulfreundin erwähnt, bloß nebenbei. Ich glaube nicht, dass sie es überhaupt bemerkt hat, aber ich habe es nie vergessen, weil es vermutlich der einzige Hinweis auf ihr früheres Leben war.«

»Erinnern Sie sich an den Namen der Frau?«

»Pauline? Ja, das war's. Pauline Grover.«

Jackman hob eine Augenbraue. »Sie haben ein extrem gutes Gedächtnis.«

»Das braucht man, wenn man mit Kindern arbeitet.« Sie lachte, und Jackman fiel auf, wie attraktiv sie war, doch dann richtete er seine Aufmerksamkeit eilig wieder auf das eigentliche Thema. »Haben Sie Pauline auch gegoogelt?«

»Woher wissen Sie das? Ja, habe ich. Aber das war genauso ergebnislos.«

»Ich schätze, nicht jeder mag Social Media.«

Ella nickte, dann sah sie ihn an. »Jackman, gibt es irgendetwas Praktisches, wobei ich helfen kann? Ich habe ziemlich viel Freizeit, während die Jungen in der Schule sind, und James hat eine Reinigungskraft, was bedeutet, dass ich zur Verfügung stehe, sobald das Essen gekocht und die Wäsche gebügelt und gefaltet ist.«

»Vielleicht. Es wäre auf jeden Fall wunderbar, aber ich muss zuerst überlegen, wo wir anfangen sollen.«

»Geben Sie mir einfach Bescheid. In der Zwischenzeit werde ich mich bei den Kindern umhören. Glücklicherweise reden sie ziemlich offen über Sarah, das ist gut.«

»Außerdem wird James langsam bewusst, dass er etwas von der Last schultern muss. Obwohl ich keine Ahnung habe, wie er es ohne Sie schaffen würde.«

»Es ist auch gut für mich. Ich hatte es satt, immer nur zu Hause zu sein, aber auch keine Energie, mir einen neuen Job zu suchen. Ehrlich gesagt, stand ich kurz davor, in eine Depression zu rutschen. Der Anruf Ihrer Mutter war genau das, was ich gebraucht habe, um mich da herauszuholen.«

Jackman schob den Stuhl zurück. »Gut, nachdem hier alles etwas ruhiger läuft, werde ich ein paar Stunden ins Büro fahren. Ich komme heute Abend noch mal vorbei und sehe nach allen, wenn es Ihnen recht ist?«

»Sicher. Ich muss einen Plan für Ryans und Miles' Nachmittagsaktivitäten schreiben und nachsehen, was ich einkaufen muss. Ach ja, und dann muss ich noch auspacken und mich ein wenig einrichten. Es ging ja alles ziemlich schnell.«

»Danke noch mal, Ella. Es ist gut, dass Sie hier sind. Sie haben uns das Leben gerettet.« In diesem Moment klingelte sein Telefon. »Tut mir leid, aber das ist Marie, da muss ich rangehen.«

»Können Sie vorbeikommen, Sir? Es gibt eine neue Entwicklung«, erklärte sie eilig, und Jackmans Anspannung wuchs. »Robbie wurde im System auf einen Fall aufmerksam, den DCI Cameron Walker aus Beech Lacey gerade bearbeitet, und der DCI ist auf dem Weg hierher. Ich denke, Sie sollten sich anhören, was er zu sagen hat.«

Jackman war bereits aufgesprungen. »Bin schon unterwegs, Marie.«

KAPITEL 10

DCI Cameron Walker und Jackman kamen zur selben Zeit in der Dienststelle an. Jackman kannte Cameron als liebenswürdigen Detective, der jede Menge über die Gegend und ihre Leute wusste. Er war groß und stämmig, aber wie ein Terrier, wenn er sich erst einmal in einen Fall verbissen hatte. Ein Mann, den man nicht unterschätzen durfte.

»Jackman! Schön, Sie zu sehen!« Cameron streckte ihm die Hand entgegen. »Tut mir leid, was passiert ist.«

Jackman schüttelte sie. »Es ging mir tatsächlich schon mal besser.«

Sie traten durch die Eingangstür, und Jackman führte den Kollegen in den Ermittlungsraum. Auf Maries Schreibtisch standen bereits drei dampfende Becher Kaffee.

»Gehen wir doch in mein Büro«, bot Jackman an und nahm sich einen davon.

»Darf ich Robbie dazuholen, Sir?«, fragte Marie. »Durch ihn sind wir erst auf den Fall gestoßen.«

»Natürlich. Aber er soll seinen eigenen Stuhl mitbringen.«

Cameron Walker sah sich in Jackmans Büro um und betrachtete neidisch die Bücherregale. »Hübsch hier.« Sein Blick wanderte über den mit Leder bezogenen Schreibtisch und den bequemen Bürostuhl. »Sogar *sehr* hübsch. Warum ist mein Büro eigentlich nur ein kleiner Wandschrank mit Fenster und Möbeln aus Spanplatten?«

»Weil Sie sich nicht auf Auktionen, Flohmärkten und bei Räumungsverkäufen herumtreiben und dann mitten in der Nacht alles in Ihr Büro schmuggeln«, antwortete Marie. »Unser Boss ist wie ein Eichhörnchen.«

Jackman grinste. »Also, was haben Sie für uns, Cameron?«

»Im Prinzip einen Fall, der Ihrem beinahe aufs Haar gleicht, bloß, dass unsere wunderbare, liebende Lebensgefährtin und Mutter vom Dach eines Kaufhauses in London gesprungen ist.«

Jackman stieß die Luft aus. »Okay. War sie von hier?«

»Aus Beech Holby, das ist ein paar Kilometer von Beech Lacey entfernt. Und nach dem, was Marie mir am Telefon erzählt hat, ist es im Grunde dasselbe wie hier bei Ihnen.«

Jackman nippte an dem Kaffee und starrte schweigend in seinen Becher. Wie kam es, dass sich in so kurzer Zeit zwei Frauen aus derselben Gegend in London das Leben genommen hatten?

»Die gute Nachricht ist, dass wir mit unseren Ermittlungen schon ein großes Stück weiter sind als Sie. Unser Opfer starb vor zwei Wochen, und sie hat ein paar Hinweise hinterlassen, mit denen wir arbeiten konnten.«

»Wie hieß die Frau?«, fragte Jackman.

»Forester. Suri Forester.«

»So ein Zufall. Mein Bruder hat mir vorhin erzählt, dass Sarah mit Mädchennamen Woodman hieß. Was wohl beides ›Förster‹ heißt, nicht wahr?«

»Es wird noch seltsamer«, erklärte Robbie. »Suri ist die jiddische Form von Sarah, was im Hebräischen so viel wie Prinzessin bedeutet. Ein Freund von mir hat seine Tochter so genannt, nachdem ein Promi-Paar seine Tochter Suri getauft hat.«

Jackman unterdrückte ein Schaudern.

»Es ist alles sehr undurchsichtig«, erklärte Cameron leise. »Suri Forester war nicht ihr richtiger Name, und ich vermute, dass Ihre Schwägerin auch nicht Sarah Woodman hieß. Die beiden haben andere Namen angenommen, nachdem sie vor vielen Jahren in eine bestimmte Sache verwickelt waren, über die keine der beiden jemals ein Wort verloren hat.«

»Wie beim Zeugenschutzprogramm«, murmelte Marie.

Cameron Walker nickte. »Das dachte ich mir auch, aber das lässt sich kaum beweisen, weil alles geheim gehalten wird. Man tappt im Dunkeln.«

James hatte Jackman erzählt, wie verängstigt Sarah auf die Neuigkeit reagiert hatte, dass sein Bruder Polizist war. Wahrscheinlich hatte sie sich gefragt, was wohl passieren würde, wenn er anfing, in ihrer Vergangenheit herumzuschnüffeln. Das erklärte einiges.

»Mein Team versucht gerade, ihre Spuren zurückzuverfolgen, und mir wurde versichert, dass ich heute noch Antworten bekomme«, sagte Cameron gerade.

»Wäre es in Ordnung, wenn wir gemeinsam an den Fällen arbeiten und einander etwaige Ergebnisse zur Verfügung stellen?«

»Jederzeit.«

»Dann würde ich vorschlagen, dass Sie die Leitung übernehmen«, bot Jackman an.

»Warum arbeiten wir nicht parallel?«, schlug Cameron

vor. »Es sind knapp fünfundzwanzig Kilometer von hier nach Beech Lacey, das ist nicht gerade um die Ecke. Sie machen hier weiter, ich setze unsere Ermittlungen fort, und wir bleiben in ständigem Kontakt.«

»Ja, das ist eine gute Idee. Aber wir bräuchten Verbindungsleute in beiden Revieren, die alles koordinieren und Informationen ohne Zeitverzögerung bereitstellen.«

Cameron nickte. »Einverstanden. Einer meiner Männer ist am glücklichsten, wenn er vor dem Computer sitzt. Er macht das im Schlaf.«

»Auf unserer Seite würde ich Rosie McElderry vorschlagen, Sir«, meinte Marie. »Das passt genau zu ihr.«

»Perfekt.« Jackman lächelte. Es war ein sehr zufriedenstellendes Arrangement und bedeutete, dass Robbie, Max und Charlie weiterhin für den Außeneinsatz bereitstanden.

»Sir?« Marie sah ihn an. »Ich habe DCI Walker noch nichts von unserem zweiten Toten erzählt. Von dem Mord oder Selbstmord am Fluss.«

»Ah, genau. Wir wissen noch nicht, ob und wie die Fälle zusammenhängen. Marie, wären Sie so freundlich und würden uns auf den neuesten Stand bringen?«

Marie gab einen kurzen Bericht ab. »Bis jetzt hat ihn noch niemand wiedererkannt oder einen Mann als vermisst gemeldet, auf den die Beschreibung passen würde.«

»Da könnte es durchaus eine Verbindung geben«, überlegte Cameron. »Alles andere wäre ein zu großer Zufall, nicht wahr? Zwei Mörder mit demselben, ziemlich außergewöhnlichen Modus Operandi? Sehr unwahrscheinlich.«

»Das ist richtig«, stimmte Jackman ihm zu. »Wir bleiben auch an diesem Fall dran und halten Sie auf dem Laufenden.«

Cameron erhob sich. »Ich fahre jetzt besser zurück.

Danke für den Kaffee – obwohl ich gestehen muss, dass er um nichts besser schmeckt als bei uns.« Er verzog das Gesicht. »Wir leben von dem Zeug, da möchte man doch meinen, dass sie uns irgendwann etwas Genießbares zur Verfügung stellen.«

Jackman lächelte und streckte die Hand aus. »Wir sind sehr froh über Ihre Unterstützung, DCI Walker.«

»Ebenfalls, und bitte nennen Sie mich Cam. Das ist unkomplizierter. Auf Wiedersehen, Marie und Robbie, war nett, Sie beide kennenzulernen.«

Nachdem sich die Tür hinter ihm geschlossen hatte, sagte Robbie: »Netter Kerl! Ganz anders als andere DCIs, die ich so kenne.«

»Er wirkt ziemlich entspannt, aber er ist ein verdammt guter Polizist. In seinem Team hat noch nie jemand um Versetzung angesucht, so viel steht fest«, erwiderte Jackman.

»Ganz ähnlich wie bei Ihnen, Sir«, bemerkte Marie grinsend.

Nachdem Robbie gegangen war, wandte sie sich an Jackman. »Glauben Sie, dass Sarah Zeugin eines Verbrechens wurde, Sir?«

»Es sieht ganz danach aus. Man erzählt niemandem davon, weder der Familie noch den Freunden, und dann fängt man neu an – neuer Name, neues Leben. Es ist ein Geheimnis, das unbedingt gewahrt werden muss, denn es könnte einen selbst oder einen nahestehenden Menschen das Leben kosten.«

»Über das Zeugenschutzprogramm wird nicht gerne geredet, oder? Nicht mal bei uns.«

»Das ist durchaus verständlich. Andererseits wird auch viel Unzutreffendes behauptet. Etwa die Unsummen, die den Zeugen im Programm angeblich ausbezahlt werden. Das ist völliger Blödsinn.«

»Eine Freundin von mir wollte einmal zum Zeugenschutzprogramm gehen, hätte dafür aber die gesamte Ermittlungsarbeit an den Nagel hängen sollen. Sie hätte nur noch die Zeugen beschützt und versteckt gehalten. Sie hat erzählt, dass ihnen sehr viel abverlangt wird und wie herzzerreißend es manchmal ist. Damit die Gerechtigkeit siegt und irgendein Mistkerl hinter Gitter wandert, müssen sie ihr Leben aufgeben.« Marie hielt kurz inne. »Dann glauben Sie also, dass es darum geht? Dass irgendjemand herausgefunden hat, wer Sarah und diese andere Frau wirklich sind, und sie bedroht hat?«

Jackman runzelte die Stirn. »Wir müssen zuerst einmal zurück an den Anfang. Herausfinden, wer die jungen Frauen waren und was sie gesehen haben. Von dort aus gelangen wir vielleicht zu demjenigen, der sie terrorisiert hat.«

»Und außerdem müssen wir unseren toten Pseudopenner identifizieren.«

»Das auch. Das ist ein großer Berg Arbeit, Marie. Aber da Ella nun bei meinem Bruder wohnt und die Jungen wieder zur Schule gehen, werde ich ab morgen wieder im Dienst sein.«

»Das klingt wie Musik in meinen Ohren, Sir.«

Dale und Liam schlüpften in ihre Jacken, und Kenny sah ihnen nach, wie sie das Haus verließen.

»Was haben sie jetzt schon wieder vor?«, erklang Yvettes Stimme hinter ihm, und er zuckte zusammen.

Er lächelte verzagt. »Das weiß nur Gott allein. Am besten, du fragst erst gar nicht.«

Yvette ließ sich auf die Treppe sinken und rieb sich die

schmerzenden Schultern. »Ich habe wieder einmal Flyer verteilt, im nördlichen Teil der High Street. Aber am Ende landen sie doch nur wieder im Rinnstein oder im Müll.«

»Du machst Mum eine Freude. Denk einfach immer daran. Du tust es für sie.«

»Du bist immer so lieb, Kenny.«

»Blödsinn. Aber ich verstehe dich, Yvie. Wir kämpfen schon so lange, dabei schert sich niemand einen Dreck um einen derart alten Fall. Es ist schon zu lange her, und wir sind bloß eine weitere traurige Familie, die nicht loslassen und nicht akzeptieren kann, dass einer von ihnen zum Mörder wurde.«

»Das glaubst du doch nicht ernsthaft, oder?«

Kenny gähnte. »Dass Brendan das Mädchen umgebracht hat? Natürlich nicht! Brendan war der Liebenswürdige in unserer Familie – nicht ich. Er war zwar wild und ein Draufgänger, das stimmt schon, aber er hätte niemals ein Mädchen umgebracht. In einer Million Jahren nicht. Ich glaube nur, dass der Rest der Welt will, dass wir endlich Ruhe geben.«

Yvette erhob sich. »Lust auf einen Tee?«

»Susie kocht gerade einen Becher für Mum. Leisten wir ihnen doch Gesellschaft. Aber kein Wort von dem, worüber wir gerade gesprochen haben, okay?«

»Klar doch. Susie und ich haben gemeinsam beschlossen, immer schön die Klappe zu halten, keine Sorge.«

»Wegen mir brauchst du dir deshalb keine Gedanken zu machen, Yvie. Es ist nur wegen Dale und Liam.«

»Das weiß ich doch, Kenny. Das weiß ich nur zu gut.«

Kenny rang sich ein müdes Lächeln ab und folgte ihr in die Küche. Es war seltsam. Je erschöpfter die beiden Schwestern wurden und je mehr sie sich geschlagen gaben, desto fieberhafter führten Dale und Liam den Kreuzzug fort. Wenn Kenny noch einmal das Wort »Vergeltung« hören müsste, würde er laut losbrüllen.

Um etwa vier Uhr nachmittags erhielt Marie einen Anruf von Rory Wilkinson.

»Ich wollte mit Ihnen über Männerunterwäsche reden.«

Marie hörte ein unterdrücktes Kichern und lächelte. »Super! Das ist mein Lieblingsthema.«

»Gut. Unser Obdachloser, der doch keiner ist, war meiner Meinung nach ein ziemlich wohlhabender Mann, und hier kommt die Unterwäsche ins Spiel. Er trug Kleidung aus dem Secondhandladen, aber bei abgetragener Unterwäsche hörte der Spaß für ihn offenbar auf. Die Boxershorts allein kosten über dreißig Pfund, und das T-Shirt ist von Dolce & Gabbana und mit Sicherheit keine Kopie. Man bekommt es nicht unter zweihundert Pfund.«

»Für ein einfaches T-Shirt?«, rief Marie. »Machen Sie Witze?«

»Meine liebste Marie, auf den Straßen der Hauptstadt laufen junge Männer herum, die aussehen wie Obdachlose und zerrissene Jeans tragen, die fast tausend Pfund kosten. Wenn Sie Designerklamotten wollen, dann zahlen Sie auch dementsprechend dafür.«

»Da kaufe ich lieber bei uns in der High Street ein, danke, Rory.«

»Gute Entscheidung. Aber jetzt zurück zu unserem geheimnisvollen Fremden. Max hatte recht mit dem teuren Haarschnitt. Außerdem ist er ausgezeichnet in Form, wohlgenährt und hat einige teure Zahnkorrekturen hinter sich.« Rory holte Luft. »Was uns bei der Identifizierung helfen könnte. Er hat ein paar Implantate – und jetzt raten Sie mal! Wir haben tatsächlich eine neue Software zur Erkennung von Zahnimplantaten. Sie werden mittels Röntgenstrahlen vermessen und der jeweiligen Fertigungsnummer zugeordnet. Ist das nicht toll?«

»Sie sind ein Genie.«

»Lassen wir das Offensichtliche doch bitte beiseite. Natürlich bin ich ein Genie. Aber als ich vorhin *wir* sagte, meinte ich die Gerichtsmedizin im Allgemeinen. Ich habe die Software nicht hier, aber ich kenne eine Frau, die darüber verfügt. Ich werde vor ihr zu Kreuze kriechen und sie mit Lob überhäufen – genau wie Sie, wenn Sie etwas von mir brauchen –, und hoffentlich haben wir bis morgen ein paar Antworten.«

»Damit kann ich durchaus leben, Rory. In der Zwischenzeit geht das Bild des Mannes an die lokalen Medien. Ich kann immer noch nicht glauben, dass ihn niemand vermisst.«

»Warum zieht man sich überhaupt wie ein Obdachloser an und bringt sich dann um? Ich meinte es ernst, als ich Ihnen vorhin riet, sich in höheren Einkommenskreisen umzuhören. Der Mann lebte nicht von der Hand in den Mund oder erschlich sich Sozialleistungen. Es ist schon eigenartig, oder?«

»Auf jeden Fall.«

»Nun gut, dann verabschiede ich mich erst einmal von Ihnen, werte Kollegin. Ich muss los und ein wenig Speichellecken, dann bekomme ich vielleicht Informationen über die Implantate für Sie. Bis bald, meine Liebe.«

Marie legte kopfschüttelnd auf. Ein Telefonat mit Rory war alles andere als langweilig. Sie fragte sich, ob sie die Neuigkeiten an Jackman weitergeben sollte, der gerade mit seinen Neffen unterwegs war, doch sie beschloss zu warten, bis sie mehr in der Hand hatte.

»Sarge? Orac hat versucht, dich zu erreichen, während du telefoniert hast. Sie lässt fragen, ob du noch mal zu ihr kommen könntest, bevor du nach Hause gehst.« Charlie grinste. »Und ich würde dich sehr gerne begleiten ...«

»Was ist bloß los mit euch, Jungs? Ihr seid ja richtig besessen von der Frau.«

Charlie lachte. »Vielleicht.«

»Tut mir leid, aber das schaffe ich auch allein, danke.« Marie warf einen Blick auf die Uhr. Sie machte sich besser gleich auf den Weg. Die Zeit verging wie im Flug.

Im Untergeschoss angekommen, hatte sie tatsächlich das Gefühl, in ein dunkles, unheimliches Paralleluniversum eingetaucht zu sein. Es war ruhig und ziemlich dunkel, und sie verspürte das Bedürfnis, auf Zehenspitzen zu gehen und zu flüstern.

Orac winkte sie in ihre Höhle. »Den Absender der E-Mails konnte ich noch nicht ausfindig machen, aber es wird immer enger für ihn. Haben Sie etwas über das Opfer herausgefunden?«

Marie nahm vor den flackernden Bildschirmen Platz. »Ein bisschen. Wir nehmen an, dass Sarah nicht ihr richtiger Name war.«

»Genau so ist es.« Orac sah sie mit ihren irritierenden Augen an. »Bis zu ihrem sechzehnten Lebensjahr hieß sie Heather Miller.«

Maries Mund klappte auf. »Wie, um alles in der Welt ...?«

»Mit dem Stalker hatte ich zwar noch kein Glück, aber bei Sarah habe ich einige Fortschritte gemacht. Ich habe nach Sarah Jackman gesucht und nach einigen Recherchen herausgefunden, dass ihr Mädchenname Woodman war.

Dann stieß ich auf eine Anomalie im Wählerverzeichnis und einigen anderen Datenbanken, und auch mit der Versicherungsnummer stimmte etwas nicht. Also habe ich ein paar offiziellere Kanäle angezapft und stieß auf die Namensänderung.«

»Wow! Beeindruckend!«

»Dafür bekomme ich immerhin mein Gehalt.« Orac grinste schief. »Wenn auch nicht annähernd genug!« Sie sah Marie an. »Keine Ahnung, wie Ihr DI Jackman damit klarkommt, aber seine Schwägerin war nicht die Person, für die er sie gehalten hat.«

Marie nickte. »Das weiß er bereits. Er will Antworten, ganz egal, was dabei herauskommt. Er denkt, dass sie vielleicht im Zeugenschutzprogramm war.«

»Das glaube ich eher nicht.«

»Was sonst?«, fragte Marie überrascht.

»Sie ist offenbar aus freien Stücken verschwunden. Auf eigene Faust, wie es aussieht.«

»Mit sechzehn?«

»Ja. Kurz vor ihrem siebzehnten Geburtstag.«

»Das verstehe ich nicht.« Marie war verwirrt.

»Ich muss noch ein paar Recherchen anstellen und werde heute nicht eher gehen, bis ich der Wahrheit auf die Spur gekommen bin. Ich glaube, dass Sarah und ein anderes Mädchen etwas Fürchterliches beobachtet haben – oder zumindest sahen, wie der Täter den Tatort verließ.«

»Ein anderes Mädchen! Natürlich. Vor ein paar Wochen ist eine zweite Frau unter ähnlichen Umständen verstorben. Sie hieß Suri Forester und wohnte in Beech Holby.«

»Ah! Das macht mir das Leben ein wenig einfacher und bestätigt meine Vermutungen. Ich brauche nur noch konkrete Beweise. Ich denke, morgen früh kann ich Ihnen schon sehr genau sagen, was vor über zwanzig Jahren passiert ist und inwiefern es das Leben der Mädchen auf den Kopf gestellt hat.«

Marie eilte zurück in den Ermittlungsraum, rief Jackman an und erzählte ihm von Sarahs Namenswechsel. Er war genauso fasziniert wie sie selbst, und sie wusste, dass keiner von ihnen in dieser Nacht ein Auge zutun würde. Sie fühlte sich wie ein Kind am Abend vor Weihnachten, das ungeduldig auf den nächsten Tag und die Bescherung wartet. Bloß, dass das Geschenk ziemlich sicher nicht gerade hübsch ausfallen würde.

KAPITEL 11

Jackman beschloss, seine Familie – besonders James, aber auch Ella Jarvis – über den Ermittlungserfolg auf dem Laufenden zu halten, es sei denn, es gab einen guten Grund, es nicht zu tun. Er würde natürlich keine vertraulichen Informationen weitergeben, aber seiner Meinung nach hatten sie das Recht, zu wissen, warum Sarah so gehandelt hatte. Und sei es nur, um etwaige Schuldgefühle zu zerstreuen.

Deshalb verbrachte er auch diesen Abend wieder im Haus seines Bruders und saß mit Ella bei zwei großen Gläsern Wein im Wohnzimmer, nachdem die Kinder ins Bett gegangen waren. Als sie noch bei der Spurensicherung gearbeitet hatte, hatte Ella eine Geheimhaltungserklärung unterzeichnet, weshalb er offen mit ihr reden und die Möglichkeit diskutieren konnte, dass Sarah in den Selbstmord getrieben worden war.

Ella dachte nach und nickte dann schließlich langsam. »Sie war immer sehr verschlossen, was ihre Vergangenheit betraf. Ich dachte dabei vor allem an Kindesmissbrauch, was erklärt hätte, warum sie nie von ihren Eltern sprach.« Sie nippte am Wein und lehnte sich in die Sofakissen. »Ich hatte mir zusammengereimt, dass ihr Vater ihr etwas angetan hatte, und deshalb hakte ich auch nicht nach. Mittlerweile frage ich mich, ob sie meine Vermutungen nicht absichtlich bestärkt hat, um ihre wahren Beweggründe zu verschleiern. Es tut ziemlich weh, dass sie mich jahrelang derart belogen hat, aber es zeigt wohl auch, wie ernst sie die Bedrohung genommen hat. Sie traute sich nicht, sich irgendjemandem gegenüber zu öffnen.«

»Zweifellos.« Jackman erzählte Ella von der Vermutung, dass Sarahs richtiger Name Heather Miller gelautet hatte. »Es lag sicher nicht in ihrer Natur, andere zu verletzen und zu belügen. Und die Liebe zu James und ihren Kindern war unbestreitbar.«

»Ja, das sehe ich genauso. Sie hat sie vergöttert. Sie hätte alles für sie getan.«

»Alles?«, meinte Jackman nachdenklich. »Vielleicht ...«

Ella richtete sich mit großen Augen auf. »Sie glauben, sie hat sich umgebracht, um ihre Familie zu schützen?«

»Es wäre eine Möglichkeit, oder?«

»Dann wurde also ihnen Gewalt und Vergeltung angedroht und nicht Sarah selbst?« Ella überlegte. »Aber würde das nicht bedeuten, dass sie sich immer noch in Gefahr befinden? Wenn wir es mit einem psychisch gestörten Täter zu tun haben, gibt er sich womöglich nicht mit Sarahs Tod zufrieden.«

»Wir sollten die Kirche im Dorf lassen.« In Gedanken organisierte Jackman bereits einen geheimen Unterschlupf und eine Rund-um-die-Uhr-Überwachung für seine Familie. Doch dann zwang er sich eilig, wieder in die Realität zurückzukehren. »Ich bin mir ziemlich sicher, dass es um Sarah ging. Es hat keinen Sinn, ihre Familie in Angst und Schrecken zu versetzen, nachdem sie nicht mehr da ist.«

»Was ist mit den Sünden der Väter?«, schlug Ella mit finsterer Miene vor. »So etwas kommt vor.«

»Ich weiß, aber ...«

»Sie sprachen vorhin von einem ähnlichen Todesfall ganz in der Nähe?«

Er nickte. »Die Kollegen in Beech Lacey ermitteln in einem beinahe identischen Fall. Wir werden eng mit ihnen zusammenarbeiten.«

»Hieß die Frau zufällig Pauline Grover?«

»Nein, Suri Forester.«

»Oh, dann ist es also nicht Sarahs alte Freundin, die sie einmal unabsichtlich erwähnt hat?«

Jackman überlegte angestrengt. War Pauline Grover vielleicht Suris richtiger Name gewesen? Der Name, nach dem Cameron Walker suchte? Er warf einen Blick auf die Uhr, holte sein Handy heraus und wählte Cams Nummer.

Nachdem er den Anruf beendet hatte, sah er Ella durchdringend an. »Sie hatten recht! Der DCI aus Beech Lacey hat gerade eine Nachricht seines Sergeants erhalten. Sie haben Suri Forester über eine Änderung im Wählerverzeichnis aufgespürt. Ihr Name war tatsächlich Pauline Grover.«

Ella blinzelte. »Zwei Teenager, die so große Angst hatten, dass sie alles hinter sich ließen und zu vollkommen anderen Menschen wurden. Das ist echt unheimlich.«

Jackman sah erneut auf die Uhr, als könnte er die Zeiger dazu bringen, sich schneller zu drehen. »Gleich morgen früh werde ich mir die Geschichte der beiden genauer ansehen.«

Ella stellte das Weinglas ab und beugte sich vor. »Jackman? Glauben Sie, wir sind in Gefahr?«

Er hoffte, dass er möglichst zuversichtlich klang. »Falls ich auch nur eine Sekunde lang das Gefühl habe, dass Sie oder meine Familie in Gefahr sind, werde ich alles tun, um Sie zu beschützen. Das verspreche ich Ihnen.«

Sie grinste schief. »Ich war wohl gerade ein bisschen paranoid. Das geht vorbei. Ich ertrage nur den Gedanken nicht, dass die beiden Jungen noch mehr Aufregung erleben müssen, während sie immer noch versuchen, mit dem schrecklichen Verlust klarzukommen.«

Für Jackman war es ebenso undenkbar. »Gleich morgen früh werde ich das gesamte Team auf den Fall ansetzen. Das wollte ich ohnehin, aber nun ist die Dringlichkeit gestiegen. Wir müssen herausfinden, was damals passiert ist, erst dann kommen wir demjenigen näher, der hinter diesem Albtraum steckt.«

Ella trank ihr Glas leer. »Ich vertraue Ihnen, Jackman. Und keine Sorge, ich lasse die Kinder nicht aus den Augen und bitte auch die Schule, besonders aufmerksam zu sein.«

»Aber möglichst, ohne ihnen zusätzliche Angst einzujagen.«

»Natürlich. Ich werde ihnen erklären, dass es sinnvoll wäre, bis wir den endgültigen Obduktionsbericht ihrer Mutter haben. Und dass es dabei vor allem um das Wohlergehen der Kinder geht.« Sie stieß ein kurzes Lachen aus. »Ich sage ihnen schon nicht, dass vielleicht ein Axtmörder hinterm Klettergerüst lauert!«

Jackman lachte ebenfalls, doch es verklang schnell, und dann saßen sie sich schweigend gegenüber. Er betrachtete Ellas besorgtes Gesicht und fragte sich, ob sie ebenso düsteren Gedanken nachhing wie er.

Während Jackman sich langsam fürs Bett fertig machte, saß Marie mit einem Whisky-Toddy an ihrem Küchentisch und las die E-Mails, die Sarah von dem Mann – oder der Frau –

bekommen hatte, der oder die sie offenbar abgrundtief gehasst hatte.

Überflogen hatte sie die Nachrichten zwar schon einmal, doch nun ging sie sie einzeln durch und suchte nach einem versteckten Hinweis zwischen den Zeilen.

Sie nippte an dem heißen Whisky, den sie nach einem Rezept ihrer Mutter zubereitet hatte, und wünschte, er könnte die Kälte vertreiben, die sich beim Lesen der Mails in ihr ausgebreitet hatte.

Die Nachrichten waren voller verhaltener Drohungen und eindeutigem Hass, und es war eine schockierende Lektüre. Sie enthielten allerdings nichts Eindeutiges, sondern lediglich Anspielungen auf etwas, von dem der Absender wusste und an dem er Sarah die Schuld gab. Da waren zahllose Stellen, die offenbar aus der Bibel stammten: *Seine Untat kommt auf sein eigenes Haupt, seine Gewalttat fällt auf seinen Scheitel zurück*, oder: *Wenn du aber Böses tust, dann fürchte dich!* Ein anderes Zitat klang eher nach Shakespeare: *Der Ruhm der Zeit ist: Entlarven Trug, ans Licht die Wahrheit bringen.*

Sie blätterte weiter und fragte sich, wie Sarah sich wohl gefühlt hatte. Hatte sie geglaubt, für die damaligen Ereignisse verantwortlich zu sein? Marie seufzte. Am Ende hatte der Schreiber dieser grauenhaften Zeilen seinen Willen durchgesetzt. Wofür auch immer er ihr die Schuld gegeben hatte, Sarah hatte dafür bezahlt.

Sie las die letzte Nachricht laut vor:

Tochter Babel, du Zerstörerin! Wohl dem, der dir heimzahlt, was du uns getan hast! Wohl dem, der deine Kinder packt und sie am Felsen zerschmettert!

Die Seite zitterte in ihrer Hand. *Der deine Kinder packt und sie am Felsen zerschmettert.* Sie nahm einen großen

Schluck von ihrem heißen Whisky. Jetzt wusste sie, warum Sarah sich bereitwillig ins tiefe Wasser der Themse gestürzt hatte. Dieser bösartige Mistkerl hatte ihre Kinder bedroht.

Marie dachte an die andere Frau. War es bei ihr auch so gewesen? Cam Walker hatte doch gesagt, sie hätte ebenfalls Kinder gehabt, oder? Marie fluchte. Dann trank sie den Rest des Whiskys, raffte die Unterlagen zusammen und stand auf. Sie musste versuchen, ein wenig zu schlafen. Jackman würde morgen wieder ins Büro zurückkehren, und dann hatten sie jede Menge zu besprechen.

Die Kirche war nicht der einzige Ort, an dem er zur Ruhe kam. Er hielt sich auch gerne im Wald auf. Die hohen Bäume bildeten eine Kathedrale um ihn herum, in der nur die Geräusche der Natur an seine Ohren drangen. Doch solche Wälder waren in den Fens nicht leicht zu finden.

Heute Abend war die Kirche abgeschlossen gewesen, weshalb er weit hinaus in die Marsch an einen Ort gefahren war, den nur sehr wenige kannten. Es war ein elendes Stück Erde, karg und beinahe unzugänglich. Nur eine holprige Straße führte an den unwirtlichen Küstenstreifen, und der Weg zur Uferböschung war mit Brennnesseln und Unkraut überwuchert. Direkt unter der Kante befand sich ein Bunker aus dem Zweiten Weltkrieg. Die schartigen Wände waren von Flechten bedeckt, und auf dem Dach wuchsen Quecken und Unkraut. Doch wenn er nach oben aufs Dach kletterte, breitete sich die lang gestreckte Marsch vor ihm aus, und bei Flut sah er manchmal sogar das silbergraue Wasser des Mündungsgebietes. Abgesehen von dem einen oder anderen Wilddieb, kam niemand im Dunkeln hierher, und genau deshalb liebte er diesen Ort. Er saß auf dem

Dach des Bunkers und sah hinaus auf das endlose Nichts, das sich vor ihm ausbreitete. Hier draußen war es möglich, an nichts zu glauben und sämtliche Pflichten und Aufgaben hinter sich zu lassen. Hier gab es nur den Wunsch, zu zerstören.

Doch dann rief er sich in Erinnerung, dass er sehr wohl eine Aufgabe hatte. Er würde seinen Pflichten treu bleiben, und er *glaubte*. Er glaubte an sich selbst.

Die Energie, die er verspürt hatte, als die beiden Frauen gesprungen waren, war unbeschreiblich und unermesslich groß gewesen. Diese Macht, die er über sie gehabt hatte!

Er atmete tief ein, schmeckte das Salz, hielt die Luft an und ließ sie dann langsam entweichen.

Er hatte ihre Gesichter gesehen. Hatte beobachtet, wie sie gegen den stärksten Instinkt aller Lebewesen angekämpft hatten. Den Instinkt, das eigene Leben zu retten.

Wenn man wusste, wo die Liebe zu Hause war – die wahre, selbstlose Liebe –, dann konnte man alles zerstören. Das war die Quelle seiner Macht. Die Liebe war eine tödliche Waffe. Er lachte, wurde immer lauter. Doch es war niemand da, der ihn hörte.

Es war schon spät, als Ella endlich ins Bett kam. Die Jungen hatten keine Ruhe gefunden, und Miles hatte beinahe eine halbe Stunde lang geweint. Sie war bei ihnen geblieben, hatte sich ihre Fragen angehört und versucht, das Richtige zu antworten. Etwas, das ihnen helfen würde. Sie hatte das Wort *tot* verwendet und nicht davon geredet, dass ihre Mutter bloß *schlief*. Sie mussten begreifen, dass sie nie mehr wiederkommen würde. Ryan schien es zu verstehen, doch Miles lebte in einer Fantasiewelt, in der am Ende immer ein Zauberer mit Zauberstab auftauchte und den Helden im letzten Moment wieder zum Leben erweckte. Ella musste ihm irgendwie beibringen, dass das im echten Leben nicht passieren würde.

»War Mummy böse auf mich?«, hatte Ryan gefragt.

»Aber nein, Schatz!«, hatte sie geantwortet. »Eure Mummy hatte euch sehr lieb. Warum glaubst du, dass sie böse auf dich war?«

»Weil sie die ganze Woche lang irgendwie anders war.« Er starrte auf seine Decke hinunter.

»Was meinst du damit?«

Schließlich sah er zu Ella, und es lagen so viel Schmerz und Verunsicherung in seinem Blick. »Sie hat mit mir geschimpft, aber im nächsten Augenblick hat sie mich so fest umarmt, dass ich keine Luft mehr bekommen habe. Es war wirklich komisch.«

»Erwachsene benehmen sich manchmal seltsam, Ryan. Wir machen uns über sehr viele Dinge Gedanken, und dann lassen wir unsere Wut an den falschen Leuten aus. Das war wahrscheinlich der Grund dafür. Sie hat dich geschimpft, aber dann hat es ihr leidgetan, und deshalb hat sie dich umarmt.«

Er spitzte die Lippen. »Ja, vielleicht ...« Sein Gesicht hellte sich auf. »Ja, das wird es gewesen sein, oder? Sie hat doch immer gesagt, dass sie uns mehr liebt als alles andere auf der Welt.«

Er legte sich hin, schmiegte sich in sein Kissen und war kurz darauf eingeschlafen.

Während Ella sich umzog, dachte sie darüber nach, wie unterschiedlich die beiden Jungen waren. Ryan war ernst und pragmatisch. Er spielte gerne und viel, aber er war auch sehr kontrolliert und überlegt in dem, was er tat. Kurz gesagt, war er der Sohn seines Vaters. Miles hingegen war locker und lebensfroh. Er war gesellig, künstlerisch begabt und hatte jede Menge Fantasie – genau wie Sarah.

Sie hatte befürchtet, dass es Miles am härtesten treffen würde, aber mittlerweile war sie sich nicht mehr so sicher. Soweit sie wusste, hatte Ryan noch keine einzige Träne vergossen. Er war nicht ausgeflippt und wirkte auch nicht besonders traurig. Abgesehen von seiner Frage vorhin, schien er alles hinunterzuschlucken und irgendwo in seinem Inneren wegzusperren. Aber bedeutete das gleichzeitig, dass er nicht mit der Situation umgehen konnte?

Sie lag im Bett und lauschte, falls Miles noch einmal zu weinen begann. Im Haus war alles still. Es war gut zu wissen, dass Jackman nur wenige Türen weiter schlief. Er hatte versucht, ihre Ängste zu zerstreuen, aber sie besaß eine gute Menschenkenntnis und wusste, dass er genauso besorgt war wie sie. Sie durfte nicht vergessen, ihm von Ryans Frage zu erzählen. Sie bekräftigte den Verdacht, dass Sarah das alles nur getan hatte, um ihre Kinder zu beschützen. Es war ein erschreckender Gedanke.

Ella drehte sich auf die Seite, starrte in die Dunkelheit und fand keinen Schlaf.

KAPITEL 12

Die Morgenbesprechung dauerte beinahe eine Dreiviertelstunde, dann fasste Jackman noch einmal alles zusammen und verteilte die Aufgaben.

»Rosie, Sie bilden die Schnittstelle mit Beech Lacey. Sie werden eng mit unserem dortigen Kontaktmann DC Darren Smith zusammenarbeiten. Achten Sie darauf, dass keiner etwas übersieht. Sämtliche Informationen, die wir bekommen, werden direkt an die Kollegen weitergeleitet und umgekehrt. Verstanden?«

DC Rosie McElderry nickte begeistert. Sie war eine Schnelldenkerin, und diese Aufgabe war eine willkommene Abwechslung. »Auf jeden Fall, Sir. Ich werde Darren sofort anrufen, und wir werden uns ein geeignetes System überlegen.«

»Gut. Dann weiter.« Er sah sich um. »Charlie, Sie und Gary konzentrieren sich auf die Identität unseres unbekannten Obdachlosen. Wir sind uns sicher, dass es eine Verbindung zu Sarah gibt, aber bevor wir wissen, wer er ist, tappen wir im Dunkeln.« Er gab Rorys Autopsiebericht weiter. »Professor Wilkinson geht davon aus, dass wir ihn aufgrund der Zahnimplantate identifizieren können, haken Sie hier bitte noch mal nach. Finden Sie heraus, wer dieser Mann ist – und zwar schnell.«

Jackman wandte sich an Robbie und Max. »Sie beide sehen sich an, was die zwei jungen Frauen gemacht haben, bevor sie zu Sarah Woodman und Suri Forester wurden. Es wird nicht einfach werden. Max, holen Sie sich Hilfe von Orac.«

Max riss die Augen auf und grinste. »Verstanden, Boss. Wird gemacht!«

»Ja, *das* war ja klar.« Rosie warf ihm einen warnenden Blick zu. Sie war seit einem Jahr seine Freundin.

»Marie, wir zwei reden in meinem Büro weiter. Es gibt einige lose Enden, die wir noch verknüpfen müssen, und dann werden wir uns die Vergangenheit meiner Schwägerin vornehmen und so viel wie möglich über ihre Freundin Suri Forester herausfinden. Okay, an die Arbeit! Bis zur Vier-Uhr-Besprechung will ich Ergebnisse sehen!«

Marie schloss die Bürotür hinter sich. Sie hatte Jackman bereits von dem Verdacht erzählt, dass jemand bei Sarah gewesen war, als sie sich umgebracht hatte. Er hatte sich daraufhin das Überwachungsvideo noch einmal angesehen, und sein Gesicht hatte Bände gesprochen. Es ließ sich zwar nicht mit Sicherheit sagen, aber es war sehr wahrscheinlich, dass Sarah einen kurzen Blick auf eine Person warf, die hinter ihr stand.

Jackman überflog seine E-Mails und seufzte erleichtert. »Die Ermittlungen wurden genehmigt.«

Marie lächelte. »Das war zu erwarten. Aber es ist trotzdem gut, das offizielle Okay zu haben.«

»Ich glaube, das haben wir vor allem Rory zu verdanken. Der Untersuchungsrichter hat die Identität des Opfers bestätigt und spricht von ›Tod durch Ertrinken‹. Er folgt jedoch der Empfehlung des Pathologen und bittet um Vertagung, um die Berichte der Spurensicherung und die toxikologische Untersuchung miteinbeziehen zu können, bevor er die Todesursache offiziell bestätigt. Außerdem gibt er an, dass auch die Polizei weitere Ermittlungen empfiehlt und dass sich sein letztendliches Urteil darauf stützen wird.«

»Sehr gut. Dann haben wir ein wenig Spielraum.« Marie sah ihn an. »Also, Sir. Wo liegt das Problem?«

Er seufzte. »Ruth Crooke. Die Superintendentin ist sich nicht sicher, ob ich den professionellen Abstand wahren kann. Sie sieht einen möglichen Interessenkonflikt, weil Sarah meine Schwägerin ist, oder besser gesagt, *war*. Ich habe ihr versichert, dass wir uns nie wirklich nahestanden und dass der Grund dafür meine Hingabe zu meinem Beruf war, aber sie überlegt trotzdem, die Leitung jemand anderem zu übergeben.«

Marie stöhnte. »Verdammt! Und was sagen Sie dazu?«

»Ich bin scheißwütend!«

Marie unterdrückte ein Grinsen. Jackman fluchte so gut wie nie.

»Kann ich vielleicht helfen? Ich könnte mit Ruth reden. Seit dem Fall mit ihrer Nichte kommen wir ganz gut miteinander klar. Sogar ihre sarkastischen Bemerkungen kann ich mittlerweile ignorieren.«

»Ich *muss* an dem Fall dranbleiben. Das muss ich einfach.« Jackman lehnte sich zurück und verschränkte die Arme vor der Brust.

Marie sagte nichts, aber sie verstand Ruths Bedenken durchaus. Es war zu persönlich. Was, wenn der Mann, der hinter allem steckte, auch noch jemand anderen aus Jackmans Familie im Visier hatte? In einem solchen Fall würde er nie und nimmer die notwendige Distanz wahren können. »Wie lange hat sie Ihnen gegeben?«

»Nur heute. Mehr nicht.« Jackman sah sie verzweifelt an. »Ich muss gleich morgen früh zu ihr und ihr über unsere bisherigen Ergebnisse Bericht erstatten. Dann wird sie eine Entscheidung treffen.«

»Dann sollten wir uns ins Zeug legen und Antworten finden. Sie kennen Ruth doch, sie wird nichts leichtfertig tun. Wenn wir ihr in den nächsten vierundzwanzig Stunden etwas liefern, lässt sie Sie sicher weitermachen. Also gehen wir lieber an die Arbeit, als uns über etwas den Kopf zu zerbrechen, zu dem es vielleicht gar nicht kommen wird.«

Jackman richtete sich auf. »Sie haben recht, Marie. Tut mir leid.« Er lächelte müde. »Ich habe letzte Nacht kaum geschlafen.«

Marie erwiderte das Lächeln. »Ich auch nicht. Orac meinte, sie würde so lange hierbleiben, bis sie eine Verbindung zwischen Sarah und ihrer Freundin Suri gefunden hat, und ich habe die ganze Zeit gegrübelt, worin die beiden wohl verwickelt waren.«

»Ganz genau. Deshalb habe ich mir überlegt, dass Sie erst mal die alten Polizeiberichte aus dem Zeitraum kurz vor der Namensänderung durchgehen.«

»Und nach Fällen Ausschau halten, in die fünfzehn- bis sechzehnjährige Mädchen verwickelt waren?«

»Ja, genau. Aber nicht nur als mögliche Zeuginnen. Ich sage das ungern, aber achten Sie auch auf Mädchen in diesem Alter als Opfer oder sogar Täterinnen. Wenn unser Mann wirklich auf Rache aus ist, dann vielleicht wegen etwas, das die beiden *getan* und nicht nur wegen etwas, das sie gesehen oder erlitten haben. Ich kann mir das in Sarahs Fall zwar schwer vorstellen, aber wir müssen die Möglichkeit in Betracht ziehen.«

»Auf jeden Fall, Sir. Ein solcher offener Ansatz ist sicher genau das, was Ruth sehen will.«

»Das dachte ich mir auch«, erwiderte Jackman ein wenig selbstgefällig. »Ich führe eine faire Ermittlung und beweise ihr gleichzeitig, dass sie falschliegt.«

»Gut, genau das sollten Sie tun! Sir, stammte Sarah eigentlich aus der Gegend?«

»Schwer zu sagen. Sie sprach mit dem örtlichen Akzent, aber er war nicht besonders ausgeprägt. Ich würde allerdings sagen, dass sie ihn von Anfang an hatte und ihn sich nicht erst angeeignet hat.«

»Das grenzt die Suche ein wenig ein. Was machen Sie in der Zwischenzeit?«

»Ich versuche, so viel wie möglich über Sarah herauszufinden, als sie noch Heather Miller hieß. Geburtsurkunde, Taufschein, Schulanmeldungen, Arzt- und Krankenhausberichte – alles, was uns eine Vorstellung vermittelt, wer sie vorher war. Cam Walker macht dasselbe mit Pauline Grover, und sobald einer von uns etwas herausfindet, geben es unsere Brieftauben Rosie und Darren an den anderen weiter.«

»Klingt gut. Dann also los. Die Uhr tickt leider.«

Kurz nach elf Uhr stürzte Charlie in Jackmans Büro. »Wir haben ihn, Sir! Unser unbekannter Toter hat einen Namen.«

»Gute Arbeit!« Jackman hatte nicht erwartet, dass es so schnell gehen würde.

»Danken Sie lieber Prof Wilkinson, Sir. Er hat den Arzt ausfindig gemacht, der die Implantate eingesetzt hat, und wir mussten ihn nur noch anrufen. Der Name des Opfers ist Bernard Seaton, und er wohnte irgendwo entlang der Straße nach Harlan Marsh. Gary und Kevin Stoner sind schon auf dem Weg.«

»Wunderbar. Sie sollen sofort zu mir kommen, wenn sie wieder da sind.«

»Alles klar, Sir.«

Charlie eilte an seinen Schreibtisch zurück und begann, Bernard Seatons Hintergrund zu recherchieren.

Jackman machte sich mit etwas mehr Elan wieder an die Arbeit. Die schnelle Identifizierung des Toten würde ihm wenigstens ein paar Pluspunkte bei der Superintendentin einbringen. Wenn er jetzt noch einen zweiten Erfolg vorweisen konnte, überdachte sie ihren Plan, ihn von dem Fall abzuziehen, vielleicht noch.

Er starrte auf den Bildschirm. Wie viele Millionen Heather Millers gab es eigentlich auf dieser Welt? Er löschte die Suchanfrage und versuchte es bei den Schuleinschreibungen. Wenn er wenigstens gewusst hätte, woher sie stammte, hätte das seine Arbeit wesentlich erleichtert, aber so war die Suche relativ willkürlich. Er hoffte, dass Marie und Robbie mehr Glück hatten als er.

»Ich komme überhaupt nicht gern hierher zurück.« Gary Pritchard klang ungewöhnlich düster.

»Aber du hast doch jahrelang hier gewohnt, oder nicht?«, fragte Kevin.

»Schon, aber abgesehen von meiner Schwester und meinen geliebten Hunden habe ich kaum glückliche Erinnerungen.«

»Ach ja, das hätte ich fast vergessen. Hier habt ihr damals die ganzen Leichen ...«

»Reden wir lieber nicht davon, Kev. Es ist zu deprimierend.«

»Tut mir leid, Kumpel. Das war ein echt grauenhafter Fall. Ich habe nicht nachgedacht.« Kevin wechselte eilig das Thema. »Kennst du die Adresse, zu der wir wollen?«

Gary ließ den Blick über die kilometerlangen, flachen Felder schweifen, auf denen vor allem Grünkohl, Rosenkohl und andere Krautsorten angebaut wurden. »Ich weiß, wo wir abbiegen müssen, aber, ehrlich gesagt, bin ich die Straße erst einmal entlanggefahren. Sie endet im Nirgendwo. Es ist eine dieser seltsamen Straßen, die sich kilometerlang durch die Fens winden und am Ende auf einem verwachsenen Wendeplatz enden, wo es weit und breit nichts außer Feldern zu sehen gibt.«

Kevin warf einen Blick auf das Navigationsgerät, das keinen Ton von sich gab. »Wir suchen nach einem Haus namens *Marlins,* und wie es aussieht, ist das Ding da keine große Hilfe.«

Gary bog nach links auf die Hurn Bank Lane ab. »Soweit ich mich aus meiner Zeit als Streifenpolizist erinnern kann, befinden sich hier nur drei oder vier Häuser.«

Kevin betrachtete die Einsamkeit vor ihnen. »Mann, das ist echt trostlos. Also, ich würde hier nicht wohnen wollen.«

»Du solltest es erst mal sehen, wenn es regnet und der Wind bläst. Als ich hierherzog, tobte ein furchtbarer Sturm, da bekommt das Wort ›unglücklich‹ eine ganz neue Bedeutung, das sage ich dir.«

Auf den nächsten zwei Kilometern kamen sie bloß an einem baufälligen Cottage namens *Utopia* vorbei. Es war so absurd, dass Kevin gar nicht mehr zu lachen aufhören konnte.

Das nächste Haus sah nur unwesentlich gepflegter aus, und auf der Trauerweide davor hing ein Schild mit dem passenden Namen *The Willows*.

»Zwei haben wir schon«, murmelte Kevin. »Und Nummer drei ist gleich dort hinter der nächsten Kurve.«

Gary wurde langsamer und lenkte den Wagen um eine scharfe Kurve mit tiefen Entwässerungsgräben zu beiden Seiten. »Das muss es sein. Das Haus, zu dem ich damals musste, war das letzte vor dem Wendeplatz, und soweit ich mich erinnern kann, hieß es nicht *Marlins*.«

Sie bogen auf eine halbkreisförmige Auffahrt, und Gary hielt vor der Haustür.

»Du meine Güte!«, rief Kev. »Das ist wie ein Diamant im Misthaufen.«

Das Haus war groß und gepflegt, hatte eine Dreifachgarage und einen Carport mit Taubenschlag auf dem Dach. »Hier wohnte also unser Obdachloser?«, fragte Gary.

»Auf dem Schild steht *Marlins,* und der Zahnarzt hat Charlie Button gesagt, dass die Implantate des Mannes das Teuerste sind, was es derzeit auf dem Markt gibt – also ja, ich würde sagen, das ist Seatons Haus.«

Sie klingelten und hörten die Glocke im Inneren, doch niemand öffnete.

»War eine zu lange Fahrt, um jetzt einfach umzudrehen«, murmelte Kevin nachdenklich.

»Vielleicht ist hinten jemand. Du gehst nach rechts, ich nach links.« Gary eilte auf ein Gartentor zu seiner Linken zu.

»Da werden Sie niemanden finden!«

Gary zuckte zusammen. »Wo kommen Sie denn her?« Er starrte den älteren Mann an, der plötzlich hinter ihm stand. Dieser trug eine Wachsjacke und hielt einen Jack Russell Terrier an einer ausgebleichten, zerfransten Leine.

»Fremde fallen hier sofort auf. Ich habe das Polizeiauto gesehen, als Sie bei mir vorbeigefahren sind.«

»Dann kennen Sie Mr Seaton?«

»Bernie? Na ja. Nicht gut. Er ist ein ziemlicher Eigenbrötler. Deshalb hat er sich diese riesige Hütte im Niemandsland gekauft.«

»Lebt er allein in dem großen Haus?«

»Ja. Ganz allein. Keine Katzen, kein Hund, nicht einmal ein Wellensittich.« Der Mann sah liebevoll auf seinen Hund hinunter. »Da muss man doch vereinsamen. Obwohl er vor ein paar Wochen eine Zeit lang regelmäßig Besuch hatte. War wohl ein Verwandter oder so, er hat aber nie ein Wort darüber verloren.«

»Hat er gesagt, wo er hinwollte, Sir?«

»Bloß fort, mehr nicht. Er hat mich gebeten, ein Auge auf das Haus zu haben.«

Der Mann war um die siebzig und sah ordentlich aus, auch wenn die Kleidung alles andere als neu war. »Dürfte ich Sie um Ihren Namen bitten, Sir?«

»Derek Keats, Officer. Ich wohne nebenan. Im Haus *The Willows*.«

Gary beschloss, dass der Mann keine Bedrohung darstellte und er ihn auf seine Seite ziehen wollte. »Okay, hören Sie mal zu, Derek. Ich sollte Ihnen das vermutlich nicht erzählen, aber nachdem Mr Seaton Ihnen offensichtlich vertraut hat ...« Gary hielt inne, dann fuhr er fort: »Aber denken Sie bitte daran, von mir haben Sie das nicht! Es fehlt noch die offizielle Bestätigung, aber man hat einen Toten aufgefunden, den wir für Bernard Seaton halten.«

»Ach herrje.« Der alte Mann rieb sich die faltige Wange. »Das ist ja schrecklich.«

Kevin trat zu ihnen und holte eine Kopie des bearbeiteten Fotos heraus. »Ist das Mr Seaton, Sir?«

Der Mann verzog das Gesicht und betrachtete blinzelnd das Bild. »Er ist nicht sehr gut getroffen, aber das ist Bernie, ganz klar.« Er sah Gary an. »Was ist mit ihm passiert?«

»Tut mir leid, Sir, aber das ist Bestandteil einer laufenden Ermittlung. Allerdings werden wir uns in seinem Haus umsehen müssen.« Gary wandte sich an Kevin. »Gib in der Dienststelle Bescheid. Nachdem wir jetzt wissen, dass es sich um das richtige Haus handelt, brauchen wir ein Team der Spurensicherung vor Ort.«

»Ich habe einen Schlüssel.« Derek Keats griff in die Brusttasche seiner abgetragenen Jacke und holte einen glänzenden Sicherheitsschlüssel heraus. »Für den Notfall. Und das hier ist ja wohl einer, nicht wahr?«

Gary lächelte. »Danke, Sir, dann müssen wir nichts aufbrechen.«

Er hatte erst einen Fuß ins Haus gesetzt, da wusste er bereits, dass etwas nicht stimmte. Auf den ersten Blick schien alles normal, doch irgendjemand hatte sich hier zu schaffen gemacht.

Sein Blick fiel auf ein in Stücke gerissenes Foto. Ein offenbar wertvolles Stück Porzellan, das zertrümmert auf dem Boden lag. Ein in Leder gebundenes Buch im Kamin, zum Teil verbrannt. Ausgewählte Stücke, die systematisch zerstört worden waren.

Gary und Kevin zogen sich Latexhandschuhe über und sahen sich um. Der Eingangsbereich mündete in ein großes, offenes Wohn- und Esszimmer, hinter dem sich ein riesiger Wintergarten befand. Es war hell und weitläufig und stank nach Geld. Nichts war hier billig. Die Teppiche waren exquisit und dick, die Vorhänge hingen an verzierten Gardinenstangen, und die Möbel hatten sicher ein Vermögen gekostet.

»Und das soll ein Obdachloser gewesen sein?«, murmelte Kevin.

»Unser Bernie war ganz sicher nicht mittellos.« Garys Augen wurden schmal. »Das hier gefällt mir überhaupt nicht, dir etwa?«

In der Mitte des Essbereiches stand ein einzelner Stuhl, an dem noch immer zwei Seile befestigt waren. Eines an der hohen Lehne, das andere um die Stuhlbeine.

Sie traten vorsichtig näher, um keine Spuren zu verwischen.

»Jemand war hier gefesselt, und ich vermute, es war Bernard«, überlegte Gary. »Und währenddessen ist unser Täter durchs Haus marschiert und hat Dinge zerstört und verbrannt, die dem Opfer wichtig waren. Oder was meinst du?«

Kevin nickte. »Sieht ganz so aus. Aber warum?«

»Ich schätze, unser ›Besucher‹ wollte etwas Bestimmtes damit erreichen.« Gary betrachtete das zerrissene Foto. »Ein kleines Mädchen, aber das Bild ist ziemlich alt. Es wurde sicher nicht mit einer modernen Kamera aufgenommen. Wahrscheinlich ein wertvolles Erinnerungsstück.«

»Und unser Kumpel hat es einfach zerrissen.« Kevin verzog das Gesicht. »Autsch. Das hat sicher wehgetan.«

»Genau wie das hier.« Gary beugte sich hinunter und warf einen Blick in den Kamin. Neben dem alten, halb verbrannten Buch lag ein Bündel Briefe, das immer noch mit einem Band zusammengehalten wurde. »Liebesbriefe – es sei denn, ich bin nur ein romantischer alter Narr.«

Kevin warf einen Blick über Garys Schulter. »Nein, das sind ganz sicher Liebesbriefe.«

Gary holte tief Luft. »Der Kerl hat Seaton so abgrundtief gehasst, dass er ihn gefoltert hat. Nicht körperlich, aber indem er Dinge zerstört hat, die ihm wichtig waren.«

»Ich frage mich, wer dieser Bernard Seaton ist«, sagte Kevin. »Sollen wir uns noch ein wenig umsehen? Vielleicht gibt es ein Büro? Dort finden wir sicher Unterlagen, die uns weiterhelfen.«

Gary schüttelte den Kopf. »Ich würde zwar gern, Kevin, aber das hier ist ein Tatort. Wir warten lieber auf die Spurensicherung, sonst machen sie uns noch die Hölle heiß, weil wir Spuren zerstört haben. Falls es die überhaupt gibt. Hoffen wir, dass unsere Leute auf dem Revier mittlerweile herausgefunden haben, wer Seaton wirklich war.«

Auf dem Rückweg in den Flur fielen Gary ein paar Briefe auf einem Beistelltisch auf. Er sah sie durch und reichte sie dann an Kevin weiter. »Vergiss, was ich vorhin gesagt habe. Sieh dir das an!«

»Ah, schon klar. Sie sind nicht an Bernard Seaton, sondern an einen Phillip B. Seaton adressiert.« Kevin deutete auf einen der Briefe. »Hier steht P. B. Seaton, QC. Verdammt, das bedeutet *Queen's Counsel!* Seaton war Kronanwalt.«

»Das wirft ein vollkommen anderes Licht darauf, warum ihn jemand dermaßen gehasst hat.« Gary griff nach seinem Funkgerät. »Wir müssen dem Team Bescheid geben, für den Fall, dass sie die Verbindung nicht schon allein hergestellt haben.«

»Die Spurensicherung ist da.« Kevin sah zur Auffahrt. »Ich gehe mal raus und passe auf, dass unser freundlicher Nachbar und sein Hund niemandem im Weg sind und er die Neuigkeiten nicht gleich rumerzählt. Nicht, dass die Presse vor der Tür steht, bevor wir Zeit hatten, uns alles anzusehen.«

»Gute Idee, Junge.«

Gary meldete ihre Entdeckung, und während er auf die Techniker der Spurensicherung wartete, fragte er sich, was dieses wunderschöne, einsame Haus ihnen wohl alles offenbaren würde.

KAPITEL 13

Neue Informationen trafen am laufenden Band im Ermittlungsraum ein, und Jackman zog sich in sein Büro zurück, um bis zur Vier-Uhr-Besprechung alles zusammenzufassen.

Ein leises Klopfen an der Tür riss ihn aus seinen Gedanken. Er fluchte leise und rief ungehalten: »Herein!«, doch als er sah, um wen es sich handelte, entspannte er sich und lächelte. »Laura! Kommen Sie rein und setzen Sie sich.«

Laura Archer, die Polizeipsychologin, erwiderte sein Lächeln. »Ich weiß, dass Sie beschäftigt sind und in Arbeit ertrinken, aber deshalb bin ich hier.«

Er neigte den Kopf und sah sie an. »Ich verstehe nicht ...«

»Ihre Neffen und Ihr Bruder sind nicht die Einzigen, die Unterstützung brauchen, Jackman. Ich bin auch für *Sie* da. Also, wie kommen Sie zurecht?«

Jackman atmete aus. Wo sollte er bloß anfangen? »Ich würde sagen, ganz gut, ich habe alles im Griff. Allerdings stehe ich unter immensem Druck, weil ich Ergebnisse liefern muss, sonst bin ich den Fall los. Daher der Stress.«

»Ein Interessenkonflikt also?«

Er nickte niedergeschlagen. »Obwohl ich Sarah weniger

oft gesehen habe als unseren Hundeführer! Und den sehe ich etwa alles vierzehn Tage. Ich will bloß die Wahrheit herausfinden, natürlich vor allem zum Wohle meiner Familie.«

»Was ist, wenn sie Ihnen nicht gefällt?«

»Dann ist es trotzdem immer noch die Wahrheit, Laura. Das ist das Wichtigste.« Er lehnte sich zurück und streckte die Beine aus. »Ich werde einen Weg finden, Ryan und Miles alles begreiflich zu machen, aber ich kann ihnen keine Vermutungen und Lügen auftischen. Ich werde ihnen nichts vormachen.«

Laura betrachtete ihn eingehend. »Sie scheinen auf eine vernünftige und gesunde Art an die Sache heranzugehen. Ich würde sagen, die zusätzliche Motivation im Hintergrund kommt den Ermittlungen eher zugute, als sie zu behindern. Ich war eigentlich wegen einer anderen Sache auf dem Weg zur Superintendentin, aber wenn es Ihnen hilft, dann werde ich ihr sagen, dass Sie meine volle Zustimmung als leitender Ermittler in diesem Fall haben.«

»Wenn Sie das schaffen, Laura Archer, dann lade ich Sie ins *Watermill Restaurant* auf das beste Abendessen Ihres Lebens ein!«

»Ins *Watermill?* Das kostet Sie ein paar Monatsgehälter. Dabei wäre ich auch mit dem kleinen französischen Restaurant in der Bridge Street einverstanden. Auf eine Sole Meunière und eine Flasche Sancerre – das wäre einfach himmlisch.« Sie hielt kurz inne. »Und wir müssen auch nicht warten. Wir können jederzeit zusammen essen gehen – wenn Sie wollen?«

Jackman blinzelte. Er betrachtete ihre weichen, braunen Haare und die kornblumenblauen Augen und entschied, dass er nichts lieber wollte. »Dann haben wir eine Verabredung ... wenn der Fall abgeschlossen ist.«

»Was, wenn es ewig dauert?«

»Dann reden wir noch mal darüber.« Er grinste. »Jetzt habe ich noch einen Grund, schnell Ergebnisse zu liefern.«

Laura erhob sich. »Ich muss weiter, aber denken Sie daran: Wenn es Ihnen nicht gut geht, rufen Sie einfach an. Zögern Sie nicht. Okay?«

Jackman dankte ihr und wollte sie gerade noch einmal an ihr Date erinnern, als es an der Tür klopfte.

Marie steckte den Kopf ins Büro. »Sir! Das müssen Sie sich anhören. Oh, entschuldigen Sie bitte, ich wusste nicht ... Hallo, Laura, tut mir leid, dass ich störe, aber Sir, wir haben eine Verbindung zwischen den beiden Mädchen und unserem Pseudo-Obdachlosen!«

Jackman spürte, wie das Adrenalin durch seine Adern jagte. Er warf einen Blick auf die Uhr. »Es ist bald vier. Sind alle da?«

»Abgesehen von Gary. Der ist noch bei Seaton zu Hause.«

»Dann trommeln Sie die anderen zusammen, ich stoße gleich dazu.«

Während Jackman sich an das Team wandte, sah Marie, wie Laura Archer und Ruth Crooke auf dem Flur vor dem Ermittlungsraum in ein ernstes Gespräch vertieft waren. Kurz darauf schlüpften die beiden Frauen leise ins Zimmer und lehnten sich an die Wand neben der Tür.

»In Ordnung. Marie? Würden Sie uns bitte auf den neuesten Stand bringen?«

Marie ging nach vorne und stellte sich neben das Whiteboard. »Wir konnten den Toten vom Fluss mittlerweile als Bernard Seaton aus Harlan Marsh identifizieren. Eine daraufhin erfolgte Hausdurchsuchung hat ergeben, dass es sich in Wahrheit um einen ehemaligen Kronanwalt namens

Phillip Seaton handelt. Gary Pritchard und Kevin Stoner, die vor Ort waren, berichteten, dass Seaton offensichtlich in seinem eigenen Haus als Geisel gefangen gehalten wurde und dabei zusehen musste, wie der Täter zahllose persönliche Erinnerungsstücke zerstörte. Ein Nachbar gab an, dass Seaton in letzter Zeit regelmäßig Besuch von einem Fremden erhielt. Seaton war als Einsiedler bekannt, weshalb wir glauben, dass es sich bei besagtem Besucher um denselben Mann handelt, der ihn gefangen hielt.« Sie holte tief Luft. »Die Beschreibung des Nachbarn stimmt mit dem Augenzeugenbericht einer Frau überein, die Seaton als Obdachlosen mit einem Unbekannten gesehen hat, weshalb wir davon ausgehen, dass dieser Mann Seaton auch bei seinem angeblichen Selbstmord ›geholfen‹ hat.« Sie wandte sich an Robbie Melton. »Robbie?«

»Jawohl, Sarge.« Er erhob sich. »Ich habe mir sämtliche großen Fälle angesehen, mit denen Seaton zu der Zeit beschäftigt war, als Sarah Jackman noch ein Teenager war, und bin auf eine heiße Spur gestoßen.«

Alle sahen ihn erwartungsvoll an.

»Seaton war der Anklagevertreter im Prozess gegen einen jungen Mann namens Brendan Symons. Symons wurde der Vergewaltigung und Ermordung von Lyndsay Ashcroft schuldig gesprochen und bekam lebenslänglich.«

Marie übernahm wieder. »Wir glauben, dass hier eine Verbindung vorliegen könnte, denn es gab damals zwei Augenzeuginnen – zwei Mädchen im Teenageralter.«

Sie wartete, bis das überraschte Murmeln verklungen war.

»Und der Zeitraum passt?«, fragte Jackman.

»Ganz genau, Sir. Die Namen der beiden Mädchen tauchen nirgendwo auf. Aufgrund ihres Alters und der Tatsache, dass sie die Vergewaltigung einer Schulfreundin beobachten mussten, durften sie ihre Aussage vor einer Videokamera tätigen. Sie werden nur als Mädchen A und Mädchen B erwähnt.«

»Wann war das?«, fragte Jackman.

»Mitte der Neunziger. Aber der Prozess war noch nicht das Ende der Geschichte. Der Fall beherrschte wochenlang die Schlagzeilen. Brendan Symons beteuerte bis zuletzt seine Unschuld und erhängte sich schließlich in seiner Zelle.«

Jackman stieß einen leisen Pfiff aus. »Jetzt erinnere ich mich! Die Familie kämpft immer noch um eine posthume Begnadigung, und auch die Medien berichten nach wie vor darüber. Ich habe erst neulich wieder etwas gelesen. Trotzdem sollten wir keine voreiligen Schlüsse ziehen. Es wäre ein Leichtes, jetzt sofort davon auszugehen, dass Symons' Familie hinter alldem steckt. Vielleicht tut sie das, aber wir dürfen uns nicht auf eine falsche Fährte locken lassen. Es ist ein komplexer Fall, und es läuft sicher einiges im Hintergrund, von dem wir nichts ahnen. Das ist ein riesiger Schritt nach vorne, aber vielleicht trotzdem nur der Beginn der Ermittlungen.«

Die anderen nickten.

»Dann wurden die beiden Mädchen also ins Zeugenschutzprogramm aufgenommen?«, fragte Charlie.

Marie verzog das Gesicht. »Es ist noch zu früh, um das mit Sicherheit sagen zu können. Es gibt ein streng definiertes Zugangsprozedere, und man braucht diverse Berechtigungen, und dafür hatte ich bisher keine Zeit. Der erste Suchlauf ergab keinen Treffer, aber ich bleibe natürlich am Ball. Außerdem wäre es möglich, dass die Mädchen oder ihre Familien die Sache selbst in die Hand genommen und auf eigene Faust neu angefangen haben. Dazu sind noch sehr viele Nachforschungen notwendig.«

»Danke, Marie.« Jackman trat wieder nach vorne. »Seatons Haus wird genauestens untersucht, und die Spurensicherung ist bereits vor Ort. Wir werden hoffentlich eine Erklärung finden, warum sich Seaton so plötzlich von einem bekannten Anwalt in einen Einsiedler verwandelte, der sich in eine der trostlosesten Gegenden der Fens zurückzog.«

»Und schließlich auf der Straße landete«, fügte Max hinzu.

»Das hat er nie und nimmer freiwillig getan. Er wurde gezwungen, wir müssen nur herausfinden, warum und von wem.«

»Gehen wir davon aus, dass derselbe Mann für alle drei Toten verantwortlich ist, Sir?«, fragte Rosie.

»Wir halten uns momentan noch alles offen, aber ich glaube, dass wir letzten Endes zu diesem Schluss kommen werden. Es geht hier um Rache. Wir haben einen einsamen Rächer, der durch Saltern-le-Fen streicht und von dem Verlangen nach Selbstjustiz getrieben wird.« Sein Blick wanderte von einem Kollegen zum nächsten. »Wir wissen allerdings nicht, wie weit er zu gehen bereit ist, um dieses Verlangen zu stillen. Er hat sich um die Zeuginnen und den Staatsanwalt gekümmert. Ist der Richter der Nächste? Die Geschworenen? Oder der Kollege, der damals die Ermittlungen geleitet hat?« Jackman schluckte. »Die Lage ist sehr ernst, und wir müssen alles tun, um den Mörder so schnell wie möglich dingfest zu machen.« Er sah auf. »Ich muss kurz mit der Superintendentin sprechen. Bitte bleiben Sie noch, ich bin gleich zurück und werde dann die Aufgaben verteilen. Marie wird Sie mit den restlichen Details versorgen. Ich danke Ihnen allen im Voraus, denn ich weiß, dass Sie mit ganzem Herzen dafür kämpfen werden, diesen Kerl von der Straße zu schaffen. Marie, wenn Sie bitte übernehmen würden?«

Marie fragte sich, ob sie genug getan hatten, um Jackman nicht zu verlieren. Mehr war doch gar nicht möglich, oder? Sie nahm an, dass Laura ebenfalls ein gutes Wort für ihn eingelegt hatte. Warum hatte sie sich sonst kurz vor der Besprechung mit Ruth unterhalten?

Sie lächelte. Als sie vorhin in Jackmans Büro gekommen war, hatte eine gewisse Spannung in der Luft gelegen. Marie war schon einige Zeit auf der Suche nach einer geeigneten Partnerin für Jackman, und Laura war die perfekte Kandidatin. Warum war sie nicht schon früher darauf gekommen? Laura war intelligent, ein richtiger Profi und außerdem sehr einfühlsam. Außerdem war sie hübsch und kleidete sich gut. Neben Laura fühlte sich Marie immer wie eine Lumpenpuppe. Trotzdem mochte sie die Psychologin sehr gerne. Nun, wenn die beiden einen kleinen Schubs brauchten ...

Ruth Crooke ergriff das Wort, sobald Jackman die Tür hinter sich geschlossen hatte. »Ich erlöse Sie wohl besser, Rowan. Sie bleiben leitender Ermittler. Es wäre dumm, die Dynamik zu zerstören, die Sie gerade aufgebaut haben.« Ihre Augen wurden schmal. »Aber wenn Sie auch nur annähernd das Gefühl haben, Ihre Arbeit nicht mehr zufriedenstellend erledigen zu können, räumen Sie sofort das Feld. Verstanden?«

Jackman fiel ein Stein vom Herzen. Er nickte eifrig. »Ich werde mich mit aller Professionalität um den Fall kümmern, Ma'am. Versprochen.«

Ruth wanderte in ihrem Büro auf und ab. »Der Gedanke, dass der Fall Brendan Symons wieder Teil einer laufenden Ermittlung ist, beunruhigt mich zutiefst. Die Familie ist mit Vorsicht zu genießen, und wenn man den Medien Glauben schenken kann, geht es der Mutter alles andere als gut. Sie müssen hier äußerst behutsam vorgehen, Rowan.«

»Das klingt, als hätten Sie schon einmal mit diesen Leuten zu tun gehabt, Ma'am.«

Ihr Blick war düster. »Mehrere Male, und ich hätte es gerne dabei belassen.«

»Ich hatte noch nicht die Zeit, mich in den Fall einzulesen, Ma'am. Gibt es etwas, das ich wissen sollte?«

Ruth setzte sich und deutete mit dem Kopf auf den Besucherstuhl. »Am besten, Sie lesen den Bericht selbst und ziehen Ihre eigenen Schlüsse. Der Fall spaltete die Kollegen, die damit betraut waren. Brendan war ein kleiner Rumtreiber, hatte aber bis dahin keine Probleme gemacht. Der eine Teil glaubte seinen Unschuldsbeteuerungen, der andere hielt ihn für schuldig und warf ihm vor, seine freche Art und sein gutes Aussehen zu benutzen, um davonzukommen.«

»Wie wurde sein Selbstmord aufgenommen? Als Geständnis? Oder als letzter Ausweg eines Unschuldigen, der sein Leben lang im Gefängnis sitzen muss?«

»Auch hier gingen die Meinungen auseinander. Der Großteil hielt ihn für schuldig und nahm an, dass er mit seiner Tat nicht mehr leben konnte.«

»Ich werde den Bericht gleich lesen und es mir selbst ansehen.« Jackman erhob sich. »Aber vorher versorge ich meine Leute noch mit Arbeit. Danke, Ruth. Ich werde Sie nicht enttäuschen.«

Nachdem Jackman die Aufgaben verteilt hatte, winkte Marie ihn zu sich.

»Während Sie bei der Superintendentin waren, hat sich das Zeugenschutzprogramm gemeldet.«

»Das ging aber schnell!«, antwortete Jackman staunend.

»Aber nur, weil sie eisern daran festhalten, dass niemand aus dem Fall Lyndsay Ashcroft in das Programm aufgenommen wurde.«

»Mist!«, knurrte Jackman. »Bedeutet das, dass wir uns geirrt haben?«

»Nein, Sir. Das bedeutet nur, dass die beiden unbekannten Mädchen offiziell nicht in Gefahr schwebten. Brendan Symons saß hinter Gittern, und ihre Identitäten waren nie preisgegeben worden. Es war schlicht nicht notwendig.«

»Ich denke, es wird langsam Zeit, dass wir uns eingehend mit dem Fall Lyndsay Ashcroft vertraut machen, oder?«, fragte Jackman.

»Ja. Trotzdem sollten wir die Superintendentin bitten, die Namen der beiden Zeuginnen in Erfahrung zu bringen. Solange wir nicht sicher wissen, dass es sich um Sarah und Suri handelt, jagen wir womöglich bloß unseren eigenen Schwanz.« Maries Augen funkelten. »Nicht, dass ich das ernsthaft glaube. Wir sind auf der richtigen Spur, Sir, das weiß ich bestimmt.«

KAPITEL 14

Marie hatte recht. Sie sammelten alle Informationen – von Orac, DCI Cameron Walker aus Beech Lacey, Ruth Crooke und ihren eigenen Ermittlungen –, und um sieben Uhr abends kannten sie die seltsame Geschichte der beiden Mädchen, die sich später Sarah und Suri genannt hatten.

Sie waren so in die Arbeit vertieft, dass niemand an Feierabend dachte, dafür nahmen sie gerne Jackmans Einladung auf eine Pizza an.

Er fasste alles zusammen, während sie aßen: »Es beginnt 1995 mit dem Mord an Lyndsay Ashcroft. Ruth Crooke konnte bestätigen, dass die beiden Zeuginnen tatsächlich Pauline Grover und Heather Miller hießen. Das sind die beiden Frauen, die wir unter den Namen Sarah und Suri kennen. Der Mord geschah in einer kleinen Stadt namens Nettleby im Norden des Countys. Das tote Mädchen besuchte dieselbe Schule wie die beiden Zeuginnen, und Brendan Symons, der junge Mann, der wegen Vergewaltigung und Mordes verurteilt wurde, wohnte im Nachbardorf. Alle drei Mädchen kannten ihn.« Er nahm einen Schluck Kaffee. »Phillip Seaton war der zuständige Staatsanwalt und sorgte nicht nur dafür, dass Symons verurteilt wurde, sondern auch, dass er lebenslänglich bekam.« Er sah zu Gary Pritchard. »Sie haben einige interessante Dinge in Seatons Haus gefunden, nicht wahr?«

»Genau.« Gary legte sein angebissenes Pizzastück zur Seite. »Er hat alles archiviert, darunter auch Dutzende Drohbriefe. Offensichtlich wurde er viele Jahre lang terrorisiert, und man hat ihm vorgeworfen, für den Tod eines Unschuldigen verantwortlich zu sein. Ich glaube, am Anfang ging es ihm hauptsächlich auf die Nerven, denn so etwas kommt in diesem Beruf schon mal vor. Doch dann starb Seatons Frau vollkommen unerwartet, und sein einziger Sohn ging beruflich nach Australien. Die Drohungen wurden häufiger, und irgendwann brach Seaton unter dem Druck zusammen. Er gab seinen Job auf und zog fort. Er benutzte nur noch seinen Zweitnamen und weigerte sich, über die Vergangenheit zu sprechen. Er war Bernie, der Einsiedler aus Harlan Marsh.«

»Aber sein Widersacher fand ihn.«

»So ist es.« Gary nahm einen schnellen Bissen. »Er hatte zwar eine Geheimnummer, aber er bekam trotzdem regelmäßig Drohanrufe. Er hat genau Tagebuch darüber geführt. Leider hat er kurz vor dem ersten Besuch seines Mörders damit aufgehört, sonst hätte die Beschreibung sicher mit der des Nachbarn und unserer Informantin Cassie übereingestimmt.«

»Irgendeine Vermutung, warum Seaton auf der Straße gelandet ist?«, fragte Max. »Das ist doch seltsam, oder? Er war zwar als Einsiedler bekannt und ein wenig schräg, aber er zog sich trotzdem gut an und legte Wert auf sein Äußeres.«

Rosie lachte. »Träumst du immer noch von dem tollen Haarschnitt?«

»Klar! Er wusste, worauf es ankam. Er war zwar nicht mehr der Jüngste, aber er hat gut auf sich geachtet.«

»Und auf sein Haus«, fügte Gary hinzu. »Abgesehen von den Dingen, die mutwillig zerstört wurden, war alles blitzblank. Hübsche Bilder und Dekoartikel und sehr elegante Möbel.«

»Würden Sie sagen, dass Seaton großen Wert auf sein Umfeld legte, Gary?«, fragte Jackman.

»Auf jeden Fall, Sir.«

Jackman nickte. »Dann hat ihn der Mörder vielleicht damit unter Druck gesetzt.«

Robbie sah vom Essen auf. »Sie meinen, er hat gedroht, alles niederzubrennen? Oder etwas in der Art?«

»Vermutlich«, erwiderte Jackman. »Seine Frau und sein Sohn waren fort, und sein Besitz war alles, was ihm geblieben war.«

»Aber das treibt doch niemanden in den Selbstmord, oder?«, fragte Charlie. »Ich meine, ich verstehe es, wenn jemand deine Kinder bedroht. Aber Besitztümer kann man doch ersetzen.«

»Vergessen Sie nicht, dass er sehr lange Zeit psychisch extrem unter Druck gesetzt wurde. Wer weiß, in welchem geistigen Zustand er sich befand, als er starb.«

»Stimmt, daran habe ich nicht gedacht.« Charlie griff nach der Pizza, legte sie dann aber wieder zurück. »Glauben Sie, dass er unter einer Zwangsstörung litt?«

Jackman zuckte mit den Schultern. »Was meinen Sie, Gary? Sie haben das Haus gesehen.«

Gary runzelte die Stirn. »Es wäre mir nicht in den Sinn gekommen, aber es wäre durchaus möglich. Ich habe es vorhin als blitzblank beschrieben, aber im Grunde war es fast *zu* sauber. Alles war an seinem Platz, und nichts stand schief.«

Charlie grinste. »Dann haben Sie sicher recht, Sir. Er hatte Angst um sein perfektes Zuhause. Eine durcheinandergeratene Sockenschublade wäre wahrscheinlich schon Grund genug gewesen, sich umzubringen.«

Jackman unterdrückte ein Grinsen. »Das klang jetzt vielleicht ein bisschen kaltschnäuzig, Charlie, aber ich weiß, was Sie meinen.«

»Ein Meister der Manipulation und sehr viel Geduld sind nötig, um einen derartig hinterlistigen Plan in die Tat umzusetzen«, überlegte Robbie. »Sir, was wissen wir über den Mord an Lyndsay Ashcroft? Gab es Zweifel an der Schuld des Verurteilten?«

»Nein. Seine DNA war überall am Tatort, und zwei Augenzeuginnen haben ihn unter Eid identifiziert. Es war eine klare Sache.«

»Und die Familie glaubt trotz der erdrückenden Beweise immer noch an seine Unschuld?«, fragte Robbie verblüfft.

»Morgen werden wir gemeinsam den Bericht durchgehen.« Jackman trank seinen Kaffeebecher leer. »Es überrascht mich genauso wie Sie, dass die Familie nach all den Jahren noch derart davon überzeugt ist. Und falls nicht die Familie dahintersteckt, dann denkt vielleicht jemand anderes, dass Brendan Symons fälschlicherweise verurteilt wurde.«

»Vielleicht jemand, der ihn geliebt hat?«, murmelte Marie.

»Eine Frau?«, fragte Gary. »Sicher nicht.«

Marie zuckte mit den Schultern. »Warum eigentlich nicht? Abgesehen davon, dass es gar nicht sein kann. Wir wissen doch ganz sicher, dass Seaton von einem Mann bedroht wurde. Sein Nachbar hat ihn kurz vor Seatons Verschwinden gesehen.«

»Auch Männer können Männer lieben«, wandte Rosie ein. »Auf viele verschiedene Arten. Er kann ihn als Held verehrt, als Kamerad oder als Bruder geliebt oder ihn auf die gute altmodische Art begehrt haben.«

»Stimmt«, meinte Max. »Die Gefühle müssen jedenfalls sehr stark gewesen sein, um eine Hasskampagne über so lange Zeit voranzutreiben.«

»Warum hat er eigentlich so lange gewartet?«, fragte Charlie. »Warum hat er nicht sofort nach Brendans Selbstmord mit seinem Rachefeldzug begonnen? Das ist jetzt immerhin zwanzig Jahre her.«

»Gutes Argument, Sir. Ich weiß schon, dass Rache ein Gericht ist, das am besten kalt serviert wird, aber warum lässt er die Leute, die er verantwortlich macht, zwanzig Jahre lang ein ruhiges, freies Leben führen?«

»Vielleicht gibt es einen triftigen Grund dafür. Möglicherweise war er im Gefängnis. Es könnte durchaus sein, dass er dort die ersten Pläne geschmiedet und nach der Entlassung mit der Umsetzung begonnen hat«, erwiderte Jackman.

Marie machte ein nachdenkliches Gesicht. »Ich muss ständig an diese grauenhafte Stelle in einer der Mails denken. *Wohl dem, der deine Kinder packt und sie am Felsen zerschmettert!* Wäre es möglich, dass es sich tatsächlich um einen lange im Voraus geplanten Feldzug handelt? Was, wenn der Mörder so lange gewartet hat, bis seine Opfer etwas wirklich Wertvolles besaßen, mit dessen Verlust er ihnen drohen konnte?«

»Gibt es tatsächlich so grausame Menschen?«, fragte Rosie und fügte dann schnell hinzu: »Gebt euch keine Mühe, ich kenne die Antwort.«

»Die große Frage ist, ob es hier endet.« Jackman stieß die

Luft aus. »Die zwei Zeuginnen und der Staatsanwalt sind tot. Reicht ihm das?«

»Ich schätze, nicht.« Robbie machte ein düsteres Gesicht.

»Ich auch nicht«, stimmte Marie ihm zu, während sie die leeren Pizzakartons einsammelte. »Die ganze Sache schreit nach einem Wahnsinnigen, und niemand kann vorhersagen, was ein Psychopath als Nächstes vorhat.«

»Vielleicht könnte uns Laura helfen«, schlug Jackman vor. »Erinnert ihr euch an ihren alten Mentor, Sam Page? Er ist bereits in Rente, und sein Spezialgebiet war die menschliche Erinnerung. Vielleicht kann er uns auch Input liefern.« Beim Gedanken, Laura bald wiederzusehen, bekam er eine Gänsehaut.

Robbie nickte. »Gute Idee, Sir. Es ist sicher nicht schlecht, wenn wir in etwa wissen, mit wem wir es zu tun haben.«

»Aber es *muss* doch jemand aus Brendans Familie sein, oder?« Max knüllte eine Papierserviette zusammen, zielte auf den Mülleimer und grinste, nachdem er sie darin versenkt hatte. »Mir gefällt die Vorstellung einer gebeutelten, liebeskranken, verlorenen Seele, aber es ist doch sehr viel wahrscheinlicher, dass es sich um einen Verwandten handelt, der Rache nehmen will.«

»Natürlich, deshalb werden wir die Familie auch befragen, aber wir müssen sehr vorsichtig sein. Die Superintendentin meinte, diese Leute seien mit Vorsicht zu genießen, und ihr Blick dabei gefiel mir überhaupt nicht.«

Charlie lehnte sich in seinem Stuhl zurück. »Sir, Sie sagten vorhin, dass es einige Grauzonen im Prozess gab. Was war das genau?«

Jackman warf einen Blick auf die Uhr. »Müssen Sie nicht

nach Hause? Annie und die anderen Reinigungsleute kommen gleich.«

Max zuckte mit den Schultern. »Zehn Minuten mehr machen auch keinen Unterschied.«

»Okay, aber nur kurz: Das Mädchen wurde in einem kleinen Wäldchen am Stadtrand gefunden. Man hatte sie geschlagen und erdrosselt. Brendan hat nie abgestritten, sich an diesem Abend mit Lyndsay getroffen zu haben, und gab zu, dass sie Sex gehabt hatten. Er schwor, dass es einvernehmlich war und sie es schon seit Wochen geplant hatten. Es war ihr erstes Mal.«

»Und das letzte«, murmelte Rosie. »Das arme Mädchen.«

»Ganz genau. Brendan stritt rundheraus ab, sie ermordet zu haben. Laut seiner Aussage hatten sie vereinbart, den Treffpunkt getrennt voneinander zu verlassen, damit sie nicht zusammen gesehen wurden, denn das wollten sie nicht. Er schwor, dass Lyndsay noch am Leben war, als er ging. Am Leben und sehr glücklich.«

Gary runzelte die Stirn. »Aber wenn sie so bedacht darauf waren, dass niemand etwas erfährt, wieso haben Sarah und Suri die beiden dann gesehen? Sie waren doch Augenzeuginnen.«

»Einige Jungen aus Brendans Dorf haben am selben Abend eine Party veranstaltet. Es war eine ziemlich geheime Angelegenheit. Sie brachen in einen unbenutzten Stall hinter dem Haus eines der Jungen ein, dessen Eltern übers Wochenende verreist waren. Sie organisierten etwas zu trinken und Musik und luden einige ausgewählte Mädchen aus Nettleby ein. Lyndsay war zwar da, genau wie Sarah und Suri, blieb aber nur ganz kurz. Ihre beiden Freundinnen machten sich Sorgen und suchten nach ihr. Sie dachten, sie hätten Brendans Motorrad hinter ein paar Bäumen gesehen.

Also schlichen sie in das Wäldchen und sahen Lyndsay und Brendan. Die Mädchen gestanden, sie hätten gekichert, als klar wurde, dass die beiden ›es wirklich tun‹ würden, wie sie es nannten.«

»Die Neugierde hat vermutlich gesiegt, oder?«

»Sie waren beide noch Jungfrauen. Ihnen war klar, dass sie gehen sollten, aber sie waren so fasziniert, dass sie blieben und zusahen.« Jackman hörte das Kichern hinter vorgehaltener Hand und sah die großen, ungläubigen Augen. »Als es vorbei war, verschwanden sie, bevor sie jemand entdecken konnte. Doch dann kam Lyndsay nicht zurück auf die Party, und sie machten sich erneut Sorgen. Sie kehrten noch einmal in das Wäldchen zurück und sahen, wie Brendan auf dem Motorrad davonfuhr. Kurz darauf entdeckten sie Lyndsay. Tot und genau dort, wo sie vorhin mit Brendan zusammen gewesen war.«

Max schnitt eine Grimasse. »Das klingt aber nicht nach einer Vergewaltigung. Das Mädchen war doch sicher einverstanden? Hätten es die Freundinnen nicht gesehen, wenn er sie gezwungen hätte?«

»Das hat Brendan auch gesagt. Aber die Obduktion brachte erhebliche Verletzungen zutage. Man kam zu dem Schluss, dass die Zeuginnen nur einen Teil der Geschehnisse miterlebt hatten. Vermutlich wollte Brendan mehr, Lyndsay wehrte sich, und er vergewaltigte sie. Sie schrie um Hilfe, doch er brachte sie zum Schweigen, indem er sie schlug und schließlich erdrosselte. Dann flüchtete er.«

»Mann!« Charlie verzog das Gesicht. »Ganz schön heftig.«

»Der gerichtsmedizinische Befund war unwiderlegbar. Brendans DNA war die einzige, die gefunden wurde.«

»Und die beiden Mädchen haben ihn mit Lyndsay gesehen und ihn anschließend auch beim Verlassen des Wäldchens beobachtet. Fall abgeschlossen«, fasste Marie zusammen.

»Aber was die Zeuginnen beschrieben haben, war wohl eher ein unerfahrener Versuch, miteinander zu schlafen, keine Vergewaltigung.«

»Ich will ja nicht neugierig sein, aber hat er eigentlich ...?«, fragte Gary zurückhaltend.

Jackman nickte. »Ja, er hat es zum Abschluss gebracht.«

»Wenn die beiden den Abend schon lange geplant hatten, wäre es dann nicht sinnvoll gewesen, auch an Verhütung zu denken?«, fragte Max.

»Das hat er, aber er hat einen schweren Anfängerfehler begangen und es falsch herum übergezogen.«

»Was für ein Desaster!« Rosie schüttelte den Kopf.

Jackman nickte. »Das hat sein Schicksal besiegelt.« Er warf einen Blick auf die Wanduhr. »Aber jetzt sollten Sie wirklich alle nach Hause gehen. Morgen früh machen wir einen Plan und gehen die Sache richtig an. Wir müssen den Mörder identifizieren und schnappen, und dafür müssen wir den damaligen Mordfall bis ins kleinste Detail zerlegen.« Er deutete auf den Aktenberg auf dem Tisch vor ihm. »Er versteckt sich irgendwo da drin, und wir müssen ihn hervorlocken, bevor er noch mehr Schaden anrichtet.«

Er saß auf dem Dach des Bunkers und ließ den Blick über die dunkle Marsch schweifen. Die Luft war feucht, und ein dünner, salziger Nebel zog vom Meer herein, aber das machte ihm nichts aus. Solange es ruhig war und er keine Menschenseele weit und breit entdecken konnte, war er glücklich.

Er hatte nicht vorgehabt, heute Nacht herzukommen,

aber ein seltsames, unangenehmes Gefühl hatte von ihm Besitz ergriffen, und er hatte sich wie ein Gefangener in seinem eigenen Haus, in seiner eigenen Haut gefühlt. Ehe er sichs versah, hatte er auf seinem kraftvollen Motorrad gesessen und war an diesen wilden, trostlosen Ort gerast, an den er immer dann kam, wenn die Kirche geschlossen war.

Noch vor nicht allzu langer Zeit war er beinahe trunken vor Freude gewesen. Wenn er die Augen schloss, sah er immer noch den unglaublichen Schrecken in den Augen der beiden Frauen, bevor sie gesprungen waren. Das Gefühl der Macht begleitete ihn seitdem, und er wusste, dass er es nie mehr vergessen würde.

Mit dem Anwalt war es ähnlich gewesen. Nicht der Tod an sich hatte ihn fasziniert, sondern die Kontrolle, die er über den Mann erlangt hatte. Er hatte dafür gesorgt, dass er auf der Straße, auf dem kalten, harten Bürgersteig schlief. Er seufzte zufrieden. Sobald man wusste, was einem Menschen wirklich wichtig war, hatte man die Kontrolle über ihn. Der Tod selbst war fast eine Enttäuschung gewesen, auch wenn es amüsant gewesen war, die ersten zitternden Ritzer zu beobachten, bevor es zum letzten, tödlichen Schnitt gekommen war. Er hatte nicht vorgehabt einzugreifen, aber irgendwann war ihm beim Zusehen langweilig geworden, und er wollte nicht, dass vielleicht einer der neugierigen Obdachlosen vorbeikam und sie entdeckte.

Am besten hatte ihm die Reaktion des Staatsanwalts gefallen, als er dessen wunderbare Besitztümer und zarten Erinnerungen zerstört hatte. Der Schmerz. Das Betteln. Das Flehen. Die Erniedrigung, als der eitle Geck bei der Heilsarmee um Kleidung betteln musste. Diese Befriedigung. Im Lauf der Jahre hatte er den selbstgefälligen Staatsanwalt dazu gebracht, all seine reichen Freunde abzuweisen, sein dreistöckiges Stadthaus zu verkaufen und an diesen trostlosen Ort in den Fens zu ziehen, wo er niemanden kannte und wo vor allem kein Hahn nach ihm krähte. Die Frauen hatten mit ihrem Leben für das bezahlt, was sie vor so langer Zeit getan hatten, aber der Staatsanwalt hatte wirklich gelitten.

Er hoffte, dass Brendan und Lyndsay irgendwo dort oben waren und auf ihn heruntersahen. Er hoffte, dass sie verstanden, dass er sich auf die Suche nach den Sündern gemacht hatte und sie für ihre Vergehen bezahlen lassen würde. Manchmal stellte er sich die beiden als Racheengel vor, aus deren Fingern Feuer schoss und aus deren Furcht einflößenden, höhnischen gelben Augen Funken sprühten.

Immer noch brannten heiße Tränen in seinen Augen, wenn er an Lyndsay dachte. Nach ihrer Ermordung hatte er zuerst gedacht, dass auch sein Leben zu Ende wäre. Aber wie durch ein Wunder war er durch ihren Tod wiederauferstanden, wie ein Phönix aus der Asche. Er hatte die Kraft und den Mut gefunden, einen neuen Menschen aus dem gepeinigten Kind zu formen, das er früher gewesen war. Und was für einen Menschen! Er war ein Mann, der die Saat des Verderbens in die Köpfe anderer pflanzen konnte. Ein Mann mit großer Macht. Ein Mann mit unendlicher Geduld.

Er trommelte mit den Füßen gegen die mit Flechten überwucherten Wände des alten Betonbunkers und starrte blicklos in die Schatten, die über die Marsch zogen. Da erkannte er mit einem Mal, dass das hier nicht das Finale war, das er geplant hatte. Es war erst der Anfang. Er war noch lange nicht fertig. Wie weit würde seine Macht ihn noch tragen?

Mord und die Motive dahinter hatten ihn immer schon fasziniert. Er hatte viel darüber gelesen und war zu dem Schluss gekommen, dass er sich wesentlich von anderen Mördern unterschied. Ihnen wurde häufig das Fehlen menschlicher Gefühle und Emotionen attestiert. Um in der Gesellschaft zu funktionieren, mussten sie ihre Mitmenschen nachahmen, und manche wurden richtig gut darin. Er hingegen hatte Gefühle, und sie gingen sehr tief. Er konnte kommunizieren, und er zog seine Mitmenschen in den Bann. Sie bewunderten ihn für seinen Tatendrang und seine Überzeugungen, sie teilten seinen Glauben. Er war kein Einzelgänger, sondern neugierig und aufgeschlossen. Sein Haus stand allen offen, und er hatte unzählige Freunde.

Er war nicht im Geringsten wie die Männer und Frauen, von denen er gelesen hatte, er war schlichtweg anders, und das allein verlieh ihm unglaubliche Macht.

Was ihn zu seinem letzten »Experiment« brachte. Dieser besondere Racheplan hatte eine sehr ungewöhnliche Wendung genommen. Die Polizei hatte noch keine Ahnung, obwohl sie wahrscheinlich schon sehr bald darüberstolpern würden. Je länger es dauerte, bis sie es herausfanden, desto grauenhafter würde es werden.

Doch jetzt zu seinem nächsten Ziel. Einen Tod hatte er noch geplant, aber was war dann? Welches Opfer würde ihm danach die größte Freude bereiten, wenn er es vernichtete und zerstörte? Er war heute Nacht hierhergekommen, um sich zu entscheiden oder die Auswahl zumindest auf ein oder zwei einzugrenzen. Er wischte sich die Regentropfen aus dem Gesicht. Letztendlich kam es, wie so oft im Leben, auf die Liebe an.

KAPITEL 15

Jedes Mal, wenn sich die Dunkelheit herabsenkte, stieg Ellas Nervosität. Es spielte keine Rolle, ob James zu Hause war oder nicht. Es war ihre Aufgabe, für Ryans und Miles' Sicherheit zu sorgen. Es war okay, wenn Jackman da war, aber heute Abend war das nicht der Fall, und sie wusste nicht, ob er noch kommen würde.

Ella hatte gerade die Schuluniformen der Jungen gebügelt und verstaute das Bügelbrett. Doch egal, wie sehr sie sich auch ablenkte, ihre Gedanken wanderten immer wieder zurück zu Sarah. Hatte sie sich wirklich das Leben genommen, um ihre Söhne zu beschützen? Ella war überzeugt davon. Sarah hatte ihre Kinder vergöttert. Hätte jemand das Leben der beiden bedroht, hätte sie keinen Moment lang gezögert. Die Jungen wären an erster Stelle gekommen. Tief in Gedanken, stellte Ella das Bügeleisen zum Auskühlen beiseite. Sarahs Selbstmord war ein selbstloser Akt gewesen, aber auch sehr riskant. Der Mann, der sie terrorisiert hatte, war zweifellos ein Psychopath und vermutlich auch ein Lügner. Womöglich war sie umsonst gestorben und hatte ihre Kinder in einer noch gefährlicheren Position zurückgelassen.

Ella erschauderte. Solche Gedanken waren nicht gut, wenn man allein war. Vielleicht sollte sie Jackman anrufen. Er hatte sie gebeten, sich sofort zu melden, wenn ihr etwas Sorgen bereitete, aber sie wollte ihn nicht bei der Arbeit stören, bloß weil sie ein wenig die Panik gepackt hatte. Er musste jetzt seine ganze Energie in die Suche nach dem Mann stecken, der Sarah in den Tod getrieben hatte.

Sie ging zurück ins Wohnzimmer und sah sich nach einer neuen Beschäftigung um. Sie war viel zu ruhelos, um sich auf den Fernseher zu konzentrieren oder Musik zu hören. Vielleicht sollte sie die Zeit nutzen, um einige Schränke und Schubladen aufzuräumen. James hatte ihr erlaubt, alles zu tun, was ihr wichtig erschien, und womöglich fand sie etwas Interessantes. Warum eigentlich nicht?

Eine Stunde später saß Ella am Küchentisch vor einem altmodischen Diktiergerät von Olympus. Im Fach steckte eine Kassette, und auch wenn sie nichts lieber wollte, als sie abzuspielen, hatte sie noch nicht auf den Knopf gedrückt. Das Gerät hatte mit Sicherheit Sarah gehört. Es hatte gemeinsam mit anderen persönlichen Dingen in einem Schuhkarton gelegen. Aus irgendeinem Grund brachte Ella es nicht über sich, die Stimme ihrer Freundin anzuhören. Stattdessen machte sie sich eine Tasse Tee, und während er abkühlte, rief sie Jackman an. Er sollte der Erste sein, der das Band hörte. Vielleicht war es gar nichts, nur eine Sammlung ihrer Lieblingsrezepte oder etwas in der Art. Vielleicht enthielt es aber auch Sarahs tiefste Gedanken, die sie in den dunkelsten Momenten ihres Lebens aufgezeichnet hatte.

Es war beinahe halb elf, als Jackman eintraf. Obwohl er es sicher kaum erwarten konnte, das Band anzuhören, fragte er zuerst nach seinen Neffen. Ella erzählte ihm kurz von Ryan, fügte aber hinzu, dass sie mit James reden würde, wenn sich ihre Sorgen verstärkten. Aber nun zum Diktiergerät.

»Ich habe es nicht angerührt und Einweghandschuhe angezogen, um die Batterien zu wechseln.«

Jackman lächelte. »Einmal Spurensicherung, immer Spurensicherung.«

Dieses Mal tat die Erinnerung an ihren ehemaligen Job nicht weh. Jackman drückte auf Play.

Es war schlimm genug, Sarahs Stimme zu hören, aber noch viel schlimmer waren ihre Worte. Ella sank auf den Stuhl und ließ das kleine Gerät nicht aus den Augen.

»Ich weiß doch, was ich gesehen habe! Wir haben nicht gelogen, keine von uns beiden! Aber warum behauptet er dann, dass es so war?« Ihre Stimme klang angespannt, sie war offenbar den Tränen nahe.

»Warum bestraft er uns? Warum sagt er so schreckliche Dinge? Spricht so grauenhafte Drohungen aus? Was will er von uns? Wir können doch nicht nach all den Jahren etwas vollkommen anderes behaupten als damals. Wir können nichts anderes sagen als die Wahrheit, oder?«

Es folgte eine lange Pause, in der Sarah sich die Nase putzte.

Als sie wieder zu sprechen begann, klang sie etwas ruhiger. *»Ich werde diese Aufnahme zu meinen Sachen legen, falls es zum Schlimmsten kommt. Wenn sie jemand findet, soll er sie meinem Schwager, Rowan Jackman, geben. Er wird wissen, was damit zu tun ist. Vielleicht hilft es ihm, zu verstehen. Und er wird es verstehen wollen, da bin ich mir sicher. Ich war fast sechzehn, als meine Freundin Pauline und ich eine weitere Freundin namens Lyndsay und einen Jungen namens Brendan beim Sex* *beobachteten. Eine halbe Stunde später fanden wir ihre Leiche und sahen, wie Brendan davonlief. Wir gingen zur Polizei, und – es tut mir leid, Jackman –, es war das Schlimmste, das wir je erlebt hatten. Wir hätten es für uns behalten sollen. Abgesehen von der Gerichtsverhandlung, die der reinste Albtraum war, hat Brendans Familie uns bedroht, und jetzt verfolgt uns jemand – wir wissen nicht, wer. Er nennt uns Lügnerinnen, Huren, Betrügerinnen. Er sagt, wir würden für unseren Meineid bezahlen. Und ...«*

Sarah unterdrückte ein Schluchzen. »*... und das alles, nachdem wir zwanzig Jahre lang ein neues Leben geführt haben! Wir haben keine Ahnung, wie er uns gefunden hat, aber falls es jemanden interessiert: Mein richtiger Name ist Heather Miller, und ich war Zeugin in dem Prozess gegen Brendan Symons ...«*

Jackman hielt das Band an. »Alles in Ordnung? Sie sehen blass aus.«

»Es ist einfach ein Schock, es aus ihrem eigenen Mund zu hören, das ist alles. Als ob sie direkt zu uns spricht.« Ella stand auf und ging zum Wasserkocher. »Ich brauche jetzt etwas Warmes. Tee oder Kaffee?«

»Tee, bitte. Und ja, es ist wirklich schrecklich, aber dank Ihnen besteht jetzt kein Zweifel mehr, was passiert ist.« Er betrachtete das Diktiergerät. »Ich glaube, den Rest erspare ich Ihnen und höre ihn mir später an.«

Sie wandte sich um. »Nein, Jackman. Ich muss es auch hören. Ich muss wissen, wie der Mann tickt, der sich dort draußen rumtreibt und möglicherweise Sarahs Kinder im Visier hat. Ich muss wissen, womit wir es zu tun haben.«

Zu ihrer Erleichterung nickte er. »Das verstehe ich.« Er sah sie mit durchdringendem Blick an. »Aber ich glaube wirklich nicht, dass er das Haus beobachtet, und wie schon gesagt: Sobald ich auch nur einen Moment lang das Gefühl habe, dass Sie sich in Gefahr befinden, hole ich Sie und die Kinder sofort hier raus, versprochen.«

Die nächste halbe Stunde tranken sie Tee und lauschten Sarahs Geschichte. Nach Brendans Selbstmord hatte man Pauline und sie gnadenlos verfolgt und drangsaliert, bis sie es nicht mehr aushielten. Ihre Namen waren vor Gericht nicht genannt worden, aber sie stammten aus einer Kleinstadt, und Brendans Dorf war sogar noch kleiner. Die Leute wussten ganz genau, was passiert und wer daran beteiligt gewesen war. Am Ende liefen sie davon. Sie waren fast siebzehn und gingen in den Süden des Countys, wo sie sich gemeinsam eine Wohnung mieteten. Nachdem sie noch immer Angst hatten, änderten sie ihre Namen, suchten sich einen Job und wurden zu Sarah und Suri. Zu zwei jungen Frauen, die wieder eine Zukunft hatten. Sarah drückte es folgendermaßen aus: *»Man lebt immer in einer Art Parallelwelt, wenn so etwas passiert.«*

Doch am Ende fand sie einen liebevollen Ehemann und wunderbare Freunde, und nachdem sie Ryan und Miles bekommen hatte, war sie endlich dort, wo sie hingehörte. Beinahe hatte sie den Punkt erreicht, an dem sie sich nicht mehr ständig nervös umdrehte, doch dann kam plötzlich *er*. Der Albtraum begann von vorne, und dieses Mal war es hundertmal schlimmer.

Jackman hielt das Band an und atmete tief ein. »Es ist schwer vorstellbar, dass sie sich so erfolgreich neu erfunden hat. Ich hätte nie gedacht, dass sie ein derart finsteres Geheimnis hat, und ich bin immerhin Polizist!«

»Ich auch nicht, und ich habe für sie gearbeitet und war mit ihr befreundet.« Ella schluckte. »Manchmal hatte ich das Gefühl, als wäre ich ihre einzige richtige Freundin. Sie wirkte so warmherzig und dankbar für die Zeit, die ich mit ihr verbracht habe.«

»Es sieht so aus, als hätten Pauline und sie sich nicht mehr so oft gesehen, nachdem sie beide eine Familie gegründet hatten.«

»Vielleicht war es zu schmerzhaft, ständig an die Vergangenheit erinnert zu werden. Ich hätte an ihrer Stelle auch lieber einen sauberen Schnitt gemacht, Sie nicht?«

»Möglich. Auch wenn ich so etwas nie vergessen könnte. Es gibt so viele Trigger, die alles wieder an die Oberfläche bringen. Um meiner geistigen Gesundheit willen wäre es mir wohl lieber, wenn der Mensch, der alles mit mir gemeinsam erdulden musste, in meiner Nähe wäre.« Er stützte die Ellbogen auf dem Tisch ab. »So, wie ich das sehe, ist Sarah nur ein einziger Fehler unterlaufen, und zwar, als sie Ihnen gegenüber Pauline Grover erwähnt hat.«

»Und es ist ihr nicht einmal aufgefallen. Es war eine belanglose Bemerkung in einem Gespräch und gleich wieder vergessen. Sie hat ganz sicher nie von einer Suri gesprochen.«

Jackman lehnte sich wieder zurück. »Sollen wir uns den Rest anhören?«

Ella nickte. »Na los. Jetzt sind wir schon so weit gekommen.«

Der letzte Teil des Bandes war erschütternd. Die Aufnahme war unzusammenhängend und offenbar über einen längeren Zeitraum hinweg entstanden. Sarah beschrieb das Entsetzen, bedroht zu werden, und schlimmer noch: ihre Kinder bedroht zu wissen. Sie bereute, ihren Laptop zerstört zu haben, und hoffte, dass nicht ausgerechnet ihr Mann oder ihre Kinder das Diktiergerät fanden. Sie stand hörbar am Abgrund, und Ella wurde langsam übel. Die letzten Worte waren: »*Bitte verzeiht mir*«, dann endete das Band.

Sie schwiegen, bis Ella schließlich sagte: »Er ist ein abgrundtief böser Mensch, oder?«

Jackman seufzte. »Manchmal verstehe ich, wenn jemand einen Mord begeht. Wenn es aus Wut geschieht, im Eifer des Gefechts. Wenn man zum Beispiel von jemandem betrogen wurde, den man liebt. Es ist immer unentschuldbar, aber manchmal kann ich mir zumindest vorstellen, wie es so weit kommen konnte. Jeder kann zusammenbrechen, wenn der Druck zu groß wird. Aber so eine erschreckende Gefühlskälte und Vorsätzlichkeit entzieht sich meinem Verständnis. Ich habe beinahe Angst davor, ihm irgendwann gegenüberzustehen. Er ist der Inbegriff des Bösen.«

Ella hatte das seltsame Gefühl, dass der Mörder seine Taten als gerecht und angemessen empfand. Als wäre es seine Pflicht, ein schreckliches Unrecht wiedergutzumachen. Als wäre er auf einem Kreuzzug. Sie erklärte es Jackman.

Der stimmte ihr etwas verhalten zu. »Das Problem ist, dass wir nicht wissen, worin dieses schreckliche Unrecht besteht, bloß, dass es um Lyndsay und Brendan geht. Aber betrifft es einen der beiden? Oder beide gemeinsam? Für wen oder für was will dieser Mann posthume Wiedergutmachung?« Er schüttelte den Kopf. »Da steckt noch so viel mehr dahinter. Dinge, von denen wir keine Ahnung haben. Wir haben noch einen langen Weg vor uns, bevor wir diesem Kerl in die Augen sehen können.«

Ella hoffte, dass es zumindest für sie persönlich nie so weit kommen würde.

Jackman erhob sich. »Es tut mir leid, Ella, aber ich muss heute Nacht nach Hause. Ich habe noch einige Dinge zu erledigen und muss morgen früh ins Büro. Kommen Sie zurecht?«

»James trifft sich mit Ihrem Vater, aber er ist sicher bald hier. Also ja, ich komme zurecht. Keine Sorge.«

»Die mache ich mir aber.« Er sah sie an.

Ella fragte sich, warum ein so guter und erfolgreicher Mann Single war. Sie sah ihm nach, wie er ging, und plötzlich tat er ihr leid. Er sollte zu einer liebevollen Umarmung und in ein warmes Bett zurückkehren und nicht zu »Dingen, die noch erledigt werden müssen«, was wahrscheinlich bedeutete, dass er seiner Haushälterin Geld bereitlegen oder den Müll hinausbringen musste. *Was für eine Verschwendung!*

Ella schloss die Tür und hörte, wie sein Wagen davonfuhr. Sie hatte gesagt, dass sie zurechtkam, aber das stimmte nicht. Es wäre ihr lieber gewesen, wenn er geblieben wäre.

KAPITEL 16

Jackman besuchte Ruth Crooke noch vor der Morgenbesprechung in ihrem Büro und spielte ihr das Band vor. Nun war keine Rede mehr davon, dass Jackman den Fall abgeben sollte.

»Nachdem wir die Geschichte jetzt in Sarahs eigenen Worten gehört haben, besteht wohl kaum ein Zweifel daran, dass wir es mit dem Rachefeldzug eines hinterhältigen und sehr raffinierten Psychopathen zu tun haben. Es ist unvorstellbar, wie man einen anderen Menschen derart manipulieren kann, dass dieser sich das Leben nimmt.« Sie schüttelte den Kopf.

»Er ist ein Meister seines Fachs, Ruth. Ich wage kaum, darüber nachzudenken, was er als Nächstes vorhat.«

Sie warf ihm einen angespannten, düsteren Blick zu. »Wir müssen davon ausgehen, dass er weiter Rache an allen üben wird, die mit dem Mordfall Lyndsay Ashcroft in engerer Verbindung standen. Es ist Ihnen hoffentlich klar, dass ich den Chief Superintendenten informieren muss. Wir müssen allen, die Brendan Symons damals belastet haben, Bescheid geben.«

»Das könnte zwar Panik auslösen, aber ja, ich würde

auch wissen wollen, wenn es ein mordender Psychopath auf mich abgesehen hätte.« Allerdings wollte Jackman auf keinen Fall, dass sich die Presse auf diese aufsehenerregende Story stürzte, und das sagte er Ruth auch.

Sie starrte einen Augenblick mit gerunzelter Stirn ins Leere. »Da haben Sie natürlich recht, Rowan. Und wenn alle Leute, die mit dem Fall in Verbindung standen, plötzlich übervorsichtig werden, richtet unser Mann seine Aufmerksamkeit vielleicht auf uns. Immerhin wären dann wir diejenigen, die seinem Kreuzzug in die Quere gekommen sind.«

»Es ist also ein zweischneidiges Schwert. Wir können unschuldige Opfer aus dem Schussfeld schaffen, aber dadurch würden wir und unsere Familien ins Visier geraten. Das ist keine leichte Entscheidung. Andererseits sind wir genau dazu da, oder? Um Leben zu schützen?« Er sah sie an.

»Ja. Aber ich werde trotzdem noch eine andere Meinung einholen. Machen Sie in der Zwischenzeit mit den Ermittlungen weiter. Ich schätze, die Befragung der Symons-Familie hat jetzt oberste Priorität?«

Jackman nickte und erhob sich. »Zweifellos. Ich freue mich zwar nicht gerade darauf, aber je früher wir es hinter uns bringen, desto besser. Gleich nach der Morgenbesprechung schnappe ich mir Marie, und dann fahren wir zu ihnen.«

»Marie ist die perfekte Wahl, falls Sie in eine brenzlige Situation geraten. Alles Gute, Rowan, und denken Sie daran, was ich Ihnen erzählt habe. Seien Sie vorsichtig. Die Wut ist immer noch groß.«

»Ich frage mich, wie viel ich ihnen erzählen soll. Was meinen Sie?«

»Das überlasse ich Ihnen. Am besten, Sie warten erst

mal ihre Reaktion ab. Sie werden sicher eine diplomatische Lösung finden.«

Jackman kehrte in den Ermittlungsraum zurück. Die Besprechung ging gleich los, doch vorher wollte er Marie noch von dem Tonband erzählen.

Sie saß an ihrem Schreibtisch und sah vom Bildschirm auf, als er auf sie zukam. »Sind Sie immer noch der Boss?«, fragte sie hoffnungsvoll. »Ruth spielt inzwischen doch nicht mehr mit dem Gedanken, Sie abzuziehen, oder?«

»Halten wir die Daumen, aber ich glaube, sie ist ganz zufrieden mit der momentanen Situation.« Er trat näher heran. »Vor allem deshalb, weil ich auf eine Zeugin gestoßen bin, die definitiv bestätigt, dass Sarah buchstäblich in den Tod getrieben wurde.«

Maries Augen weiteten sich. »Wirklich? Wen?«

»Sarah.«

»Wie bitte?«

Er holte tief Luft. »Sie hat ein Tonband hinterlassen. Ella hat es gestern Abend gefunden und mich sofort angerufen. Es ist erschütternd, aber es lässt keinen Zweifel daran, was passiert ist, und dass es mit ziemlicher Sicherheit mit dem Mord an Lyndsay Ashcroft zu tun hatte. Ich werde gleich die anderen informieren, aber ich wollte zuerst mit Ihnen sprechen.«

»Danke.« Marie starrte ihn an. »Dann sind die Mitglieder der Familie Symons also unsere Hauptverdächtigen?«

»Sie sind die Ersten, mit denen wir reden müssen. Und Sie, meine Liebe, haben die Ehre, mich zu begleiten. Wir fahren gleich nach der Besprechung los.«

»Ich bin überwältigt von Ihrem Angebot, aber ich überlasse dieses Vergnügen gerne den Kollegen.«

»Das würde ich am liebsten auch tun, aber leider bleibt

uns nichts anderes übrig. Der Befehl kommt von Ruth höchstpersönlich.«

»Verdammt.«

»Und ich dachte, meine strahlende Persönlichkeit würde das mehr als wettmachen.«

»Tut mir leid, Boss, aber nein. Das tut sie nicht.« Sie warf einen Blick auf die Uhr. »Zeit, um vor die Truppen zu treten.«

Jackman bat Robbie, Max und Rosie, so viel wie möglich über den Prozess in Erfahrung zu bringen, während Charlie und Gary sich mit den Gründen für Brendan Symons' Selbstmord beschäftigen sollten.

Jackman und Marie fuhren in den Norden des Countys, um mit der Familie Symons zu reden.

»Hier war ich sicher noch nie.« Marie überholte das Auto vor ihnen und gab Gas. »Nettleby Oaks klingt nach einem ziemlich kleinen Kaff.«

Jackman nickte. »Ich kenne die Gegend auch nicht, aber in den Prozessprotokollen klang es eher nach einer Siedlung. Ich habe mich noch schnell informiert, bevor wir los sind. Es ist eine sehr ländliche Gegend. Nicht ganz so karg wie die Fens, aber immer noch dünn besiedelt. Nettleby ist etwas größer. Es gibt eine Schule, ein paar Läden und eine Handvoll Restaurants.«

»Das war der Ort, aus dem Lyndsay stammte, nicht wahr?«, fragte Marie.

»Genau.«

»Was wissen wir eigentlich über die Familie Symons? Ich habe ein paar alte Berichte durchgesehen, aber abgesehen von den Medienberichten über ihren Kampf, Brendans Namen reinzuwaschen, stand da kaum etwas.«

»Sie halten zusammen wie Pech und Schwefel und behaupteten vom ersten Tag an hartnäckig, dass Brendan fälschlich verurteilt wurde.« Jackman stieß die Luft aus. »Ruth zufolge waren auch einige Polizisten dieser Meinung.«

»Trotz der erdrückenden forensischen Beweise? Das ist doch seltsam, oder?«

»Brendan war ein netter junger Mann. Er stritt nicht ab, mit Lyndsay geschlafen zu haben, aber er schwor, ihr nicht wehgetan zu haben. Ein paar der zuständigen Beamten gaben zu Protokoll, dass ihn der Tod des Mädchens ehrlich fertiggemacht habe. Ein oder zwei von ihnen waren bis zuletzt nicht sicher, ob er tatsächlich schuldig war.«

»Und die Familie? Was sind das für Leute?«

Jackman warf einen Blick in seine Aufzeichnungen. »Der Vater ist inzwischen verstorben. Ansonsten sind da die Mutter, Sheila Symons, die drei Brüder Dale, Kenny und Liam und zwei Töchter namens Yvette und Susie.« Er las weiter. »Außerdem ein paar Freunde, die sie bereits während des Prozesses unterstützt haben und die ihnen immer noch die Treue halten.«

»Dann sind wir also auf dem Weg in die Höhle des Löwen?«

»Das trifft es wohl ganz gut, Marie. Wir müssen extrem bedacht vorgehen.«

»Na, toll! Vielleicht sind sie ja gar nicht zu Hause.« Sie hielt kurz inne. »Die Kinder wohnen doch nicht alle in ihrem Elternhaus, oder? Die sind sicher schon in den Dreißigern oder Vierzigern!«

»Kenny und Susie sind verheiratet, bei den anderen weiß ich es nicht. Dale und Liam sind noch bei ihrer Mutter gemeldet, aber ich habe keine Ahnung, ob sie tatsächlich dort wohnen.«

»Aber ihre Kampagne läuft immer noch?«

Jackman nickte. »Sie haben nie aufgegeben. Keinen einzigen Tag.«

»Das verheißt nichts Gutes, oder? Ich verstehe, warum wir diplomatisch vorgehen müssen.«

Als sie schließlich nach Nettleby Oaks kamen, erschien ihr sogar die Bezeichnung »Siedlung« übertrieben. Es war lediglich eine von Bäumen gesäumte Straße mit fünf Farmhäusern, hinter denen ebenfalls von Bäumen begrenzte Felder lagen. In einem davon wohnte die Familie Symons.

»Es ist ganz anders als bei uns«, murmelte Marie und hielt an. »Hübscher irgendwie. Aber trotzdem mag ich die Weite in unserem Teil des Countys.«

Sie gingen auf das zweite Haus zu, und Jackman klingelte.

Aus dem Inneren drangen Geräusche, doch es dauerte eine Weile, bis jemand öffnete.

Die Frau sah sie misstrauisch an. Sie war klein und stämmig, mit kurzen, dunkelbraunen Haaren und haselnussbraunen Augen. Sie trug ausgebleichte Jeans, ein Männerhemd und einen Pullover mit V-Ausschnitt. »Ja?«, fragte sie und stemmte die Hände in die Hüften.

»Das sind verdammte Polizisten, Sue, das rieche ich gegen den Wind.« Ein groß gewachsener Mann trat hinter die Frau. Sein Gesichtsausdruck war ebenfalls alles andere als einladend. »Was wollt ihr hier?«

Jackman zwang sich zu einem Lächeln, und Marie und er zückten ihre Ausweise. »Sie haben recht, Sir, wir sind *tatsächlich* von der Polizei. Wir müssen uns in einer dringenden Angelegenheit mit Mrs Sheila Symons unterhalten. Ist sie zu Hause?«

»Solange Sie nicht hier sind, um uns zu sagen, dass mein Bruder unschuldig war, ist sie nicht zu sprechen.«

»Und Sie sind? Dale oder Kenny?«, fragte Jackman. Liam war jünger als der Mann vor ihm.

»Dale Symons. Aber keiner von uns will mit Ihnen reden, also verziehen Sie sich besser.« Er wollte die Tür zuwerfen, doch die Frau legte eine Hand auf seinen Arm.

»Halt die Klappe, Dale! Er hat gesagt, dass es dringend ist. Du kannst dir doch wenigstens anhören, was sie zu sagen haben.«

»Die haben doch noch nie etwas Wichtiges von sich gegeben«, murmelte Dale erbost, bevor er ihnen den Rücken zuwandte. »Du kannst ja mit ihnen reden, wenn du willst, aber lass mich da raus.«

»Ich bin Susie. Kommen Sie lieber rein.«

Die Frau führte Jackman und Marie in ein kleines, vollgestopftes Wohnzimmer. Sofas, Lehnstühle, Esszimmerstühle und Sitzsäcke nahmen jeden freien Zentimeter ein. Sue deutete auf zwei Stühle. »Tut mir leid wegen meines Bruders. Er hat noch immer das Gefühl, dass die Polizei uns im Stich gelassen hat. Das haben wir alle.«

»Der Fall hat sich vor meiner Zeit ereignet, Susie. Ich kann nur sagen, dass der jahrelange Kampf Ihrer Familie den größten Respekt verdient.«

Susies Gesicht entspannte sich kaum merklich. »Brendan hat dieses Mädchen nicht umgebracht, Detective. Er war ein so liebenswerter Junge. Er konnte nicht einmal einen verletzten Vogel von seinem Leid erlösen, und er hat tagelang geweint, nachdem unser Hund gestorben war. Sie kannten ihn nicht, aber ich schon. Ich liebte meinen Bruder, und ich weiß – ganz tief in meinem Herzen –, dass er Lyndsay Ashcroft niemals wehgetan hätte. Dazu war er gar nicht fähig.«

Sie meinte es offensichtlich ernst. Aber ihre Liebe zu ihrem Bruder machte keinen unschuldigen Mann aus ihm.

»Susie, wir müssen wirklich dringend mit Ihrer Mutter sprechen. Wäre das möglich?«, fragte Marie. »Es ist sehr wichtig.«

Susie wirkte unsicher. »Unsere Mum … ist krank. Sehr krank. Ich will nicht, dass sie sich aufregt. Können Sie es nicht mir erzählen? Und vielleicht … Nein, ich hole Yvette und Kenny. Sie sind gerade bei Mum. Was auch immer Sie zu sagen haben, sagen Sie am besten uns allen.«

Nachdem die Frau das Zimmer verlassen hatte, wandte sich Jackman stirnrunzelnd an Marie. »Sie sind alle hier, sogar die verheirateten Kinder. Was sagt uns das?«

»Dass die Mutter im Sterben liegt«, erwiderte Marie rundheraus. »Hatten Sie jemals das Gefühl, auf dem Präsentierteller zu sitzen?«

»Nicht so sehr wie jetzt gerade«, flüsterte er. »Wie Ruth schon sagte: Das wird heikel.«

Susie kehrte allein zurück.

»Mum will, dass Sie raufkommen. Aber …«

»Wir werden versuchen, sie nicht zu sehr zu ermüden, versprochen.« Jackmans Blick war voller Mitleid. »Es geht ihr nicht gut, oder?«

In Susies Augen glitzerten Tränen. »Sie hat nicht mehr lange.« Sie schluckte angestrengt. »Aber sie ist eine starke Frau, und sie will hören, was Sie ihr zu sagen haben.«

Sie folgten Susie eine steile Treppe hinauf ins Elternschlafzimmer. Es war unangenehm warm. Jackmans Blick fiel auf ein kleines offenes Feuer in einem Kamin auf der gegenüberliegenden Seite des Raumes.

Sheila Symons saß gegen eine Wand aus Kissen gelehnt im Bett. Ihr Gesicht wirkte bleich und ausgezehrt, doch ihr Blick war intelligent und klar.

Susie deutete auf eine große, hagere Frau mit dunklen Haaren. Sie trug ebenfalls ausgebleichte Jeans und einen Pullover. »Das sind Yvette und mein Bruder Kenny.« Sie wandte sich an einen unscheinbaren Mann, der am Bett der Mutter saß und ihre Hand hielt.

»Mum? Das sind DI Jackman und DS Marie Evans. Sie kommen aus Saltern-le-Fen, und sie wollen dir etwas sagen.«

»Holt Ihnen etwas zum Sitzen.« Die Stimme der alten Frau klang brüchig, aber stark, und ihr Ton verriet, dass ihre Befehle für gewöhnlich auch befolgt wurden.

Susie eilte davon und kam mit zwei unbequemen Stühlen zurück.

Jackman fiel Dales Abwesenheit auf, aber er vermutete, dass er irgendwo in Hörweite war. Liam war ebenfalls nicht zu sehen. Er räusperte sich. »Mrs Symons, wir werden Sie nicht lange aufhalten. Es gab in letzter Zeit einige besorgniserregende Ereignisse in Saltern, die offenbar mit dem Mord an Lyndsay Ashcroft in Verbindung stehen. Wir wollten persönlich vorbeikommen und Ihnen Bericht erstatten.«

»Führen diese *Ereignisse* womöglich dazu, dass der Name meines Sohnes reingewaschen wird?«

»Im Moment wissen wir noch nicht, wohin es führt, Mrs Symons. Ich möchte Ihnen keine falschen Hoffnungen machen.«

»Das dachte ich mir schon.« Die Frau seufzte. »Na gut, bringen wir es hinter uns. Worum geht es?«

Jackman warf Marie einen Blick zu, und sie nickte kaum merklich. Er erklärte, dass jemand das Gesetz in die eigene Hand genommen hatte und Menschen, die mit Brendans Verurteilung in Verbindung standen, gestorben waren.

In dem stickigen Zimmer war es totenstill.

In diesem Moment platzte Dale durch die Tür und schrie: »Dann nennt ihr uns jetzt also auch noch Mörder! Ihr Schweine! Ihr gebt euch nicht damit zufrieden, meinen Bruder fälschlich beschuldigt und in den Tod getrieben zu haben! Ihr kommt auch noch hierher und verdächtigt uns der Selbstjustiz! Wir sollen also die Leute ermordet haben, die meinen Bruder hinter Gitter gebracht haben?« Er hatte die Augen weit aufgerissen, und seine Nasenflügel bebten vor Wut. Dann fehlten ihm offensichtlich die Worte, und er stand nur noch mit herabhängenden Armen und leise fluchend da.

»Bist du fertig?« Seine Mutter sah ihn durchdringend an. »Ich glaube, das reicht jetzt.«

»Du wärst genauso aufgebracht gewesen, wenn man uns nicht informiert hätte, Dale. Also hören wir ihnen erst mal zu, ja?«, meinte Yvette, die in Jackmans Augen die Vernünftigste der Truppe war.

Dale lehnte sich missmutig gegen die Wand.

»Es war einerseits unbedingt notwendig, dass Sie gewarnt werden, Mrs Symons, andererseits müssen wir Ihnen natürlich auch ein paar Fragen stellen. Wir versichern Ihnen aber, dass wir es nicht auf Sie oder Ihre Familie abgesehen haben. Wir werden mit Dutzenden Leuten sprechen, die damals involviert waren.«

Die alte Frau nickte und bat Kenny um ein Glas Wasser. »Wie starben diese Menschen, Detective Inspector? Und wer waren sie?«

Jackman zögerte. Sie würden es ohnehin schon bald in den Nachrichten sehen, da konnte er es ihnen gleich erzählen. »Die beiden anonymen Zeuginnen, die zu der Zeit noch im Teenageralter waren, und der Staatsanwalt sind tot. Jemand hat sie verfolgt und terrorisiert, bis sie sich selbst das Leben nahmen.«

Sämtliche Anwesenden schnappten nach Luft. Dann murmelte Yvette: »Du lieber Gott! Heather und Pauline? Beide tot?«

»Die eine ist ertrunken, die andere bei einem Sturz ums Leben gekommen«, antwortete Marie leise. »Kannten Sie die Frauen?«

Kenny sah auf. »Natürlich. Es ist ein kleines Kaff hier. Wir wussten es von Anfang an, aber nach dem Prozess kam es ohnehin raus. Es stimmt, dass wir den beiden das Leben schwer gemacht haben, aber ...«

Sheila Symons verlagerte unbehaglich das Gewicht. »Das sind schreckliche Nachrichten. Für ihre Familien natürlich, aber auch für uns. Wir sind die naheliegendsten Verdächtigen. Die Leute werden glauben, dass wir letzten Endes doch noch Rache genommen haben. Die ganze Geschichte wird neu aufflammen, und wir werden das Wohlwollen der Leute verlieren, die an unsere Mission geglaubt haben.« Sie hustete keuchend und schmerzerfüllt, dann nahm sie einen Schluck Wasser.

»Wir sollten besser gehen.« Jackman erhob sich. »Aber bitte, wenn es etwas gibt, womit Sie uns helfen können, oder wenn Sie jemanden kennen, der unverhältnismäßig emotional auf die Ereignisse reagiert hat, dann kontaktieren Sie uns. Und ich meine damit nicht jemanden, der sich für die Sache einsetzt, so wie Ihre Familie. Ich meine einen ernsthaften Eiferer. Wir lassen unsere Karte da, und wie schon gesagt: Wir müssen sehr bald noch einmal mit Ihnen allen sprechen. Jemand wird sich telefonisch wegen der Termine melden.« Er lächelte so warmherzig, wie er konnte. »Es tut mir leid, dass wir Sie angestrengt haben, Mrs Symons. Ich bitte um Entschuldigung.«

Er glaubte, ein höhnisches Schnauben von Dale zu hören, doch die alte Frau nickte. »Ich weiß es zu schätzen, dass Sie hergekommen sind, auch wenn die Nachrichten alles andere als gut sind. Wir werden über Ihre Bitte nachdenken.«

Draußen im Flur gab Jackman Susie seine Karte. »Diese Person kennt keinerlei Skrupel. Wir müssen ihn erwischen. Es tut mir wirklich leid, dass wir noch einmal herkommen und Sie alle nach Ihren Alibis fragen müssen. Bitte verstehen Sie, dass das auch dazu dient, Ihre Unschuld zu bestätigen und Sie aus dem Kreis der Verdächtigen auszuschließen. Wir wollen Sie damit nicht brüskieren.«

Susie nickte. »Warum? Warum jetzt? Nach all der Zeit?«

»Wir wissen es nicht, aber wir befürchten, dass es noch nicht vorbei ist.« Jackmans Stimme war hart wie Granit. Als Susie die Tür schloss, fiel ihm auf, dass sie kalkweiß geworden war.

Zurück im Auto, atmete er tief aus. »Habe ich das Richtige getan? Oder habe ich ihnen zu viel erzählt?«

»Es war die einzige Möglichkeit, Jackman. Sie haben getan, was Sie tun mussten, und ich denke, die alte Frau weiß das zu schätzen. Sie glaubt zwar immer noch, dass Brendan unschuldig ist, aber sie ist keine psychopathische Mörderin. Bei ihrem Sohn Dale bin ich mir hingegen nicht so sicher.« Marie verzog das Gesicht. »Ganz schöner Hitzkopf, was?«

Jackman stieß ein kurzes Lachen aus. »Das kann man

wohl sagen. Ich freue mich schon darauf, alle einzeln zu befragen.«

Marie startete den Wagen. »Ich mich auch, Boss. Ich kann es kaum erwarten.«

KAPITEL 17

Alles in Ordnung, Sonnenschein?« Max drückte sanft Rosies Schulter.

»Ich mache mir bloß Sorgen«, antwortete sie, ohne auf die Berührung zu reagieren.

»Worüber?«

»Über diesen Mann. Diesen kranken Psycho.« Sie wandte sich zu ihm um. »Die Kriminellen, mit denen wir es normalerweise zu tun haben, machen mir keine Angst. Ich verstehe, warum jemand stiehlt, betrügt, jemanden zusammenschlägt oder sich in gewissen Situationen sonst irgendwie schlecht benimmt. Ich verstehe manchmal sogar, warum jemand zum Mörder wird. Aber dieser Typ ...« Sie erschauderte. »Er schlägt einfach alles. Und er macht mir Angst.«

Max drückte noch einmal ihre Schulter. »Hey! Komm schon! Wo ist mein furchtloses Mädchen? Er ist doch nur ein Verrückter, und von denen haben wir im Lauf der Jahre genug kennengelernt, oder?«

»Schon klar, aber dieses Mal ist es anders, das musst du doch auch sehen!« Sie klang beinahe anklagend.

Max ließ sich ein wenig besorgt neben ihr nieder. So

kannte er Rosie gar nicht. »Natürlich sehe ich es, aber ich verschaffe ihm nicht die Genugtuung, dass ich es an mich heranlasse. Er ist ein bösartiger Mistkerl, und ich hoffe, wir schnappen ihn, bevor er das Gehirn seines nächsten Opfers in Matsch verwandelt.«

»Ich finde es schrecklich, wenn jemand die Schwäche eines anderen derart ausnutzt.«

Max nickte. »Menschen, die die Gedanken anderer manipulieren, fehlt jegliche Moral.«

Rosie runzelte die Stirn. »Ich glaube nicht, dass er sich so sieht. Ich habe mir seine E-Mails an Sarah angesehen. Er ist der Meinung, er hätte das von Gott gegebene Recht, Übeltäter zu bestrafen. Wir wissen zwar, dass es mit dem Mord an Lyndsay Ashcroft zu tun hat, aber will er Rache für ihren Tod? Oder für die Verurteilung und den anschließenden Selbstmord von Brendan Symons?«

Max kratzte sich am Kopf. »Wir müssen unbedingt mehr über den Prozess in Erfahrung bringen.«

»Ganz genau.« Rosie verzog das Gesicht. »Bevor wir nicht wissen, weshalb er die Menschen in den Tod treibt, haben wir keine Ahnung, wo wir ihn suchen sollen.«

»Was, wenn er den Fall nur ausgewählt hat, weil er das Gefühl hatte, es würde sich um einen dramatischen Justizirrtum handeln? Vielleicht hat er gar nichts mit den Opfern zu tun.« Max zuckte mit den Schultern.

»Warte mal! Vielleicht *weiß* er, dass der Falsche verurteilt wurde, weil er den wahren Mörder kennt! Vielleicht ist er es sogar selbst und wurde um seine traurige Berühmtheit betrogen!« Rosie starrte Max an. »Wäre das möglich, oder macht mir nur der Schlafentzug zu schaffen?«

»Es wäre möglich, aber wir müssen noch tiefer graben.«

»DC Cohen, DC McElderry.« Ruth Crooke stand mit

grimmigem Gesicht in der Tür. »Sie müssen etwas für mich erledigen.«

Max und Rosie sprangen auf und eilten zur Superintendentin.

»Ma'am?«

»DI Jackman und Marie sind unterwegs, aber ich habe einen wichtigen Auftrag für das Team. Es wurde beschlossen, alle Beteiligten am Ashcroft-Prozess darüber zu informieren, dass sie sich in Gefahr befinden und Vorkehrungen treffen sollen.«

Max nickte. »Das ist nur fair, Ma'am. Sie haben ein Recht, es zu erfahren.«

»Die Geschworenen wurden bereits kontaktiert, genauso wie mehrere Mitarbeiter des Anklageteams. Einer fehlt allerdings. Der Vorsitzende der Geschworenenjury ist nicht erreichbar, und als Verkünder des Urteils wäre er ein nachvollziehbares nächstes Opfer.«

»Sollen wir uns auf die Suche machen, Ma'am?«, fragte Rosie.

»Ja, und zwar so schnell wie möglich, DC McElderry – es sei denn, Sie glauben, dass unser Mann schon mit seiner kleinen One-Man-Show als Richter, Jury und Vollstrecker fertig ist.«

»Nein, Ma'am. Das glaube ich keineswegs«, erwiderte Rosie. »Keine Sorge, wir werden ihn finden.«

Die Superintendentin gab ihnen ein Memo mit einem Namen und einer Adresse, wandte sich um und marschierte mit einem »Welchen Teil von ›so schnell wie möglich‹ haben Sie nicht verstanden?« zum Aufzug.

Max und Rosie eilten zu ihren Schreibtischen zurück.

»Ich sage ja, dass sie Augen in ihrem verdammten Hinterkopf hat«, murmelte Max mürrisch.

»Obwohl ich verstehe, warum sie sich Sorgen macht. Sie könnte durchaus recht haben, was den Mann angeht.« Sie warf einen Blick auf das Memo. »Isaac Whitman ist vielleicht der Nächste auf der Liste.«

»Dann machen wir uns am besten gleich auf den Weg. Bevor unser allmächtiger Rächer weiß Gott was mit seinem Gehirn anstellt.«

Rosie zuckte zusammen und griff nach ihrer Tasche. »Wir haben eine Adresse in Horncastle. Fangen wird dort an? Ich fahre.«

»Klar doch.« Max sah noch schnell nach, ob er sein Handy eingesteckt hatte, dann folgte er ihr.

Gary betrachtete die Ergebnisse seiner Nachforschungen über Brendan Symons und schüttelte den Kopf. »Armer Teufel«, murmelte er.

»Du redest von einem verurteilten Mörder, Gary. Muss ich mir Sorgen machen?« Charlie Button hob den Blick vom Bildschirm.

»Vielleicht, vielleicht auch nicht.«

»Hast du Zweifel an dem Urteil?« Charlie drehte seinen Stuhl zu Gary.

»Für mich gibt es da einige Grauzonen, und so etwas hasse ich.« Gary deutete auf den Ausdruck. »Ob schuldig oder nicht, der Junge hatte noch nie Schwierigkeiten, und dann wird er in eine Strafanstalt der Kategorie A geworfen. Und zwar nicht in irgendeine, sondern ausgerechnet in das Gefängnis, in dem die gefährlichsten Verbrecher des Landes einsitzen. Kein Wunder, dass er daran zerbrochen ist.«

»Im Bericht steht, dass er sich erhängt hat und daran erstickt ist. Wie, zum Teufel, hat er das angestellt?« Charlie runzelte die Stirn.

»Er hat ein zerrissenes T-Shirt zu einem Seil gedreht und es sich um den Hals gebunden. Das andere Ende hing über dem oberen Rahmen des Stockbetts. Es ist gar nicht so schwierig, wenn man verzweifelt genug ist. Die Blutzufuhr wird innerhalb von sieben Sekunden gestoppt, man wird ohnmächtig und stirbt schließlich.«

Charlie verzog das Gesicht. »Das ist ja furchtbar.«

»Im Bericht steht, dass Brendan keine einzige Beschwerde wegen Belästigung oder Missbrauch eingereicht hat und es auch sonst keinen Grund gab, ihn unter Beobachtung zu stellen.« Gary schnaubte. »Das überrascht mich nicht. Er hatte zu viel Angst, um irgendetwas zu sagen. Ich will mir den psychischen Stress gar nicht vorstellen, dem er ausgesetzt war.«

»Du hast vorhin etwas von Grauzonen gesagt. Glaubst du wirklich, dass Brendan unschuldig war?«, fragte Charlie.

Gary lehnte sich in seinem Stuhl zurück. »Weißt du, ich wünsche mir sogar, dass er schuldig war, denn dann wäre sein Schicksal zumindest in irgendeiner Weise gerechtfertigt gewesen. Aber falls er wirklich die Wahrheit gesagt hat, dann verstehe ich vollkommen, warum seine Familie seit so vielen Jahren für ihn kämpft.«

»Das Gefängnis soll die reinste Hölle sein – in vielerlei Hinsicht. Und wenn man dann auch noch für etwas einsitzt, das man nicht getan hat, dann ...« Charlie zuckte mit den Schultern. »Das bringt einen sicher um den Verstand.«

»Außerdem gelten Gefängnisse als das kriminellste Umfeld überhaupt. Drogen, Diebstahl, Raub, Gewalt und sexuelle Nötigung – das alles kommt dort sehr viel häufiger vor als draußen.«

»Für einen vollkommen Unschuldigen wäre es wohl der

letzte Schock in einer langen Reihe schrecklicher Erfahrungen«, überlegte Charlie.

Gary blätterte in den Unterlagen auf seinem Tisch und zog einen Zettel mit einem Namen und einer Adresse heraus. »Ich habe schon ein paar Nachforschungen angestellt. Das hier sind die Kontaktdaten eines alten Knackis, dem ich einmal ein wenig unter die Arme gegriffen habe. Mackie hat irgendwann eingesehen, dass er einiges falsch gemacht hat, und nachdem er sein halbes Leben in den verschiedensten Gefängnissen verbracht hatte, wurde er am Ende sauber. Ich habe ausgerechnet, dass er zur selben Zeit im selben Gefängnis saß wie Brendan Symons. Es ist zwar eine große Anstalt, aber Dinge wie ein Selbstmord verbreiten sich dort wie ein Lauffeuer. Ich werde ihn mal fragen, ob er sich an Brendan erinnert.« Er stand auf und griff nach seiner Jacke. »Halte du inzwischen hier die Stellung, Charlie. Er wohnt auf der anderen Seite der Stadt, es wird also nicht lange dauern.«

Mackie Cairns war nicht gerade begeistert, Gary wiederzusehen, aber er ließ ihn widerstrebend in die Wohnung.

Sie gingen in ein kleines Wohnzimmer, in dem ein Fernseher, ein heruntergekommener Couchtisch, ein zerlumpter Sitzsack und ein schäbiges Sofa standen. Gary wurde kein Tee angeboten, doch nach dem kurzen Blick, den er im Vorbeigehen in die winzige Küche geworfen hatte, war er sogar froh darüber.

»Ich brauche keine Informationen, Mackie – zumindest nicht wie sonst immer. Ich habe mich nur gefragt, ob du dich vielleicht an irgendetwas Seltsames im Durnham-Gefängnis erinnern kannst. In etwa zu der Zeit, als Brendan

Symons sich erhängt hat.« Gary legte eine Zehnpfundnote auf den Couchtisch.

»Dort ist doch immer irgendetwas *Seltsames* los, PC Pritchard. Das sollten Sie eigentlich wissen.« Mackie war ein großer, stämmiger Mann mit widerborstigen Haaren und einem zerklüfteten Gesicht. Nach seinem letzten Gefängnisaufenthalt hatte er seiner Verbrecherlaufbahn abrupt den Rücken zugekehrt und sich einen Job als Mechaniker besorgt. Da er unter anderem als Fahrer eines Fluchtfahrzeuges im Knast gesessen hatte, wusste er einiges über Autos. Außerdem hatte er sich während seiner Zeit in der Zelle weitergebildet.

Gary stellte sich auf den üblichen Schlagabtausch ein, bevor er mit einer Antwort rechnen konnte, doch Mackie begann sofort zu erzählen und wirkte dabei beinahe nachdenklich.

»Es herrschte eine merkwürdige Stimmung damals, als der Junge eingeliefert wurde.« Mackie setzte sich auf den Sitzsack und überließ Gary das Sofa. »Sie wissen ja, im Gefängnis sind alle unschuldig und schwören Stein und Bein, dass sie nie etwas verbrochen haben, aber Brendan spaltete die Insassen in zwei Lager. Die einen hielten ihn für einen milchgesichtigen Mörder und Vergewaltiger. Die anderen ... Die meinten, er wäre entweder ein sehr guter Schauspieler oder tatsächlich unschuldig.«

Gary nickte. »So war es draußen auch, Mackie.«

»Klar, aber im Bau ist alles noch sehr viel intensiver. Dinge geraten aus dem Ruder, und es wird hässlich.«

»Der Junge hatte also Schwierigkeiten?«

»Er sah gut aus, PC Pritchard, und ich muss wohl nicht erklären, was das bedeutet, oder?«

Gary schüttelte den Kopf. »Nein, musst du nicht.«

»Es war so: Jemand hatte einen Narren an ihm gefressen, aber Brendan wollte davon nichts wissen und machte sich diesen unangenehmen Typen zum Feind. Ein anderer nahm ihn unter seine Fittiche, aber ich glaube nicht, dass es aus Nettigkeit passierte. Es war eher, um dem Ersten eins auszuwischen. Jedenfalls brachte es Brendan nur noch mehr um den Verstand.«

»Mir fällt auf, dass du die Namen vergessen hast zu erwähnen, Mackie.«

»Nein, PC Pritchard. *Vergessen* nicht.«

»Auch gut.« Gary war klar, dass er nicht darauf herumreiten durfte. Er grinste. »Nur so aus Neugierde: In welchem Lager warst du?«

Mackie rutschte auf dem wackeligen Sitzsack hin und her. »Nach den vielen Jahren im Knast kann ich zwischen den Zeilen lesen.« Er sah zu Gary. »Wenn der Junge dieses Mädchen ermordet hat, fresse ich einen Besen.«

Gary seufzte. »Irgendwie wusste ich, dass du das sagen würdest, auch wenn ich gehofft habe, es würde nicht so sein.«

»Warum? Weil es bedeutet, dass der richtige Mörder noch frei herumläuft?« Mackie griff nach dem Zehner und steckte ihn ein.

»Das auch. Aber vor allem, weil Brendan noch sein ganzes Leben vor sich hatte. Sein Tod war umsonst, und seine Familie musste all die Jahre mit dem Stigma leben, einen Mörder großgezogen zu haben.«

»Sie sind ja ein richtiger Softie, PC Pritchard.«

»Ich hasse Ungerechtigkeit, Mackie, das ist alles. Ich könnte es noch mit jedem aufnehmen, wenn es nötig wäre.«

Mackie wirkte nicht überzeugt. »Warum interessieren Sie sich nach all den Jahren dafür?«

Gary hob die Augenbrauen. »Das kann ich nicht sagen. Laufende Ermittlungen.«

Mackie zögerte. »Das haben Sie jetzt nicht von mir, aber es gab zu der Zeit Gerüchte, dass Brendans Selbstmord ... Es schien so, als hätte ihm jemand ... *Geholfen?*«

Gary erstarrte. Im Bericht stand kein Wort darüber, dass Brendans Tod etwas anderes als ein verzweifelter Versuch gewesen war, seinen Qualen ein Ende zu bereiten. »Was weißt du darüber, Mackie?«

»Nicht mehr als das, was ich schon gesagt habe. Aber ich würde darauf wetten, dass Brendan Symons nicht allein in seiner Zelle war, als er starb.«

»Ist so etwas nach Einschluss überhaupt möglich?«

Mackie lachte auf. »Es passierte nicht nach der Zellenschließung, und selbst wenn – im Gefängnis ist alles möglich, wenn man die richtigen Leute besticht.«

Als Gary ging, hatte er das Gefühl, als würde ein schweres Gewicht auf seinen Schultern lasten. Sie setzten Himmel und Hölle in Bewegung, um die bösen Jungs wegzusperren, doch heute fragte er sich zum ersten Mal, an was für einen Ort sie sie eigentlich schickten.

Jackman und Marie waren mit der Termineinteilung der Befragungen der Familie Symons beschäftigt, als Gary zurückkam.

Marie betrachtete ihn stirnrunzelnd. »Du siehst aber gar nicht glücklich aus.«

»Nein.« Gary sank auf seinen Stuhl. »Ich habe gerade etwas sehr Verstörendes erfahren.«

Jackman sah auf. »Das klingt ominös.«

Gary stieß die Luft aus. »Jemand, der im selben Gefängnis saß wie Brendan Symons, hat mir gerade von dem Verdacht erzählt, dass beim Selbstmord des Jungen nicht alles mit rechten Dingen zuging. Er meinte, jemand habe ihm *geholfen.*«

»Scheiße!«, rief Marie. »Aber was ist mit den offiziellen Berichten? Sogar die Familie ist davon überzeugt, dass er sich das Leben genommen hat. Ist deine Quelle auch wirklich verlässlich, Gary?«

»Ich verwette ein Monatsgehalt darauf, dass der Hinweis koscher ist. Der Mann ist ein ehemaliger Knacki, der zur Vernunft gekommen ist, seit Jahren einen Job hat und sich aus allem raushält. Er hat mir schon mal geholfen, und er ist absolut vertrauenswürdig.«

Jackman stieß ein Pfeifen aus. »Wie viele Selbstmorde, bei denen eine zweite Person im Spiel war, werden wir noch finden?«

»Aber die Fälle können doch kaum im Zusammenhang stehen, oder?«, fragte Marie ungläubig.

»Das kann ich mir nicht vorstellen«, erwiderte Gary. »Ich glaube, es war eine Gefängnisfehde. Der Junge geriet zwischen zwei Rivalen, und was ich so gehört habe, wurde er zum Kollateralschaden. Jemand war scharf auf ihn, und ein anderer half ihm, seinem Verehrer zu entkommen. Das, oder es lief nach dem Motto: Wenn ich ihn nicht bekomme, soll ihn keiner haben.«

»Ein weiterer Hohn auf die Gerechtigkeit«, erklärte Jackman missmutig. »*Falls* es überhaupt stimmt. Und wir werden es nie beweisen können.«

»Ein Haufen Krimineller, die so etwas zugeben? Wohl kaum«, schnaubte Marie.

»Ich weiß, dass es nur Hörensagen ist«, fuhr Gary fort. »Aber es bietet uns einen weiteren Einblick in die damalige Stimmung.«

»Hat Ihnen Ihr Mann sonst noch etwas verraten?«, fragte Jackman.

»Er glaubt, dass der Junge unschuldig war. Und ich vertraue seinem Urteil.« Er warf Jackman einen eindringlichen Blick zu. »Vielleicht hatte die Familie Symons von Anfang an recht. Was für ein Gefühl hatten Sie, als Sie mit ihnen gesprochen haben, Sir?«

»Da ist sehr viel Wut, Gary, und sie sind schwer einzuschätzen. Marie und ich sind uns beide nicht sicher, woran wir bei ihnen sind.« Jackman erzählte von ihrem Besuch, dann fragte er: »Wo sind übrigens Rosie und Max?«

Robbie sah von einem Stapel Unterlagen auf, die er gerade bearbeitete. »Die Superintendentin hat sie losgeschickt, Sir. Der Vorsitzende der Geschworenenjury von damals ist nicht erreichbar. Er ist der Einzige, der noch nicht verständigt werden konnte. Die beiden sollen ihm einen Besuch abstatten.«

Marie warf Jackman einen besorgten Blick zu. »Warum klingt heute alles so unheilvoll?«

»Je tiefer wir graben, desto dunkler wird es«, erwiderte Jackman.

»Sehr tiefsinnig, Sir«, meinte Gary. »Hat jemand Lust auf einen Donut?«

Max rückte seine Krawatte zurecht und klingelte. Die Adresse auf dem Memo hatte sie zu einer gepflegten Doppelhaushälfte in einer ruhigen Seitenstraße etwas abseits der geschäftigen High Street geführt. Er deutete in den Garten. »Vielleicht ist er in Urlaub gefahren?«, meinte er zu Rosie. »Die Blumenbeete sehen gepflegt aus, aber der Rasen wurde sicher schon eine oder zwei Wochen nicht mehr gemäht.«

Er klingelte noch einmal, und sie warteten, doch es meldete sich immer noch niemand. Rosie trat vor die Nachbarstür.

Die Frau, die ihr öffnete, war in den Dreißigern und trug einen grell pinkfarbenen Trainingsanzug. »Sie haben mich gerade noch erwischt. Ich muss zum Zumba.« Sie betrachtete Rosies Dienstmarke. »Oh. Stimmt etwas nicht?«

»Es geht um Mr Whitman. Wissen Sie, ob er weggefahren ist? Wir müssen dringend mit ihm sprechen.«

»Tut mir leid, aber da kann ich Ihnen nicht weiterhelfen.« Die Frau wirkte besorgt. »Ich habe schon zu meinem Pete gesagt, dass es Isaac nicht ähnlich sieht, einfach zu verschwinden und uns nichts zu sagen. Er ist oft unterwegs. Er hat einen Wohnwagen auf einem der Campingplätze an der Ostküste von Yorkshire, aber normalerweise füttern wir seine Fische und stellen den Müll raus. Dieses Mal hat er nichts gesagt – trotzdem haben wir ihn schon seit Wochen nicht mehr gesehen.«

»Gibt es nahe Verwandte, mit denen wir reden könnten?«

»Seiner Schwester gehört einer der kleinen Antiquitätenläden in der Innenstadt. *Vergessene Schätze* heißt er, glaube ich. Ihr Name ist Victoria Whitman.« Sie warf einen Blick auf die Uhr. »Mehr kann ich Ihnen beim besten Willen nicht sagen.«

Rosie lächelte. »Danke für Ihre Hilfe. Wir werden es bei seiner Schwester versuchen. Viel Spaß beim Sport.«

Nachdem die Nachbarin die Tür geschlossen hatte, fragte Max: »Was ist Zumba?«

»Tanzfitness. Ein bisschen zu wild für mich.«

Max grinste anzüglich. »Also, ich weiß nicht ... Ich fand dich schon immer sehr wild.«

»Halt die Klappe, Max, sonst verhafte ich dich wegen Belästigung einer Polizistin. Sag mir lieber, wo wir diesen Antiquitätenladen finden.«

»Wir sind in Horncastle, hier gibt es haufenweise Antiquitätenläden. Ich würde vorschlagen, wir nehmen den Erstbesten und fragen.«

Sie ließen den Wagen stehen und gingen zu Fuß durch die enge, geschäftige Altstadt.

»Der da vielleicht?« Rosie deutete auf einen Buchladen, der mit antiquarischen Büchern, Secondhandexemplaren und Sammlerstücken warb. Im Inneren herrschte massive Brandgefahr, denn die Bücher stapelten sich in wackeligen Türmen vom Boden bis zur Decke, drängten sich auf Regalen und brachten Schranktüren zum Bersten.

»Wer kauft so einen Mist?«, murmelte Max und rümpfte die Nase. Die staubigen Schinken rochen moderig.

Rosie wischte ein Spinnennetz von einem eselsohrigen Sammelband von *Rupert Bär* und schüttelte den Kopf. »Keine Ahnung.«

Erst dann entdeckten sie den Inhaber hinter einem Stapel alter Magazine. Rosie hätte sich am liebsten als Mitarbeiterin des Amtes für Arbeitsschutz vorgestellt.

»Tut mir leid, wenn wir stören, Sir, aber kennen Sie vielleicht einen Laden namens *Vergessene Schätze?*«

Erleichterung machte sich auf dem Gesicht des Mannes breit, und er antwortete bereitwillig. »Ja, natürlich. Gehen Sie einfach fünfhundert Meter die Straße entlang. Gegenüber ist eine kleine Teestube.«

Max schnaubte, und Rosie bedankte sich eilig und schob ihn zur Tür hinaus.

Vergessene Schätze war geschlossen, wie ihnen das große Schild an der Tür sofort verriet.

Rosie warf stirnrunzelnd einen Blick auf die heruntergekommene Fassade. »Ich habe kein gutes Gefühl bei der Sache, und du?«

Max versuchte es an der Tür, doch die war fest verschlossen, und auch der Sicherheitsriegel war vorgeschoben. »Fragen wir mal nebenan, ob jemand etwas weiß.«

Die Verkäuferin der kleinen Geschenkboutique schüttelte den Kopf. »Victoria hat mal erwähnt, dass sie eine Geschäftsreise plant. Sie fährt manchmal zu dem großen Flohmarkt in Lille und kauft für den Laden ein. Aber sie kommt vorher immer vorbei und gibt uns Bescheid. Wir haben einen Schlüssel für den Notfall. Bei diesen alten Häusern weiß man nie.«

Rosie dachte an den Buchladen und grinste. »Wir machen uns Sorgen um ihren Bruder Isaac. Kennen Sie ihn zufällig?«

Tracey nickte. »Er ist ein netter Kerl und unterstützt seine Schwester, wo er nur kann. Die beiden sind Zwillinge. Sie sehen zwar nicht gleich aus, sind sich aber trotzdem sehr ähnlich.« Sie warf Rosie und Max einen fragenden Blick zu. »Er ist doch nicht etwa in Schwierigkeiten, oder?«

»Nein, ganz und gar nicht. Wir müssen nur dringend mit ihm sprechen.«

»Haben Sie es bei ihm zu Hause versucht? Er wohnt gleich um die Ecke.«

Rosie nickte. »Dort war es dasselbe. Er ist zwar oft unterwegs, aber dieses Mal hat er den Nachbarn nicht Bescheid gegeben.«

Tracey überlegte kurz, öffnete eine Schublade unter dem Verkaufstresen und holte einen glänzenden Schlüssel heraus. »Der ist für die Hintertür. Vic verschließt die Vordertür immer von innen mit dem Sicherheitsbolzen und geht hinten raus. Sie brauchen nur die Gasse zwei Türen weiter entlangzugehen. Aber bitten bringen Sie mir den Schlüssel nachher zurück.«

Rosie versicherte der Frau, dass sie ihn schon bald wiederhaben würde, doch ganz sicher war sie sich diesbezüglich nicht. Sie wusste, dass der Mörder es immer auf die Achillessehnen seiner Opfer abgesehen hatte, und was war naheliegender als eine Zwillingsschwester?

Während Rosie und Max die Gasse entlangeilten, kochten Yvette und Susie Tee. Susies Hand zitterte kaum merklich, als sie Milch in die Becher goss.

»Der Besuch der Polizisten hat mich ganz schön mitgenommen.«

Yvette nickte. »Mich auch. Ich muss ständig daran denken, und ich mache mir jetzt noch mehr Sorgen um Dale und Liam.«

Susie richtete sich auf. »Aber so etwas Schreckliches würden die beiden doch niemals tun, oder? Doch nicht unsere Brüder!«

»Tut mir leid, Susie, aber ich habe dir ja schon gesagt, dass sie mir Angst machen. Ich weiß nicht mehr, was ich denken soll. Jemand hat die Sache in die eigene Hand genommen, und wenn es keiner von uns ist, wer dann? Wem wäre das alles sonst noch so wichtig?«

Susie sank auf den Küchenstuhl und starrte auf die Milchpackung, als läge darin die Antwort. »Es gab auch andere, Yvie, das weißt du doch. Und es gibt sie auch heute noch. Wir haben Leute, die uns treu ergeben sind und uns unterstützen. Die auch nie aufgegeben haben.« Sie hielt inne. »Ich war schon immer der Meinung, dass sich einige der Sache noch mehr verschrieben haben als wir. Mir fallen auf Anhieb drei oder vier Leute ein, die sich fast schon auf ungesunde Art hineinsteigern.«

Yvette seufzte. »Ich weiß, wen du meinst. Hoffen wir, dass es einer von ihnen ist und nicht jemand aus unserer Familie. Aber du musst zugeben, dass die Jungs die Situation mit ihrem Verhalten nicht gerade besser machen. Sie müssen sich zurückhalten.«

»Wir sollten einen Familienrat einberufen und ihnen genau das sagen.«

»Geben wir die Namen unserer Unterstützer eigentlich an die Polizei weiter?«, fragte Yvette.

»Auf jeden Fall! Wir müssen die Familie aus dem Schussfeld schaffen und alles tun, um der Polizei zu helfen. Selbst, wenn es uns nach allem, was wir erlebt haben, gegen den Strich geht.«

»Wir müssen unsere Familie beschützen und Mum ein paar Antworten liefern, bevor ...«

»Ganz genau, Yvie. Bevor es zu spät ist.«

KAPITEL 18

Angesichts dessen, in welchem Zustand sich der Rest des Gebäudes befand, war Max überrascht, am Hintereingang eine moderne Kunststofftür vorzufinden. Er warf einen Blick darauf. »Ein hochqualitatives Sicherheitsschloss. Victoria will wohl mit aller Macht verhindern, dass ihre vergessenen Schätze dreckigen Dieben in die Hände fallen.«

Er nahm Rosie den Schlüssel ab, öffnete die Tür und trat ins Haus. Auch dieses Mal rümpfte er die Nase. Er hasste den Gestank alter Gebäude. Max mochte es gepflegt. Er mochte es neu. Schimmel, Moder und Verfall fand er abstoßend, und hier roch es nach allem zusammen. Für alte Architektur, Schnörkel und schönes Design hatte er zwar durchaus etwas übrig – nur nicht aus der Nähe.

Sie standen in einer kleinen Küche. Die alte Spüle und die Schränke in Creme und Grün stammten direkt aus den 1950er-Jahren. Das Geschirr auf dem kleinen Holztisch mit dem Plastiktischtuch war benutzt.

»Das ist nicht gut«, flüsterte er. »Das ist gar nicht gut.«

»Sollen wir Verstärkung anfordern?« Rosie konnte den Blick nicht von dem schimmeligen Laib Brot und der ranzigen Butter abwenden, die immer noch auf dem Tisch standen.

»Ich würde sagen, wir sehen erst mal nach, was hier los ist.« Max griff nach dem Türknauf und drehte ihn.

Der Gestank traf sie mit voller Wucht, und er stammte nicht von den modrigen Antiquitäten.

Max hatte mit einem Mal Angst. Nicht um sein Leben oder davor, was er gleich sehen würde, sondern vor den Auswirkungen, die es auf Rosie haben würde, die jetzt schon mit den Nerven am Ende war. Dieser Fall hatte sie von Anfang an beunruhigt, und er befürchtete, dass die vor ihnen liegende Entdeckung ihr den Rest geben würde. »Du hattest recht, wir brauchen Verstärkung. Ruf in der Dienststelle an, ich sehe mich weiter um.«

»Hör bloß auf damit! Wir ziehen das zusammen durch.«

»Rosie, ich ...«

»Ich weiß, was du vorhast, Max, und ich liebe dich dafür, aber wir sind im Dienst, und im Moment bin ich Polizistin und dann erst deine Freundin. Wir machen es so, wie es sich gehört. Wir sehen uns um, stellen fest, was passiert ist, fassen nichts an und melden das Ganze. Verstanden?«

Max sagte nichts, obwohl er ihr gerne erklärt hätte, dass es die Polizistin war, um die er sich sorgte. Sie hatte vorhin doch selbst zugegeben, dass sie nicht damit zurechtkam, auf welche Weise der Täter Rache an seinen Opfern nahm.

Schließlich seufzte er und drückte die Tür ganz auf. Sie traten in einen schäbigen Flur, der in den Laden selbst führte. Der Gestank wurde stärker, und Max würgte. Er traute sich nicht, sich nach Rosie umzudrehen, sondern ging weiter in den Verkaufsraum und sah sich hastig um. Er bemerkte nichts Ungewöhnliches, was bedeutete, dass sie ins Obergeschoss mussten.

Als er zögernd vor der Treppe stehen blieb, drängte Rosie sich an ihm vorbei. »Zum Teufel noch mal, Max, bringen wir es endlich hinter uns. Wir wissen beide, dass es grauenhaft werden wird, also los jetzt!«

Im Obergeschoss befanden sich zwei Türen, eine war halb offen, die andere geschlossen. Sie sahen sich an. Rosie drückte gegen die geschlossene Tür, und sie schwang auf.

Sie blieben wie angewurzelt im Türrahmen stehen.

Es sah aus wie ein spärlich beleuchteter Schauraum in einem Wachsfigurenkabinett. Der Raum wurde offensichtlich als Lager genutzt, doch alle Gegenstände waren an die Wände geschoben oder zu windschiefen Türmen gestapelt worden.

Abgesehen von zwei Stühlen und einem Tisch.

Die Stühle waren viktorianisch, mit aufwendig geschnitzten, hohen Rückenlehnen. Sie standen einander an einem schmalen, schweren Eichentisch gegenüber und waren beide besetzt.

Rosie packte Max' Hand und schnappte zitternd nach Luft.

»Du lieber Gott! Was hat er denn jetzt getan?«, murmelte sie.

Sie traten gemeinsam näher, hielten aber immer noch genug Abstand. Vordergründig, um den Tatort nicht zu verunreinigen, aber auch, weil Max nicht wollte, dass er oder Rosie allem zu nahe kam. Am Anfang seiner Polizeilaufbahn war Max klar geworden, dass er dem Tod nicht ins Gesicht blicken konnte. Er kam über die schrecklichsten Unfälle und selbst die grausamsten Morde hinweg, doch er konnte den Leichen nicht in die Augen schauen.

»Was ist hier eigentlich passiert? Und warum ist es so

heiß?« Das Zittern in Rosies Stimme verriet ihm, dass sie nur mit Mühe die Fassung bewahrte.

Auf dem Tisch standen zwei Plastikbecher, und Max nahm an, dass sie Wasser enthalten hatten. Daneben entdeckte er mehrere Pillenpackungen. Die meisten waren aufgerissen, die Blisterstreifen leer.

Ein Mann und eine Frau – vermutlich Isaac und Victoria – waren an die Stühle gefesselt. Ein breites Seil führte um ihre Taillen, zwei weitere um die Beine. Die Oberarme waren am Oberkörper fixiert, doch die Unterarme und Hände waren frei beweglich.

»Die Hitze stammt von diesen beiden elektrischen Heizstrahlern.« Max schluckte. »Und in Anbetracht dessen, was mit den anderen Opfern passiert ist, nehme ich an, dass er die beiden irgendwie dazu gebracht hat, eine tödliche Dosis Medikamente zu schlucken.«

»Das hätte ich auch gesagt. Dieses Arschloch!« Rosie war den Tränen nahe.

»Wir haben genug gesehen. Zeit, Verstärkung anzufordern.« Max wandte sich ab.

Rosie nickte. »Wir haben zu viel gesehen.«

Max zog sie durch die Tür in den Flur und betrachtete ihr Gesicht, bevor er einen vergeblichen Versuch startete, die Situation mit Galgenhumor zu retten. »Ich bin gespannt, was der alte Rory Wilkinson dazu sagt. Vielleicht: ›Also zu denen würde ich nicht zum Abendessen kommen!‹ oder ...«

»Halt die Klappe, Max! Halt einfach die Klappe.« Rosie rannte die Treppe nach unten und stürzte zur Hintertür hinaus. Max schloss die Zimmertür, um keinen weiteren Blick auf die grauenhafte Szene werfen zu müssen, und folgte ihr.

Sie saß mit dem Rücken an den Zaun gelehnt im Hinterhof und hatte den Kopf in die Hände gelegt.

Max ließ sich neben sie sinken und schlang die Arme um sie. Ihr ganzer Körper erbebte unter ihren Schluchzern. Und Max schaffte es ausnahmsweise, still zu sein und sie einfach nur festzuhalten.

»Max hat gerade angerufen.« Jackman stand auf und wandte sich an seine Truppe. »Der Mörder hat wieder zugeschlagen. Zwei Opfer, ein Tatort.«

»Der Vorsitzende der Geschworenen?«, fragte Marie.

Jackman nickte. »Und seine Schwester. Die Spurensicherung ist schon auf dem Weg, und die örtliche Polizei hat alles abgesperrt. Marie? Ich muss kurz alleine mit Ihnen sprechen.«

Sie folgte ihm in sein Büro. Sein blasses Gesicht gefiel ihr ganz und gar nicht.

Er schloss die Tür und wartete erst gar nicht ab, bis sie sich gesetzt hatte. »Max macht sich schreckliche Sorgen um Rosie. Sie hat den Anblick nicht verkraftet.«

»Wie bitte? Unsere Rosie?« Das konnte doch nicht wahr sein. Hatte der Mörder dieses Mal tatsächlich so schrecklich gewütet? »Hat Max eine Ahnung, wo das Problem liegt?«

»Sie ist wohl seit Beginn der Ermittlungen sehr angespannt. Die Abgebrühtheit und Unbarmherzigkeit des Täters bringen sie aus der Fassung. Und dann noch die zwei Leichen ...« Jackman ging auf und ab.

»Überlegen Sie, Rosie von dem Fall abzuziehen, Sir?«

»Es ist noch um einiges schlimmer, Marie. Max zufolge spielt sie mit dem Gedanken, alles hinzuwerfen.«

Marie schnappte nach Luft. »Rosie ist ein erstklassiger Detective, das meint sie doch nicht ernst!«

»Jeder von uns hat einen Fall erlebt, der ihn härter getroffen hat als alle anderen, und das ist vielleicht ihrer. Wir werden ihr helfen, es durchzustehen – wenn sie es will.« Jackman zuckte mit den Schultern. »Aber jetzt müssen wir uns um einen weiteren Mordfall kümmern. Bereit?«

»Aber immer doch. Los geht's.«

Auf dem Weg zum Parkplatz erzählte Jackman Marie, was Max gesagt hatte. »Rosie geht es gar nicht gut. Sie kann nicht aufhören zu weinen, und das sieht ihr laut Max gar nicht ähnlich. Ich habe gerade nachgesehen, der Amtsarzt ist später noch im Haus. Vielleicht kann er mit ihr reden.«

»Gute Idee. Er ist ein netter Mann, er kann ihr sicher helfen.«

In diesem Moment klingelte Jackmans Handy. Er erstarrte und betrachtete es stirnrunzelnd.

»Ja, Miss Symons, natürlich erinnere ich mich an Sie.«

Marie wartete und fragte sich, warum jemand aus der Familie Symons Jackman am Handy kontaktierte.

»Am späten Nachmittag? Halb fünf würde passen. Ich muss noch mal weg, aber bis dahin bin ich wieder zurück. Okay, bis dann.« Er legte auf, sah Marie an und zuckte mit den Schultern. »Yvette Symons hat mir mitgeteilt, dass die Familie bereit ist, mit uns zu reden. Aber sie wäre gerne die Erste und würde lieber zu uns kommen.«

»Damit der Rest der Familie nicht hört, was sie zu sagen hat«, vermutete Marie.

»Das denke ich auch. Sie klang, als wäre es dringend.«

Marie stieg ins Auto. »Glauben Sie, sie weiß etwas?«

Jackman startete den Motor. »Hoffen wir es.«

Rory Wilkinson war bereits am Tatort, als sie eintrafen.

»Sie fordern mich wohl gerne mit den verschiedensten

Todesarten heraus, was? Je seltsamer, desto besser, möchte man meinen.« Er betrachtete sie über den Rand seiner Brille hinweg.

Jackman und Marie versuchten immer noch zu verstehen, was sie vor sich sahen.

»Bizarr«, murmelte Jackman.

»Grotesk«, fügte Marie hinzu und kämpfte gegen die Übelkeit an. Der Gestank in dem heißen, ungelüfteten Raum war ekelerregend.

»Fürwahr. Außerdem hat unser teuflischer Täter beschlossen, den armen Gerichtsmediziner noch mehr zu verwirren, indem er die Türen und die Fenster versiegelt und die beiden Heizstrahler auf volle Leistung eingestellt hat. Solche Dinge bringen die Berechnungen des Todeszeitpunktes vollkommen durcheinander.«

Jackman betrachtete die beiden Leichen. Das Seil um die Mitte hielt sie aufrecht, doch die Köpfe waren nach vorne gekippt. Sie hielten sich über den Tisch hinweg an den Händen. Es war rührend. »Wissen Sie vielleicht schon, wer als Erster starb?«

»Ich würde sagen, der Mann, obwohl noch umfangreiche Tests notwendig sind.« Er seufzte genervt. »Der Todeszeitpunkt wird aufgrund des Verwesungsgrades bestimmt, aber nachdem es heiß und stickig ist, wird sogar das schwer.«

Jackman fiel auf, dass Rory nicht so fröhlich war wie sonst. Der Gestank schlug ihm wohl auch auf den Magen. »Sitzen die beide denn schon länger hier, Rory? Ich verlange nicht das Unmögliche, ich will nur verstehen, was hier passiert ist.«

Der Pathologe trat einen Schritt zurück und hielt den Blick auf die tote Frau gerichtet. »Ich schätze, sie sind seit zehn Tagen hier, aber ich glaube nicht, dass sie schon länger als zwei Tage tot sind.« Er zuckte mit den Schultern. »Ich weiß, es klingt seltsam, aber ich gehe davon aus, dass sie ziemlich lange hier gefangen gehalten wurden. Vielleicht sogar an die zwei Wochen. Bis sie schließlich vor etwa zwei oder drei Tagen die Pillen geschluckt haben.«

Marie betrachtete die leeren Packungen. »Was sind das für Medikamente?«

»Paracetamol, Amitriptylin – ein Antidepressivum – und Oxazepam, das ist offenbar ein Schlafmittel. Ich werde allerdings eine toxikologische Untersuchung anordnen. Nur für den Fall, dass uns die Packungen auf eine falsche Fährte locken sollen und sie in Wahrheit etwas vollkommen anderes bekommen haben. Mich überrascht gar nichts mehr.«

»Mich auch nicht.« Jackman warf einen Blick in Maries Richtung. »Ich glaube, wir sollten besser verschwinden, bevor wir uns noch übergeben und den Tatort kontaminieren.«

Marie war bereits auf dem Weg zur Tür.

Rory kicherte hinter seiner Maske. »Anfänger!«

»Tut mir leid, aber der Gestank ist einfach widerwärtig.«

»Sie würden auch wenig erbaulich duften, nachdem man Sie zwei Wochen lang an einen Stuhl gefesselt hat.«

Marie stöhnte. »Dieser Mörder ist unsagbar gestört. Ich habe noch nie jemanden getroffen, der so ...« Sie breitete ratlos die Hände aus und fand keine Worte.

»Der so *unmenschlich* ist?«, schlug Jackman vor. »Ich glaube, das hat Rosie den Rest gegeben.«

Rory sah auf. »Sie meinen Rosie McElderry? Sie müssen die junge Frau unbedingt im Auge behalten, Detective Inspector. Die Zeiten, in denen ein Polizist sich nichts anmerken ließ und einfach stur weitermachte, sind gottlob längst vorbei. Ich habe sie gesehen, als ich herkam, und wenn ich mich nicht sehr täusche, braucht sie dringend Hilfe.«

Jackman nickte. »Der Amtsarzt kommt später vorbei. Ich werde dafür sorgen, dass sie reden können.«

»Gut. Aber nachdem Sie beiden verweichlichten Gestalten mich verlassen wollen, mache ich mich jetzt lieber wieder an die Arbeit. Ich bin mir sicher, die zwei armen Seelen fühlen sich in meiner Gerichtsmedizin sehr viel wohler als hier in diesem stickigen Zimmer.«

Marie hatte das Gefühl, als würde sie den schrecklichen Gestank nie wieder loswerden. Er schien sie wie ein Kokon zu umgeben und hatte sich in ihren Kleidern und den Haaren festgesetzt. Sie wollte nur noch nach Hause und eine lange, heiße Dusche nehmen, aber sie mussten zuerst noch mit Yvette Symons sprechen.

Diese war überpünktlich, und kurz darauf saß sie Marie und Jackman in Verhörzimmer zwei gegenüber.

Yvette hatte sich offenbar ganz genau überlegt, was sie sagen wollte, und begann ohne Umschweife.

»Es steht außer Zweifel, dass meine Brüder Dale und Liam nach wie vor für unseren Fall brennen, und deshalb bin ich mir sicher, dass Sie sehr sorgfältig überprüfen werden, was sie zu den Tatzeitpunkten getan und wo sie sich aufgehalten haben. Aber ...«, sie hielt kurz inne, und ihr Blick wanderte von einem zum anderen, »es gibt mehrere Leute, die uns mittlerweile jahrelang bei dem Versuch unterstützen, Brendans Namen reinzuwaschen. Susie und ich sind übereingekommen, dass ...« Sie senkte den Blick. »Dass sie ...« Sie seufzte entnervt. »Wie soll ich es bloß sagen? Um ehrlich zu sein, haben wir keine Ahnung, warum sie nach so langer Zeit immer noch derart motiviert bei der

Sache sind. Sie scheinen sogar noch verbissener, als wir es sind.«

»Manche Leute treten gerne für eine gute Sache ein«, schlug Marie vor.

»Das hat Susie auch gesagt. Sie brauchen etwas, das ihrem Leben einen Sinn gibt.«

Jackman nickte. »Das ist ziemlich wahrscheinlich. Hat einer Ihrer Unterstützer Ihnen denn Grund zur Sorge gegeben?«

Yvette entspannte sich ein wenig, nachdem sie ihren Standpunkt klargemacht hatte. »Ich will über niemanden schlecht reden, aber einige schießen manchmal übers Ziel hinaus.«

»Namen?«, fragte Jackman.

Yvette legte einen Zettel auf den Tisch und schob ihn in Jackmans Richtung. »Es wäre mir lieber, wenn diese Sache unter uns bliebe. Wäre das möglich? Wenn Sie im Zuge Ihrer Ermittlungen vorhatten, auch die Leute zu überprüfen, die uns unterstützen, wären Sie ohnehin auf die Namen gestoßen. Das hier sind diejenigen, die Susie und mir Sorgen bereiten.«

Marie beugte sich vor, um besser sehen zu können, aber die Namen sagten ihr nichts.

»Den hier kenne ich«, meinte Jackman. »Er ist Arzt, oder?«

»Er ist in Rente, aber Sie haben recht. Mark Courtney. Er ist sehr intelligent, Inspector. Aber auch ziemlich penetrant. Wir sind einfache Leute, und ihm sind seine Theorien und große Worte manchmal wichtiger als der Fall selbst. Andererseits weiß er, wie man eine Presseerklärung verfasst, und kennt sich mit den rechtlichen Dingen aus. Er war bis zu Dads Tod dessen rechte Hand und hat auch Mum unterstützt, als sie die Führung der Kampagne übernommen hat.«

»Und das macht er noch immer.«

»Ja. Seit Mum krank ist, kümmert er sich sogar um einen Großteil der Organisation.«

Marie runzelte die Stirn. »Wäre es nicht besser, wenn das jemand aus der Familie machen würde?«

Yvettes Blick wirkte beinahe traurig. »Wahrscheinlich, aber das alles dauert schon so lange. Ich muss zugeben, dass es mir langsam reicht. Genau wie Susie und Kenny – aber erzählen Sie ihnen bitte nicht, dass ich das gesagt habe.«

»Trotzdem glauben Sie immer noch, dass Ihr Bruder unschuldig war, oder?«, fragte Jackman sanft.

»Er war es nicht, Punkt. Allerdings haben wir keine Beweise, und Brendan kommt nicht mehr wieder, also, wofür kämpfen wir dann noch?«

»Für die Gerechtigkeit«, antwortete Jackman leise.

Marie wusste, dass er an Garys Informanten dachte, der Stein und Bein darauf schwor, dass Brendan die Wahrheit gesagt hatte.

Yvette musterte Jackman stirnrunzelnd. »Bilde ich mir das nur ein, oder hat gerade ein Polizist die Möglichkeit in Betracht gezogen, dass wir recht haben?«

»Ich sage nur, dass ich verstehe, warum Sie es tun. Sie sind überzeugt davon, dass Brendan unschuldig hinter Gittern landete und dass seine Haftstrafe seinen Tod zur Folge hatte. Ich denke, Sie haben jedes Recht, sich Gehör zu verschaffen.«

Yvette lachte auf. »Wo waren Sie, als alles begann? Vielleicht hätten wir mit Ihnen ein Berufungsverfahren gewonnen.«

Jackman hob abwehrend die Hand. »So weit würde ich nicht gehen.«

»Niemand hat uns zugehört! Niemand!«

Marie hatte das Gefühl, als würde Yvette gleich zu weinen beginnen. »Jetzt hören wir Ihnen zu«, sagte sie leise.

Yvette holte ein Taschentuch hervor und wischte sich die Augen trocken. »Können Sie uns helfen?«

»Wer weiß, worauf wir bei unseren Ermittlungen stoßen? Aber ich will ehrlich sein, Yvette. Ich bezweifle, dass wir nach so langer Zeit einen sicheren Beweis finden werden«, erwiderte Jackman ruhig. »Trotzdem sollten Sie die Hoffnung nicht aufgeben.«

Er nahm den Zettel mit den Namen: Mark Courtney, Christian Ventnor, Art Pullen und Jeremy Shaw. Laut den Symons-Schwestern war jeder Einzelne von der Sache besessen oder gab sich überdurchschnittlich kämpferisch.

»Danke, dass Sie uns auf die Männer aufmerksam gemacht haben. Wir werden sie auf jeden Fall befragen.« Jackman lächelte. »Gibt es hinsichtlich der restlichen Familie noch etwas, das wir wissen sollten? Etwa, wie wir am besten auf Dale zugehen können, ohne gleich vor die Tür gesetzt zu werden?«

»Sie sollten eher auf Liam achtgeben. Er ist sehr ungestüm, das war er schon immer. Und ich glaube, er wäre verloren, wenn es nichts mehr zu kämpfen gäbe.«

»Was ist mit Kenny? Er hatte nicht gerade viel zu sagen, als wir bei Ihnen waren.«

»Lassen Sie sich nicht täuschen, Detective.« Yvette hob eine Augenbraue. »Er ist ein liebenswerter Mann und hat eine wunderbare Frau, aber er ist außer sich vor Sorge um unsere Mum. Er kann an nichts anderes mehr denken. Er ist sehr klug und der Gebildetste von uns allen. Er war sogar auf der Universität, hat das Studium aber aus irgendeinem Grund abgebrochen. Mittlerweile ist er Lehrer, hat sich aber beurlauben lassen, um für Mum sorgen zu können.«

»Interessant. Dann wohnen Sie wegen Ihrer Mutter also im Moment alle zu Hause?«

Sie nickte. »Ja, aber es wird nicht mehr lange dauern.«

Das glaubte Marie sofort. Wenn Sheila Symons noch ein wenig schlechter ausgesehen hätte, wäre sie ein Fall für Rory Wilkinson gewesen. Sie hoffte, so schnell wie möglich die Wahrheit über Brendan Symons herauszufinden, damit seine Mutter es noch erlebte.

Nachdem Yvette gegangen war, saß Marie alleine im Ermittlungsraum. Die anderen hatten bereits Feierabend gemacht, und Jackman erstattete Ruth Crooke Bericht.

Sie dachte über den Fall nach. Er ging ihnen allen an die Nieren. Obwohl Jackman scheinbar auf Hochtouren arbeitete, hatte ihn der Tod seiner Schwägerin tief getroffen, und er war krank vor Sorge um den Rest der Familie, vor allem um die Kinder. Und Rosie, die im Alleingang Verbrecher gestellt und einmal sogar undercover gegen einen perversen Killer ermittelt hatte, saß weinend in einer Ecke. Wer war der Nächste? Max? Er war bis über beide Ohren in Rosie verliebt und würde sich aus Sorge um sie nicht auf die Ermittlungen konzentrieren können. Sodass nur noch Robbie, Gary, Charlie und sie selbst übrig blieben. Würden sie es zu viert schaffen, den sadistischen Freak zu fassen? Das bezweifelte sie stark.

»Wieso so nachdenklich?«

Sie hatte gar nicht gehört, dass Robbie Melton hereingekommen war. »Ich dachte, du wärst schon zu Hause, Rob. Ich habe gerade darüber nachgedacht, dass der Fall dem Team einiges abverlangt.«

»Du meinst Rosie? Max hat Gary vorhin erklärt, dass sie beim Amtsarzt ist. Anschließend hat er uns erzählt, was passiert ist. Es klang gar nicht gut.«

»Trotzdem hat Jackman recht. Es gibt immer einen Fall, der einen härter trifft als alle anderen.«

Robbie nickte langsam und setzte sich neben Marie. »Damit kenne ich mich aus. Ich hätte es beinahe nicht überstanden.«

Marie schloss die Augen. Wie konnte sie nur so gedankenlos sein? Der arme Robbie war am Boden gewesen, nachdem seine Partnerin Stella North angeschossen worden war. Er hätte beinahe das Handtuch geworfen, doch nachdem Marie und Stella befreundet waren, hatte sie Jackman überredet, Robbie ins Team zu holen. Es hatte sich als überraschender Glücksfall herausgestellt. Robbie Melton war ein verdammt guter Detective, und in dem neuen Umfeld wurde er nicht ständig mit den alten Geistern und Erinnerungen konfrontiert, was ihn letzten Endes gerettet hatte. »Tut mir leid, Robbie, ich habe nicht nachgedacht.«

»Nein, es stimmt ja. Viele Polizisten haben einen Fall erlebt, der ihnen noch immer Albträume beschert. Ich bin nichts Besonderes.«

Marie tätschelte seinen Arm. »Doch, das bist du, Rob. Du bist ein Kämpfer und sitzt wieder fest im Sattel.«

»Ich bin froh, dass es so gekommen ist, und ich hoffe, bei Rosie wird es auch so sein. Sie ist hart im Nehmen. Also hoffen wir, dass sie es übersteht.«

Marie nickte. »Ich werde Charlie die Kommunikation mit Beech Lacey übertragen, und vielleicht könntest du ein paar Tage mit Max zusammenarbeiten? Behalte ihn ein bisschen im Auge. Es geht ihm zweifellos nahe, sie so zu sehen, und er kann sicher einen Freund gebrauchen.«

»Klar.« Robbie lächelte. »Zwischen den beiden ist es ernst, oder?«

»Ja. Wenn sie nicht so auf ihre Karrieren bedacht wären, wären sie wohl schon verlobt.«

»Würde das denn eine Rolle spielen? Sie bekleiden keine höhere Position, da ist es doch okay, eine Beziehung zu haben.«

»Nein, diesbezüglich hält sie nichts zurück, aber ich weiß aus Erfahrung, dass es nicht leicht ist. Die langen Arbeitstage, die verschiedenen Schichten, das Unvorhersehbare am Job. Bei Bill und mir hat es ganz gut geklappt, weil wir unterschiedliche Aufgabenbereiche hatten. Allerdings haben wir uns manchmal tagelang kaum gesehen.«

»Glaubst du, dass sie heiraten werden?«

Marie zuckte mit den Schultern. »Wer weiß? Sie passen auf jeden Fall gut zusammen.« Sie grinste und stieß Robbie spielerisch in die Seite. »Du verkuppelst wohl gerne Leute, was? Ich wette, du liebst schnulzige Filme!«

»Na und? Dann ist *Harry und Sally* eben mein Lieblingsfilm! Ich mag es nun mal, wenn eine Geschichte gut ausgeht.«

»Dagegen ist absolut nichts einzuwenden. Also, was hältst du davon, ein solches Happy End einer Frau zu bescheren, die nur noch wenige Wochen zu leben hat? Hilfst du mir?«

Robbie beäugte sie misstrauisch. »Ähm … Ich glaube …«

»Ich garantiere dir, dass du dich wie in einem Schnulzenfilm fühlen wirst, wenn wir Erfolg haben.«

»*Falls* wir Erfolg haben.«

Marie schnaubte abfällig. »Natürlich werden wir das! Sheila Symons bekommt ihr Happy End.«

»Dann reden wir also von der Frau, die die letzten zwanzig Jahre zahllose Polizeibeamte in den Wahnsinn getrieben hat? *Die* Sheila Symons?«

»Genau die. Aber ich will es nun mal unbedingt, okay?«

»Und was sich DS Marie Evans wünscht, das bekommt DS Marie Evans auch.« Robbie hob ergeben die Hände. »Na gut, was soll ich tun?«

KAPITEL 19

Ella Jarvis hatte keinen guten Tag hinter sich. Zuerst war die Waschmaschine kaputtgegangen, und dann hatte kurz nach dem Mittagessen die Schule angerufen und ihr mitgeteilt, dass die Jungen heute besonders unruhig waren. Ryan war in eine Rauferei verwickelt gewesen. Es war zwar nichts Ernstes, sondern bloß eine kleine Handgreiflichkeit, aber er war danach so wütend gewesen, dass er aus der Klasse verwiesen werden musste. Miles hingegen war den ganzen Tag über weinerlich gewesen, und nichts konnte ihn beruhigen, weshalb Ella die beiden schließlich um zwei Uhr abgeholt und nach Hause gebracht hatte.

Sie ließ die Jungen ihren Lieblingsfilm *Zoomania* ansehen und versprach ihnen danach Bananenwaffeln mit Honig. Manch einer war sicher der Meinung, dass sie damit schlechtes Verhalten auch noch belohnte, aber die Kinder litten, und sie würde alles tun, um die Situation angenehmer für sie zu machen.

»Dürfen wir heute auf Daddy warten und mit ihm zusammen zu Abend essen, Tante Ella?«, fragte Miles.

»Ich weiß nicht, wann er nach Hause kommt, Liebes. Soll ich ihn anrufen und fragen?«

Miles zuckte mit den Schultern, wandte sich ab und ging davon. »Wie du willst.«

Ella seufzte. James verbrachte nicht genügend Zeit mit den Jungen. Natürlich litt er genauso, aber er musste langsam einen Weg finden, um seine Trauer nicht so offen zur Schau zu stellen, und auch einmal an seine Söhne denken, sonst würden sie seine Abwesenheit bald als weitere Zurückweisung empfinden.

Sie rief James aus ihrem Zimmer an, damit die Jungen es nicht merkten. Er erklärte, dass er gerade in einem komplexen Businessdeal steckte und es später werden würde.

Ella beendete das Gespräch und wählte sofort Jackmans Nummer. »Ich weiß, wie beschäftigt Sie sind, und ich frage nicht gerne ...« Sie erzählte ihm von James.

»Natürlich komme ich. Ist halb sieben okay? Ich kann bleiben, bis die Jungen zu Bett gegangen sind.«

Ella legte auf. Warum konnte James nicht mehr wie Jackman sein, der sogar Zeit für seine Neffen fand, obwohl er gerade einen gefährlichen Mörder jagte?

»Tante Ella?« Ryan stand im Türrahmen.

Sie sah sein ernstes kleines Gesicht, und ihr Herz wurde schwer. »Komm rein.« Sie klopfte auf das Bett neben sich.

Ryan ließ sich daraufsinken. »Es tut mir leid, dass ich mich heute geprügelt habe.«

Sie legte einen Arm um ihn. »Das passt gar nicht zu dir, Ryan. Du musst also einen guten Grund gehabt haben.«

»Ein Mädchen aus meiner Klasse nannte Mum eine Sünderin und hat behauptet, dass sie nicht in den Himmel kommt. Sie meinte, sie würde in der Hölle schmoren.«

Ella schluckte. »Also, ich kann dazu nur sagen, dass das Mädchen einen Dreck von irgendetwas versteht.«

Ryan kicherte leise.

Ella drückte ihn fester an sich. »Deine Mummy war keine Sünderin. Sie war eine gute Frau und liebende Mutter. Hör ja nicht auf irgendjemanden, der etwas anderes behauptet. Sie schaut vom Himmel auf dich herunter, und sie wird dich immer lieben.«

Er sah auf. »Dann schmort sie nicht in der Hölle?«

»Nein, Ryan. Deine Mummy ist tot, und das ist sehr traurig, aber sie hat ihren Frieden gefunden.«

Ryan nickte. »Hat mein Bruder dich vorhin gefragt, ob Daddy zum Abendessen kommt?« Bevor sie antworten konnte, sprach er mit ausdrucksloser Stimme weiter. »Er muss doch arbeiten. Miles ist manchmal ein echter Idiot.«

»Stimmt, euer Daddy muss arbeiten, aber Onkel Rowan kommt vorbei.«

»Jaaa! Glaubst du, er spielt *Cars 3* mit uns?«

»Ist er gut?«

»Nein, er ist ein Loser. Deshalb spielen wir ja so gerne mit ihm.«

»Ryan?«, fragte Ella. »Weißt du, warum Miles heute so durcheinander war?«

Ryan verzog das Gesicht. »Er träumt schlecht.«

»O nein. Er sollte mich doch rufen, wenn er aufwacht. Was quält ihn? Weißt du das?«

Ryan zögerte. »Er träumt von Mummys bösem Mann.«

Ella schnappte nach Luft. »*Von Mummys bösem Mann?*«

»Mhm. Mummy hat uns davor gewarnt, mit Fremden zu sprechen, weil es dort draußen böse Männer gibt.«

»Ja, da hatte sie recht. Aber sie wollte sicher nur, dass ihr vorsichtig seid. Wir sagen euch doch alle immer wieder, dass ihr nicht mit Fremden reden, in kein Auto steigen und auch nichts annehmen sollt.«

Er verzog das Gesicht. »Schon, aber darum geht es nicht,

Tante Ella. Mum sprach von einem *wirklich* bösen Mann. Wir haben ihn sogar einmal gesehen, und jetzt sieht Miles ihn andauernd im Traum.«

Hatten die beiden tatsächlich jemanden gesehen? Ella schluckte und sagte ruhig: »Könntest du das Onkel Rowan erzählen, wenn er später kommt?«

Der kleine Junge nickte ernst. »Ja, aber nur von Mann zu Mann. Miles würde ausflippen, er darf es nicht hören. Ich werde allein mit Onkel Rowan reden, du kannst ja inzwischen auf Miles aufpassen.«

Sie nickte ebenfalls. »Das ist sehr vernünftig von dir, Ryan.«

»Aber erst, *nachdem* wir *Cars 3* gespielt haben.«

Ryan sprang auf und lief davon. Ella blieb sitzen. Ihr war übel geworden.

Sie hörte eine Weile zu, wie die beiden Jungen unten spielten, dann wählte sie erneut Jackmans Nummer und erzählte ihm, was sie gerade von Ryan erfahren hatte. Jackman bat sie, sich keine Sorgen zu machen. Er würde wie vereinbart vorbeikommen, und dann würden sie sich gemeinsam darum kümmern. Ella legte auf und war sehr erleichtert, dass sie sich auf Jackman verlassen konnte. Hätte es an James gelegen, sich um solche Dinge zu kümmern ... Nein, darüber wollte sie gar nicht nachdenken.

Jackman saß in seinem Büro, starrte auf den Schreibtisch und fragte sich, was er tun sollte. Da kam ihm Laura Archer in den Sinn.

Sie hob sofort ab und klang überaus fröhlich. Ihr alter Mentor Sam Page war bei ihr. »Glauben Sie, Sam und ich dürften einmal mit den Kindern reden?«

»Das wäre sicher eine gute Idee, Laura. Wie wäre es

gleich heute Abend? Ich nehme etwas zu essen mit, dann machen wir Ella nicht zu viel Mühe. Und nach dem gemeinsamen Essen können Sie die Situation besser beurteilen.«

Jackman hörte, wie Laura mit Sam sprach. Er war einverstanden, und sie beschlossen, sich bei Laura zu treffen.

»Nehmen Sie etwas mit, das den Jungen gut schmeckt«, meinte sie. »Dann können wir uns alle entspannen und einander kennenlernen. Und machen Sie sich nicht zu viele Gedanken, Jackman. Es kann auch ein ganz normaler Albtraum gewesen sein. Das wäre unter den Umständen mehr als nachvollziehbar.«

Jackman wusste, dass sie recht hatte, aber er machte sich trotzdem Gedanken. Er warf einen schnellen Blick auf die Uhr, rief Ella an und eilte zum Auto.

Robbie trat in die Wohnung, hängte seine Jacke auf, kickte die Schuhe in die Ecke und sah sich um. Stella hatte einmal gesagt, dass seine teuer und klassisch eingerichtete Bude den Charme eines gesichtslosen Zimmers einer großen Hotelkette hatte. Er hatte es nie geschafft, sein Zuhause heimelig zu gestalten. Kitschige Tapeten und geblümte Vorhänge wollte er auf gar keinen Fall, aber es wäre trotzdem schön gewesen, in eine einladende, warme Umgebung zurückzukehren.

In der Küche öffnete er den Gefrierschrank und betrachtete die übereinandergestapelten Fertiggerichte. Er zog eine Lamm-Moussaka heraus und machte sich im Kühlschrank auf die Suche nach einem genießbaren grünen Salat. Er wusch die paar Blätter, schob die Moussaka in die Mikrowelle und setzte sich zum Essen an die Frühstückstheke. Die Küche war sehr »männlich«. Die schwarzen Marmoroberflächen und die schwarzen, silberfarbenen und weißen Kacheln wirkten kalt und klinisch sauber. Er musste irgendetwas ändern. Vielleicht eine *Pflanze?* Er schnaubte. Es war schon mehr nötig, um der Wohnung Leben einzuhauchen.

Er aß fertig, gab den Teller und das Besteck in die Spülmaschine und fragte sich, woher diese Gedanken auf einmal kamen. Normalerweise war er durchaus glücklich mit seiner Wohnsituation. Vielleicht war es das Gespräch über Max und Rosie gewesen, und dass Marie ihm von ihrem Leben mit Bill erzählt hatte. Die Partnerschaft mit Stella North war die engste Beziehung gewesen, die er je gehabt hatte. Sie waren zwar nur Kollegen gewesen, aber er hatte sie geliebt. Nach zwei Jahren vermisste er sie immer noch, aber er hatte mit seinem Leben weitergemacht, und mittlerweile war er zufrieden. Seine Unruhe kam sicher von dem aktuellen Fall. Marie war immer mehr davon überzeugt, dass Brendan Symons zu Unrecht verurteilt und als unschuldiger Mann gestorben war.

Robbie hatte nie viel getrunken. Die peinlichen Eskapaden seiner betrunkenen Eltern hatten ihn schon als Teenager zum Alkoholgegner gemacht. Doch dann hatte er einen Mann namens Harvey Cash kennengelernt, der in Spanien lebte. Er war Zeuge in einem Mordfall gewesen und alkoholkrank. Etwas an Harveys Situation hatte ihn tief berührt, und er hatte ständig an ihn gedacht. Etwas später waren Robbie und Marie nach Spanien in den Urlaub geflogen und hatten Harvey geholfen, vom Alkohol loszukommen und sein Leben wieder auf die Reihe zu bringen. Während ihres Aufenthaltes hatte Marie ihn mit einem Drink namens *Tom Collins* bekannt gemacht. Während Harvey trocken geworden war, hatte Robbie gelernt, dass alkoholische Getränke auch angenehm schmecken konnten.

Fünf Minuten später saß er auf seinem Ledersofa, nippte an seinem Cocktail und dachte an Marie. Nach dem Urlaub in Spanien waren die Kantinenwitze über Toyboys unausweichlich gewesen, doch Marie war das egal. Sie waren Freunde, und sie hatten eine Pause nötig gehabt, ganz einfach.

Trotzdem hatte Robbie in letzter Zeit bemerkt, dass er sie anders ansah als früher und seine Blicke immer öfter auf ihr ruhten. Er machte sich Sorgen, wenn sie auf ihrem gewaltigen Motorrad unterwegs war, das sie nach ihrem Freund Harvey benannt hatte. Robbie nahm einen großen Schluck, und das Eis schmerzte auf den Zähnen. Plötzlich wusste er, warum er wollte, dass sein Zuhause einladender wirkte. Er wollte nicht, dass Marie die Wohnung ähnlich wahrnahm wie Stella, nämlich als kaltes, ungastliches Hotelzimmer.

Er stürzte den Rest seines Drinks hinunter. Er brauchte Hilfe bei der Umgestaltung – und er wusste bereits, wen er fragen würde.

Auf dem Weg diskutierten Jackman, Laura und Sam über die Möglichkeit, dass Miles den Mann, der Sarah terrorisiert hatte, tatsächlich gesehen hatte.

Jackman warf Sam über den Rückspiegel einen Blick zu. »Es wäre durchaus möglich. Immerhin hat er Sarah einige Zeit verfolgt. Aber wie gehen wir an die Sache ran?«

Sam lehnte sich nach vorne. »Wir freunden uns zuerst mit den beiden Jungen an und stellen sicher, dass sie sich wohlfühlen. Je entspannter Kinder sind, desto eher öffnen sie sich.«

Laura hielt eine große Tasche mit Malutensilien hoch. »Ich habe auch etwas mitgebracht. Ich würde vorschlagen, dass Sie und Sam nach dem Essen mit Ryan sprechen, und Ella und ich versuchen eine Art Kunsttherapie mit Miles.«

»So wie wir, wenn wir Kinder als Zeugen befragen.«

»Genau. Es bringt oftmals sehr klare Erkenntnisse«, erwiderte Laura.

»Ich habe es auch schon bei autistischen Kindern angewandt«, fügte Sam hinzu. »Die Ergebnisse waren außergewöhnlich.«

»Wie geht es den Jungen denn im Allgemeinen, Jackman?«, fragte Laura.

»Es ist wie eine Achterbahnfahrt. In einer Sekunde rauf, dann wieder runter. Ella musste sie heute beide früher von der Schule abholen. Das ist das erste Mal, dass so etwas passiert ist.«

»Aber leider nicht das letzte Mal«, sagte Sam. »Es wird immer Dinge geben, die sie aus der Bahn werfen – ein unfreundliches Wort, eine plötzliche Erinnerung –, doch das ist alles Teil des Trauerprozesses. Kinder können unglaublich belastbar sein. Mit der Zeit werden Sie von ihnen überrascht sein.«

»Mein Bruder ist keine große Hilfe, was ich ihm weiß Gott nicht vorwerfen kann. Er hat immerhin die Liebe seines Lebens verloren. Seinen Leitstern.« Jackman wollte seinen Bruder nicht kritisieren, aber er nahm ihm sein Verhalten trotz allem übel. »Er hat versprochen, alles ihm Mögliche zu tun, um mir bei der Suche nach dem Täter zu helfen, aber stattdessen stürzt er sich in die Arbeit. Die Kinder sind fast immer schon im Bett und schlafen, wenn er nach Hause kommt, und am nächsten Morgen fährt er früh los. Ich habe Angst, dass sie sich bald Vorwürfe deswegen machen werden.«

»Ella ist im Moment die Quelle positiver Energie im Leben der Jungen«, vermutete Sam.

Jackman nickte. »Gott sei Dank hat meine Mutter sie an Bord geholt. Sie hält alles zusammen.«

»Wie sagen die Kinder zu ihr?«, fragte Sam.

»Sie nennen sie Tante. Sie war früher ihre Nanny, und ich glaube, dass sie im Moment so etwas wie ein Muttersatz ist. Ist das schlecht?« Jackman warf Sam einen schnellen Blick zu.

»In dieser Phase nicht. Sie brauchen jemanden, der sich liebevoll um sie kümmert, und sie vertrauen Ella. Mit der Zeit werden sie den Verlust akzeptieren. Familien auf der ganzen Welt erleben die schrecklichsten Tragödien, aber die Leute machen trotzdem weiter.« Sam klang traurig, und Jackman fragte sich, ob seine Worte einen persönlichen Hintergrund hatten.

Laura wandte sich zu Sam um. »Ich frage mich manchmal, ob eine Mutterfigur wirklich so wichtig ist, wie wir glauben. Ein Kind muss jemanden haben, zu dem es aufschauen kann und der es unterstützt, das ist das Wichtigste.«

Sam nickte. »Das ist ein guter Punkt. Gleichgeschlechtliche Paare und verwitwete Männer leisten oft Großartiges bei ihren Kindern, indem sie sie einfach lieben und für sie da sind. Könnte das vielleicht Thema deiner nächsten Forschungen werden, Laura?«

»Nicht ganz. Ich arbeite gerade an einem Artikel über narzisstische Elternschaft.«

Sam kicherte. »Ein sehr interessantes Thema! Den würde ich sehr gerne lesen, wenn er fertig ist.«

Jackman starrte hinaus auf die Straße und war sich Laura Archers körperlicher Nähe nur allzu bewusst.

Ella hatte den Jungen gesagt, dass ihr Onkel noch zwei Freunde und einen großen Kübel Popcorn-Hühnchen aus dem Fast-Food-Restaurant mitbringen würde. Wahrscheinlich war das Hühnchen der Grund, aber die beiden schienen sehr zufrieden mit dieser Aussicht.

Sie selbst wäre hingegen glücklicher gewesen, wenn Jackman allein gekommen wäre. Sie nahm es ihm irgendwie übel, dass er professionelle Hilfe in Anspruch nehmen wollte. Oder war das gar nicht der Grund? War es nicht eher so, dass sie gerne allein mit ihm war, nur sie beide? Vielleicht bildete sie es sich nur ein, aber es kam ihr vor, als hätte sich eine ungezwungene, angenehme Freundschaft zwischen ihnen entwickelt.

Als sie die Scheinwerfer in der Auffahrt sah, stand sie auf. Sie schämte sich mit einem Mal für ihre Gedanken. Und sie hatte Angst. Davor, was diese beiden »Experten« womöglich ans Licht bringen würden.

KAPITEL 20

Bald würden die Befragungen beginnen. Mittlerweile hatte die Polizei sicher alle wichtigen Verbindungen hergestellt. Sie wussten, dass die Selbstmorde nur auf den ersten Blick freiwillig gewesen waren und dass der gemeinsame Nenner der Tod von Lyndsay Ashcroft war. Als nächsten Schritt würden sie nach jemandem suchen, der vom Ausgang des damaligen Prozesses enttäuscht war.

Er erhob sich und schenkte sich einen Drink ein. Es war seltsam, dass er so entspannt war und nicht einmal das Bedürfnis hatte, durch die Fens zu seinem Rückzugsort zu fahren oder unbemerkt in die Kirche zu schlüpfen. Ausnahmsweise war er glücklich damit, zu Hause zu bleiben und über seinen nächsten Schachzug nachzudenken. Er nippte an dem Bourbon. Es war seine Lieblingsmarke. Der *Wild Turkey Rare Breed* kostete über fünfzig Pfund die Flasche und war jeden Penny wert. Außerdem gefiel ihm der Name. *Rare Breed* – eine seltene Art, so wie er.

Er legte die Füße auf den Couchtisch, der mit Büchern und Unterlagen übersät war. Er hatte sich eingehend mit dem Thema Mord und vor allem mit der Psychologie der Täter beschäftigt. Unter anderem deshalb, weil er auf der

Suche nach einem Seelenverwandten war. Allerdings kam er immer mehr zu dem Schluss, dass er einzigartig und seine Methoden beispiellos waren. Ein äußerst befriedigender Gedanke. Nur ein wahres Genie konnte seine Opfer dazu bringen, Selbstmord zu begehen.

Er hob das Glas und brachte einen Toast auf sich selbst aus: »Auf den Schöpfer des komplizierten Todes!«

Er hoffte, dass die Polizei ihn ebenfalls befragen würde. Aber sollte er in diesem Fall das Spiel weitertreiben und ihnen noch ein wenig länger zusehen, wie sie im Dunkeln tappten? Oder sollte er Jackman alle Informationen liefern, die er brauchte?

Langsam ließ er die bernsteinfarbene Flüssigkeit im Glas kreisen und sah zu, wie sich goldenes Licht darin brach. Letztendlich *wollte* er, dass Jackman Bescheid wusste. Die Frage war nur, wann.

Er stellte das Glas auf den Untersetzer und nahm eine Mappe vom Tisch. Hier hatte er alle Aufzeichnungen über seine Langzeitstrategie gesammelt. Sie war bereits ziemlich dick, aber noch lange nicht vollständig. Es war schade, dass der Richter, der den Prozess geführt hatte, vor Kurzem an einer Leberzirrhose gestorben war, aber ihn tröstete der Gedanke, dass er der Grund für den übermäßigen Alkoholkonsum des Mannes gewesen war. Jahrelange Verunsicherung und versteckte Drohungen gegen Freunde und Familie hatten ihren Tribut gefordert.

Er knurrte. Beinahe hätte er sein letztes Dilemma vergessen. Er hatte sich immer gefragt, was passieren würde, wenn sein jahrelanger Rachefeldzug seinen Höhepunkt erreicht hatte.

Jetzt wusste er es.

Er war einfach zu gut.

Das hier war nicht der Epilog, es war ein neuer Anfang. Er konnte unmöglich aufhören. Er hatte den Sinn seines Lebens gefunden. Es gab nur noch ein loses Ende, um das er sich kümmern musste, dann würde er endlich frei sein und konnte neue Pläne schmieden.

Er dachte an die Leute, die er im Lauf der Jahre kennengelernt hatte. Menschen mit vielschichtigem Leben und tiefen emotionalen Bindungen. Er warf einen Blick auf die Mappe in seinem Schoß. Ein ganzer Abschnitt drehte sich ausschließlich um Jackmans Familie, und er wusste selbst das kleinste Detail über dessen Kollegen.

Er streckte sich. Hm. Entscheidungen über Entscheidungen …

Sehr zu Jackmans Überraschung lief der Abend von Anfang an hervorragend. Die Jungen mochten Sam Page auf Anhieb und waren regelrecht verzaubert von Laura.

Nur Ella schien nervös.

Nach dem Essen spielten die Erwachsenen mit den Kindern ein wenig *Lego Jurassic World* auf der Playstation, und danach holte Laura ihren Zeichenblock und die Buntstifte heraus, woraufhin Miles sofort begeistert zu malen begann.

»Das ist wohl nichts für dich, was, Ryan?« Jackman legte dem Jungen eine Hand auf die Schulter.

»Nein, eher nicht. Ich bin der Oberloser beim Malen.«

»Muss wohl in der Familie liegen. Mir geht's da nicht anders.«

Es dauerte einen Moment, doch dann breitete sich ein kaum merkliches Lächeln auf Ryans Gesicht aus. »Dann bleib lieber bei deinem richtigen Job, Onkel Rowan.«

Sam gesellte sich zu ihnen. »Glaubst du, das wäre ein guter Moment für ein kurzes Gespräch unter Männern, mein Junge?«

Ryan schien zu überlegen.

Sam senkte die Stimme. »Wir wollen Miles ja nicht beunruhigen. Aber vielleicht könntest du deinem Onkel und mir von seinen Albträumen erzählen. Was hältst du davon?«

Ryan nickte bedächtig. »Sie haben recht, Sam. Würden Sie gerne mein Zimmer sehen?«

Jackman warf Laura und Ella einen schnellen Blick zu, dann folgte er Sam und Ryan. Miles sah nicht einmal auf.

In seinem Zimmer erzählte Ryan ihnen, wovon sein Bruder geträumt hatte. Ihre Mutter war mit ihnen im Park gewesen und hatte mit einer anderen Mutter auf der Bank gesessen, während die Jungen Fußball spielten. Doch plötzlich hatte sie die beiden gepackt und zurück zum Auto gescheucht. Sie hatten wild protestiert, denn sie hatten nicht einmal ihren neuen Fußball mitnehmen dürfen. »Wir dachten, wir hätten etwas falsch gemacht, doch Mummy meinte, es hätte nichts mit uns zu tun.« Ryan biss sich auf die Lippe. »Dann sagte Miles plötzlich: ›Ist es wegen dem Mann am Tor?‹, und Mummy packte ihn noch einmal, schüttelte ihn und fragte, was er gesehen habe. Sie war so wütend, und Miles hat schrecklich geweint.«

»Hast du den Mann auch gesehen?«, fragte Jackman sanft.

»Nicht direkt. Ich habe bemerkt, dass dort jemand stand, aber ich war so mit dem Fußballspielen beschäftigt, dass ich nicht darauf geachtet habe. So richtig hat ihn nur Miles gesehen, und weil Mummy so große Angst hatte, dachte er, es wäre einer der bösen Männer gewesen, vor denen sie uns immer gewarnt hat.« Er schluckte. »Miles denkt, dass der böse Mann Mummy umgebracht hat, und er hat Albträume deswegen.«

Sam legte einen Arm um Ryan und sagte ihm, wie mutig es war, dass er ihnen das alles erzählt hatte. »Laura möchte, dass Miles malt, weil er ihr vielleicht mit den Bildern etwas erzählen kann.«

»Ist das wichtig?«

»Sehr«, antwortete Jackman. »Ryan? Hat einer von euch den Mann seitdem noch einmal gesehen?«

Der Junge senkte den Blick. »Ein paarmal. Seid ihr deshalb heute alle hier?«

Jackman nickte. »Wir sind hier, weil wir euch lieb haben und herausfinden wollen, was eurer Mummy zugestoßen ist.«

»Das ist gut.« Dann grinste Ryan plötzlich. »Ist Laura deine Freundin, Onkel Rowan?«

Sam lachte auf, und Jackman begann zu stottern. »Nein! Wie kommst du denn darauf?«

»Nur so. Ich würde mich freuen. Sie ist sehr nett, aber ich glaube, Tante Ella wäre nicht begeistert.«

Im nächsten Moment sprang er auf und rannte aus dem Zimmer.

»Kinder und Narren ...« Sam unterdrückte ein weiteres Lachen.

Jackman setzte sich auf Ryans Bett und sah den Psychologen mit offenem Mund an. »Was, um alles in der Welt ...?«

Sam kicherte. »Der Junge ist überaus scharfsinnig, nicht wahr? Seltsamerweise habe ich mir vorhin genau dasselbe gedacht. Zwei wunderbare Frauen. Sie Glücklicher.«

»Aber nein, Sam! Wirklich. Ich meine, ich habe nie ...«

»Genießen Sie es doch einfach. Viele Männer würden ihr letztes Hemd geben, um in einer solchen Situation zu sein.«

Jackman wurde flau im Magen. Doch nicht jetzt. Er musste sich auf die Ermittlungen konzentrieren. Er erhob sich und sah Sam an. »Kein Wort zu den beiden, mein Freund, in Ordnung? Und jetzt sehen wir besser mal nach, ob Lauras Kunsttherapie Fortschritte macht.«

»Natürlich. Meine Lippen sind versiegelt«, erwiderte Sam, doch beim Rausgehen hörte Jackman ihn erneut leise kichern.

Zurück im Wohnzimmer, warf er erst einmal einen verstohlenen Blick auf Ella und Laura. Er fühlte sich sehr unwohl, doch solange Ryan nicht mit weiteren Erkenntnissen herausplatzte, kam er zurecht. Dann sah er die ernsten Gesichter der beiden Frauen, und ihm wurde klar, dass Lauras Methode sich bezahlt gemacht hatte.

»Schlafenszeit, Jungs«, verkündete Ella und scheuchte ihre Schützlinge zur Tür hinaus. »Sagt Gute Nacht und bedankt euch für das Essen.«

Die Kinder gehorchten und stiegen widerstrebend die Treppe hoch.

Sobald Ella wieder da war, hielt Laura das Bild hoch. »Er hat großes Talent, das ist ein Vorteil.«

»Aber das Ergebnis gefällt uns nicht«, fügte Ella hinzu.

Da musste Jackman ihr zustimmen. Er nahm das Bild und betrachtete es. »Was sollte er denn zeichnen?«

»Wir haben vorsichtig mit Superhelden und Tieren begonnen.« Sie deutete auf ein paar bunte Bilder auf dem Tisch. »Aber dann baten wir ihn, etwas sehr Gutes und etwas sehr Böses zu zeichnen. Das kam dabei heraus.«

Das Blatt Papier wurde von einer dicken schwarzen Linie von oben nach unten in zwei Hälften geteilt. Links hatte Miles einen Engel mit einem leuchtend gelben Heiligenschein und großen weißen Flügeln gemalt, der auf einer flauschigen Wolke stand und um dessen Füße pinkfarbene und rote Blumen blühten. Darunter hatte er in schönster Schrift das Wort Mummy geschrieben.

Das Bild auf der rechten Seite war sehr viel aufwendiger, mit Bäumen, Schaukeln und etwas, das aussah wie eine fliegende Untertasse, bei dem es sich aber offenbar um ein Karussell handelte. Auf einem Weg lag ein Fußball. So weit nicht ungewöhnlich, doch am Ende des Weges hatte Miles eine groß gewachsene Gestalt gezeichnet. Jackman sah genauer hin und war schockiert von der düsteren Atmosphäre, die ein so junger Mensch bereits so gut ausgedrückt hatte. Miles hatte den Mann ausschließlich mit schwarzem Stift gezeichnet. Er stand kerzengerade und trug einen schwarzen Mantel und einen Hut mit Krempe. Doch es war sein Gesicht, das Jackman einen Schauer über den Rücken jagte. Er sah aus wie ein Alien, mit breiter Stirn, spitzem Kinn, kleinem Mund und Nase und sehr großen, mandelförmigen Augen, die Jackman anzustarren schienen. Die Überschrift lautete: »Der böse Mann«.

»Sarah und die Kinder wurden tatsächlich beobachtet«, murmelte Jackman.

»Ja, das dachten wir uns auch.« Laura warf Ella einen Blick zu, die daraufhin nickte.

Jackman zog sein Handy heraus. »Tut mir leid, aber ich muss mit der Superintendentin sprechen«, sagte er geistesabwesend und verschwand in der Küche.

Ruth Crooke meldete sich nach dem ersten Klingeln.

»Ruth, ich glaube, Ella Jarvis, mein Bruder James und vor allem die beiden Jungen sind in Gefahr.« Er erzählte ihr von der Zeichnung und wartete auf ihre Antwort.

»Normalerweise würde ich sagen, dass das bei Weitem nicht für eine Überwachung ausreicht, aber nachdem dieses gefährliche Individuum noch immer dort draußen ist und ich Ihrem Urteil vertraue, kann die Familie entweder in ein sicheres Versteck ziehen, oder ich stelle ein paar Kollegen ab, die das Haus rund um die Uhr bewachen. Es liegt an Ihnen, Rowan.«

»Ich rede mit Ella. Sie verbringt sehr viel mehr Zeit zu Hause als mein Bruder. Mal sehen, was sie dazu meint, und dann melde ich mich wieder bei Ihnen. Danke, Ruth. Ich weiß das sehr zu schätzen.«

Jackman kehrte nicht sofort zu den anderen zurück. Er musste ständig an Miles' Bild denken, aber da war auch noch etwas anderes. Es war die Arbeit eines Siebenjährigen und ganz klar eine stilisierte Darstellung, aber etwas an der Gestalt kam Jackman bekannt vor. Schon vom ersten Augenblick an hatte er das beunruhigende Gefühl gehabt, diesen Mann zu kennen.

DCI Cameron Walker lächelte seiner Frau über das Essen hinweg zu. »Ich bin so froh, heute Abend zu Hause zu sein.«

Kaye Walker warf ihm einen tadelnden Blick zu. »Bist du nicht *jeden* Abend froh darüber, ihn mit mir zu verbringen?«

»Doch, natürlich, aber ich ...«

Sie grinste. »War nur ein Scherz.« Ihr Lächeln verblasste. »Das letzte Mal habe ich dich nach Darrens Dienstunfall so besorgt erlebt. Der Fall geht dir richtig an die Nieren, nicht wahr?«

»Das ist noch eine Untertreibung. Der Mann ist ein echter Bastard. Die Art, wie er Leben zerstört, ist unbegreiflich. Ich glaube nicht, dass ich jemals so einen herzlosen, bösartigen Menschen getroffen habe. Oder einer meiner Kollegen. Kurz, bevor ich ging, gab es Nachrichten aus Saltern. Er hat noch zwei Menschen auf dem Gewissen.«

Kaye stöhnte. »O nein. Noch mehr Unschuldige?«

Cameron nickte. Ihm war klar, dass er nicht über laufende Ermittlungen sprechen durfte, aber Kaye und er waren praktisch wie siamesische Zwillinge und hatten keine Geheimnisse voreinander. »Aber das ist noch nicht alles. Eine von Jackmans fähigsten Kolleginnen ist vollkommen traumatisiert, nachdem sie die letzte Inszenierung des Mörders sehen musste. Sie war das Verbindungsglied zwischen uns und Saltern, aber jetzt hat der Amtsarzt sie freigestellt.« Er kaute gedankenverloren sein Steak. »Wir hatten es hier mit einer Toten noch gut. Der arme alte Jackman steht genau in der Schusslinie und bekommt den Großteil der Geschütze ab.«

Kaye seufzte. »Ich weiß, dass ich Gott nicht dafür danken sollte, aber ich tue es trotzdem.«

»Ich weiß, was du meinst. Trotzdem muss ich ihm helfen, wo ich nur kann.«

»Natürlich. Es sähe dir nicht ähnlich, dich rauszuhalten, während ein Kollege bis zum Hals in der Scheiße steckt.« Kaye grinste. »Entschuldige bitte meine Ausdrucksweise.«

»Ich denke, wir helfen ihm am besten, wenn wir ihm ein paar Hintergrundrecherchen abnehmen, damit er sich um das Wesentliche kümmern kann. Wir sind am Ende der Ermittlungen bei unserem Opfer, aber sein Team ist bei dem Prozess um den Mord an Lyndsay Ashcroft schon um einiges weiter. Ich glaube, er wird es zu schätzen wissen.«

Kaye nahm sich noch etwas Senf. »Ich bin mir sicher, dass er sich über jede Hilfe freut. Wie ist er denn so, dieser DI Jackman? Wie deine Freundin Nikki Galena?«

Cam lachte laut auf. »Nein, überhaupt nicht. Abgesehen davon, dass sie beide verdammt gute Detectives sind. Jackman ist ein *Gentleman* in jeglicher Hinsicht. Ich mag ihn. Er hat sogar angeboten, die Zuständigkeit für den Fall zu teilen, obwohl es nicht nötig gewesen wäre. Er ist ein netter Kerl.«

»Genau wie du, Liebling. Viel zu nett für einen DCI.«

»Trotzdem werde ich mich nicht befördern lassen, mehr Geld hin oder her. Ich will Polizist sein. Es wird auch so immer heikler. Ständig erinnert mich jemand daran, Dinge zu delegieren, damit ich mich eingehender mit dem Risikomanagement und den Gesundheits- und Sicherheitsmaßnahmen beschäftigen kann.« Er verzog das Gesicht. »*Das* hatte ich nicht im Sinn, als ich zur Polizei ging.«

Kaye lächelte zärtlich. »Dabei liebst du es! Das weißt du ganz genau.«

Cameron runzelte die Stirn. In Wahrheit war sein Job nicht mehr das, was er noch vor ein paar Jahren gewesen war. Es gab so viele Bereiche, in denen er das Gefühl hatte, die Polizei würde die Bevölkerung im Stich lassen, vor allem aufgrund fehlender Gelder und Arbeitskräfte. Klar liebte er seinen Job, aber für wie lange noch?

KAPITEL 21

Jackman, Laura und Sam warteten, bis James aus dem Büro nach Hause kam, um Ella in ihrem Entschluss zu unterstützen. Obwohl Jackman insgeheim davon ausging, dass sein Bruder alles tun würde, was Ella vorschlug, und zwar vor allem deshalb, weil er im Moment keine Entscheidungen treffen konnte. Er hatte die Fähigkeit verloren, sich auf irgendetwas anderes als seine Arbeit zu konzentrieren. Nachdem sich ihr Vater beinahe ihr ganzes Leben lang ganz genauso verhalten hatte, wusste Jackman, dass er nichts daran ändern konnte, aber es tat trotzdem weh, was James seinen Söhnen damit antat.

Ella hatte sich entschieden, zu bleiben, solange rund um die Uhr ein Streifenwagen vor Ort war, und Jackman hatte alles Nötige in die Wege geleitet.

Er kam erst nach Mitternacht nach Hause, und am nächsten Morgen war er bereits früh im Büro, um die Aufgaben für den kommenden Tag zu verteilen. Er wollte so schnell wie möglich mit den Befragungen beginnen. Sie würden mit der Familie Symons anfangen und sich danach die »Anhänger« vornehmen, die die Kampagne seit Jahren unterstützten.

Leider fehlte ihm eine Mitarbeiterin. Rosie war für eine Woche krankgeschrieben, und niemand wusste, wann sie wieder voll einsatzfähig sein würde. Jackman hoffte, dass es sich um ein vorübergehendes Problem handelte, aber er musste ständig an Ella denken, die dem Job endgültig den Rücken gekehrt hatte.

Er war so in Gedanken versunken, dass er zusammenzuckte, als sein Telefon klingelte. »DI Jackman, wie kann ich Ihnen helfen?«

»Es stellt sich eher die Frage, wie ich *Ihnen* helfen kann.«

Jackman atmete erleichtert aus, als er Cameron Walkers tiefe Stimme erkannte.

»Ich habe zwei Officer, die ich Ihnen leihen kann – und einer davon bin ich. Außerdem kann ich den Informationstransfer zwischen unseren Teams übernehmen, dann müssen Sie keinen Ihrer Detectives dafür abstellen.«

»Das klingt wie Musik in meinen Ohren, Cam. Wir müssen eine ganze Reihe Leute befragen, und ich habe das Gefühl, dass die Zeit nicht gerade auf unserer Seite ist. Ich höre beinahe das Gehirn des Mörders summen, während er überlegt, mit welchem Schrecken er uns als Nächstes konfrontieren soll.«

»Es sind nicht mehr viele Leute übrig, die in den damaligen Prozess involviert waren. Haben Sie von Richter Henry gehört?«

Jackman bejahte. »Zumindest blieb ihm der Zorn unseres finsteren Rächers erspart.«

»Ich frage mich, ob dem wirklich so war.« Cam seufzte. »Es gibt Gerüchte, dass er sich vor ein paar Jahren plötzlich verändert hat. Er war ›nervös‹ und begann, exzessiv zu trinken. Vielleicht hat sich unser Mann im Verborgenen über ihn hergemacht.«

»Das kann durchaus sein«, stimmte Jackman ihm zu. »Das Problem ist, dass ich nicht glaube, dass er jemals damit aufhört. Sie etwa?«

»Wenn es keinen Grund mehr gibt, für den es sich zu kämpfen lohnt? Vielleicht war es das dann.«

»Das kann ich mir nicht vorstellen.«

»Ich, ehrlich gesagt, auch nicht. Aber vielleicht besteht die winzige Chance, dass er nur einen Racheschwur erfüllen will, und sobald er alles erledigt hat, kann er damit abschließen.« Cam seufzte. »Aber darüber können wir ausführlich diskutieren, wenn ich erst mal bei Ihnen bin. Wir kommen in etwa einer halben Stunde, ist das in Ordnung?«

Jackman bedankte sich und legte auf. Camerons Hilfe machte die Sache einfacher. Er war ein sehr scharfsinniger Detective und hatte den Ruf, auch in schwierigen Befragungen die Oberhand zu behalten. »Endlich ist das Glück mal auf meiner Seite«, murmelte Jackman.

»Sie wissen, was man über Leute sagt, die mit sich selbst reden?« Marie trat grinsend in sein Büro. »Guten Morgen, Boss.« Sie stellte zwei Becher Kaffee auf seinen Tisch.

Er sah auf und lächelte. »Sie sind früh dran – und das freut mich sehr.«

Er deutete auf den Besucherstuhl und erzählte ihr von dem vergangenen Abend. Dann zeigte er ihr Miles' Zeichnung.

»Mein Gott! Das spricht Bände, nicht wahr? Und er ist erst sieben? Er zeichnet besser als ich!« Sie nahm das Bild und betrachtete es eingehend.

Jackman bemerkte, wie ihr Blick an dem »bösen Mann« hängen blieb. Hatte sie es auch gesehen?

»Warum ...?« Marie runzelte die Stirn. »Warum habe ich das Gefühl, ich sollte ihn kennen? Ist das eine Comicfigur? Oder aus einem Film, vielleicht?« Sie sah Jackman verwirrt an.

»Ich dachte dasselbe. Ich habe die ganze Nacht wach gelegen und bin alle Möglichkeiten durchgegangen, aber es hat nichts gebracht, außer, dass ich vollkommen erschöpft bin.«

Marie legte die Zeichnung auf den Tisch. »Ich bin sicher, dass es mir wieder einfällt. Und wir können auch noch die anderen fragen, wenn sie kommen. Vielleicht hat jemand eine Idee.« Sie nippte an dem heißen Kaffee. »Ich war auch lange wach und habe versucht, den Täter aus einer anderen Perspektive zu betrachten. Vielleicht könnten wir es mal mit einem neuen Ansatz versuchen?«

Jackman lächelte. »Sämtliche Vorschläge sind herzlich willkommen! Cameron Walker und einer seiner Officer kommen später, das heißt, wir können mit voller Kraft an den Fall rangehen. Erzählen Sie mir, was Sie sich überlegt haben.«

»Während die Befragungen der Familie Symons und ihrer Unterstützer laufen, würde ich mich gerne intensiver mit den Familiengeschichten von Lyndsay Ashcroft und den anderen Jugendlichen beschäftigen. Mir ist klar, dass die Kollegen sich bereits den Prozess und die entsprechenden Medienberichte vorgenommen haben, aber in den Akten steht kaum etwas über Lyndsay selbst. Vielleicht kann ich etwas zutage fördern, das uns zum Ursprung der Schreckensherrschaft unseres Mörders führt.« Sie kratzte sich am Kopf. »Und ich möchte die Recherchen so anlegen, als hätte Brendan Symons tatsächlich die Wahrheit gesagt. Vielleicht stoßen wir auf jemanden, der die ganze Zeit im Hintergrund gelauert hat.«

Jackman dachte über ihren Vorschlag nach. »Auf jeden

Fall. Ich stimme Ihnen vollkommen zu. Jemand hat es sich zur Lebensaufgabe gemacht, alle zu bestrafen, die damals mit dem Fall in Verbindung standen. Sein Motiv muss unglaublich stark und voller Hass sein.«

»Voller Hass. Mmm. Interessante Wortwahl.« Marie sah ihn an. »Ich dachte eher an *Liebe*.«

»Das ist ein zweischneidiges Schwert. Die Liebe zu Lyndsay oder Brendan schlug in Hass gegenüber denjenigen um, die für ihren Tod verantwortlich waren.«

»Womit die Reise ins Land der Rache begann.«

Sie saßen einander eine Weile schweigend gegenüber.

»Schnappen Sie sich Gary, er kann Leute gut einschätzen«, meinte Jackman schließlich. »Ich nehme den Rest des Teams und die Kollegen aus Beech Lacey, und wir reden mit allen, die an Sheila Symons' Kampagne beteiligt sind. Wer weiß, vielleicht taucht jemand auf, der sich auch in Ihren Recherchen wiederfindet. Einverstanden?«

»Ja, das ist toll. Danke.« Marie trank ihren Kaffee aus und erhob sich. »Es tut mir leid, dass Sie das Gefühl haben, Ihre Familie wäre in Gefahr, Jackman, aber die Sache im Park geschah einige Zeit vor Sarahs Tod.«

Jackman seufzte. »Ach, habe ich Ihnen das noch gar nicht erzählt? Die Jungen haben den Mann seit damals noch zweimal gesehen. Zuletzt vor zwei Tagen vor der Schule.«

Jackman beschloss, zuerst mit Sheila Symons zu reden und die Befragung aufgrund der Umstände alleine zu führen. Vielleicht würde sie sich in einem Vieraugengespräch wohler fühlen. Nachdem er wusste, wie krank sie war, rief er an, um einen Besuchstermin zu vereinbaren, doch sie bestand darauf, dass er sofort kam.

Auf der Fahrt nach Nettleby Oaks versuchte er, sich

seine Fragen zurechtzulegen. Sheila hatte nicht mehr lange zu leben, und es war womöglich die einzige Chance, mit ihr zu reden.

Yvette ließ ihn ins Haus und erwähnte ihren Besuch in der Dienststelle mit keinem Wort. Er stieg die Treppe hoch, wo Kenny vor der Schlafzimmertür seiner Mutter wartete.

»Mum hat heute einen guten Tag, aber bitte übertreiben Sie es nicht. So etwas kommt nicht mehr sehr häufig vor.«

Jackman versprach, es kurz zu machen, und Kenny öffnete ihm die Tür.

Sheila saß an eine Kissenwand gelehnt im Bett und wirkte lebendiger als beim letzten Mal.

»Ich habe meiner Familie gesagt, dass sie alles tun sollen, um Sie bei den Ermittlungen zu unterstützen, Detective Inspector.«

»Danke, Mrs Symons.«

»Obwohl Liam und Dale feindselig bleiben werden.« Sie klang beinahe entschuldigend. »Unser Kampf ist ihnen in Fleisch und Blut übergegangen.« Sie stemmte sich hoch. »Und auch wenn ich das Ende nicht mehr erleben werde, bin ich froh, dass sie es weiter versuchen.«

Jackman setzte sich auf den Stuhl neben dem Bett. »Erzählen Sie mir von Brendan.«

Ihr Gesicht wurde weicher. »Kennen Sie den Film *Engel mit schmutzigen Gesichtern?* Genau so war mein Junge. Ein kleiner Unruhestifter, aber mit einem Herzen aus Gold. Er war ein frecher Teufel, aber er zog die Leute in seinen Bann. Brendan hat Lyndsay niemals umgebracht, auch wenn ich weiß, dass sie miteinander gingen, wenn Sie verstehen, was ich meine?«

Jackman nickte. »Hatten Sie je einen Verdacht, wer sie tatsächlich getötet hat?«

Sheila seufzte. »Wir haben unzählige Male darüber diskutiert. Ein Name hätte Brendan vielleicht entlastet. Aber die wenigen Leute, die uns eingefallen sind, hatten wasserdichte Alibis.«

Jackman sah sie an. »Der Mann, der im Moment Leute tötet, die mit dem damaligen Prozess in Verbindung standen, ist skrupellos, gerissen und besitzt keinerlei menschliche Werte.«

Sheila schüttelte den Kopf. »Die Leute, die uns helfen, sind extrem loyal, aber wir haben nie etwas Illegales getan. Wir haben uns die Medien zunutze gemacht, Mahnwachen und Protestkundgebungen organisiert und mehr Briefe geschrieben, als die Bibel Kapitel hat.« Sie strich mit ihren steifen, knotigen Händen das Laken glatt. »Liam ist oft streitlustig, und es gab ein paar Schlägereien, aber ich kenne niemanden, der so weit gehen würde, jemanden umzubringen.« Sie warf ihm einen eindringlichen Blick zu. »Ein Mord hat uns in diese Situation gebracht, glauben Sie ernsthaft, dass wir so weit sinken würden?«

»Nein«, erwiderte Jackman. »Aber irgendjemand hat es getan, weshalb wir mit sämtlichen Leuten reden müssen, die Lyndsay oder Brendan kannten oder in den Prozess involviert waren. Ist Ihnen bei Ihrer Kampagne jemand aufgefallen, der in seiner Art zu sprechen übereifrig, vielleicht sogar manisch gewirkt hat?«

»Am Anfang waren wir alle mit Feuereifer bei der Sache. Wir haben mit aller Kraft für Brendan gekämpft und daran geglaubt, irgendwann zu gewinnen.« Tränen stiegen ihr in die Augen. »Wer hätte gedacht, dass es so lange dauern würde? Und dass wir nach all der Zeit nicht weiter sind als zu Beginn?«

Jackman reichte ihr eine Taschentücherbox vom Nachttisch. »Genau deshalb müssen wir noch einmal alles aufrollen, wenn wir den Mörder finden wollen. Falls es ein Trost für Sie ist: Ich glaube, dass die Wahrheit dieses Mal ans Licht kommen wird. Auch wenn es vielleicht nicht das ist, was Sie hören wollen.«

Sheila schwieg einen Moment. »Wenn es tatsächlich so weit kommt, werden Sie sehen, dass mein Sohn unschuldig war. Ich hätte nie so lange durchgehalten, wenn ich nicht daran glauben würde.«

»Was auch immer herauskommt, ich verspreche, Sie auf dem Laufenden zu halten, und hoffe wirklich, Ihnen einen Abschluss zu ermöglichen.«

»Hoffentlich. Für mich ist es vielleicht schon zu spät, aber es würde bedeuten, dass meine Kinder endlich ihr eigenes Leben führen dürfen und es nicht ständig in den Dienst ihres toten Bruders stellen müssen.«

»Ihre Kinder sind sehr unterschiedlich. Im Aussehen und im Temperament.«

»Natürlich sind sie das! Sie sind alle adoptiert. Mein Mann und ich haben Dutzende verlassene und misshandelte Kinder aufgenommen, und diese hier konnte ich einfach nicht mehr gehen lassen. Brendan war mein einziges leibliches Kind.«

»Ich verstehe.« Das schien Jackman aus irgendeinem Grund wichtig, aber er wusste nicht, warum. »Noch eine letzte Frage, Mrs Symons. Gibt es unter Ihren Unterstützern jemanden, der Sie beunruhigt oder Ihnen in irgendeiner Weise Sorgen bereitet?«

Sie schwieg erneut. »*Beunruhigen* ist zu viel gesagt, aber es gibt einige, mit denen ich nie warm wurde. Da war zum Beispiel ein junger Mann namens Jeremy Shaw. Er war sehr intelligent, aber ich war mir nie ganz über seine Motive im

Klaren. Er hat angeblich Theologie studiert und wollte Priester werden, doch dann geriet er in eine Glaubenskrise und warf alles hin. Ich habe mich immer gefragt, ob er uns als eine Art Ersatz für das sah, was er verloren hatte.« Sie hielt inne. »Und auch wenn ich Mark nicht kritisieren sollte – ich meine Mark Courtney, unseren jahrelangen Sprecher –, finde ich ihn immer noch seltsam. Ab einem gewissen Punkt hat er mehr oder weniger die ganze Kampagne übernommen, und ich habe mich immer gefragt, warum.«

Sheila wirkte mit einem Mal müde, und Jackman beendete das Gespräch.

Er stand bereits an der Tür, als sie sagte: »Sie sind anders, oder?«

Er lächelte. »Das hoffe ich.«

»Ja, ich auch.« Sheila lehnte sich zurück und schloss die Augen. »Ich glaube, Sie sind unsere letzte Hoffnung.«

»Wie geht es Rosie?«, fragte Robbie an Max gewandt.

»Ziemlich schlecht, wenn ich ehrlich bin.« Max ließ sich auf einen der Stühle im Ermittlungsraum fallen und gähnte. »Ich war fast die ganze Nacht mit ihr wach.«

»Hat der Arzt ihr nichts gegeben, damit sie schlafen kann?«

»Dieser sture Esel wollte nichts nehmen! Ich habe ihr gesagt, dass sie unbedingt Hilfe braucht, aber sie will nichts davon hören.« Er schüttelte den Kopf. »Sie hasst Medikamente. Sie hat zu oft gesehen, was Drogen mit Menschen anstellen.«

»Das verstehe ich ja, aber ein mildes Beruhigungsmittel macht doch nicht gleich ein Leben lang abhängig.« Robbie grinste. »Aber sie ist nun mal stur, da muss ich dir recht geben.«

»Das kann man wohl sagen! Wenigstens ist ihre große Schwester jetzt hier und behält sie ein wenig im Auge. Sie ist eine Naturgewalt, und Rosie vergöttert sie, deshalb hoffe ich mal …«

»Versuch, dir nicht zu viele Sorgen zu machen, Max. Rosie steht das durch, davon bin ich überzeugt. Ich habe es auch geschafft, und mir ging es echt dreckig. Dabei bin ich nicht annähernd so stark wie Rosie. Halt einfach durch, Kumpel.«

Max schluckte und seufzte schwer. »Es rückt einiges in die richtige Perspektive.«

»Zum Beispiel, wie sehr man jemanden mag?«, fragte Robbie sanft.

»Ganz genau. Ich meine, ich wusste, dass ich in sie verknallt bin, aber …«

»Höre ich da etwa das Wort *Liebe?*«

»Aber so was von!«

»Dann schafft ihr das gemeinsam.« Robbie legte seinem Freund die Hand auf die Schulter. »Sag Bescheid, wenn ich helfen kann. Ich bin da – für euch beide.«

Einen Augenblick lang glaubte Robbie, der harte Junge aus dem Osten Londons würde zu weinen beginnen, doch dann schüttelte Max sich. »Danke, Mann, das weiß ich echt zu schätzen. Aber jetzt machen wir uns lieber wieder an die Arbeit, was?«

»Lust auf ein paar Verdächtige, die vielleicht unser DIY-Mörder sein könnten?«

Max zuckte zusammen. »Do-it-yourself-Mörder? Das ist ja ekelhaft, Mann. Sag jetzt nicht, dass *dir* das eingefallen ist.«

Robbie hob abwehrend die Hände. »Natürlich nicht! So nennen sie ihn in der Kantine. Also, bist du dabei? Ich habe hier zwei Namen, und der Boss will, dass wir ihnen einen Besuch abstatten.«

Max warf einen Blick auf das Memo. »Christian Ventnor und Shaun Cooper? Wer soll das sein?«

»Ventnor gehört zu Sheila Symons' Truppe, und Cooper ist jemand aus der Stadt, der sich der Gruppe zwar nie angeschlossen hat, aber sich trotzdem ständig an die Medien wendet. Ein Aktivist, aber eher ein Einzelgänger.«

Max rieb sich die Hände. »Gut, dann reden wir mit ihnen.«

Fünfzehn Minuten später standen sie in der Ortschaft Saltville vor Christian Ventnors Haus.

Max pfiff durch die Zähne. »Schicke Hütte. Was der Typ wohl beruflich macht?«

Robbie warf einen Blick in seine Notizen. »Er ist Architekt, glaube ich.« Er betrachtete den georgianischen Bau. »Aber das hier hat er sicher nicht geplant.« Das Gebäude war ein gutes Beispiel für die wunderschönen Mittelklassehäuser in dieser Gegend. Vielleicht sollte er seine Vorliebe für moderne Häuser noch einmal überdenken.

»Willst du das Haus weiter sabbernd anstarren, oder sollen wir klingeln?«

Robbie lachte. »Tut mir leid, ich habe geträumt.« Er drückte auf die Klingel und trat einen Schritt zurück.

Christian Ventnor brauchte eine Weile, doch als er schließlich vor ihnen stand, warf er lediglich einen kurzen Blick auf ihre Dienstausweise, bevor er die Tür ganz öffnete. »Kommen Sie rein, kommen Sie rein. Hier entlang, Gentlemen.«

Er führte Robbie und Max in ein elegantes Wohnzimmer, dessen Mittelpunkt ein gewölbter gusseiserner Kamin mit herrlich geschnitzter Holzvertäfelung bildete.

Robbie war begeistert. »Schönes Haus, Sir.«

»Mein Elternhaus, Officer. Mittlerweile bin zwar nur mehr ich übrig, aber ich kann mich nicht davon trennen.«

Ventnor war groß und schlank. Er trug die Haare etwas zu lang für einen Mann Mitte vierzig, seine Haut war blass, und seine Augen waren von einem verwaschenen Blau. Trotzdem verströmte er Energie.

»Bitte setzen Sie sich und erklären Sie mir, warum Sie hier sind.« Er deutete auf zwei Lehnstühle, während er sich auf die Armlehne des Sofas setzte, sodass sie zu ihm aufsehen mussten.

Robbie fragte sich, ob er es bewusst gemacht hatte. »Wir müssen mit Ihnen über Ihre Nähe zu der Gruppe reden, die sich für Brendan Symons' Unschuld einsetzt.«

Ventnor runzelte die Stirn. »Was haben sie denn nun schon wieder angestellt? Hat sich dieser verdammte Idiot Liam Schwierigkeiten eingehandelt?«

Max schüttelte den Kopf. »Nein, nichts dergleichen, Sir. Es gab allerdings ein paar Vorfälle, die wir mit dem damaligen Mordprozess in Verbindung bringen.«

»Vorfälle?« Ventnors blasse Augen blitzten auf.

»Tut mir leid, beim derzeitigen Stand der Ermittlungen können wir nicht mehr sagen«, erwiderte Robbie. »Würden Sie uns bitte einfach erklären, warum Sie sich der Gruppe angeschlossen haben?«

»Weil ich an Fairness glaube, Detective. Ich ertrage den Gedanken nicht, dass ein unschuldiger Mann für etwas büßen muss, was er nicht getan hat. So wie Brendan. Er hat so schrecklich gelitten, dass er sich am Ende das Leben nahm.«

»Die Kampagne gibt es seit Jahren, Sir. Sie hat bis jetzt nirgendwohin geführt, aber Sie versuchen es trotzdem weiter?« Robbie sah ihn an.

Ventnor richtete sich auf. »Natürlich! Wenn man wirklich an etwas glaubt, gibt man nicht auf. Man gewinnt keinen Krieg, indem man das Handtuch wirft, junger Mann.«

Das klang Robbies Meinung nach ziemlich wichtigtuerisch und herablassend.

»Wohnen Sie schon immer hier, Sir?«, fragte Max. »In Ihrem Elternhaus?«

»Nein. Als junger Mann war ich viel unterwegs und habe im ganzen Land gearbeitet. Ich habe mich erst hier zur Ruhe gesetzt, nachdem mein Vater starb. Ich habe meine Mutter durch eine lange Krankheit bis zu ihrem Tod begleitet. Und jetzt bin ich hier.« Er sah sich um. »Ganz allein.«

»Keine Geschwister?«

»Ich hatte eine Schwester, aber sie kam bei einer Rucksacktour durch Asien ums Leben. Wie gesagt: Ich bin als Einziger übrig geblieben.« Er verlagerte das Gewicht. »Entschuldigen Sie die Frage, aber das hier wirkt wie ein Verhör, und ich habe keine Ahnung, was der Grund dafür ist. Ist das die übliche Vorgehensweise?«

»Wir wissen Ihre Unterstützung zu schätzen, Sir. Leider können wir derzeit nicht mehr sagen, aber ich versichere Ihnen, dass es sich um eine ernste Angelegenheit handelt.«

»Zwei Detectives? Das klingt nach Mord.« Sein Blick wanderte von Max zu Robbie, die ihn beide ausdruckslos erwiderten. »Aber Sie können mir ja nichts sagen.«

»Sind Sie Architekt, Sir?«

»Projektarchitekt. Ich bin mittlerweile selbstständig, arbeite aber mit einem Unternehmen zusammen, das Häuser im Fusion Style entwirft.« Die beiden Detectives sahen ihn fragend an. »Dabei wird Kunst mit Natur und Technik kombiniert. Es ist eine interessante und sehr anspruchsvolle Arbeit.«

»Warum glauben Sie, dass Brendan Symons unschuldig war?«, wechselte Robbie abrupt das Thema.

Die Frage schien Ventnor aus dem Konzept zu bringen. Er klang beinahe wütend. »Weil seine Verurteilung offensichtlich falsch war. Das sah doch ein Blinder. Es gab nicht annähernd genug Beweise, und das, was vor Gericht präsentiert wurde, war mehr als fragwürdig.«

»Da waren die Geschworenen aber ganz anderer Meinung. Sie haben den Fall also vom ersten Tag an verfolgt?« Robbies Tonfall wurde härter.

Ventnor verlagerte erneut das Gewicht. »Ich glaube schon.«

»Warum? Warum interessierten Sie sich so sehr dafür? Kannten Sie Brendan persönlich? Oder vielleicht Lyndsay Ashcroft?«, bohrte Robbie weiter.

»Nein! Und ich verbitte mir derlei Fragen!« Ventnor erhob sich. »Sie sollten jetzt gehen. Falls Sie mich noch einmal belästigen müssen, vereinbaren Sie einen Termin, und ich hole meinen Anwalt dazu.«

Nachdem die Tür hinter ihnen ins Schloss gefallen war, begann Max zu kichern. »Guter Zug, Robbo! Du hast ihn ordentlich aus der Reserve gelockt!«

»Was hältst du von ihm?«, fragte Robbie.

»Wichtigtuerischer Arsch. Er war sichtlich nervös, und ich frage mich, warum.«

»Ich würde sagen, dass er irgendeine private Verbindung zu dem Fall hat. Warum hat er sich sonst von Anfang an dafür interessiert und ist die ganze Zeit dabeigeblieben? Er kannte Lyndsay oder Brendan. Vielleicht auch beide. Da bin ich mir sicher.« Robbie zuckte mit den Schultern. »Aber ich kann mir nicht vorstellen, dass er der DIY-Mörder ist, du etwa?«

Max warf noch einen letzten Blick auf das Haus. »Nein. Ich mag ihn nicht, aber das macht ihn noch nicht zum Mörder.«

»Also ...« Robbie startete den Wagen. »Dann auf zu Mr Shaun Cooper.«

»Ich kann es kaum erwarten. Ich hoffe, er ist nicht auch so wie der Typ gerade eben. ›*Man gewinnt keinen Krieg, indem man das Handtuch wirft, junger Mann.*‹ Dieser arrogante alte Schnösel.«

Marie und Gary wühlten sich durch die Vergangenheit, und ihre Tische waren mit Ausdrucken und Kopien alter Zeitungsartikel übersät.

»Langsam kann ich mir vorstellen, wie das Leben in einer Kleinstadt damals gewesen sein muss«, meinte Gary.

»Ich mir auch. Es war klaustrophobisch!« Marie verzog das Gesicht.

Gary grinste. »Vielleicht sogar inzestuös. So wenig Leute, und alle sind irgendwie verwandt.«

»Das war vor ein paar Jahrzehnten noch viel schlimmer, weil die Leute so selten aus dem Dorf rauskamen.« Marie starrte auf den Bildschirm. »Endlich! Ich habe etwas über Lyndsay Ashcroft gefunden. Ein Hintergrundbericht aus der Zeit unmittelbar nach ihrem Tod und ein kurzer Nachruf ihres Klassenlehrers.« Sie druckte beides aus und reichte je ein Exemplar an Gary weiter.

Sie lasen schweigend, dann sagte Marie: »Also mir springt nichts ins Auge.«

»Mmm. Der Nachruf ist ein wenig ... steril, oder? Ich meine, das arme Mädchen wurde grausam ermordet, aber er liest sich wie ein Wetterbericht. Sollte da nicht ein wenig Gefühl mitschwingen?«

»Vielleicht hat der Tod den Lehrer wirklich schwer getroffen, und er wollte es nicht zeigen und hat sich an die Fakten gehalten. Es wollte sicher nicht den Booker Prize dafür.«

Gary schnaubte. »Du weißt genau, was ich meine. ›Sportlich‹, ›mochte Tiere‹. Ich glaube, der Lehrer konnte Lyndsay Ashcroft nicht leiden.«

Marie las die Seite noch einmal. »Ich verstehe. Es ist nicht gerade warmherzig und freundlich.«

Gary überflog den Polizeibericht. »Ich habe das Gefühl, dass das Mädchen kaum Freunde hatte. Warum wohl?«

Marie zuckte mit den Schultern. »Beschissene Familie? Beschissenes Zuhause? Vielleicht schämte sie sich zu sehr, um Freunde mitzubringen?«

»Vielleicht hat sie andere aber auch schikaniert, und alle hielten sich von ihr fern.« Gary hob den Blick. »Das müssen wir unbedingt herausfinden, es könnte wichtig sein.«

»Okay, dann hängen wir uns ans Telefon und versuchen, jemanden aufzutreiben, der sich an sie erinnern kann.«

Zehn Minuten später legte Marie den Hörer wieder auf die Gabel. »Ich habe jemanden gefunden! Die Dame von der Post hat mich an eine alte Nachbarin weitergeleitet. Sie will mit uns reden.«

»Super. Wann?«

»Jetzt. Also, sobald wir es einrichten können.« Marie erhob sich. »Fahren wir. Ich will unbedingt wissen, wie Lyndsay wirklich war.«

Mrs Beatrice Harper wohnte in einem kleinen, gepflegten Bungalow auf einem großen Eckgrundstück. Gary sah sich bewundernd um.

Beatrice kam ans Gartentor und begrüßte die beiden

Polizisten fröhlich. Sie war für die Gartenarbeit gekleidet und trug eine grüne Cordhose, eine karierte Bluse und eine Steppjacke mit mehr Taschen als eine Anglerweste. »Ich ziehe nur die Stiefel aus, dann können wir reingehen.«

Vor der Hintertür schlüpfte sie stöhnend aus ihren Gummistiefeln. »Ich liebe meinen Garten, aber mit dreiundachtzig strengt er mich langsam an, das muss ich zugeben.«

Gary sah sie voller Bewunderung an. »Ihr Garten ist ein Paradies. Er stellt meinen bei Weitem in den Schatten.«

»Sie sind ein hart arbeitender Mann. Ich hingegen habe alle Zeit der Welt. Außer, wenn ich beim Kunstunterricht bin. Ach ja, oder im Filmclub.« Beatrice eilte in die Küche und stellte Wasser auf. »Ich mache uns Tee. Sie sind doch sicher *ordentliche* Polizisten und wollen auch einen, oder?«

Die beiden nickten eifrig. »Unbedingt«, antwortete Marie lächelnd.

»Gehen Sie doch in den Wintergarten und machen Sie es sich bequem. Ich bringe den Tee gleich nach.«

Gary folgte Marie durch ein kombiniertes Ess- und Wohnzimmer in den Wintergarten und war beeindruckt, wie sauber alles war. Viele ältere Leute hatten nicht mehr genug Energie, um Staub zu wischen oder den Boden zu saugen, Beatrice aber offensichtlich schon. Sie setzten sich in zwei Korbstühle und sahen hinaus in den Garten. Er war eigentlich zu groß für eine Dreiundachtzigjährige, doch sie schien keine Probleme damit zu haben. Gary hoffte nur, dass ihr Gedächtnis auch so gut in Schuss war.

Beatrice trat mit dem Tee und einem Teller Schokokekse in den Wintergarten. »Greifen Sie zu, und dann verraten Sie mir, was Sie wissen wollen.«

Marie nahm einen Becher Tee und einen Keks. »Wir möchten uns ein Bild davon machen, was für ein Mensch

Lyndsay Ashcroft war. Können Sie uns vielleicht dabei helfen, Mrs Harper?«

»Natürlich! Aber nennen Sie mich doch bitte Beatrice. Ich wohne erst seit etwa fünf Jahren hier. Als mein Mann noch am Leben war, wohnten wir neben den Ashcrofts. Das Haus nannte sich *Ash Grange*. Ziemlich protziger Name. Allerdings war es tatsächlich nicht klein.«

»Die Familie war also wohlhabend?«, fragte Marie.

»Charles Ashcroft war Geschäftsmann, in der Baubranche, glaube ich. Ein unfreundlicher Mensch.« Beatrice' Gesicht wurde finster. »Mein Mann hatte sich mit ihm überworfen.«

»Und wie war Lyndsays Mutter?«, fragte Gary und knabberte an einem Keks.

»Die kannten wir gar nicht. Sie ist eines Tages auf und davon und kam nie mehr wieder. Aber wir konnten es ihr nicht verübeln. Das Gebrüll und Geschrei in diesem Haus war schrecklich.« Beatrice schüttelte den Kopf. »Wir hatten oft Angst um die Kinder.«

Gary sah sie verwirrt an. *»Kinder?«*

»Ja, um Lyndsay und ihren kleinen Bruder Alistair.«

Marie warf Gary einen überraschten Blick zu. »In den Berichten wird nirgendwo ein Bruder erwähnt.«

Beatrice stellte ihren Becher ab. »Kein Wunder! Das arme kleine Ding. Es hieß, er wäre autistisch. Verhaltensauffällig. Die anderen Kinder in der Schule haben ihn schrecklich gequält. Nicht auszudenken, was passiert wäre, hätte Lyndsay nicht immer ein Auge auf ihn gehabt.«

»Was ist mit ihm passiert?«, fragte Gary.

Beatrice zuckte mit den Schultern. »Keine Ahnung. Nach Lyndsays Tod schickte Charles ihn auf ein Internat, und wir sahen ihn nie wieder.«

Sämtliche Alarmglocken in Garys Kopf begannen zu schrillen, und Maries Gesichtsausdruck nach zu urteilen ging es ihr genauso.

»Lyndsay ...« Beatrice zögerte. »Ich weiß, man soll nicht schlecht über die Toten reden, aber sie war ziemlich wild. Sie gab sich große Mühe mit Alistair, das weiß ich, aber sie war auch schrecklich gemein zu ihm. Er war ein seltsamer kleiner Junge und hat sie vergöttert, aber sie hatte kaum ein nettes Wort für ihn übrig. Ali war auch der Grund, warum mein Mann mit Charles in Streit geriet. Wir wussten schon länger, dass er den Jungen manchmal seinen Gürtel spüren ließ, aber wir wollten es nicht noch schlimmer für ihn machen. Irgendwann stellte mein Mann Charles trotzdem zur Rede, aber es half nichts. Wir beschlossen, zur Polizei zu gehen, aber dann ... dann wurde Lyndsay ermordet.«

Marie lehnte sich nach vorne. »Sie meinten, das Mädchen wäre *wild* gewesen. In welcher Hinsicht, Beatrice?«

»Vor allem, was Jungs anging. Sie schlich sich nachts aus dem Haus. Wir sahen sie öfter mal aus dem Zimmerfenster klettern. Ich glaube nicht, dass sie ahnte, wie oft der kleine Ali ihr folgte. Gott weiß, welches Gefummel das arme Kind mitansehen musste.«

»In den Berichten steht, dass sie in der Mordnacht mit Brendan Symons ihr erstes Mal erlebte. Finden Sie das glaubwürdig? Angesichts ihres Verhaltens?«, fragte Gary.

»Sie flirtete gerne und lockte die Jungen aus der Reserve, aber weiter ging sie nicht. Ich habe die Aussagen der anderen gehört, und ich glaube, es stimmte. Sie war ja fast noch ein Kind.«

»Kannten Sie Brendan?«, fragte Marie.

»Nicht sehr gut, er hat nur ein oder zwei Mal kleinere Arbeiten für uns erledigt. Wir mochten ihn.«

»Was hielten Sie von der Verurteilung?«

Beatrice seufzte. »Es war herzzerreißend. Brendan war ein fröhlicher Junge, der gerne Spaß hatte, und er mochte Lyndsay, das hat er uns selbst gesagt. Aber hat er sie getötet? Ich weiß es nicht. Wirklich nicht. Ich hätte es nie für möglich gehalten, aber die beiden Mädchen, die alles mitangesehen haben, waren anständig und ehrlich. Warum hätten sie lügen sollen?«

»Die beiden kannten Sie also auch?«, fragte Marie überrascht.

»Ich kannte Paulines Eltern sehr gut, und Heather ging als kleines Mädchen bei uns ein und aus. Ich frage mich manchmal, was aus ihr geworden ist. Ich weiß, warum sie weggegangen ist, aber ich hätte gerne noch einmal von ihr gehört.«

Gary biss sich auf die Lippe. Sie konnten der alten Dame unmöglich sagen, dass Heather und Pauline in den Selbstmord getrieben worden waren. Es wäre zu grausam gewesen.

Marie warf Gary einen schnellen Blick zu, dann sagte sie: »Beatrice? Was ist mit Charles Ashcroft passiert?«

»Oh, der ist tot, meine Liebe. Er starb kurz nach Lyndsay. Er kam betrunken von der Straße ab, landete im Graben und brach sich das Genick.« Dieses Mal lag keine Traurigkeit in ihrer Stimme.

Gary dachte an den geheimnisvollen jüngeren Bruder. Wo war er jetzt? »Sie meinten vorhin, dass Alistair Lyndsay öfter gefolgt ist. Haben Sie gesehen, ob das auch in der Mordnacht der Fall war?«

»Wir waren an dem Abend nicht zu Hause, sondern bei meiner Tochter.« Sie schnappte nach Luft. »Meinen Sie, der kleine Ali hat gesehen, wie ...? Nein, wie schrecklich!«

»Ganz ruhig. Ich frage mich nur, ob er Lyndsay mit irgendjemandem gesehen haben könnte.«

»Warum ist mir dieser Gedanke nicht selbst gekommen? Der arme Junge!«

Marie lehnte sich vor. »Beatrice, wir brauchen Ihre Hilfe. Kennen Sie jemanden, der uns sagen könnte, wo sich Alistair Ashcroft aufhält?«

Die alte Dame runzelte die Stirn. »Sie könnten mit dem Vikar reden. Er hatte einen Freund, einen anderen Geistlichen, der zur Zeit des Mordes hier diente. Er verbrachte viel Zeit mit den Menschen aus Nettleby und Nettleby Oaks. Wir standen alle unter Schock, und er war unser Fels. Er war auch bei Charles und wollte ihm helfen, aber ich glaube nicht, dass er sehr willkommen war. Vielleicht weiß er trotzdem, wohin der Junge geschickt wurde.«

Sie bedankten sich bei Beatrice und entschuldigten sich dafür, sie aufgeregt zu haben. »Sie waren uns eine große Hilfe«, erklärte Marie. »Jetzt haben wir etwas Konkretes, mit dem wir arbeiten können. Vielen Dank.«

»Ich weiß immer noch nicht, warum ich mir die Frage selbst nie gestellt habe. Ich schätze, Lyndsays Tod hat alles andere verdrängt. Ali ist ihr nicht *immer* gefolgt, aber doch sehr oft.«

»Und dann schickte ihn sein Vater plötzlich fort«, sagte Gary leise. »Was hatte der Junge wohl gesehen?«

»Ich will gar nicht daran denken«, meinte Beatrice traurig. »Aber auch wenn Sie ihn finden … Er ist vielleicht nicht gerade der verlässlichste Zeuge, wissen Sie? Er war ein seltsames Kind, und womöglich ist er zu einem noch seltsameren Erwachsenen geworden.«

Marie lächelte. »Wir müssen jetzt gehen. Danke noch einmal für Ihre Hilfe. Und für den Tee und die Kekse.«

»Kommen Sie gerne wieder, ich bin fast immer zu Hause.« Beatrice sah von einem zum anderen, und ihre Stimme war nur noch ein Flüstern. »Es ist irgendetwas Grauenhaftes passiert, nicht wahr? Deshalb sind Sie hier. Der Schrecken, der vor all den Jahren begann ... Er ist zurück, oder?«

Gary hätte ihr gerne alles erklärt, aber er wusste, dass er das nicht durfte. »Passen Sie gut auf sich auf, Beatrice. Und falls Sie einen Job als Gärtnerin suchen, bei mir wäre eine Stelle frei.«

Sie lächelte traurig. »Viel Glück, Officers. Ich hoffe, Sie finden ihn.«

Marie fuhr in Rekordzeit zurück nach Saltern, und beide stürzten sich sofort auf ihre Computer, um nach Alistair Ashcroft zu suchen. Der Rest des Teams war unterwegs, abgesehen von Charlie Button, der ihnen bereitwillig zur Hand ging.

»Das war ja ein richtiger Glücksgriff, Sarge! Vielleicht hast du sogar den Mörder enttarnt. Ich meine, wenn der Junge Zeuge des Mordes an seiner Schwester war, dann wusste er, dass Brendan unschuldig war. Und als Erwachsener beginnt er seinen Rachefeldzug.«

Gary hob die Hand. »Moment! Denk doch mal nach, Charlie. Wenn er tatsächlich wusste, dass es nicht Brendan war, hätte er doch sicher jemandem davon erzählt, am besten der Polizei. Er hätte nicht zugesehen, wie Brendan ins Gefängnis wandert, und dann jahrelang auf den richtigen Zeitpunkt gewartet, oder?«

»Vielleicht war er traumatisiert.«

»Oder er hat es seinem Vater erzählt«, meinte Marie leise. »Aber Daddy hat ihm nicht geglaubt und beschlossen, ihn einfach fortzuschicken, bevor seine verrückten Ideen jemanden in Schwierigkeiten bringen konnten.«

Gary ließ sich auf einen Stuhl fallen. »Das sind zu viele Möglichkeiten.«

»Was wissen wir denn mit Sicherheit?« Marie wischte ein Whiteboard sauber und griff nach einem Stift.

»Alistair Ashcroft hatte Lernschwierigkeiten und ist vielleicht Autist«, begann Gary. »Außerdem hatte er die Angewohnheit, seiner eigensinnigen Schwester zu folgen, wenn diese sich abends aus dem Haus schlich.«

Marie schrieb alles auf. »Er wurde vom Vater misshandelt.«

»Seine Mutter hat ihn verlassen, und die Kinder in der Schule haben ihn schikaniert«, fuhr Gary fort.

Marie nickte. »Und sogar seine Schwester – die Einzige, die sich um ihn kümmerte – war oft gemein zu ihm.«

»Der hatte es echt nicht leicht. Armer kleiner Scheißer!«, sagte Charlie. »Und am Ende ist er auch noch im Internat gelandet. Was für ein Leben!«

»Nachdem der Vater, Charles Ashcroft, nicht mehr unter uns weilt, müssen wir ein wenig graben.« Marie betrachtete nachdenklich das Whiteboard. »Glaubt ihr wirklich, dass ein geistig beeinträchtigtes Kind wie Alistair dieser gerissene, berechnende Mörder sein kann?«

»Es ist jedenfalls ziemlich weit hergeholt.« Gary seufzte.

»Eigentlich nicht.«

Marie und Gary sahen Charlie überrascht an.

»Es ist doch nur Hörensagen, dass er Autist war oder Lernschwierigkeiten hatte. Vielleicht hat sein Vater das Gerücht verbreitet, um geheim zu halten, dass der Junge vollkommen fertig war, nachdem ihn seine Mutter verlassen hatte. Was, wenn er damals schon gerissen und berechnend war? An meiner Schule gab es auch ein Kind, das wie ein Idiot behandelt wurde, aber letztlich ein Genie war. Von wegen schmaler Grat und so?«

Gary nickte nachdenklich. »Da hat er recht …«

Marie betrachtete den Namen auf dem Board. War das der Mann, den sie suchten? Oder war er bloß ein verstörtes Kind, das von allen Menschen verlassen worden war, die es hätten lieben sollen? »Es wird Zeit für ein paar Nachforschungen, Jungs! Gary, du suchst nach dem Vikar. Mal sehen, woran er sich erinnern kann. Charlie, du versuchst, Schuleinträge oder medizinische Unterlagen ausfindig zu machen. Es muss irgendetwas geben. Ich rufe inzwischen Jackman an. Das muss er unbedingt hören.«

KAPITEL 22

Kenny Symons war ein überraschend angenehmer Gesprächspartner. Jackman hatte sich auf eine schwierige Befragung eingestellt, doch nachdem sich Kenny versichert hatte, dass seine Mutter schlief, führte er Jackman ins Wohnzimmer, schloss die Tür und machte es sich auf einem der Sofas bequem.

»Ich kann mich nicht erinnern, dass es irgendwann einfach gewesen wäre. Mein ganzes Leben lang hat die Familie für die eine oder andere Sache gekämpft. Sogar, als Mum und Dad damals beschlossen haben, weitere Kinder zu adoptieren, hat man es ihnen nicht leicht gemacht. Und dann wurde unser Brendan dieses schrecklichen Verbrechens beschuldigt ...« Kenny schüttelte den Kopf. »Es war der Anfang eines Albtraums, aus dem wir nie wieder aufgewacht sind.«

»Ich kann mir kaum vorstellen, was das für Sie bedeutet«, erwiderte Jackman ruhig. »Es tut mir leid, dass ich alte Wunden aufreiße. Wenn es einen anderen Weg gäbe, würde ich Ihrer Mutter in dieser Phase ihres Lebens keinen Kummer mehr bereiten wollen.«

»Wohl eher in dieser Phase ihres Todes, Inspector.«

Kenny klang müde, als würde er nur noch auf Autopilot funktionieren. Vielleicht war das normal, wenn man darauf wartete, dass jemand starb, den man liebte. Jackman konnte sich ein Leben ohne seine Mutter nicht vorstellen. Sein Vater war eine andere Geschichte. Er war immer eher die Galionsfigur der Familie gewesen und kein greifbarer Elternteil. Es wäre schlimm gewesen, ihn zu verlieren – immerhin hatte man nur einen Vater. Aber hätte er ihn vermisst? Konnte man überhaupt jemanden vermissen, der ohnehin nie da gewesen war?

»Sind Sie verheiratet, Kenny?«

Kenny nickte. »Meine Frau heißt Jennifer. Sie ist ein wunderbarer Mensch und sehr geduldig. Sie weiß, dass ich für Mum da sein muss, und kümmert sich um alles, bis ich wieder nach Hause komme.«

»Das ist gut. Sie werden jemanden brauchen.« Jackman hielt kurz inne. »Kenny, ich möchte eine Vorstellung von dem echten Brendan bekommen. Ihre Mum hat mir erzählt, wie sie ihn erlebt hat, darf ich nun um Ihre Sicht bitten? Seien Sie so offen wie möglich.«

Kenny schwieg. »Wir standen uns sehr nahe, aber ich hatte oft das Gefühl, dass es da einen Teil an ihm gibt, den ich nicht kenne. Er war immer fröhlich und entspannt. Er mochte seinen Ruf als Bad Boy, aber in Wahrheit war er ein wirklich netter Junge.« Er betrachtete seine ineinander verschränkten Hände. »Ich wusste, was er an dem Abend vorhatte.«

Jackman versteifte sich.

»Er hat sich ein Kondom von mir geliehen. Er meinte, Lyndsay und er hätten beschlossen, dass sie ... es tun wollen, aber er hatte Angst, dass sie schwanger werden könnte.«

Kenny wirkte ehrlich deprimiert.

»Ich riet ihm, zu warten, aber offenbar wollte Lyndsay es unbedingt, und er wollte sie nicht enttäuschen.« Er schniefte. »Mein Gott, ich wünschte, er hätte es getan. Der Idiot. Auch wenn er immer einen auf Draufgänger machte – es war auch für ihn das erste Mal.«

»Hat Brendan leicht die Nerven verloren? Wäre es möglich, dass er sich im Eifer des Gefechts nicht mehr unter Kontrolle hatte? Dass er mehr wollte?«, fragte Jackman.

Kenny sah zu ihm auf. »Brendan war der Streitschlichter in unserer Familie, Inspector. Ich habe kein einziges Mal erlebt, dass er die Geduld verloren hat. Kein einziges Mal.«

Sie saßen sich eine Weile schweigend gegenüber, dann meinte Jackman: »Gibt es unter Ihren Unterstützern jemanden, dem Sie zutrauen, dass er das Gesetz selbst in die Hand genommen hat und schreckliche Verbrechen verübt, um geschehenes Unrecht wiedergutzumachen?«

»Was soll ich darauf antworten? Es gab eine Zeit, da brannten wir alle lichterloh für unser Anliegen, und ich hätte Ihnen gleich mehrere Namen nennen können. Aber mittlerweile hat es sich beruhigt und läuft auf Sparflamme. Abgesehen von ein paar wenigen Ausnahmen, geht uns die Luft aus.«

»Und die wären?«

»Mark Courtney ist genauso leidenschaftlich dabei wie eh und je, und Art Pullen ist unsere Konstante. Er kommt zu jedem Treffen, jeder Demo, jedem Protestmarsch.«

Der Name war Jackman neu.

»Und meine Brüder, natürlich.« Kenny klang mit einem Mal düster. »Meine Schwestern und ich haben das Gefühl, dass Dale und Liam umso härter kämpfen, je mehr unser Enthusiasmus schwindet.«

»Was passiert Ihrer Meinung nach, wenn Ihre Mutter nicht mehr da ist?«

»Darüber habe ich schon sehr oft und sehr lange nachgedacht. Ich glaube, dass die Familie auseinanderfallen wird, Inspector. Mum ist das Bindeglied, das alles zusammenhält. Wenn sie nicht noch einen letzten Wunsch äußert, dem wir gehorchen müssen, werden wir vom Wind in alle Himmelsrichtungen davongetragen.«

»Darf ich fragen, was Sie studiert haben?«, fragte Jackman und schloss eine schnelle Wette mit sich selbst ab.

»Englische Literatur.«

»Das dachte ich mir«, erwiderte Jackman. »Es erklärt Ihre blumige Sprache.«

Kenny hob eine Augenbraue. »Die entspricht nur meiner momentanen Stimmung.«

Jackman erhob sich. »Es tut mir leid. Ich weiß, wie schwer es für Sie ist. Aber rufen Sie bitte trotzdem an, wenn Ihnen etwas einfällt oder Sie etwas hören, das uns weiterhelfen könnte.«

Kenny stand ebenfalls auf und musterte Jackman nachdenklich. »Mutter vertraut Ihnen. Das war noch bei keinem Polizisten der Fall, und zwar aus gutem Grund. Darf ich fragen, ob Sie vielleicht etwas über unseren Brendan in Erfahrung gebracht haben? Gibt es mögliche Beweise für seine Unschuld?«

Jackman musste sich in Erinnerung rufen, dass dieser Mann immer noch als möglicher Verdächtiger galt, auch wenn er gebildet und freundlich schien. »Es tut mir leid, Kenny, noch nicht. Aber wie ich schon zu Ihrer Mutter sagte: Wir werden den Fall noch einmal auseinandernehmen, und wer weiß, worauf wir dabei stoßen?«

Jackman ging zum Wagen, während Kenny ihm von der Tür aus nachsah.

Im Auto klingelte sein Handy. »Marie?«

Er hörte zu, und ein Lächeln breitete sich auf seinem Gesicht aus. »Wunderbar! Ich bin schon auf dem Weg! Das könnte der entscheidende Hinweis sein, auf den wir gewartet haben. Gut gemacht!«

Es war Mittag, als Jackman eintraf, trotzdem war der Ermittlungsraum gut besetzt.

»Wie wäre es mit einer spontanen Besprechung, damit alle auf dem neuesten Stand sind?«

Die Truppe war einverstanden.

Jackman begann mit einer Zusammenfassung der Gespräche mit Sheila und Kenny Symons. »Dale, Liam und Susie waren unterwegs, aber sie sind die Nächsten. Was habt ihr rausgefunden, Robbie?«

Robbie und Max beschrieben den wichtigtuerischen Christian Ventnor in den schillerndsten Farben. Shaun Cooper hatten sie noch nicht angetroffen. »Aber der Nachbar meinte, er sei eher am Nachmittag zu Hause«, erklärte Max. »Wir versuchen es also später noch mal.«

Marie erzählte von dem Gespräch mit Beatrice Harper. »Wir haben alle Hebel in Bewegung gesetzt, um Lyndsays Bruder zu finden. Er ist zumindest ein möglicher Zeuge des Mordes. Vielleicht aber auch mehr.«

Jackman nickte. »Wir führen die Befragungen natürlich trotzdem fort, aber den Rest eurer Zeit helft ihr Marie und Gary bei der Suche nach Alistair Ashcroft. Charlie, gibt es Neuigkeiten aus der Gerichtsmedizin zu unserem Doppelmord?«

»Nein, Sir. Soll ich den Professor anrufen?«

»Nicht nötig, wenn er etwas hat, meldet er sich sicher.«

Marie hob die Hand. »Soll ich Orac um Hilfe bitten, Sir? Sie hat Zugang zu Datenbanken, von denen wir noch nicht mal gehört haben. Vielleicht kann sie Alistair aufspüren.«

»Gute Idee. Kümmern Sie sich darum.«

Marie grinste.

»Okay, Leute, zurück an die Arbeit.«

»DI Jackman?« Jackman drehte sich um und blickte in das abgezehrte Gesicht von Annie, der Reinigungskraft. »Tut mir leid, wenn ich störe, aber dürfen wir Ihre Büros heute früher sauber machen? Es sind massenweise Leute krank oder kommen nicht, und Eric und ich sind allein für alles verantwortlich.«

Jackman nickte. »Kein Problem. Sagen Sie einfach, welchen Teil Sie als Nächstes in Angriff nehmen.« Er mochte Annie. Sie war zuverlässig und arbeitete hart. Im Gegensatz zu Eric. Er kannte ihn zwar nicht persönlich, aber er konnte es nicht leiden, wenn Leute ihre Kollegen so oft im Stich ließen. »Ist Stefan krank? Es sieht ihm gar nicht ähnlich, zu Hause zu bleiben.«

»Er nicht, aber seine Tochter. Sie leidet an einer Erbkrankheit, und es geht ihr gerade sehr schlecht.«

»Das wusste ich gar nicht«, erwiderte Jackman.

»Das wissen nicht viele. Stefan ist nicht wie Eric, der jedem von seinen Wehwehchen und Problemen erzählt.« Sie wurde leiser. »Ehrlich gesagt, habe ich um Erics Versetzung gebeten. Er flirtet ständig mit den Frauen. Außerdem ist er nicht teamfähig, und es reicht mir jetzt.«

»Das ist gut, Annie. Hoffentlich haben Sie Erfolg.«

»Ja, hoffentlich. Ich werde mich in nächster Zeit wieder persönlich um Ihr Büro kümmern. Eigentlich war es Erics

Job, aber er braucht viel zu lange und schafft trotzdem nichts.«

»Dann wird es Zeit, dass er sich etwas anderes sucht, Annie. Soll ich ein gutes Wort für Sie einlegen?«

»Nein, schon gut, Sir. Ich bin mir sicher, dass meine Vorgesetzten auch so auf mich hören. Ich arbeite von Anfang an für die Firma. Seit fünfundzwanzig Jahren.« Annie grinste. »Ich setze mich schon durch, Sie werden sehen.«

Ella war früher als üblich mit der Hausarbeit fertig, denn die Nervosität hatte sich in überbordender Energie entladen. Sie hatte sogar zweimal in der Schule angerufen, um sich zu beruhigen, obwohl sie wusste, dass sich ein Beamter in Zivil als Assistenzlehrer getarnt im Gebäude aufhielt. Jetzt wusste sie nicht mehr, was sie noch tun konnte. Sie hatte gekocht, Staub gesaugt und alles aufgeräumt. Langsam verstand sie, wie verängstigt Sarah gewesen sein musste.

Ella hatte den bösen Mann zwar nicht selbst gesehen, aber sie glaubte den Jungen uneingeschränkt und war sich sicher, dass sie ihn sich nicht nur einbildeten. Klar ging Miles' Fantasie manchmal mit ihm durch, aber solche Albträume mussten ihren Ursprung in einem realen Erlebnis haben. Außerdem war Ryan zu bodenständig, um sich etwas Derartiges auszudenken.

Ella faltete die Schlafanzüge der Jungen und trug sie nach oben. Als sie die Tür schloss, kam ihr eine Idee. Die Polizei hatte vorgeschlagen, dass ein Officer die Jungen von der Schule abholte, doch sie war dagegen gewesen, weil die Jungen jetzt vor allem Kontinuität brauchten. Aber was, wenn sie doch zustimmte? Dann könnte sie ein paar Minuten früher zur Schule fahren und irgendwo warten, wo niemand sie sah. Wenn der böse Mann die Kinder tatsächlich beobachtete, würde sie ihn vielleicht mit eigenen Augen zu sehen bekommen.

Sie ging wieder nach unten und dachte den Plan noch einmal durch. Es gab nichts zu verlieren, und es war besser, als krank vor Sorge im Haus auf und ab zu laufen.

Sollte sie Jackman Bescheid geben? Sie verzog das Gesicht. Der hatte wichtigere Dinge zu tun. Sie hoffte nur, dass Laura Archer nicht dazugehörte. Ella ließ sich in einen der Lehnstühle sinken. Sie hatte gestern Abend ein gewisses Knistern zwischen Jackman und Laura gespürt. Das Problem dabei war, dass sie Laura wirklich mochte, und das machte es noch viel schlimmer.

Sie sprang wieder auf. Das war doch albern! So hatte sie sich seit der zehnten Klasse nicht mehr gefühlt. War sie nicht ein bisschen zu alt für eine derartige Schwärmerei? Sie brauchte Action – eine Ablenkung, damit ihre Gedanken nicht ständig zu dem gut aussehenden Detective Inspector wanderten.

Ella schlüpfte in ihre Jacke und machte sich auf die Suche nach dem Autoschlüssel. Sie würde den Polizisten vor dem Eingang der Schule bitten, Ryan und Miles nach Hause zu bringen, und dann ihre eigenen Ermittlungen starten.

Harriet Jackman trat aus dem Stall und wischte sich das Stroh von der Hose. Ihr neuester Zugang, ein aus schlechter Haltung gerettetes Pony namens Sherbet, zeigte erste Anzeichen der Besserung. Harriet betrieb einen Reitstall und vermietete Einstellplätze, doch ab und zu erzählte ihr jemand eine herzerweichende Geschichte über ein Tier, das dringend Hilfe brauchte, und ehe sie sichs versah, gab es ein weiteres Maul zu füttern. Sherbet war auf einem Feld zurückgelassen worden, ohne Unterstand und nur mit einer verfilzten Decke als Schutz. Er litt unter Regenfäule, die durch eine permanent feuchte Haut entstanden war, und sein Rücken und die Hinterhand waren voller offener Stellen. Doch mittlerweile heilte die Haut langsam, das Fell wuchs wieder, und Harriet war sehr zufrieden. Sherbet war ein graues Connemarapony und perfekt für ihre beiden Enkel. Connemaras waren freundliche, intelligente Tiere, und ein eigenes Pony würde den beiden sicher etwas Auftrieb verschaffen.

Auf dem Weg über den Hof sah sie, dass sich eine der Stallgehilfinnen – ein Teenager namens Erin – mit einem großen, gut aussehenden Mann in einer Barbourjacke und einer beigefarbenen Moleskinhose unterhielt.

»Kann ich helfen?«, fragte sie.

»Der Gentleman hatte ein paar Fragen. Er möchte gerne sein Pferd bei uns einstellen, Mrs Jackman.«

Der Mann streckte die Hand aus. »Mein Name ist Edward Craven. Ich muss bald eine Zeit lang geschäftlich ins Ausland, und leider vertraue ich meinen Töchtern nicht genug, um ihnen mein Pferd zu überlassen. Sie sind nette Mädchen, aber langsam interessieren sie sich eher für Jungs als für Pferde und … Mehr brauche ich dazu wohl nicht zu sagen, oder?«

Harriet lachte. »Nein. Welche Rasse ist es denn? Und wie alt?«

»Es ist eine Snowflake-Appaloosa-Stute, Mrs Jackman. Zwölf Jahre alt. Ihr Name ist Fleur. Sie ist ein sanftmütiges Tier und wird gerne geritten. Glauben Sie, Sie könnten sie nehmen?«

»Ich muss erst im Kalender nachsehen. Kommen Sie doch bitte mit ins Büro, Mr Craven.«

Sie schlenderten in Richtung Büro, und Harriet holte den Kalender heraus. »Wohnen Sie in der Gegend?«, fragte sie.

»Ja, und Sie wurden mir wärmstens empfohlen.« Der Mann grinste. »Von Ihrem Sohn, wenn Sie es genau wissen wollen. Ich habe ihn bei einer Veranstaltung kennengelernt, und wir kamen auf das Thema Pferde zu sprechen. Er hat mir alles über seine wunderbare Araberstute Glory erzählt.«

Harriet lächelte. »Ich dachte damals, er käme nie über ihren Tod hinweg. Sie war sein Ein und Alles.«

»Das hat er auch gesagt.«

»Also, von welchem Zeitraum sprechen wir?« Harriet sah auf.

»Ich würde sagen, sobald wie möglich und erst mal für einen Monat, dann kann ich mir sicher sein, dass sie gut versorgt ist, auch wenn meine Reise etwas länger dauern sollte.«

Der Mann hätte sich gut als Sprecher für Hörbücher geeignet. Seine Stimme wirkte beinahe hypnotisierend. »Ja, das wäre möglich. Ich würde vorschlagen, dass wir einen Wochentarif festlegen, dann bezahlen Sie nicht zu viel, falls Ihre Reise kürzer ausfällt, und können jederzeit verlängern. Es gibt natürlich einen Vertrag, in dem die üblichen Details festgehalten werden. Tierarzt, Hufschmied, Versicherung, Stallordnung und so weiter.«

»Natürlich. Ich kann Fleur selbst herbringen.« Er warf einen Blick auf die Uhr. »Oh, schon so spät? Ich habe noch eine Verabredung. Können Sie den Zeitraum schon mal reservieren, und ich rufe Sie dann später an und gebe Ihnen meine Daten durch?«

Er gab Harriet eine Handynummer.

»Wir werden uns gern um Ihre Stute kümmern.«

»Ich danke Ihnen vielmals, und bitte entschuldigen Sie mein unhöfliches Verschwinden, Mrs Jackman. Beste Grüße an Ihren Sohn. Ich melde mich heute Abend. Gegen sieben?«

»Perfekt. Bis später.«

Harriet schrieb eine kurze Notiz, damit sie den Anruf nicht vergaß, und machte sich dann auf den Weg zur Stallapotheke, um Sherbets nächste Behandlung vorzubereiten. Wenn sich sein Zustand weiter so verbesserte, konnten ihre wunderbaren Enkelsöhne in ein paar Wochen ein Pony ihr Eigen nennen.

Nachdem Ella die Polizei und die Schule über den vorübergehend geänderten Ablauf informiert hatte, war sie voller Tatendrang und freute sich, endlich etwas selbst in die Hand nehmen zu können. Ein bisschen vermisste sie den alten Job in der Spurensicherung immer noch. Bei dieser Arbeit hatte sie etwas bewirken können.

Vor Harriet Jackmans Anruf hatte sie kurz vor einem ernsthaften Zusammenbruch gestanden. Doch das Leid der Jungen hatte ihr wieder neue Energie verschafft und ihrem Leben Sinn gegeben, und selbst wenn die Familie sie irgendwann nicht mehr brauchen sollte, hatte sie mittlerweile wieder genug eigene Antriebskraft, um nach vorne zu blicken.

Die Schule lag am Ende einer von Laubbäumen gesäumten Straße. Eltern parkten am Straßenrand oder warteten vor den Toren, um ihren lärmenden Nachwuchs in Empfang zu nehmen. Ella spazierte auf die Schule zu und sah sich nach einem geeigneten Platz um, wo sie alles unauffällig beobachten konnte.

Sie entschied sich für einen Wiesenhügel links neben dem Tor, auf dem eine Bank und ein Mülleimer standen und einige struppige Büsche wuchsen. Hier warteten immer wieder Eltern, die zu früh waren, und es war nicht zu offensichtlich. Sie konnte sich ja wohl kaum hinter einem Busch verstecken, nicht wahr? Es war besser, sich ganz normal zu verhalten.

Der Blick auf das Tor war annehmbar, und so setzte sie sich mit einem aufgeschlagenen Buch im Schoß auf die Bank und ließ die wartenden Eltern nicht aus den Augen.

Einige kannte sie vom Sehen, mit anderen hatte sie sogar schon einmal gesprochen, und an ein paar Frauen aus der Gegend erinnerte sie sich noch aus ihrer eigenen Schulzeit.

Es waren nur eine Handvoll Männer anwesend, und die kannte sie ebenfalls. Langsam kam sie sich albern vor. Es war nicht sehr wahrscheinlich, dass Miles' böser Mann jeden Tag vor der Schule auftauchte. Wie oft würde sie herkommen müssen, um ihn zu Gesicht zu bekommen?

In diesem Moment sah sie jemanden, den sie nicht kannte.

In der hintersten Reihe der Wartenden stand ein Mann. Er war groß, trug eine schwarze Bomberjacke aus Leder und schwarze Jeans. Doch er hatte den Blick nicht auf das Schultor gerichtet.

Sondern auf Ella.

Ihr stockte der Atem.

Der Mann hob die Hand, und Ella gefror das Blut in den Adern. Er deutete auf sich selbst, zeigte anschließend mit zwei Fingern auf seine Augen und dann mit einem Finger auf Ella.

Die Botschaft war eindeutig: *Ich behalte dich im Auge.*

Ella beobachtete starr vor Angst, wie sich der Mann von

den wartenden Eltern fortbewegte, bis sie nur noch seinen Rücken sah, der zwischen den geparkten Autos verschwand.

Einen Moment lang wusste sie nicht, was sie tun sollte, dann zog sie ihr Handy aus der Tasche, rief Jackman an und sprintete anschließend zum Tor, das sich gerade öffnete. Sie wollte nur noch die beiden Jungen in den Armen halten.

KAPITEL 23

Marie betrat Oracs Kellerreich und war überrascht, eine ganze Reihe Techniker vor den Computern zu sehen, die in ihre Arbeit vertieft waren. Normalerweise war Orac allein, mit maximal einem oder zwei Assistenten.

»Ist es gerade ungünstig?«, fragte sie.

»Nein, nein. Kommen Sie rein, Marie.« Orac lächelte, und ihre verstörenden Augen blitzten im Halbdunkel auf. »Es ist Großputztag. Wir machen sauber.«

Marie runzelte die Stirn. Sie sah nirgendwo Staubtücher oder Möbelpolitur.

»Wir entsorgen den Müll, der sich in den Systemen angesammelt hat. Wir können es uns nicht leisten, dass irgendein Hacker uns auch nur die kleinste Info klaut. Ich habe den Laden hier fest im Griff.«

Das bezweifelte Marie nicht. »Ich brauche Ihre Hilfe.«

»Sie? Oder Jackman?« Orac klang kaum merklich amüsiert.

»Na ja, genau genommen wir beide. Wir suchen einen Jungen, der 1995 verschwunden ist. Wir gehen davon aus, dass er auf ein spezielles Internat für autistische Kinder geschickt wurde. Seitdem fehlt jede Spur.«

Orac leckte sich über die Lippen. »Klingt interessant. Was haben Sie bis jetzt?«

»Sein Name ist Alistair Ashcroft, und er wohnte in einem Haus namens Ash Grange in Nettleby. Vater Charles, Mutter unbekannt. Eine Schwester namens Lyndsay. Er war etwa neun, als er fortgeschickt wurde. Es hieß, er habe Lernschwierigkeiten und wäre möglicherweise Autist. Mehr haben wir nicht.«

»Das reicht für den Anfang.« Orac drehte ihren Stuhl, um Marie anzusehen. »Darf ich fragen, weshalb ihr nach ihm sucht?«

»Er hat vielleicht den Mord an seiner Schwester – Lyndsay Ashcroft – mitangesehen.«

Sie hob die Augenbrauen. »Das ist ein guter Grund.«

»Außerdem wäre es möglich, dass er der gesuchte Mörder ist.«

»Dann mache ich mich am besten gleich an die Arbeit.« Orac griff nach einer Mappe. »Bevor ich es vergesse, das hier ist für Sie. Die Ergebnisse der Untersuchungen von Sarahs Laptop. Ich konnte eine Reihe von Orten bestimmen, von denen aus Mails versandt oder Anrufe getätigt wurden, und es läuft darauf hinaus, dass Sarahs Nemesis hier in Saltern saß. Wir werden die Anrufer-ID vermutlich nie entschlüsseln, aber wahrscheinlich existiert sie ohnehin nicht mehr. Mehr können wir leider nicht tun.« Orac wandte sich wieder dem Bildschirm zu, während sie weitersprach: »Irgendetwas am Tod dieser beiden Frauen lässt mir keine Ruhe.«

Marie wartete.

»Warum London? Warum nicht in den Westland River springen? Oder vom hiesigen Krankenhausdach? Warum fährt man den ganzen Weg in die Hauptstadt, um sich umzubringen?«

Das hatte sich Marie auch schon gefragt. »Unsere einzige Erklärung ist, dass es Teil des manipulativen Plans des Täters war. Noch ein Detail mehr, das die Frauen durcheinanderbringen sollte.«

»Etwa so: ›Fahr nach London und tu genau das, was ich von dir verlange, dann verschone ich deine Kinder?‹«

»Ja, so ungefähr. Ich schätze, wir werden es erst erfahren, wenn der Mistkerl im Verhörzimmer sitzt.«

»*Falls* er überhaupt den Mund aufmacht.«

»Das würde ich ihm dringend raten«, knurrte Marie. Sie wollte gerade noch etwas sagen, da hörte sie eine Stimme hinter sich. »Marie! Jackman will dich sehen. Sofort.«

Robbie wartete an der Tür auf sie. »Die Nanny seiner Neffen hat ihn vollkommen panisch angerufen. Sie glaubt, dass der Mörder beim Abholen der Kinder vor der Schule stand.«

Marie eilte hinter ihm den Flur entlang. »Woher weiß Ella, dass es unser Mann war?«

»Mehr hat Jackman mir nicht gesagt. Aber er will, dass du so schnell wie möglich mit ihm zur Schule fährst.«

»Klar. Mein Gott, das hat ihm gerade noch gefehlt. Eine weitere Bedrohung für seine Familie.« Sie fragte sich, wie Ruth Crooke wohl auf diese Entwicklung reagieren würde.

Sie traf Jackman am Ausgang. »Soll ich fahren, Sir?«

Er gab ihr den Schlüssel. »Ja bitte, Marie. Ich möchte noch einmal bei Ella anrufen und mich vergewissern, dass nicht noch etwas passiert ist. Aber geben Sie Gas!«

Sie erreichten die Schule in Rekordzeit. Jackman war aus dem Auto gesprungen, bevor Marie die Handbremse angezogen hatte. Sie schloss den Wagen ab und rannte hinter ihm her.

Ella wartete mit Ryan, Miles und zwei Beamten in Zivil im Büro des Direktors.

Jackman fragte nach etwaigen Überwachungskameras.

Einer der beiden Officer, PC Chris Bourne, erklärte ihnen, dass sie die Bänder bereits angefordert hätten. »Es wurden erst vor Kurzem Kameras gegen Falschparker aufgestellt. Damit die Eltern nicht mehr so nahe am Tor parken.«

Jackman wandte sich an Ella. »Vielleicht haben wir Glück. Wenn er tatsächlich direkt am Tor stand, wie Sie gesagt haben.«

»Er stand genau davor, Jackman.« Ella wirkte eher wütend als schockiert. »Mitten unter den Eltern. Anschließend ist er die Straße entlang davongelaufen. Er *muss* auf dem Band sein!«

»Ich will, dass Sie es sich persönlich ansehen, Ella.« Er warf einen Blick auf die beiden Jungen, die schweigend in zwei Büchern blätterten, und senkte die Stimme. »Aber Miles soll nichts davon merken. Marie? Bleiben Sie mit Chris und Don hier und passen auf die Jungen auf?«

Marie nickte, und Jackman und Ella verließen das Zimmer.

Sie stellte sich den beiden Brüdern vor.

»Ah, Sie sind der Sarge!« Ryan musterte sie interessiert. »Mein Onkel hat schon viel von Ihnen erzählt.«

Marie fragte sich, was als Nächstes kommen würde. »Nur Gutes, hoffe ich.«

»Na ja.« Miles beäugte sie kritisch. »Alles glauben wir ihm nicht.«

»Fragt mich, dann sage ich euch, ob er geschwindelt hat.«

»Er sagt, Sie hätten ein riesiges Motorrad.«

»Stimmt. Und weiter?«

»Wie riesig?«

»Ziemlich. Ihr könnt ihn ja fragen, ob ihr mal mit auf die

Dienststelle dürft, dann könnt ihr es euch ansehen. Wenn ihr wollt, könnt ihr euch sogar daraufsetzen.«

Ein Schatten zog über Miles' Gesicht. »Mummy sagt, das ist gefährlich.«

Oje. »Da hatte Mummy recht, es kann gefährlich sein. Aber nicht, wenn man vorsichtig ist und weiß, was man tut. Ich würde nie zulassen, dass euch etwas passiert. Mein Motorrad heißt übrigens Harvey.«

»Das ist ja ein doofer Name für ein Motorrad.« Ryan klang ein wenig herablassend.

»Ich habe es nach einem Bekannten benannt. Es erinnert mich an ihn.« Dass Harvey Cashs donnernde Fürze sie an einen Kickstart auf einer alten 650cc Triton erinnert hatten, verschwieg sie lieber.

»Unser Onkel hat auch gesagt, dass Sie auf Amazon sind. Wir haben nach Ihnen gesucht, Sie aber nicht gefunden.«

Marie hätte Jackman am liebsten erwürgt. Wie sollte sie das bloß erklären? Glücklicherweise wurde sie von dem breit grinsenden Chris Bourne gerettet. »Nein, Jungs, das habt ihr falsch verstanden! Euer Onkel meinte, sie wäre eine *Amazone*. So heißen die Kriegerinnen in der griechischen Mythologie. Große, starke und furchtlose Frauen. Euer Onkel meinte, wenn Marie auf dem Motorrad unterwegs ist, ist sie eine Amazone – eine Kriegsgöttin.«

Marie warf ihm einen finsteren Blick zu. »Schwachsinn. Halt die Klappe, Chris!«

Doch Miles war offensichtlich beeindruckt. »Wow!«

Ryan nickte weise. Scheinbar kannte er sich gut mit den Mythen und Legenden der alten Griechen aus.

Chris, der selbst drei Kinder hatte, lenkte das Gespräch auf Superhelden, und Marie atmete erleichtert auf.

Kurz darauf trat Jackman mit steinernem Gesicht in die

Tür und winkte sie zu sich. Draußen sagte er leise: »Ella hat ihn identifiziert. Er ist tatsächlich zu sehen, und er hat sich einen Dreck um die Kameras geschert.«

»Haben wir sein Gesicht?«

»Nein. Er wusste genau, wo die Kameras sind, und hat den Kopf immer in die andere Richtung gedreht. Wir können die Bilder nur vergrößern. Vielleicht finden wir einen Hinweis, um ihn zu enttarnen.«

»Unsere IT-Techniker können doch sicher das ungefähre Alter bestimmen, oder? Anhand der Art, wie er sich bewegt, und der Statur.«

»Es wäre zwar nicht sehr präzise, aber wir hätten zumindest einen Anhaltspunkt. Schade, dass es nicht mehr Kameras gibt. Er muss irgendwo in der Nähe geparkt haben.«

»Geht es Ihnen gut?«, fragte sie leise.

Jackman seufzte. »Ja. Ich versuche, nicht zu viel hineinzuinterpretieren, auch wenn es schwer ist. Es kann irgendjemand gewesen sein und nicht unbedingt Miles' böser Mann. Ella ist vor Sorge um die Jungs am Durchdrehen, vielleicht hat sie überreagiert. Sie sieht gut aus, womöglich war der Fremde einfach an ihr interessiert.«

Doch das bezweifelte Marie. Ella war eine vernünftige Frau, und sie hatte sich diese eindeutige Geste sicher nicht eingebildet oder falsch gedeutet.

»Ich weiß, was Sie denken, Marie. Aber ich brauche einfach klare Beweise, bevor ich in Panik verfalle.« Jackman nahm ihren Arm und zog sie näher heran. »Ich überlege, ob ich sie nicht doch an einen sicheren Ort bringen lassen soll. Was meinen Sie? Ist das überzogen?«

Sie schüttelte den Kopf. »Auf keinen Fall. Ich würde es sofort in die Wege leiten. Zumindest so lange, bis wir alles besser im Griff haben.«

»Dann rufe ich gleich mal die Superintendentin an.« Er zog sein Handy heraus, auf dem gerade ein Anruf einging. »Mum? Ist alles in Ordnung?«

Ein Schatten zog über sein Gesicht. »Hör mal, mach dir keine Sorgen«, antwortete er. »Ich muss hier noch etwas erledigen, dann komme ich vorbei.«

Er legte auf und sah Marie an. »Bei meiner Mutter im Stall ist heute etwas Seltsames passiert. Ein Mann bat sie um einen Einstellplatz für sein Pferd. Er behauptet, er wäre ein alter Bekannter, aber der Name Edward Craven sagt mir nichts.«

Marie wurde eiskalt. »Ich komme nachher mit zu ihr. Hat sie Angst?«

»Nein, überhaupt nicht. Sie wollte nur wissen, ob ich mich für ihn verbürge, bevor sie sein Pferd bei sich aufnimmt.«

Sie runzelte die Stirn. »Es könnte natürlich ein ganz normales Missverständnis sein, aber ich würde vorschlagen, wir sehen es uns trotzdem an.«

»Ich muss nur noch Ella Bescheid geben«, erwiderte Jackman. »Sie muss die Sachen der Jungen zusammenpacken – Kleidung, Spiele, Toilettenartikel. Chris und Don sollen sie nach Hause begleiten, und dort kann dann ein Kollege vom Zeugenschutz übernehmen.«

Plötzlich ertönte Ellas Stimme hinter ihnen. »Darf ich dazu auch etwas sagen?«

»Es ist nur zu eurer Sicherheit«, erklärte Jackman sanft. »Und es dauert auch nicht ewig.«

»Das wissen Sie doch gar nicht. Ich glaube, es ist besser, wir bleiben im Haus Ihres Bruders. Unter Polizeischutz.« Sie sah ihn an. »Es ist mehr oder weniger unmöglich, zwei trauernde Jungen in einer fremden, abgeschotteten Umgebung zu beschäftigen. Sind sie nicht schon verwirrt genug? Was würde das mit ihnen anstellen? Sie brauchen Stabilität. Was sie *nicht* brauchen, ist ein Umzug in irgendein Hotelzimmer, und das auf unbestimmte Zeit.«

Marie nickte langsam. »Da hat sie recht, finde ich. Man sollte über die reine Sicherheit der Jungen hinausdenken.«

Jackman hob ergeben die Hände. »Na gut. Aber Sie ziehen nicht mehr auf eigene Faust los, verstanden?«

»Versprochen. Einmal hat gereicht, danke.« Ella lächelte reumütig. »Ich überlasse die Polizeiarbeit von jetzt an lieber Ihnen.«

Marie grinste. »Das wollen wir hoffen. Aber zumindest haben wir ihn jetzt auf Band.«

Ella verzog das Gesicht. »Aber gebracht hat es nichts. Dunkle, lockige Haare, groß, schwarze Klamotten und ein paar unheimliche Gesten.«

»Es könnte schlimmer sein«, meinte Marie. »Zumindest können wir kleine, fette Blonde oder Rothaarige ausschließen.« Sie wandte sich an Jackman, doch der schien kilometerweit fort. »Jackman? Wir wollten doch zu Ihrer Mutter fahren.«

»Wie bitte? Ach ja! Ella? Sind Sie ganz sicher, dass Sie es so machen wollen?«

Ihr Blick sprach Bände.

»Gut, dann holen wir die Jungen, bringen Chris und Don auf den neuesten Stand und verschwinden von hier.«

Harriet rollte die Longe ein und legte sie in eine Schublade in der Sattelkammer. »Er wirkte so glaubwürdig. Aber nachdem ich mit dir gesprochen hatte, kam es mir irgendwie verdächtig vor, dass er einfach so zu einem Termin davongeeilt ist, ohne mir zumindest seine Adresse zu hinterlassen.« Sie sah Jackman besorgt an. »Glaubst du, dass es der Mann war, der Sarah gequält hat?«

Er hatte bereits die Nummer angerufen, die der Besucher seiner Mutter gegeben hatte. Sie existierte nicht, aber das hatte er ihr lieber verschwiegen. »Mum, vielleicht hatte es gar nichts zu bedeuten. Wir haben keine Ahnung, wer der Mann war. Beschreib mir doch bitte noch mal, wie er aussah.«

Harriet ordnete die Zaumzeuge auf den Haken und strich Zügel glatt, als könnte sie sich besser konzentrieren, wenn ihre Hände in Bewegung waren.

»Er war gut angezogen. Ländlich, aber elegant. Eine beigefarbene Moleskinhose, ein blau-creme-kariertes Hemd, eine leicht abgetragene Barbourjacke. Er hatte dichte braune Locken und dunkle Augen. Er sah aus wie ein Reiter und schien sich mit Pferden auszukennen. Deshalb habe ich mir auch nichts weiter dabei gedacht.« Sie sah entschuldigend von Jackman zu Marie. »Es tut mir so leid. Wenn man bedenkt, was gerade los ist, hätte ich wachsamer sein sollen, nicht wahr?«

Jackman umarmte seine Mutter. »O Mum, das konntest du doch unmöglich wissen. Vielleicht ist ja alles in Ordnung mit ihm, und ich habe ihn nur vergessen. Ich treffe andauernd Leute auf irgendwelchen Veranstaltungen.« Er glaubte sich selbst nicht und nahm an, dass das Pferdewissen des Mannes aus dem Internet stammte, aber seine Mutter wirkte ungewöhnlich unsicher, und bis er wusste, was los war, musste er sie beruhigen.

Schließlich löste sie sich aus seiner Umarmung und fragte: »Was soll ich denn nur sagen, wenn er wieder anruft?«

»Nichts, denn wenn das Telefon um sieben läutet, werde

ich abheben. Dann wissen wir Bescheid, so oder so.« Er warf einen Blick auf die Uhr. »Es dauert ja nicht mehr lange.«

Um sich die Zeit zu vertreiben, führte Harriet Marie durch die Stallungen und stellte ihr einige ihrer Lieblingspferde vor.

»Oh, der ist aber süß!«, rief Marie und streichelte die Schnauze eines kleinen grauen Ponys.

Harriet strahlte. »Das ist Sherbet. Ich habe ihn gerettet und päpple ihn wieder auf. Als Geschenk für Ryan und Miles.«

»Er ist toll! Die Jungen werden hin und weg sein.« Marie seufzte. »Ich habe noch nie auf einem Pferd gesessen, nur auf Motorrädern.«

»Kommen Sie doch an Ihrem nächsten freien Tag vorbei, dann zeige ich Ihnen, was Sie versäumt haben«, bot Harriet an. »Sie werden es lieben, nicht wahr, Rowan?«

»Wissen Sie, was, da nehme ich Sie beim Wort! Das würde ich wirklich gerne.« Marie wandte sich grinsend an Jackman. »Können Sie sich mich auf einem Pferd vorstellen?«

Er lächelte. »Wenn Sie sich dabei genauso geschickt anstellen wie auf dem Motorrad, dann auf alle Fälle.«

»Wunderbar, dann haben wir eine Verabredung.« Harriet wirkte bereits wieder ganz wie sie selbst. »Rowan hat recht, ich glaube auch, dass Sie ein Naturtalent sind. Sie mögen Pferde ganz offensichtlich, und Sherbet liebt Sie!«

Jackman sah zu, wie Marie dem Pony die Ohren kraulte, und warf erneut einen Blick auf die Uhr.

»Ist es bald so weit?«, fragte Marie.

»Ja. Falls er überhaupt anruft.«

Um Punkt sieben Uhr läutete das Telefon.

»Jackman.«

Einen Augenblick lang herrschte Stille.

»Ah, Ihre Mutter ist eine sehr scharfsinnige Frau. Aber ich bin erfreut, dass Sie in der Leitung sind.«

Jackman schwieg.

»Sie wissen, wer ich bin, Detective Inspector. Oder besser gesagt: Sie wissen, wer ich *war*. Die Frage ist, wer bin ich jetzt?« Der Mann lachte schrill.

»Alistair Ashcroft?«

»Wenn Sie meinen. Ich würde eher behaupten, dass Alistair nicht mehr existiert, Rowan.«

»Niemand nennt mich Rowan!«, fauchte Jackman, bevor er sich zurückhalten konnte.

»Abgesehen von Ihrer Mutter. Und Ihrer Vorgesetzten.«

Jackman biss sich auf die Zunge. Aus dem Augenwinkel sah er, wie Marie eindringlich in ihr Handy sprach und die Lokalisierung des Anrufers in Auftrag gab.

»Ich bin ein sehr geduldiger Mann, Jackman. Es gibt nichts, was sich mit Geduld nicht herausfinden lässt.«

Was meinte er damit? »Was wollen Sie von mir? Haben Sie nicht schon genug angerichtet?«

»Aber Detective, ich will gar nichts von Ihnen. Außer Ihrer Aufmerksamkeit.«

»Na, die haben Sie ja jetzt. Und weiter?«

»Seien Sie nicht so herablassend!«

Jackman hatte das Gefühl, dass seine ganze Ausbildung und die Jahre, in denen er die Psychologie des Verbrechens studiert hatte, sinnlos gewesen waren. Er hatte keine Ahnung, wie er sich diesem Mann gegenüber verhalten sollte.

»Es tut mir leid.« Er versuchte, ehrlich zu klingen und seinen Gesprächspartner so lange wie möglich in der Leitung zu halten. »Aber Sie müssen mich verstehen. Ich weiß, was Sie getan haben, und ich habe Angst um die Menschen, die mir nahestehen. Ich muss wissen, was Sie wollen.«

»Sie haben zu Recht Angst. Denken Sie immer daran: *Sondern das Recht ströme wie Wasser, die Gerechtigkeit wie ein nie versiegender Bach.* Ich melde mich wieder bei Ihnen, Jackman. Auf bald.«

Jackman schloss die Augen. Er kannte dieses Zitat. Es stammte aus dem Buch Amos, und Martin Luther King hatte es in seiner berühmten Rede verwendet. Alistair Ashcroft hatte ihm gerade mitgeteilt, dass sein Rachefeldzug noch nicht beendet war. Es würde noch mehr Tote geben.

Marie sah ihn an und schüttelte den Kopf. »Sie haben ihn lokalisiert. Der Anruf kam aus Saltern, aber die SIM-Karte ist nicht registriert.«

Das war zu erwarten gewesen. Aber zumindest wussten sie jetzt, nach wem sie suchten, auch wenn er – seinen eigenen Angaben zufolge – nicht mehr existierte.

Jackman hatte keine Angst mehr.

KAPITEL 24

Jackman hatte sich nie für die Geschäfte seines Vaters interessiert, sondern alles seinem Bruder James überlassen. Mittlerweile fragte er sich jedoch, ob er nicht besser einmal genauer hingesehen hätte. Denn inzwischen hatte sein Vater das Ruder übernommen.

Dreißig Minuten, nachdem er erfahren hatte, dass seine Frau einem Mörder gegenübergestanden hatte, hielt ein Van mit vier Sicherheitsleuten vor Lawrence Jackmans Haus. Als Jackman seinen Vater danach fragte, antwortete dieser bloß: »Vertrau mir, Rowan. Ich weiß, was ich tue.« Er legte Jackman die Hand auf die Schulter, was so gut wie nie vorkam. »Ich habe es dir noch nie gesagt, mein Sohn, aber ich weiß, dass du ein verdammt guter Polizist bist. Also geh und mach, was du am besten kannst. Wir sind hier sicher. Ich würde allerdings vorschlagen, dass du James, Ella und die Jungen auch herbringst.«

Jackman nickte sprachlos. Angesichts der Wachleute mit den ausdruckslosen Gesichtern war das eine praktikable Lösung. Er würde gleich morgen mit Ella und James darüber sprechen.

Um etwa acht Uhr abends waren Jackman und Marie gerade auf dem Weg zurück zur Dienststelle, als Jackmans Handy sie beide zusammenzucken ließ.

»Jackman.«

»Orla Cracken, Inspector.«

Jackman hätte beinahe nachgefragt, wer da in der Leitung war. Orac verwendete sonst nie ihren richtigen Namen. Und sie rief ihn auch nicht an, sondern meldet sich immer bei Marie.

»Es tut mir leid, aber Sie müssen sofort zu mir kommen«, erklärte Orac.

Jackman hatte sie noch nie so ernst erlebt. »Marie und ich sind bereits auf dem Weg in die Dienststelle. Worum geht es denn?«

»Das würde ich Ihnen gerne persönlich sagen.«

»Wir sind in zehn Minuten da.« Er legte auf und wandte sich an Marie. »Orac.«

»Ich habe sie gebeten, Lyndsays kleinen Bruder aufzuspüren.«

Marie gab Gas, und exakt zehn Minuten später traten sie durch Oracs Tür. Sie war allein, und Jackman spürte, wie das alte Unbehagen langsam wieder in ihm aufstieg. Aber das hier war dringend, also verdrängte er es.

Orac bat sie, Platz zu nehmen. »Zwei Dinge. Erstens musste ich heute bereits ein Problem auf Laura Archers Laptop beheben, und als sie ihn vorhin holte, hat sie das hier für Sie hinterlegt.« Sie gab Jackman einen Umschlag. »Sie hatte noch einen Termin, und als ich ihr sagte, dass ich Sie unbedingt sehen muss, bat sie mich, Ihnen den hier zu geben. Es ist eine kurze Zusammenfassung ihrer Einschätzung, was für ein Mensch jemand sein könnte, der derartige Macht auf andere ausübt.«

»Danke.« Jackman nahm den Umschlag. »Und zweitens?«

Oracs metallische Augen ruhten auf ihm. »Zweitens kommen wir zur Familie Ashcroft und den Hintergründen, was Ihnen im Moment vermutlich lieber ist. Charles, der Vater, war ein bekannter Geschäftsmann und dementsprechend einfach aufzuspüren.« Sie reichte Jackman mehrere alte Zeitungsartikel und Interviews, die Ashcroft über sein eigenhändig geschaffenes Bauimperium gegeben hatte. »Er hat sich von ganz unten hochgearbeitet und erzählte gerne von seiner brutalen Familie und wie er sich von ihr befreite. Er gab offen zu, dass sein Vater gewalttätig war und es in der Familie regelmäßig zu Misshandlungen kam.« Orac griff nach weiteren Unterlagen. »Ich bin davon ausgegangen, dass er wahrscheinlich einige Eigenschaften seines Vaters übernommen hat, und habe mir die alten Polizeiberichte aus der Gegend um Nettleby angesehen, und zwar in den Jahren nach der Hochzeit mit seiner Frau Louisa. Das hier habe ich gefunden.« Sie reichte die Ausdrucke weiter. »Die Polizei wurde mehrere Male von diversen Nachbarn nach Ash Grange gerufen. Sie wussten ganz genau, was vor sich ging, aber nachdem die Frau ihren Mann nicht belastete, wurden keine weiteren Schritte eingeleitet.«

»Er war also ein Schläger«, fasste Jackman zusammen.

»Genau, wie uns die alte Nachbarin erzählt hat«, fügte Marie hinzu. »Es war offenbar richtig schlimm, denn warum sonst wäre seine Frau weggegangen und hätte die Kinder zurückgelassen? Da gehört schon einiges dazu.«

»Sie wissen ja, was mit der armen Lyndsay passiert ist, und Sie wissen auch, dass ihr Bruder Alistair kurz darauf vom Radar verschwunden ist«, fuhr Orac fort. »Doch Sie wissen nicht, dass es drei Geschwister waren und nicht nur zwei.«

Jackman und Marie wechselten einen Blick, dann sagte Jackman: »*Drei* Kinder?«

»Ja, die Familie hatte einen zweiten Sohn. Er war ein Jahr jünger als Alistair. Es existieren allerdings keinerlei Dokumente. Keine medizinischen Befunde, keine Schuleinschreibung. Ich schätze, er ist gestorben, aber ich habe auch keine Sterbeurkunde gefunden. Die anderen beiden Kinder waren ordnungsgemäß gemeldet, aber das dritte nicht. Offensichtlich war ich in eine Sackgasse geraten.« Sie lächelte, was selten vorkam. »Doch dann tauchte sein Name plötzlich wieder auf. Und zwar in etwa zu derselben Zeit, als Alistair verschwand.«

»Wie hieß denn dieses mysteriöse dritte Kind?«, fragte Marie.

»Richard Stephan Ashcroft. Stephan mit *a*.«

»Und inwiefern ist er wieder aufgetaucht?«, fragte Jackman.

»Charles Ashcroft hat ihn auf ein teures Privatinternat geschickt.«

»Aber ging denn nicht *Alistair* auf diese Schule?«

»Nein. Richard.«

»Was zum ...« Jackman runzelte die Stirn.

Orac lehnte sich zurück. »Ich hatte schon etwas länger Zeit als Sie, um mir Gedanken darüber zu machen, DI Jackman, also gestatten Sie mir bitte, Ihnen meine Überlegungen zu erläutern. Es gibt nur eine einzige Möglichkeit, damit alle Fakten, die ich ausgegraben habe, auch Sinn ergeben.« Sie hielt kurz inne. »Falls Richard tatsächlich früh gestorben ist – und davon gehe ich aus –, wurde sein Tod aus irgendeinem Grund nicht gemeldet. Das machte Charles sich zunutze. Er schrieb Alistair unter dem Namen seines toten Bruders ein.«

»Wie, zum Teufel, ist er damit durchgekommen?«, fragte Marie.

»Er hatte Geld, Richards Geburtsurkunde und vermutlich eine glaubhafte Geschichte auf Lager. Was gab es da noch zu hinterfragen?«

»Das wäre durchaus möglich«, murmelte Jackman. »Außerdem passt es zu dem Gerücht, dass Alistair aufs Internat geschickt wurde.«

»Es ist allerdings noch einiges an Arbeit nötig. Die Schule wurde wohl vor mehreren Jahren geschlossen, und ich hatte noch keine Zeit, weiter zu recherchieren«, fuhr Orac fort.

»Nachdem nur ein Jahr zwischen den beiden Jungen lag, ist der Altersunterschied wahrscheinlich gar nicht aufgefallen«, überlegte Marie. »Die Nachbarin hat Alistair als ›armes kleines Ding‹ bezeichnet. Vielleicht war er klein für sein Alter.«

»Vermutlich.« Orac runzelte die Stirn. »Ich bin mir sicher, dass es genau so abgelaufen ist, aber ich habe keine Ahnung, was einen Vater dazu bringt, so etwas zu tun.«

»Wenn der zweite Sohn tatsächlich starb, warum weiß niemand von seinem Tod?« Jackman sah Orac an. »Sind Sie sicher, dass keiner der beiden Elternteile Meldung gemacht hat?«

»Es gibt keinerlei Aufzeichnungen. Aber ich habe herausgefunden, dass die Frau mit Mädchennamen Tasker hieß.« Sie gab ihm eine Telefonnummer. »Ich habe ihre Mutter aufgespürt. Sie wohnt in der Nähe von Maldon in Essex. Das hier ist Liz Taskers Nummer. Wenn sie bereit ist, mit Ihnen zu reden, kann sie Ihnen sicher eine Menge Fragen beantworten. Ich hätte sie am liebsten selbst angerufen, aber ich glaube, das sollten besser Sie machen.« Sie deutete grinsend auf das Telefon auf ihrem Schreibtisch. »Fühlen Sie sich wie zu Hause.«

Jackman sprach etwa zehn Minuten mit Charles Ashcrofts Schwiegermutter, dann legte er auf und seufzte. »Was für eine wütende alte Frau! Sie hat mir einiges bestätigt, aber es gibt ein Problem ... Ihre Tochter hatte einen Nervenzusammenbruch und befindet sich derzeit in einer psychiatrischen Klinik. Es wird schwer werden, sie nach ihrem Leben mit Charles Ashcroft zu fragen.«

»Okay, und was hat die Mutter Ihnen erzählt?«, fragte Marie ungeduldig.

»Ihre Annahme war korrekt, Orac. Charles hat seine Frau bewusstlos geschlagen, als sie den Tod des Kindes melden wollte. Er behauptete, der Junge wäre gar nicht von ihm gewesen, auch wenn es zweifellos so war. Die Mutter schwört, dass ihre Tochter viel zu viel Angst vor ihm hatte, um sich mit einem anderen zu treffen. Am Ende gab Louisa es auf und ließ ihm seinen Willen.« Jackman biss die Zähne aufeinander. »Liz Tasker sagte, wenn wir im Garten von Ash Grange graben, werden wir die Überreste des Kindes finden.«

»Mein Gott!«, rief Marie. »Aber warum? Warum den Tod geheim halten? Hatte Charles etwas damit zu tun?«

»Nein, anscheinend erlitt das Baby einen Anfall. Mrs Tasker meint, es wäre Charles nur darum gegangen, die Oberhand zu haben. Er wollte die totale Kontrolle über seine Frau, ihre Wünsche zählten nicht. Das Kind bekam keine Beerdigung, und die arme Frau konnte nicht damit abschließen. Charles war ein Schläger und Sadist der schlimmsten Sorte, und schließlich wurde es so unerträglich, dass Louisa davonlief und ihn und die beiden Kinder zurückließ.«

»Bei einem derartigen Psychopathen?« Marie schüttelte den Kopf.

»Sie hat ihrer Mutter erzählt, dass sich seine Wut nie gegen die Kinder, sondern immer nur gegen sie gerichtet hat.« Er zuckte mit den Schultern. »Wir wissen, dass es am Ende nicht mehr so war, aber vielleicht am Anfang. Oder sie wollte es einfach nicht wahrhaben. Sicher ist nur, dass Louisa psychisch am Ende war, als sie fortging, und sie hat ihr Leben seitdem nicht mehr in den Griff bekommen. Sie ist in der Psychiatrie gelandet und steht unter schweren Medikamenten.« Jackman wandte sich wieder an Orac. »Das ist ein echter Fortschritt und unglaubliches Material, Orac. Ich danke Ihnen.«

Orac nickte knapp. »Und das alles an einem Tag, auch wenn er lang war. Vergessen Sie Lauras Bericht nicht.«

»Werde ich nicht, und danke noch mal.« Ausnahmsweise hatte Jackman nicht das Gefühl, vor Orac zu fliehen. Er sah sie jetzt in einem anderen Licht. Als geschätzte und extrem talentierte Kollegin. »Ihre Hilfe ist Gold wert.«

»Jederzeit. Sie wissen ja, wo Sie mich finden.« Orac zwinkerte Marie zu und wandte sich dann wieder ihren Bildschirmen zu.

Zurück im Ermittlungsraum, trafen sie DCI Cameron Walker, der noch immer vor seinem Computer saß.

»Was ist los, Cam? Nachtschicht?«

»Dasselbe könnte ich Sie beide fragen.« Er grinste. »Kaye ist auf einem Seminar in Cambridge, also dachte ich mir, ich sehe mir die Anhängerschaft der Symons' noch mal genauer an.«

»Und wir wissen mittlerweile, dass Lyndsay Ashcrofts

kleiner Bruder Alistair unser Mörder ist!«, verkündete Marie.

Cameron starrte sie mit offenem Mund an. »Wie, um alles in der Welt, haben Sie das herausgefunden?«

»Er hat Jackman angerufen und es ihm gesagt.«

Jackman grinste. »Kein Scherz.«

Cameron lehnte sich zurück. »Das müssen Sie mir jetzt aber erklären.«

»Gehen wir in mein Büro, dann erzählen wir Ihnen alles.«

»Ich gebe nur noch den Namen Richard Stephan Ashcroft ins System ein, dann hole ich uns Kaffee«, schlug Marie vor. »Cam sieht aus, als könnte er auch einen vertragen.«

»Mit drei Stück Zucker, bitte. Auf den Schock. Aber sagen Sie Kaye nichts davon, wenn Sie sie sehen.«

»Natürlich nicht.«

Jackman saß eine Weile schweigend da und brachte die Ereignisse gedanklich in die richtige Reihenfolge. Schließlich erzählte er die ganze Geschichte, angefangen bei Ella Jarvis und dem Mann, der die Kinder beobachtet hatte, über den Besucher seiner Mutter, bis hin zu dem Anruf, bei dem allen das Blut in den Adern gefroren war.

Dann übernahm Marie: »Außerdem hat Orac herausgefunden, dass Charles Ashcroft seinen Sohn tatsächlich aufs Internat geschickt hat, allerdings unter dem Namen seines toten Bruders. Im Moment können wir nur vermuten, dass der kleine Alistair seinem Vater etwas über Lyndsays Tod erzählt hat und dieser nicht wollte, dass irgendjemand davon erfährt, weshalb er ihn eilig aus dem Weg räumte.«

»Dann hatten wir also recht damit, dass Alistair in jener Nacht etwas gesehen hat, das im Prozess nie zur Sprache kam?«, fragte Cam.

Jackman nickte. »Sieht so aus. Und was auch immer es war: Es hat den kleinen Bruder zu einem schrecklichen Rachefeldzug getrieben.«

Cameron nippte an seinem Kaffee. »Ich kann mir nicht vorstellen, wie Charles Ashcroft einfach so die Identitäten seiner Söhne vertauschen konnte. Es waren doch sicher ärztliche Unterlagen notwendig, um den Jungen an der Schule anzumelden?«

»Es sieht so aus, als wäre Alistair nie untersucht worden. Er war zwar Patient bei dem Arzt im Ort, aber wohl nur einige Male zum Impfen dort. In den Berichten seiner ehemaligen Schule steht bloß, dass er sehr ruhig war und für sich blieb.« Marie zuckte mit den Schultern. »Charles hat wohl eine Menge Geld in die Hand genommen, seinen Charme spielen lassen, ein paar Krokodilstränen vergossen und sich eine traurige Geschichte ausgedacht. Dass die Familie lange genug versucht hätte, die Verhaltensstörung des Jungen in den Griff zu bekommen, aber mittlerweile erkannt habe, dass die Hilfe eines Spezialisten notwendig wäre. Für die er natürlich gerne bezahlen würde.«

»Falls im Auftrag der Schule eine körperliche Untersuchung stattgefunden hat, dann bereits auf den Namen Richard.« Jackman machte sich Notizen. »Wir müssen gleich morgen früh mehr über diese Schule in Erfahrung bringen und versuchen, mit jemandem zu reden.«

Cam nickte, dann bemerkte er nachdenklich: »Gut, dann hat Dad das Problem also gelöst, indem er das Kind in eine Privatschule abschob. Aber der Junge hörte doch sicher nicht auf den Namen Richard, wenn er in Wahrheit Alistair hieß, oder? Und warum hat er nicht einfach gesagt, wer er wirklich ist?«

»Aus Angst«, erwiderten Jackman und Marie wie aus einem Mund.

»Sein Vater war ein gewalttätiger Sadist, das haben uns bereits zwei unterschiedliche Quellen bestätigt, dabei haben wir noch nicht einmal angefangen, die richtigen Fragen zu stellen. Das Kind wurde sicher immens unter Druck gesetzt, und dass er den Mord an seiner Schwester mitansehen musste, hat ihn zusätzlich traumatisiert. Wahrscheinlich war er froh, von dort fortzukommen und sich verstecken zu können.« Jackman schüttelte den Kopf. »Kaum vorstellbar, was die Kinder erleiden mussten, nachdem ihre Mutter das Weite gesucht hatte.«

»Jetzt verstehe ich.« Cam verschränkte die Arme.

»Nach dem Mord an seiner Schwester stand Alistair auf jeden Fall unter Schock. Möglicherweise litt er sogar unter einer dissoziativen Amnesie«, fügte Jackman hinzu.

Cam nickte. »Vielleicht hat ihn das zu diesem schrecklichen Rachefeldzug animiert.«

Jackman lehnte sich zurück und streckte die Arme über den Kopf. »Was für ein beschissener Tag! Ich bin total erschöpft.«

Marie lächelte. »Das ist doch verständlich, wenn man bedenkt, womit Sie in den letzten vierundzwanzig Stunden konfrontiert wurden.« Sie trank ihren Becher leer. »Immerhin sind wir um einiges weiter als heute Morgen.«

»Ja und nein.« Jackmans ganzer Körper schmerzte. »Wir wissen zwar, wer der Mörder ist, aber wir haben keine Ahnung, hinter welcher erfundenen Identität er sich versteckt. Es bleibt ein verdammtes Rätsel.«

Cam stand auf. »Ein Rätsel, an dessen Lösung wir uns lieber erst morgen machen, mein Freund. Sie brauchen etwas Schlaf.«

»Dagegen habe ich nichts einzuwenden, Cam, glauben Sie mir.« Jackman seufzte. »Trotzdem ist da noch etwas, das ich nicht einfach beiseiteschieben kann.« Er hielt Lauras Bericht in die Höhe. »Wir müssen das hier unbedingt lesen.«

Marie nahm ihm die Notizen ab. »Ich mache Kopien. Für jeden eine. Wir nehmen sie mit nach Hause, lesen sie morgen früh und reden darüber, wenn wir wieder im Büro sind. Cam hat recht. Es muss bis morgen warten. Und das ist ein Befehl, Sir!«

Marie saß aufrecht im Bett und ging Lauras Bericht zum zweiten Mal durch. Sie hatten schon mit einigen entsetzlichen Menschen zu tun gehabt, aber dieser Mann schlug sie alle.

Als sie fertig gelesen hatte, schlüpfte sie tief unter die Decke.

Sie verstand nicht annähernd, was im Gehirn des Mörders vor sich ging, am meisten Angst machte ihr allerdings seine vollkommene Selbstbeherrschung. Auf dem Überwachungsvideo der Schule war zu sehen, wie er sich ohne Eile durch die parkenden Autos schlängelte und sich immer wieder zur Seite drehte, um nicht gefilmt zu werden. Es war wie ein Tanz, und es schien ihm Spaß zu machen.

Laura beschrieb den Täter als verschlagen und hinterhältig, einen Meister der Manipulation, der sich Macht über seine Opfer verschaffte, indem er sich ihre Schwachstellen zunutze machte. Er war vollkommen skrupellos, und das Leid seiner Opfer bedeutete ihm nichts. Sarah und Suri hatte er vermutlich eingeredet, dass sie sich an einem schrecklichen Fehlurteil mitschuldig gemacht hatten. Dann hatte er seine Anschuldigungen so lange intensiviert, bis die beiden Frauen verwirrt genug gewesen waren, um anzuzweifeln, was sie gesehen hatten. Und sobald das der Fall gewesen war, begannen die Drohungen gegen ihre Kinder, bis sich die beiden ihm vollkommen unterworfen hatten und er sie letztlich in den Tod treiben konnte.

Marie fragte sich, wie aus dem »armen kleinen Ding« – wie Beatrice Alistair genannt hatte – ein derart intelligenter, berechnender Racheengel werden konnte.

Anscheinend hatte Laura auch Sam mit an Bord geholt, und die beiden Psychologen waren die verschiedenen infrage kommenden kombinierten psychischen Störungen durchgegangen, um am Ende zu einem für die Ermittler vereinfachten Schluss zu kommen: Der Täter zeigte Züge einer Störung, die als »Dunkle Triade« bezeichnet wurde und eine Kombination aus drei verschiedenen Psychosen war. Menschen, die daran litten, waren überaus grausam und eine Gefahr für die geistige Gesundheit ihres Umfeldes. Sie waren meist überdurchschnittlich intelligent und erfolgreich, doch ihr Selbstbild war labil und illusionär. Offenbar litt Ashcroft unter einer ungewöhnlich ausgeprägten Form dieser Störung.

Marie legte die Aufzeichnungen beiseite und machte das Licht aus. Sie hoffte, dass Jackman bereits schlief und nicht ebenfalls über Lauras Ausführungen gebrütet hatte. Er hatte vorhin extrem erschöpft ausgesehen. Aber sie kannte ihn. Er würde nicht aufgeben, bis er den Mörder gefunden hatte.

KAPITEL 25

Um etwa fünf Uhr morgens fuhr Jackman ruckartig aus dem Schlaf hoch. Lauras Bericht lag ungeöffnet neben dem Bett, wo er ihn am Vorabend abgelegt hatte. Er hatte ihn vor dem Schlafengehen lesen wollen, doch die Erschöpfung war schließlich stärker gewesen, und er war in einen tiefen Schlaf gefallen. Er streckte sich. Die Ruhe hatte ihm offensichtlich gutgetan. Das Feuer in ihm brannte wieder.

Er nahm die Unterlagen und begann zu lesen.

Laura wies darauf hin, dass Menschen, die – wie der Mörder – unter einer hochgradigen Megalomanie litten, sich oft für allwissender und mächtiger hielten, als sie es tatsächlich waren. Was eine Möglichkeit war, sie zu fassen. Konkret schrieb sie: »Versuchen Sie, die Dinge so zu sehen wie er, Jackman, und nicht so, wie er *will*, dass Sie sie sehen. Er ist nicht allmächtig, das ist kein Mensch auf dieser Erde. Erinnern Sie sich, was mit Machiavelli passiert ist? Er wurde gefoltert, inhaftiert und von einer Gesellschaft verstoßen, der er sein ganzes Leben gewidmet hat. Am Ende starb er als verbitterter Mann.«

Jackman fragte sich, ob das wirklich stimmte. Natürlich gefiel ihm der Gedanke, dass böse Menschen für ihre Verstöße bitter bezahlten, aber er wusste auch, dass das nicht immer der Fall war. An der Uni hatten er und seine Kommilitonen oft darüber diskutiert, ob Stalin oder Hitler der schlimmere Massenmörder gewesen war. Jackman hatte für Stalin gestimmt. Der Mann hatte Millionen seiner eigenen Leute in den Tod geschickt, und anstatt zur Rechenschaft gezogen zu werden, starb er noch in Ausübung seines Amtes an einem Herzinfarkt.

Jackman schüttelte die negativen Gedanken eilig ab. Er *musste* diesen Mann fassen. Und er würde es auch.

Der Vormittag verging wie im Flug, und im Ermittlungsraum läuteten die Telefone, ratterten die Drucker, summten Stimmen und gingen Kollegen ein und aus.

Währenddessen saß Jackman in seinem Büro, stellte Fragen zusammen, verteilte Aufgaben und überwachte die Fortschritte der verschiedenen Ermittlungsstränge.

Um zwölf klopfte Cameron an seine Tür. »Wir haben die Schule gefunden!«

Jackman hätte beinahe die Faust in die Höhe gerissen. Das war ein riesiger Fortschritt. »Wo?«

»Etwas außerhalb von Spalding. Man hat sie umbenannt, und sie hat auch nicht mehr dieselbe Funktion wie damals. Mittlerweile gehört sie zu einem Verband aus mehreren Schulen, die sich auf Kinder mit Lernschwierigkeiten spezialisiert haben. Ich habe den Namen des Direktors aus den Neunzigern, er wohnt in Saltern-le-Fen. Ich habe bereits mit ihm telefoniert, und er ist heute den ganzen Tag zu Hause. Wollen Sie mit ihm reden oder soll ich?«

»Machen Sie das, Cam. Und nehmen Sie Marie mit.« Jackman warf einen Blick auf seinen Schreibtisch und den Aktenstapel, auf dem ein mit schwarzem Filzstift geschriebenes Memo lag. *Ruth Crooke, 12:30 Uhr.* »Ich komme hier bis nach dem Mittagessen nicht weg.«

Cameron nickte. »Wir fahren gleich los.«

Als er die Tür öffnete, stand Robbie Melton davor. »Sir, ich habe mit Jeremy Shaw gesprochen, einem von Sheila Symons' Unterstützern.«

Jackman musste kurz nachdenken. Ach ja, genau. Shawn war radikal, aber ein Einzelgänger. »Und?«

»Er ist auf jeden Fall hoch motiviert. An den Wänden hängen riesige Poster von Che Guevara, und er hat jeden einzelnen Artikel archiviert, der je über Brendan Symons geschrieben wurde. Er scheint ein Faible für aussichtslose Fälle zu haben. Er hat mir einen ellenlangen Vortrag gehalten, bis er checkte, dass ich von der Polizei bin, dann war's vorbei mit der Freundlichkeit.«

»Aussehen?«

»Da passt er ins Bild. Er ist dunkelhaarig, groß und um die vierzig.« Robbie sah Jackman an. »Aber ich habe nichts gespürt, außer eine ausgeprägte Abneigung gegenüber der Polizei. Und er hört sich gerne selbst reden. Also nichts Außergewöhnliches.«

»Meinen Sie, wir können ihn von der Liste streichen?«

Robbie überlegte. »Er scheint nicht ins Profil zu passen, es sei denn, er ist ein überdurchschnittlich guter Schauspieler.«

»Wer kommt als Nächstes?«

Robbie warf einen Blick in seine Notizen. »Wir wollten eigentlich mit Dale oder Liam Symons sprechen, aber die beiden sind nicht auffindbar. Also fahren Max und ich zu Art Pullen.«

Jackman erinnerte sich. Kenny hatte ihm erzählt, dass Art immer und überall dabei war – bei jedem Treffen, jeder

Demonstration und jedem Protestmarsch. »Gut, aber wenn ihr das Gefühl habt, dass er auch nur ein enthusiastischer Anhänger ist, dann verschwendet nicht zu viel Zeit, verstanden?«

»Klar, Boss. Wir sehen ihn uns an und melden uns dann wieder.«

Nachdem Robbie gegangen war, fiel Jackmans Blick erneut auf das Memo. Es war sicher nur eine Frage der Zeit, bis Ruth Crooke ihn bat, den Fall abzugeben, immerhin war seine ganze Familie involviert. Doch das durfte er unter gar keinen Umständen zulassen. In dem Moment, als er Alistairs Stimme am Telefon seiner Mutter gehört hatte, war der Fall tatsächlich persönlich geworden. Er atmete tief ein. Die Ermittlungen hatten mit Sarah Jackman begonnen, und sie würden mit Rowan Jackman enden.

Es war seltsam, mit einem anderen höherrangigen Officer unterwegs zu sein, doch Marie hatte Cameron von der ersten Minute an gemocht. Für einen DCI war er eine angenehme Gesellschaft.

Der ehemalige Schuldirektor wohnte in einer Seniorenwohnanlage am Stadtrand. Nachdem sie sich vorgestellt hatten, bat Ralph Burgess sie in sein Apartment und verschwand in der kleinen Küche, um Tee zu kochen.

Marie sah sich um. So eine schöne Seniorenwohnanlage hatte sie noch nie gesehen. Es gab ein Wohnzimmer und ein abgetrenntes Schlafzimmer, ein Bad und die kleine Küche, aber es fühlte sich nicht beengt an. Ralph besaß mehrere exquisite Möbelstücke, einschließlich eines Regals aus Eichenholz, das unter der Last der Bücher beinahe zusammenbrach. Eine Wand war vollständig mit Klassenfotos bedeckt.

Maries Hoffnung wuchs.

Nachdem er den Tee serviert hatte, fragte Ralph: »Sie wollen also etwas über Richard Ashcroft wissen?«

»Ja, Sir«, antwortete Cameron. »Bloß, dass wir erst kürzlich herausgefunden haben, dass er unter einem falschen Namen eingeschrieben wurde. Richard war sein toter Bruder, der Junge hieß in Wirklichkeit *Alistair* Ashcroft.«

Ralph Burgess musste die Information erst einmal verdauen, dann nickte er langsam. »Das beantwortet eine Menge Fragen, die wir uns wegen des Jungen gestellt haben.«

»Dann erinnern Sie sich also noch an ihn, Sir?«, fragte Marie.

Der alte Mann lachte kurz auf. »O ja. Manche Kinder vergisst man nie.« Er erhob sich und ging zur Fotowand. Nach kurzem Suchen holte er zwei gerahmte Bilder herunter und kehrte zu seinem Stuhl zurück. Er nahm ein hübsches Vergrößerungsglas mit graviertem Griff vom Beistelltisch und betrachtete die Fotos.

»Hier ist er. Das war das Jahr, als er zu uns kam.« Er gab das Bild an Cameron weiter. »Zweite Reihe von vorne, in der Mitte.« Dann zeigte er ihnen das zweite Foto. »Und das war im Abschlussjahr. Ein ziemlicher Unterschied, nicht wahr?«

Marie betrachtete die Bilder. Das Kind auf dem ersten Foto war klein, hatte die Schultern hochgezogen und wirkte bedrückt. Auf dem zweiten stand Alistair in der letzten Reihe, einen Kopf größer als seine Klassenkameraden. Er wirkte groß und stark, mit klarem, intelligentem Blick.

»Ist das wirklich derselbe Junge?«, fragte Cam ungläubig.

»Kaum zu glauben, nicht wahr? Wir sind ein Jahr lang mit ihm durch die Hölle gegangen, doch dann hat etwas klick gemacht. Er blühte auf und hat sich großartig entwickelt.« Ralph wirkte stolz. »Es war eine richtige Erfolgsgeschichte.«

»Erzählen Sie uns von seinem ersten Jahr, vor allem von der Zeit nach seiner Ankunft. Haben Sie mit dem Vater gesprochen?« Cameron zückte Stift und Notizblock.

Ralph runzelte die Stirn. »Ja, und ich habe ihn sofort durchschaut. An dem, was er sagte, gab es natürlich nichts auszusetzen. Er erzählte, dass seine Frau wegen des Jungen kurz vor einem Nervenzusammenbruch stehen würde. Er selbst hätte alles getan, um Richard weiter zu Hause zu behalten, doch nach dem Tod seiner Schwester war die Situation unerträglich geworden ... und so weiter und so fort.«

Marie lächelte ironisch. »Aber Sie haben ihn trotzdem aufgenommen?«

»Ich habe nach dem sehr kurzen Gespräch für mich beschlossen, dass es das Beste wäre, das Kind aus diesem Zuhause herauszuholen. Ich wusste nicht genau, was passiert war, aber der Vater wollte volle Verpflegung und das ganze Programm, also haben wir ihn akzeptiert.« Sein Gesicht verdüsterte sich. »Ich habe den Vater nie wiedergesehen. Das Schulgeld wurde über einen Anwalt bezahlt, auch nach dem Autounfall des Vaters.«

»Und vor seinem Tod hat er seinen Sohn auch nicht besucht?«, fragte Cameron.

»Kein einziges Mal. Es war, als wäre er froh gewesen, den Jungen los zu sein.«

»Toller Typ«, murmelte Marie. »Wie war der Junge so?«

»Lange Zeit redete er kein Wort. Er schien unfähig, mit anderen zu interagieren, und litt unter extremen Angstzuständen. Nachdem wir keinerlei ärztliche Unterlagen hatten, war es sehr schwer für uns.«

Nachdenklich trank er einen Schluck Tee. »Wir schlossen Autismus, das Asperger-Syndrom und auch andere Gründe für sein Verhalten aus. Eine erfahrene Mitarbeiterin war sich sicher, dass er unter dem Fragilen-X-Syndrom leidet, und eine Zeit lang stimmte ich ihr zu.«

Cameron neigte den Kopf. »Fragiles-X-Syndrom? Das habe ich noch nie gehört.«

»Es ist nicht sehr bekannt«, stimmte Ralph ihm zu, »aber es ist tatsächlich einer der häufigsten Gründe für Lernschwierigkeiten. Es ist eine genetische Veränderung, die häufiger bei Jungen als bei Mädchen auftritt, bei denen es oft auch nicht so ausgeprägt ist. Interessant ist, dass auch körperliche Merkmale damit in Verbindung gebracht werden – ein langes, schmales Gesicht mit einem hervortretenden Kinn und großen Ohren –, und auf Richard traf das zu.«

Marie dachte an Miles' Zeichnung. Das spitze Kinn und die dunklen, mandelförmigen Augen. Sie wusste immer noch nicht, an wen es sie erinnert hatte.

»Wir brauchten lange, bis uns klar wurde, dass es sich um keinen Gendefekt handelte. Richard war schlicht und ergreifend ein seelisch und körperlich misshandeltes Kind. Das machte ihn zu dem, was er war.« Ralphs Gesicht hellte sich auf. »Sobald wir das verstanden hatten, konnten wir daran arbeiten, und meine Kollegen und ich versuchten, ihn aus sich herauszulocken.« Er lachte leise. »Die beste Entscheidung war, ihn ins Schultheater aufzunehmen. Dort begann Richard plötzlich zu sprechen – allerdings nur, wenn er eine Rolle spielte. Als Richard Ashcroft schien er unfähig, einen klaren Gedanken zu fassen oder eigenständig zu handeln.«

»Wie lange war er bei Ihnen, Sir?«, fragte Cameron.

»Bis er siebzehn war.«

»Und dann?«, wollte Marie wissen.

Ralph schüttelte den Kopf. »Wir haben nie wieder von ihm gehört.«

»Hat er Andeutungen gemacht, welche berufliche Laufbahn er einschlagen wollte? Ich nehme an, dass er bei seinem Ausscheiden erwerbsfähig war?«, fragte Cameron.

»Natürlich. Richard war hochintelligent. Er hatte einen IQ um die 140, soweit ich mich erinnere. Hochbegabt also.«

»Was ist normal?«, erkundigte sich Marie und dachte an Charlie Buttons Worte über den schmalen Grat zwischen Genie und Wahnsinn.

»Zwischen neunzig und hundertzehn.«

Marie wurde kalt. Sie jagten also nicht nur einen größenwahnsinnigen Psychopathen, sondern auch noch ein verdammtes Genie!

Ralph hob warnend den Finger. »Aber überdurchschnittliche Intelligenz hat manchmal ihren Preis. Psychische Erkrankungen und hohe Intelligenz gehen oft Hand in Hand. Und wenn man den Hintergrund des Jungen miteinbezieht, würde es mich sehr wundern, wenn er es ohne schwere psychische Beeinträchtigungen ins Erwachsenenalter geschafft hätte.«

Sie wissen gar nicht, wie recht Sie haben, fügte Marie in Gedanken hinzu.

»Aber was die Frage nach dem Beruf angeht: Richard hätte alles werden können, und er wäre gut darin gewesen.« Ralph nickte nachdenklich.

Marie warf Cameron einen Blick zu. »Wir haben Ihre Zeit schon zu lange in Anspruch genommen, Sir, aber erinnern Sie sich vielleicht an den Namen des Anwalts der Familie Ashcroft?«

»Das ist einfach. Ashcroft Senior vertraute demselben

Anwalt wie ich, und die Hauptniederlassung von Bell and Murchison befindet sich immer noch in Greenborough. Ich gebe Ihnen die Nummer.« Ralph holte ein altes, abgegriffenes Adressbuch aus dem Regal und diktierte Adresse und Telefonnummer. Dann hielt er plötzlich inne. »Ist Richard in Schwierigkeiten, Officers?«

Marie nickte. »Das wäre möglich, Sir. Sogar in erheblichen.«

Ralph wirkte todtraurig. »Und ich habe so große Hoffnungen in ihn gesetzt. Ich dachte wirklich, dass ich eines Tages in der Zeitung von ihm lesen würde. Über irgendeine herausragende Arbeit, die er geleistet, oder einen unglaublichen Erfolg, den er errungen hat.« Er seufzte.

Marie verspürte dieselbe Traurigkeit. Ralph Burgess hatte Jahre damit verbracht, eine zerbrochene Jungenseele zu heilen, doch wenn die Wahrheit erst ans Licht kam, würde er erkennen, dass alles umsonst gewesen war. Es bestand tatsächlich die Chance, dass es sein ehemaliger Schüler in die Zeitung schaffte – wenn auch nicht auf die Art, die sich sein alter Mentor wünschte.

KAPITEL 26

Pünktlich um halb eins klopfte Jackman an die Tür der Superintendentin.

»Ah, Rowan, sehr gut. Kommen Sie doch bitte rein und setzen Sie sich.«

Sein Brustkorb zog sich zusammen. Sie war ungewohnt freundlich, und das war kein gutes Zeichen.

Ruth betrachtete ihn einen Moment lang schweigend, dann schüttelte sie den Kopf. »Ich weiß, was Sie befürchten, aber Sie haben noch einen Aufschub erhalten. Nachdem die Details der Ermittlungen noch nicht an die Öffentlichkeit gegangen sind, hat mich der stellvertretende Chief Constable angewiesen, Ihnen die Leitung vorerst nicht zu entziehen. Allerdings nur, solange Sie nicht unter übermäßigem psychischen Stress stehen. Sie müssen daher regelmäßig zum Amtsarzt und zu Laura Archer, die sämtliche Befunde sofort an mich weiterleiten werden. Haben wir uns verstanden?«

Jackman nickte schweigend und überlegte, warum sich der stellvertretende Chief Constable wohl für ihn eingesetzt hatte.

»Und nachdem wir das jetzt hinter uns gebracht haben,

möchte ich mich dafür bedanken, dass Sie mich stets auf dem Laufenden halten.« Sie stützte das Kinn in die Hand. »Es war ein bemerkenswerter Fortschritt, dass Sie Alistair Ashcroft als Täter identifizieren konnten.«

Jackman wagte ein leises Lächeln. »Das Team hat mit der Hilfe von DCI Cameron Walker hervorragende Arbeit geleistet, Ma'am.«

»Was natürlich nicht unbemerkt geblieben ist. Sagen Sie, glauben Sie wirklich, dass dieser Mann auch Sie und Ihre Familie im Visier hat? Ich habe da nämlich eine Theorie – als komplett Außenstehende, natürlich.«

Jackman wählte seine Worte mit Bedacht. »Er hat uns erhebliche Angst eingejagt, und nach den Drohungen gegenüber meiner Schwägerin – hier verwendete er unter anderem das Bibelzitat *Wohl dem, der deine Kinder packt und sie am Felsen zerschmettert!* – befürchte ich, dass er diese wahr macht, auch wenn Sarah selbst tot ist.«

Ruth Crooke neigte leicht den Kopf. »Das ist natürlich nachvollziehbar, Rowan, aber ich glaube nicht, dass er das tun wird.«

Jackman lehnte sich nach vorne. »Warum nicht, Ruth?«

»Ich bin mir nicht sicher, aber ich glaube, er will vor allem Ihre ungeteilte Aufmerksamkeit. Ich glaube, er will – nein, er *muss* –, dass Sie wissen, wer er ist und wozu er fähig ist. Er hat Sie zu seinem Gegner auserkoren. Wie bei Sherlock und Moriarty, wenn Sie so wollen.«

»Aber warum? Warum mich? Ich weiß, dass Serienmörder nach Aufmerksamkeit lechzen, aber normalerweise geht es ihnen vor allem um die Medien. Um die große Öffentlichkeit.«

Ruth hob die Hände. »Es ist bloß eine Theorie. Wir sollten zuerst alles über diesen Alistair in Erfahrung bringen und danach zusammen mit Laura und vielleicht auch Professor Page ein Profil erstellen. Sie hat gesagt, dass er ihr auch mit Ihren Neffen hilft?«

Jackman nickte. »Sam ist ein guter Mann. Wir können seine Expertise auf jeden Fall gebrauchen.«

»Ich kann Ihnen versichern, dass alle verfügbaren Kräfte bereitstehen, um Sie zu unterstützen. Ich würde daher vorschlagen, dass Sie sich eilig wieder an die Arbeit machen und diesen Ashcroft aufspüren.«

Auf dem Weg zurück in den Ermittlungsraum machte Jackman sich erneut Gedanken darüber, warum sich der stellvertretende Chief Constable in die Ermittlungen eingemischt und vor allem, warum er für ihn Partei ergriffen hatte. Die naheliegendste Entscheidung wäre immerhin gewesen, Jackman von dem Fall abzuziehen. Er seufzte erleichtert. Am wichtigsten war, dass er immer noch dabei war.

Um ein Uhr mittags machte sich der Mann, der früher Alistair Ashcroft gewesen war, für die Arbeit fertig. Sein Vater war ein erfolgreicher Geschäftsmann und ein riesiges Arschloch gewesen, und nachdem er sein Auto netterweise in den Straßengraben gelenkt hatte, stand Alistair ein Leben ohne finanzielle Sorgen bevor. Er war der einzige Erbe eines großen Vermögens. Er musste nicht arbeiten, aber es gehörte nun mal zu seiner neuen Identität.

Er nahm seine Jacke aus dem Schrank im Flur. Das Motorrad würde er heute zu Hause lassen und zu Fuß zur Arbeit gehen, vielleicht schaffte er auf dem Weg noch einen Zwischenstopp in der Kirche. Eine neue Idee reifte in ihm heran, und die Ruhe würde ihm bei der Präzisierung des Plans helfen.

Er schloss die Tür und schlenderte unter den kahlen Bäumen die Straße entlang. Inzwischen hatte Jackman sicher schon mit der Befragung der damaligen Zeugen begonnen, und vermutlich waren zuerst die Familie Symons und ihre Unterstützer an der Reihe. »Sein« Detective würde also eine Weile beschäftigt sein, auch wenn es langsam Zeit wurde, dass sie sich persönlich kennenlernten. Der Kirchturm ragte vor ihm in den Himmel. Er musste überlegen, wie genau sein nächster Schachzug aussehen würde, und dann würde er die Bühne für die Konfrontation vorbereiten. Jackman sollte schon bald erkennen, mit wem er es zu tun hatte.

Harriet war wieder ganz die Alte. »Rowan, hast du schon über den Vorschlag deines Vaters nachgedacht, dass Ella, James und die Jungen zu uns ziehen?«

»Ich hatte noch keine einzige Sekunde Zeit, Mum, und ich wollte zuerst auch noch mit Ella darüber sprechen.«

»Das habe ich bereits, und sie glaubt, dass es den Jungen guttun würde. Sie können nicht zur Schule und werden sich bald langweilen. Hier gäbe es jede Menge Unterhaltung, und sie würden wie Thronfolger bewacht.«

Jackman dachte an die Sicherheitsleute seines Vaters. »Okay, wenn sie es so wollen, bin ich einverstanden. Was meint James dazu?«

Sie schwieg einen Augenblick. »Er ist sehr beschäftigt, Rowan. Er hat Ella gesagt, dass er alles tun wird, was sie für richtig hält.«

»Verdammt, Mum! Kann er nicht ein einziges Mal ...?«

Sie breitete die Hände aus. »Ich weiß, ich weiß. Aber es ist im Moment der einzige Weg für ihn, um damit klarzukommen. Gib ihm doch bitte etwas Zeit.«

Jackman schluckte seine Antwort hinunter. »Ich gebe der Superintendentin Bescheid und organisiere den Transport. Seid ihr euch wirklich sicher?«

»Ja. Wir wären um einiges beruhigter, wenn wir alle zusammen wären.«

Dann sitzen alle wie auf dem Präsentierteller. Jackman war ganz und gar nicht von der Idee überzeugt. »Na gut, Mum. Ich rufe Ella an und sage ihr, dass sie sich bereit machen soll.«

»Bevor du gehst, muss ich dir noch etwas sagen, Rowan. Sei nicht böse, aber dein Vater hatte eine kleine Unterhaltung mit einem seiner Golffreunde ...« Sie warf ihm einen verlegenen Blick zu. »Bei dem es sich zufällig um den stellvertretenden Chief Constable handelt.«

»Mum! Ich habe es nicht nötig, dass Vater ein gutes Wort für mich einlegt!«

»Er meinte es doch nur gut, Rowan. Er hat es getan, weil er daran glaubt, dass *du* der Beste für diesen Job bist. Er hat es getan, weil er dir vertraut und nicht wollte, dass dieser Interessenkonflikt dir im Weg steht. Also, wie schon gesagt: Sei nicht böse, Schatz.«

Jackman biss die Zähne aufeinander, doch dann spürte er plötzlich einen Kloß im Hals. Sein Vater vertraute ihm und hielt ihn für den besten Mann für diesen Job. Das war unglaublich. »Keine Angst, Mum, ist schon gut.«

Ella hatte bereits zu packen begonnen, als er anrief. »Ihre Eltern haben recht, Jackman, und es wäre auch für Sie eine Entlastung. Ihre Mutter meinte, die Wachleute seien außerordentlich gut ausgebildete Ex-Militärs, die normalerweise Promis oder Regierungsmitglieder beschützen. Ich würde sagen, wir sind dort sicherer als irgendwo sonst. Denken Sie das nicht auch?«

Jackman behielt seine Zweifel auch dieses Mal für sich und stimmte ihr zu. »Ich habe die Hünen gesehen. Bleiben Sie aber trotzdem vorsichtig, ja, Ella? Ich habe vorhin erfahren, dass der Kerl einen extrem hohen IQ hat.«

Ella lachte. »Gut, denn ich habe schon oft festgestellt, dass hochintelligente Leute über kaum oder gar keinen gesunden Menschenverstand verfügen.«

Jackman lachte ebenfalls. »Ich werde ihn trotzdem nicht unterschätzen.«

»Wir natürlich auch nicht.« Sie wurde wieder ernst. »Ich lasse die Jungs keine Minute aus den Augen, Polizeischutz hin oder her.«

»Danke, Ella. Wirklich. Es bedeutet mir eine Menge, dass Sie für die beiden da sind. Und meiner Mum auch.«

»Ich bin froh, dass ich helfen kann. Ich wünschte nur, die Umstände wären anders gewesen, das ist alles. Es sind tolle Kinder.« Ella hielt kurz inne. »Es sind Sarahs Kinder, und sie war ebenfalls ein wunderbarer Mensch. Ich mache es vor allem für sie.«

»Halten Sie durch, Ella. Die halbe Fenland Police sucht bereits nach dem Mann.«

»Dann sollten Sie die andere Hälfte vielleicht auch noch mobilisieren. Ich müsste dringend mal wieder eine Nacht durchschlafen.«

»Wem sagen Sie das.«

Jackman legte auf. Gespräche mit Ella waren immer so einfach! Es war schade, dass sie sich gezwungen gesehen hatte, einen Job aufzugeben, in dem sie richtig gut gewesen war. Aber wo wären sie jetzt, wenn sie es nicht getan hätte? Jackman fragte sich, was Ella wohl tun würde, wenn alles vorbei war und Ryan und Miles sie nicht mehr länger brauchten. Er hatte Angst, dass sie sich zu sehr an seine

Neffen gewöhnte und am Ende wieder in die Depression rutschte.

Doch er zwang sich, damit aufzuhören. Es war lächerlich, sich über Dinge Gedanken zu machen, die vielleicht erst in ein paar Jahren relevant sein würden. Was war in ihn gefahren, dass er sich derart ablenken ließ? Er sollte besser arbeiten.

Er war erleichtert, als er Marie sah.

»Ich habe mit der Anwaltskanzlei gesprochen, die mit Ashcrofts Belangen betraut war. Sie haben bestätigt, dass sie den Nachlass geregelt haben und dass sein Sohn Richard alles geerbt hat.« Marie setzte sich Jackman gegenüber. »Das stimmt mit dem überein, was uns Ralph Burgess erzählt hat. Aber es gibt da noch etwas, und das ist ...« Marie seufzte.

»Nicht gut?«

»Das ist noch untertrieben.« Marie verzog das Gesicht. »Sobald er volljährig war, hat Richard sämtliche Depots aufgelöst, das Geld von der Bank geholt und die – insgesamt drei – Häuser verkauft. Dann ist er verschwunden. Und niemand weiß, wo das Geld jetzt ist.«

»Niemand? Oder niemand außer Orac?«, fragte Jackman. »Haben Sie nicht gesagt, dass es eine ihrer Spezialitäten ist, Geldflüsse aufzuspüren?«

Marie grinste. »Natürlich! Ich gehe nachher sofort zu ihr.«

»Wie läuft es bei den anderen? Haben die Befragungen etwas Interessantes ergeben?«

»Nein. Keines der Teams hatte auch nur den leisesten Verdacht. Das einzige Problem sind Liam und Dale Symons. Wir kommen einfach nicht an sie ran, egal, was wir versuchen.«

Jackman zuckte mit den Schultern. »Dale kann es ohnehin nicht sein. Er ist groß und hat dunkle Haare, aber er ist sehr stämmig, beinahe wie ein Bär, und der Mann auf dem Video war schlank.«

»Stimmt, aber warum entzieht er sich dann der Befragung?«

»Um uns zu ärgern. Er hasst uns.«

Marie erhob sich. »Na ja, auf jeden Fall gibt es noch ein paar Leute, mit denen wir reden können, und dann müssen wir den Kreis wohl erweitern, schätze ich.«

»Was macht Cam gerade?«, fragte Jackman.

»Er und sein DC Penny durchforsten das System und auch die Geheimdienstakten nach Richard Stephan Ashcroft. Wir sind uns zwar ziemlich sicher, dass er nicht vorbestraft ist, aber Cam hofft, dass er vielleicht in einem anderen Zusammenhang auftaucht.«

»Ich glaube nicht, dass sie etwas finden werden, aber wir müssen es trotzdem überprüfen.« Jackman war sich sicher, dass Ashcroft viel zu schlau war, um Spuren zu hinterlassen. »Reden Sie bitte mit Orac. Sie ist unser Trumpf.« Er grinste. »Und schöne Grüße von mir.«

Marie lachte. »Werde ich ausrichten, keine Sorge.«

James Jackman beendete die Konferenzschaltung mit seinen Geschäftspartnern und seufzte erleichtert. Ein weiterer lukrativer Deal war abgeschlossen. Er schob den Stuhl zurück, ging zum Fenster und starrte hinaus. Jedes Mal, wenn sich seine Gedanken von der Arbeit lösten, stieg ein schrecklicher Schmerz in ihm hoch und drohte, ihn zu verschlingen.

James wusste, wie sein ungebrochener Arbeitseifer auf andere wirkte, aber es war das Einzige, das ihn aufrecht hielt.

Er schluckte ein Schluchzen hinunter, zog sein Handy heraus und rief seinen Bruder an.

»Rowan?« Er kämpfte gegen die Tränen. »Hast du einen Moment Zeit?«

»James? Klar, was ist los?«

»Ich muss es dir erklären. Du sollst wissen, warum ich hier bin und nicht bei meinen Kindern.« Er schüttete seinem Bruder sein Herz aus, erzählte ihm von der Angst, zu viel Zeit zum Nachdenken zu haben und die Kontrolle über alles zu verlieren.

Dann war Rowan an der Reihe, und James empfand die Stimme seines Bruders als unglaublich beruhigend. Rowan versicherte ihm, dass *er* es verstand, drängte ihn aber auch, sich die Zeit für Miles und Ryan zu nehmen, damit sie es ebenfalls taten. Denn im Moment hatten sie das Gefühl, dass ihr Vater sich zurückzog, weil sie etwas falsch gemacht hatten. »Sieh zu, dass du mehr für sie da bist, James. Sie lieben dich, und du bist alles, was sie noch haben.«

Sie redeten noch eine Weile, und als James auflegte, hatte er das Gefühl, dass sein Bruder ihn tatsächlich verstanden hatte. Es hatte ihm gutgetan, sich alles von der Seele zu reden, aber gleichzeitig hatte er auch erkannt, wie wenig Zeit er und Rowan miteinander verbrachten, und er fragte sich, ob sie jemals so offen miteinander gesprochen hatten.

Er ging wieder zum Schreibtisch und setzte sich. Entschlossen nahm er das Telefon und bat seine Sekretärin zu sich.

»Sonia? Keine Anrufe mehr. Ich mache heute früher Schluss.« Er hielt kurz inne. »Und falls es einen Notfall gibt, soll sich das Team darum kümmern, okay? Ich möchte jetzt bei meinen Jungen sein.«

Nach einer weiteren ergebnislosen Befragung waren Max und Robbie gerade auf dem Weg zurück, als Max seinen Freund bat, bei Rosie vorbeizufahren, damit er kurz nach ihr sehen konnte. Robbie war einverstanden, und einige Minuten später hielten sie vor einem hübschen Reihenhaus in der Kiln Lane.

»Geh rein, Max, ich warte im Auto. Aber richte ihr schöne Grüße aus.«

Nachdem sein Kollege im Haus verschwunden war, lehnte Robbie sich zurück und überlegte, ob einer der Befragten, bei denen sie heute gewesen waren, gelogen hatte. Er war sich sicher, dass sie dem Mörder nicht gegenübergesessen hatten.

Aber wer konnte es dann sein? Die IT-Abteilung hatte aus den Bildern der Überwachungskamera und den Fotos von »Richards« ehemaligem Direktor ein passables Phantombild erstellt. Keiner der Befragten hatte ihm geähnelt.

Jackman, Marie und er waren sich einig, dass ihnen etwas an dem Bild und auch an der Zeichnung von Jackmans Neffen bekannt vorkam.

Robbies Gedanken wanderten zu Marie, und er drängte sie beiseite. Doch er würde Max trotzdem bitten, ihm mit seiner Wohnung zu helfen. Wenn jemand sie verschönern konnte, dann der trendbewusste Max Cohen.

Zehn Minuten später stieg sein Freund ins Auto. Er wirkte angespannt. »Scheiße, was soll ich bloß tun?«

»Geht es ihr immer noch nicht besser, Kumpel?«

»Nein, eher schlechter. Ich mache mir echt Sorgen um sie, Rob.« Er seufzte schwer. »Ich sollte mir ein paar Tage freinehmen und bei ihr sein, aber ...«

»Dann mach das doch! Jackman wird es verstehen. Wir sorgen uns alle um sie. Er auch.«

Max sah ihn an. »Was? Jetzt, wo uns dieser Psycho im Nacken sitzt? Ich kann das Team doch nicht im Stich lassen.«

»Aber Rosie schon? Was ist denn wichtiger?«

»Das ist nicht fair«, beschwerte sich Max.

»Doch. Du hast gesagt, dass du sie liebst. Und im Moment braucht sie dich dringender, meinst du nicht?«

Max schwieg einen Augenblick lang. »Du hast ja recht, Robbo. Von wegen Prioritäten und so. Ich rede mit Jackman, sobald wir wieder im Büro sind.«

Sie waren etwa einen Kilometer von der Dienststelle entfernt, als der Funkspruch hereinkam. »DC Cohen, DC Melton und Sie werden in der Belmont Road Nummer vier erwartet. PC Stoner ist bereits vor Ort. Es gab einen verdächtigen Todesfall.«

Robbie drehte eilig um. »Ein weiteres Opfer? Was meinst du?«

»Schätze, wir werden es bald wissen«, erwiderte Max niedergeschlagen.

Der Arme, dachte Robbie. Damit rückte die Beurlaubung wegen Rosie möglicherweise in weite Ferne. »Hoffen wir, dass es sich bloß um einen natürlichen Todesfall handelt. Vielleicht hat es gar nichts mit unserem bösen Mann zu tun.«

Doch das glaubte keiner der beiden.

»Können wir vorbeikommen, um etwas mit Ihnen zu besprechen, Jackman?«

Laura klang ein wenig angespannt. »Wir?«, fragte Jackman.

»Sam und ich. Wir haben gerade alles durchgesehen, was wir bis jetzt über den bösen Mann wissen.«

»Dann kommen Sie am besten gleich. Wir haben gerade Meldung über einen weiteren Toten hereinbekommen. Robbie und Max sind auf dem Weg zum Tatort, und wenn unser Mann wieder zugeschlagen hat, muss ich sicher auch bald los.« Jackman versuchte noch immer, über den tränenreichen Anruf seines Bruders hinwegzukommen. Jetzt war ihm klar, wie schlecht es seinem Bruder tatsächlich ging. Seine Mutter hatte recht, er musste ihm Zeit geben.

Und jetzt das. Noch ein Toter.

Kurz darauf saßen die beiden Psychologen in seinem Büro. Sam wirkte ernster als sonst. »Das klingt jetzt vielleicht seltsam, Jackman, aber wir haben eine Ahnung, wie Ihr Mann vorgeht. Wir befürchten, dass er auf Sie, Ihre Familie und Ihnen nahestehende Personen fixiert ist.«

Laura sah Jackman eindringlich an, und in ihren Augen spiegelte sich Angst. »Wir glauben, dass das Spiel auf seinen Höhepunkt zusteuert. Vielleicht noch ein weiterer Toter, dann hat seine lange geplante Inszenierung ein Ende gefunden. Wir fürchten allerdings, dass er das Morden danach nicht aufgeben kann. Seine Meinung über sich selbst wuchs mit ziemlicher Sicherheit jedes Mal, wenn er Erfolg hatte, und mittlerweile hält er sich für allmächtig.«

»Deshalb wird er bald eine neue *Raison d'Être* brauchen«, fuhr Sam fort. »Eine neue Daseinsberechtigung.«

»Mich.« Jackman sah die beiden an.

Laura nickte. »Sieht so aus. Wir wissen, wie gut er die Schwachstellen seiner Opfer ausnutzen kann, daher sollten Sie sich Gedanken über Ihre Achillesferse machen. Und über die der Menschen, mit denen Sie sich umgeben.«

»Aber das wussten wir doch schon, oder?«, fragte Jackman. »Angesichts dessen, wie er Sarah und Suri in den Tod getrieben hat.«

»Natürlich«, erwiderte Sam. »Aber wie Sie sicher wissen, bewegen sich Serienmörder in verschiedene Richtungen. Manche entwickeln sich weiter und werden noch besser organisiert, andere geraten ins Wanken, kommen durcheinander und machen am Ende einen schweren Fehler. Was auch immer der Fall ist, sie verändern sich mit jedem Mord.«

»Und unser Mann?«, fragte Jackman zögernd.

»Das sind nur Mutmaßungen, basierend auf seinen bisherigen Taten, aber wir glauben, dass er von seiner Methode, die Opfer in den Selbstmord zu treiben, abweichen wird.« So ernst hatte Jackman Laura noch nie erlebt. »Wir glauben, dass er sich an dem Opfer nahestehende Personen heranmachen und das Opfer zwingen wird, ihnen bei ihrem Leiden zuzusehen.«

»Ich bin mir nicht sicher, ob ich Sie richtig verstehe«, sagte Jackman. »Meinen Sie, dass er zum Beispiel meine Mutter zwingt, dabei zuzusehen, wie er die Stallungen mit ihren Pferden niederbrennt?«

Sam nickte langsam. »Ganz genau. Sie müssen also eine Liste der Dinge erstellen, die Ihnen, Ihren Angehörigen und Ihren Freunden wichtig sind, und zwar schnell. Denn wenn Sie diesen Mann nicht vorher schnappen, wird er schon sehr bald mit einigen hässlichen Inszenierungen beginnen.«

Jackman ließ sich in seinen Stuhl sinken. »Dann hatte Marie also recht. Ich meinte, er würde von seinem Hass getrieben, sie dagegen, es wäre Liebe.«

»Es geht eher darum, wie er diese Liebe manipulieren kann«, erläuterte Sam. »Aber ja, im Grunde hat sie recht.«

Jackmans Gedanken begannen abzuschweifen, da klingelte das Telefon. »Ja?«, meldete er sich.

Es war Robbie. »Tut mir leid, wenn ich störe, Sir. Aber Sie müssen sich das hier *unbedingt* ansehen.«

»Er hat wieder zugeschlagen.« Es war keine Frage.

Robbie zögerte. »Ja, Sir. Aber dieses Mal ist es anders. Und er hat Ihnen eine persönliche Erklärung hinterlassen.«

»Bin schon unterwegs.«

Laura und Sam starrten ihn an. »Würden Sie vielleicht mitkommen?«, fragte er. »Aber ich warne Sie, es wird garantiert nicht angenehm.«

Die beiden nickten. »Vielleicht wird es Zeit, dass wir mit eigenen Augen sehen, wozu dieser Mann fähig ist.«

Da war sich Jackman zwar nicht so sicher, aber er brauchte ihre Hilfe. Er brauchte jede Hilfe, die er bekommen konnte.

KAPITEL 27

Was ist das hier?«, fragte Laura leise.

Jackman sah aus dem Autofenster, und sein Blick fiel auf die kunstvoll verzierte Fassade des heruntergekommenen Gebäudes. Neben dem Eingang hing ein windschiefes »ZU VERKAUFEN«-Schild an einem Holzpfosten. »Das alte Auktionshaus. Es steht schon lange zum Verkauf. Mich wundert, dass es sich noch keiner der großen Bauunternehmer geschnappt hat.«

Robbie winkte ihnen vom Eingang aus zu. Er trug bereits einen Schutzanzug, und überall riegelten Polizisten das Gebiet ab und spannten blau-weiße Absperrbänder.

»Weitere uniformierte Kollegen sind auf dem Weg, Sir. Sie sind der Erste.« Er sah besorgt in Richtung Laura und Sam, die im Hintergrund warteten. »Ich glaube nicht, dass das eine gute Idee ist.« Er hielt kurz inne. »Bei allem Respekt, Sir.«

»Wir brauchen sie, Robbie. Ihre Einschätzung ist von großer Bedeutung.«

Robbie zuckte mit den Schultern. »Es ist ziemlich grauenvoll da drin.«

In diesem Moment sah Jackman Max, der neben der Tür

wartete. Sein Gesicht war eingefallen und kalkweiß, seine Schultern hingen nach unten. Jackman konnte sich nicht erinnern, den eifrigen jungen Detective schon einmal so mitgenommen und elend gesehen zu haben.

»Okay, Robbie. Erzählen Sie mir, was passiert ist.« Vielleicht sollte er zuerst selbst einen Blick auf den Toten werfen, bevor er die beiden Psychologen ins Haus ließ.

»Das Opfer wurde erhängt, Sir. Das ist nie schön.«

Das stimmte. Vor allem, wenn es unsachgemäß vonstattengegangen war. Und das war meistens der Fall. »Und?«

»Es ist schwer zu erklären, Sir. Wir haben nur einen kurzen Blick hineingeworfen, weil wir den Tatort nicht verunreinigen wollten. Aber der alte Auktionssaal wurde als Gericht inszeniert. Es sieht so aus, als hätte Ashcroft seinem Opfer den Prozess gemacht, ihn verurteilt und anschließend hingerichtet.«

Jackman wandte sich an Laura und Sam. »Warten Sie bitte noch einen Moment. Ich muss erst sehen, wie wir das am besten angehen.«

Sam sah ihn an. »Sie müssen keine Rücksicht auf uns nehmen, Jackman. Wir haben beide schon schreckliche Dinge gesehen.«

»Ich muss aber trotzdem zuerst sicherstellen, dass wir den Tatort nicht kontaminieren. Sie können sich in der Zwischenzeit umziehen. Die uniformierten Kollegen haben Schutzanzüge dabei.«

Jackman nahm ebenfalls einen Anzug von dem Stapel neben dem Eingang. Max hatte immer noch kein Wort gesagt.

»Alles okay, mein Freund?«, fragte Jackman.

Max nickte schwach. »Ich wünschte nur, es wäre endlich vorbei, Sir. Der Mistkerl macht uns alle fertig.«

Jackman nahm an, dass er auf Rosie anspielte. »Dann sollten wir ihn möglichst schnell schnappen, nicht wahr? Robbie meinte, er hätte etwas für mich dagelassen. Hoffentlich wird er langsam übermütig und liefert uns einen Hinweis.« Er berührte den Arm des jungen Mannes. »Kommen Sie noch mal mit rein?«

Max sammelte sich. »Natürlich, Sir.« Er wandte sich ab und übernahm die Führung.

Jackman fiel als Erstes auf, wie inszeniert alles wirkte. Er dachte an die Aussage des alten Schuldirektors, dass Alistair Ashcroft sich auf der Bühne am wohlsten gefühlt hatte.

»Hat die Spurensicherung gesagt, wann sie da sein wird, Max?«

Max sah auf die Uhr. »Sollte nicht mehr lange dauern, Boss.« Er sah sich in dem großen Raum um. »Der Irre hat es in sich, oder?«

Jackman nickte. »Das kann man wohl sagen.«

Der Richtertisch stand auf der alten Auktionsbühne, und dahinter hatte der Mörder einen Stuhl mit hoher, reich verzierter Lehne platziert. Auf dem Tisch lagen ein Richterhammer, eine gepuderte weiße Perücke und ein schwarzes Stück Stoff.

»Die schwarze Kappe«, flüsterte Jackman. »Der Richter zog sie über die Perücke, um das Todesurteil zu verkünden.«

Max stöhnte.

Jackman drehte sich langsam im Kreis und sah die »Anklagebank«, die der Täter aus drei schweren Bücherregalen für seinen Gefangenen aufgebaut hatte. Ein Regal bildete das Vorderteil, die beiden anderen die Seitenteile. In der Mitte stand ein Stuhl mit Fesseln auf den Armlehnen, auf dem der Angeklagte vermutlich gesessen hatte.

An den Längsseiten des Raumes befanden sich weitere Tische, einer für die »Staatsanwaltschaft«, einer für den Anwalt des Angeklagten. Auf beiden lag ein ordentlicher Aktenstapel. In der Mitte standen noch ein Stuhl und ein kleinerer Tisch, zweifellos für den Gerichtsdiener.

Abseits des »Gerichtssaals« sah er einen kleineren, von zwei Raumteilern und schweren Vorhängen abgetrennten Bereich. Er war nach vorne hin geöffnet, doch das Innere wirkte düster wie eine Gefängniszelle, was vermutlich beabsichtigt gewesen war. Im Hintergrund führte eine Treppe auf die Zuschauergalerie. Von dort aus war der Mann nach unten gestoßen worden, sodass er direkt in der verdunkelten Todeszelle hing.

Jackman wappnete sich und warf einen Blick auf den Toten. Er trug nicht wie üblich einen schwarzen Sack über dem Kopf, die Hände waren am Rücken gefesselt und die Knöchel zusammengebunden. Das alte Auktionshaus bot mit seinen gekreuzten Deckenbalken und den alten Holztragwerken die perfekten Voraussetzungen für einen sehr einfachen und zweckmäßigen Galgen. Alistair hatte mit seiner großen Geduld angegeben, und er hatte nicht übertrieben. Es hatte sicher ewig gedauert, um einen derart gut geeigneten Ort für den Prozess und die Hinrichtung zu finden.

»Wer hat ihn gefunden, Max?«

»Der Immobilienmakler, der die Hütte verkaufen soll. Der Arme. Die uniformierten Kollegen haben ihn draußen in ein Auto gesetzt. Er zittert wie Espenlaub.«

»War es eine Routinekontrolle?«

»Nein, Sir. Er erhielt einen anonymen Anruf, dass Hausbesetzer ins Gebäude eingedrungen wären.«

»Das war wohl unser Mann. Er wollte unsere Aufmerksamkeit auf sein Werk lenken.«

Er zwang seinen Blick erneut in Richtung des Opfers. Dessen mausgraue Haare waren beinahe schulterlang, das Gesicht war leichenblass, und aus seinem Mund hing eine dicke, violette Zunge. Jackman betrachtete den orangefarbenen Anzug.

»Vermutlich aus dem Kostümverleih. Ein Gefangenenoverall«, erklärte Max. »Er hat an alles gedacht.«

»Ja, vielleicht.« Jackman hoffte, dass er auch das übliche Verhandlungsprotokoll erstellt hatte. »Aber das überlassen wir lieber der Spurensicherung. Der Fotograf kann sich hier ordentlich austoben.« Er dachte an Ella. Rory hatte oft gesagt, dass sie ein Talent dafür hatte, die winzigsten Details herauszuarbeiten. »Ich frage mich, ob wir den Mann kennen.«

»Er sieht zwar nicht aus wie das blühende Leben, aber ich kann nicht behaupten, dass ich ihn schon mal gesehen hätte.« Max lächelte schwach. »Aber Sie müssen sich keine Gedanken über die Identität machen. Der Mörder hat uns genaue Aufzeichnungen hinterlassen, wer er ist und warum er sterben musste. Robbie und ich haben einen schnellen Blick auf die Unterlagen auf den beiden Tischen geworfen. Sieht so aus, als hätte er das alles seit Jahren geplant.«

»Na toll!« Jackman schüttelte den Kopf. »Ich kann es kaum erwarten, sie zu lesen.«

»Was ist mit den beiden Psychologen, Sir? Lassen wir sie rein?«

»Sofern Rory einverstanden ist. Aber nur so lange, bis die Spurensicherung anfängt. Sie haben auch schon fürchterliche Dinge gesehen.«

Er warf einen letzten Blick auf den Mann am Galgen, dann machte er sich auf die Suche nach Sam und Laura.

Rory Wilkinson verbrachte dreißig Minuten in dem inszenierten Gerichtssaal und beinahe genauso lang mit dem Toten. Schließlich trat er auf den wartenden Jackman zu.

»Bemerkenswert! Die Liebe zum Detail ist verblüffend. Wenn es sich nicht um ein grausames Verbrechen handeln würde, hätte ich beinahe Lust auf einen langen Plausch mit diesem Genie bei einem leckeren Gin Tonic.« Als er Jackmans versteinertes Gesicht sah, fügte er hinzu. »Rein hypothetisch, natürlich.«

»Tut mir leid, Rory, aber nach allem, was er getan hat, kann ich mir nicht vorstellen, ihm gemütlich gegenüberzusitzen«, erwiderte Jackman.

»Nein, *ich* sollte mich entschuldigen. Das war gedankenlos von mir. David sagt immer, ich soll nachdenken, bevor ich den Mund aufmache.«

Jackman lächelte. Rory sah aus wie der Labrador seiner Mutter, wenn man ihn mit einem Schuh im Maul erwischte. »Ich bin normalerweise nicht so empfindlich, aber der Kerl hat einen Nerv getroffen.«

»Das überrascht mich nicht. Und jetzt ganz im Ernst: Es ist erstaunlich, wie viel Aufwand er betrieben hat. Er hat sogar einen perfekten Henkersknoten geknüpft und ihn exakt an die richtige Stelle gesetzt. Dadurch kam es zu einer Fraktur des zweiten Halswirbels, was praktisch nie vorkommt, abgesehen bei richterlich angeordnetem Erhängen. Außerdem musste er die Distanz berechnen, die der Tote nach unten fällt, und dazu brauchte er dessen Größe und Gewicht.« Rory stieß die Luft aus. »Wenn man es falsch berechnet und die Fallweite zu niedrig ist, erstickt das Opfer. Ist sie zu hoch, kann es zu einer Abtrennung des Kopfes kommen. Seine Vorbereitung war wie aus dem Lehrbuch.«

»Ein kleiner Akt der Gnade gegenüber dem Toten«, bemerkte Jackman.

»Außerdem wurde er mit ziemlicher Sicherheit sediert. An seinem rechten Handgelenk sind Einstichstellen zu sehen. Das musste der Täter vermutlich tun, um ihn die Treppe hochzubekommen, von wo aus er ihn nach unten gestoßen hat. Aber davor hat unser Toter sicher ganz genau gemerkt, was hier vor sich ging.«

Jackman nickte. »Alistair Ashcroft hat offensichtlich sehr lange auf diesen Augenblick gewartet und außerordentlich viel Zeit und Energie in die Vorbereitung gesteckt. Er hat es dem Opfer sicher nicht so angenehm wie möglich gemacht. Mich würde im Moment vor allem interessieren, wer der Erhängte ist und wodurch er sich schuldig gemacht hat.«

Rory warf einen Blick auf den Tisch der »Staatsanwaltschaft«. »Sie wissen sicher schon, dass der Täter Ihnen diese Details allesamt in Form pseudojuristischer Dokumente zur Verfügung gestellt hat. Darüber hinaus hat er auch eine Tonbandaufzeichnung hinterlassen.«

Jackman seufzte erleichtert. Genau darauf hatte er gehofft. »Sie können sich wahrscheinlich vorstellen, was ich als Nächstes frage, oder?«

Rory lächelte. »Der Fotograf ist bereits fertig, und meine Leute beginnen mit der Archivierung der Beweismittel. Wenn Sie wollen, können Sie vorher noch kurz in die Unterlagen hineinsehen. Und auch wenn es ungewöhnlich ist, lasse ich Sie – zum Wohl der Ermittlungen – das Band anhören, bevor es eingepackt wird. Es ist ein Beweismittel, und der Mörder hat es angefasst, daher können wir es Ihnen nicht gleich überlassen.«

»Rory Wilkinson, Sie sind ein Schatz.«

»Das heißt, Sie verzeihen mir?«

»Auf jeden Fall. Ich würde Sie und Ihre große Klappe gegen nichts auf der Welt tauschen wollen. Sie sind unbezahlbar.«

»Könnte ich das schriftlich haben? Für David?«

»Sehr gerne. Aber jetzt ...« Er sah sich um. »Ah, Marie ist gerade gekommen. Ich hole sie und die anderen, damit sie es sich auch anhören können, okay?«

»Natürlich. Aber ich will möglichst nur Sie und Marie am Tatort. Ihr beiden kennt die Regeln. Handschuhe und so wenig wie möglich anfassen. Die anderen können bleiben, wo sie sind, und ich starte das Band, sobald alle bereit sind.« Rory hob die Hand. »Aber zuerst muss ich unser armes Opfer vom Galgen holen.«

Jackman ging zu Marie, die sich ungläubig umsah.

»Werden wir jetzt wirklich hören, worum es hier eigentlich geht?«, fragte sie.

»Sobald Rory sich um den Toten gekümmert hat.«

Marie zog ihr Smartphone heraus. »Ich bitte Sie, nicht hinzusehen, falls ich zufällig alles aufnehme.«

Jackman wandte sich ab. »Das habe ich jetzt nicht gehört.«

Sie mussten nicht lange warten, bis sie vortreten durften.

Jackman und Marie gingen zum Tisch der »Staatsanwaltschaft« und warfen einen Blick auf den Titel der Gerichtsakte. *Die Krone gegen Blake.* Darunter lagen mehrere maschinengeschriebene Seiten, bei denen es sich offenbar um das Eröffnungsplädoyer handelte. Danach kam eine lange Liste der Zeugen.

Marie betrachtete die Unterlagen auf dem Tisch der Verteidigung und stieß ein verwundertes »Oh« aus.

Sämtliche Blätter waren leer, und auf der Liste der Zeugen befand sich kein einziger Name. Jackman schüttelte den Kopf. »Ein wenig einseitig, finden Sie nicht auch?«

Rory startete die Aufnahme.

Die klare, wohlartikulierte Stimme des »Gerichtsdieners« erklang. »Erheben Sie sich. Das Gericht eröffnet die Verhandlung, Vorsitzender ist der ehrenwerte Richter Ashcroft. Euer Ehren, es folgt der Fall ›Die Krone gegen Blake‹.«

Marie sah Jackman an und hob die Augenbrauen.

Der »Gerichtsdiener« fragte: »Angeklagter, ist Ihr Name Edward Blake?«

Es folgte ein Scharren, aber keine Antwort. Der Gerichtsdiener wiederholte die Frage, und schließlich erklang eine zitternde Stimme. »Ja.«

»John Edward Blake, Ihnen wird vorgeworfen, Lyndsay Beth Ashcroft am 8. Juni 1995 vergewaltigt und anschließend ermordet zu haben. Bekennen Sie sich schuldig?«

Wieder waren scharrende Geräusche zu hören. Jackman sah vor sich, wie sich der Mann auf der Anklagebank gegen die Fesseln wehrte.

Nach einer Weile schrie eine andere Stimme wie zuvor: »Du bist ja irre! Ich habe niemanden umgebracht!«

»Lügner!«

Das Wort war so laut und schrill, dass alle Anwesenden zusammenzuckten. Alistair Ashcroft schien den sorgfältig vorbereiteten Prozessablauf über Bord geworfen zu haben, und anstatt ruhig das Eröffnungsplädoyer vorzutragen, stieß er einen Schwall wüster Anschuldigungen aus, denen Jackman und die anderen kaum folgen konnten.

Während Ashcroft weitertobte, dämmerte Jackman langsam, dass seine wunderbare Schwägerin und ihre Freundin

Suri vor all den Jahren möglicherweise tatsächlich einen schweren Fehler gemacht hatten. Und schlimmer noch: dass Brendan Symons wirklich unschuldig gewesen war.

Die Verzweiflung in der Luft war beinahe greifbar. Zu Beginn leugnete der Angeklagte alles und weigerte sich, zu den Vorwürfen Stellung zu nehmen. Doch mit der Zeit brach er immer mehr unter Ashcrofts unerbittlichem Druck zusammen, und schließlich gestand er schniefend und bettelte um Gnade.

Jackman, Marie und die Kollegen, die in der Tür standen, hörten in schockiertem Schweigen zu, wie Ashcrofts Stimme immer leiser wurde und am Ende einen einheimischen Akzent hatte. Er war nun der Vorsitzende der Geschworenenjury und sprach Blake schuldig.

Genauso schnell wechselte er jedoch wieder in die offizielle Juristensprache. Sie hörten, wie der Richter das Strafmaß festsetzte und wie der Angeklagte ihn schreiend anflehte, aus diesem Irrsinn entlassen zu werden.

Es war schrecklich anzuhören. Ashcroft ließ das Band laufen, während er seinen Gefangenen betäubte und ihn die Treppe hochschubste. Als Letztes war das plötzliche Spannen des Seils zu hören, als es Blake das Genick brach. Jackman schluckte.

Dann endete die Aufnahme.

Niemand sagte ein Wort, während sie nacheinander hinaus an die frische Luft gingen. Es wurde langsam dunkel, und die Kälte kroch Jackman in die Knochen. Es würde noch Stunden dauern, bis die Spurensicherung fertig war, und er musste alles, was sie gerade gehört hatten, noch einmal mit seinem Team durchgehen.

»Gut, wir fahren zurück zur Dienststelle. Sam und Laura – Sie bitte auch, wenn Sie Zeit haben. Wir müssen reden.«

Seine Leute wirkten wie Statuen auf einem dunklen Gemälde. Sie standen wie erstarrt da und waren sichtlich schockiert wegen dem, was sie gerade miterlebt hatten. Irgendwann nickte einer nach dem anderen schweigend, und sie machten sich auf den Weg zu ihren Fahrzeugen.

»Max?«, rief Jackman den jungen Detective noch einmal zurück. Er hatte gesehen, wie Robbie Melton einen kurzen, besorgten Blick in dessen Richtung geworfen hatte, als er die Rückkehr zum Revier angeordnet hatte.

»Sie sollten nach Hause fahren, Max. Ich weiß, dass Sie sich große Sorgen um Rosie machen. Wir bringen Sie morgen früh auf den neuesten Stand.«

Max atmete tief durch. »Nein, Sir. Ich bleibe.«

Jackman sah ihn an. Seine Loyalität berührte ihn. »Ich weiß Ihre Dienstbeflissenheit zu schätzen, Detective, aber in diesem Fall glaube ich wirklich, dass Sie nach Hause fahren sollten.«

»Nein, Sir.« Max blieb standhaft. »Sie haben vorhin doch selbst gesagt, dass wir den Kerl schnappen müssen, bevor er noch mehr Schaden anrichtet. Ich gehe nach Hause – *nach* der Besprechung.«

Jackman sah Max nach, der sich zu Robbie gesellte, und erkannte vielleicht zum ersten Mal, wie tief dessen Gefühle für Rosie McElderry wirklich waren. Es war schmerzhaft zu sehen, wie hin- und hergerissen er war. Er dachte an Lauras Warnung, dass er sehr genau auf die Schwächen der ihm nahestehenden Personen achten sollte. Es bestand kein Zweifel, wo Max' Achillesferse lag.

Wo würde das alles noch hinführen?

KAPITEL 28

Sobald sie zurück waren, ließ Jackman Robbie im System nach John Edward Blake suchen. Als er nichts fand, versuchte er es in den Geheimdienstakten und gab den Namen in seiner Verzweiflung sogar auf Google ein. Am Ende probierte er es auf diversen Social-Media-Plattformen und wurde schließlich fündig.

»Hey! Der Typ war einer der größten Gegenspieler der Familie Symons. Er war fest davon überzeugt, dass Brendan schuldig war, und wurde nach Lyndsays Tod sogar von der Polizei befragt. Er wohnte im selben Dorf und kannte sie scheinbar recht gut.« Robbie las weiter. »Sieht aus, als hätte er eine Gegenbewegung gegründet, die immer wieder bei Sheila Symons' Kundgebungen auftauchte und störte.«

Jackman runzelte die Stirn. »Wenn er wirklich Lyndsays Mörder war, dann wollte er wohl verhindern, dass Brendans Unschuld doch noch bewiesen wird.«

Sie versammelten sich bei Tee und Kaffee im Ermittlungsraum, um die jüngsten Ereignisse zu besprechen.

Jackman starrte in seinen Becher. »In der Nacht, als Lyndsay ermordet wurde, waren demnach drei verschiedene Parteien im Wald anwesend und haben Brendan und sie beobachtet: Sarah und Suri, Lyndsays Bruder Alistair und John Blake. Sarah und ihre Freundin haben nicht gelogen. Sie haben ausgesagt, was sie gesehen haben – doch das war nur ein Teil der Ereignisse.«

»Der Einzige, der alles gesehen hat und die schreckliche Wahrheit kannte, war ein verwirrter kleiner Junge. Alistair Ashcroft«, schloss Marie leise.

»Der kleine Bruder sah, wie Brendan seine Schwester auf der Lichtung zurückließ und wie John aus dem Wald und auf sie zutrat. Er sah, wie er sie zur Rede stellte. Er schrie sie an, weil sie den Symons-Jungen an sich herangelassen hatte, obwohl sie ihn immer abgewiesen hatte. Rasend vor Eifersucht, drängte er sich ihr auf, und als sie sich wehrte, tötete er sie. Womöglich war es nie seine Absicht, vielleicht wollte er nur, dass sie aufhörte zu schreien. Auf jeden Fall hat er die Beherrschung verloren und sie umgebracht.«

»Und der kleine Al hat alles mitangesehen, ist traumatisiert nach Hause gelaufen und hat den Fehler gemacht, alles seinem Vater zu erzählen«, fuhr Robbie bedrückt fort.

Laura schwenkte die Teetasse in ihrer Hand. »Habe ich das vorhin auf dem Band richtig verstanden? Waren Daddy Ashcroft und John Blakes Vater Geschäftspartner?«

Jackman nickte. »Wir können wohl davon ausgehen, dass Charles Ashcroft unter keinen Umständen wollte, dass seine lukrativen Geschäfte Schaden nehmen, weshalb er den Jungen fortschickte, bevor dieser etwas ausplaudern konnte.«

»So ein herzloser Arsch«, murmelte Max. »Ganz zu schweigen von dem Chaos, zu dem seine Entscheidung geführt hat. Zweiundzwanzig Jahre später streift sein wahnsinniger Sohn durch die Straßen von Saltern und bringt alle um, die damals in diesem verpfuschten Prozess mitgemischt haben.«

»Mit dem heutigen Tag hat er seinen Rachefeldzug beendet«, fügte Sam hinzu. »Der Prozess und das daraus folgende Urteil waren der krönende Abschluss. Das Problem ist nur, dass er – wie schon gesagt – nicht mit dem Morden aufhören wird.«

Laura seufzte. »Das sehe ich leider auch so. Angesichts der plötzlichen Stimmungsschwankungen während des ›Prozesses‹ und des schnellen Wechsels zwischen kontrolliertem und manischem Verhalten würde ich allerdings denken, dass er in Zukunft nicht mehr so organisiert vorgehen wird.«

Sam nickte zustimmend. »Wobei es sich hierbei um eine sehr gefährliche Annahme handelt. Auf der einen Seite ist er vollkommen von sich überzeugt, auf der anderen Seite wird er nachlässig, was es Ihnen leichter machen wird, ihn zu schnappen. Allerdings werden seine Handlungen auch sprunghafter und noch weniger vorhersehbar, was ihn noch gefährlicher macht.«

»Noch gefährlicher als ohnehin schon?«, fragte Marie.

Niemand sagte ein Wort.

»Kommen wir doch noch mal auf John Blake zurück.« Robbie rieb sich nachdenklich das Kinn. »Wir sollten das Protokoll des echten Prozesses lieber ein weiteres Mal durchgehen. Ich habe es nur überflogen, aber es gab ein Dutzend Zeugenaussagen, und ich kann mich nicht erinnern, Blakes Namen gesehen zu haben.«

»Ich mich auch nicht. Soll ich es raussuchen, Sir?«, fragte Max.

Jackman schüttelte den Kopf. »Heute nicht mehr. Nachdem das erste Urteil falsch war, wird es uns kaum helfen, unseren Mörder zu finden. Im Moment ist es das Beste, wenn Sie alle nach Hause gehen. Diese Besprechung hatte vor allem das Ziel, noch einmal über die neuen Erkenntnisse zu sprechen. Bis wir eine offizielle Kopie des Tonbandes erhalten, können wir nur mit den Dingen arbeiten, an die wir uns erinnern.« Jackman bemühte sich, nicht zu Marie oder auf das Smartphone in ihrer Hand zu blicken.

»Ich höre ständig das Spannen des Seils. Das werde ich wohl bis zu meinem Tod nicht vergessen«, murmelte Laura.

Jackman bereute es bitter, sie überhaupt in den Saal gelassen zu haben. Wenn sie Albträume bekam, war das seine Schuld, und das wollte er nicht. »Es tut mir leid«, meinte er hilflos. »Ich hätte nie ...«

»Hören Sie auf«, sagte sie scharf. »Ich bin ein Profi, Jackman. Ich komme schon klar.«

Während alle in ihre Mäntel und Jacken schlüpften, ruhte Jackmans Blick weiter auf der Psychologin.

Sie war eine *seiner* Schwachstellen.

»Weißt du eigentlich, wie spät es ist?«

Max wollte sich gerade entschuldigen, als er das amüsierte Funkeln in Beverleys Augen sah. Rosies Schwester war eine starke Persönlichkeit, und, ehrlich gesagt, machte sie ihm ein wenig Angst.

»War ein harter Tag«, murmelte er und wollte bloß an ihr vorbei und zu Rosie.

»Wir haben auf dich gewartet. Ich dachte schon, du kommst nicht mehr.«

Er erstarrte. »Geht es Rosie denn schlechter?«

Bev lachte. »Nein, ihr geht's wesentlich besser.«

»Aber ...?« Max war müde und verwirrt.

»Sie will mit dir reden, Max. Ich gehe dann mal schlafen. Wir sehen uns morgen früh.«

Rosie saß mit hochgezogenen Beinen und einem großen Becher heißer Schokolade auf dem Sofa.

»Hey, du.« Er beugte sich nach unten und gab ihr einen Kuss. »Bev meinte, es geht dir besser?«

Rosie klopfte auf den Platz neben sich, und er ließ sich dankbar sinken. Sie wirkte beinahe wie früher, aber er hatte Angst, zu viele Fragen zu stellen. Stattdessen nahm er ihr den Becher ab, stellte ihn auf den Couchtisch und griff nach ihrer Hand. Er drückte sie sanft. »Es tut mir leid, dass ich so spät dran bin, Liebling. Ich wäre lieber bei dir gewesen als in der Arbeit.«

»Schon gut, Max. Ich weiß ja, wie das läuft.« Sie drückte seine Hand ebenfalls. »Ich kann mir denken, was passiert ist, aber ausnahmsweise werde ich dich nicht danach fragen. Stattdessen ...« Sie drehte sich zu ihm und sah ihm in die Augen. »Ich habe herausgefunden, warum mich der Fall so fertigmacht.«

Ihr Blick war so durchdringend, dass Max sich fragte, ob er wohl schon bereit war für das, was sie ihm zu sagen hatte.

»Offenbar reagieren Schwangere auf gewisse Dinge überemotional.«

Er wiederholte den Satz mehrere Male in Gedanken, bevor er einen Sinn ergab.

»Schwanger? Du bist ...? Wir sind ...?«

Rosie lächelte zaghaft. »Ja, Max. Du wirst Vater.« Das Lächeln verblasste. »Ich hoffe, die Neuigkeiten sind ...«

»Das ist das Beste überhaupt!«, platzte er heraus und nahm sie fest in die Arme.

Max stammte aus einer großen Familie und hatte eine glückliche Kindheit verbracht. Es war zwar nicht einfach gewesen, immer der Jüngste zu sein, aber er hatte gelernt, wie wichtig ein liebevolles Zuhause für Kinder war.

»Ich freue mich riesig, ich …« Zum ersten Mal in seinem Leben war Max Cohen sprachlos.

»Ich habe den Test erst heute gemacht. Es war Beverleys Idee. Ich hätte mir nie gedacht … Ich meine, wir haben doch aufgepasst.«

»Außer dieses eine Mal.«

»Ach ja, du meinst damals im …«

»Genau. Es war nur *ein Mal*, und dann so etwas?« Max konnte es kaum glauben. Es würde ihr Leben auf den Kopf stellen, aber das war ihm egal. *Sein* Kind. Er lächelte. Es war ein Segen.

»Ich habe mir den ganzen Tag Sorgen gemacht, wie du es aufnehmen wirst. Ich dachte mir schon, dass du dich freuen würdest – ich meine, du liebst Kinder und kommst toll mit ihnen klar –, aber es bedeutet eine große Veränderung.« Sie senkte den Blick. »Ich würde es nie und nimmer abtr…«

»Denk nicht mal dran, es auszusprechen. Das kommt gar nicht infrage.« Max grinste von einem Ohr zum anderen. »Weißt du, was, Rosie McElderry? Ich glaube, das hier kommt genau zum richtigen Zeitpunkt, du nicht auch?«

Jackman war zu Tode erschöpft, als er nach Hause kam. Er fuhr in den Carport, stieg aus und versperrte den Wagen.

Es fühlte sich gut an, die große alte Holzeingangstür zu öffnen, und er freute sich auf all die Dinge, die er lieb gewonnen hatte. Er wollte dem Wahnsinn ein paar Stunden entfliehen und zur Ruhe kommen.

»Keine Bewegung, DI Jackman.«

Jackman erstarrte.

»Nicht rühren, verstanden?«

Er versuchte, einen klaren Gedanken zu fassen. »Ja.«

»Gut.«

Alistair Ashcroft stand im Schatten. Jackman hörte ein gedämpftes metallisches Klicken und wusste, was das bedeutete. Er hatte seine Waffe entsichert.

»Ich will Ihnen nichts tun. Ich will nur reden.« Ashcroft klang ruhig und vernünftig.

»Und ich will Sie in einer Gefängniszelle sehen«, fauchte Jackman.

Ashcroft kicherte leise. »Ja, das kann ich mir vorstellen. Aber dazu wird es nicht kommen, und das wissen Sie auch.«

Jackman schwieg einen Moment. »Okay, reden wir.«

Ashcroft trat ins Licht wie ein Schauspieler in den Scheinwerferkegel. Er kam Jackman irgendwie bekannt vor. Das hier war auf alle Fälle der Mann von dem Überwachungsvideo, aber da war noch etwas anderes. Jackman kannte ihn von irgendwoher.

»Es spielt keine Rolle, wer ich einmal war oder zu wem ich im Lauf der Zeit wurde. Wichtig ist nur, wer ich jetzt im Moment bin, und ich denke, das wissen Sie.«

»Alistair Ashcroft.«

»Ja, am Anfang trug ich diesen Namen, doch dann wurde er mir genommen. Aber jetzt bin ich wieder da – und das ist alles, was zählt.«

»Für mich zählt vor allem, dass Sie Sarah und eine Menge andere Menschen in den Tod getrieben haben. Dazu hatten Sie kein Recht.« Jackman bemühte sich um eine ruhige Stimme.

»Ich hatte jedes Recht dazu! Das Gesetz ...« Ashcroft schnaubte. »Das Gesetz hat Lyndsay schmählich im Stich gelassen und ist für den Tod eines unschuldigen Jungen verantwortlich. Ich habe dieses Unrecht wiedergutgemacht, Detective. Ein Unrecht, das Sie und Ihresgleichen nicht sehen wollten, obwohl es Ihnen ins Gesicht gestarrt hat.«

»Warum haben Sie es uns dann nicht einfach gesagt? Sie haben *gesehen,* was passiert ist, verdammt noch mal! Wenn hier jemand an allem schuld ist, dann wohl Sie!«

Alistair schwieg, und Jackman dachte bereits, dass er zu weit gegangen war. Er ballte die Fäuste und wartete auf den Schuss. Er bereute seine Worte zutiefst.

»Haben Sie eine Ahnung, wie sich ein vernachlässigtes, misshandeltes Kind fühlt, Rowan? Nein, natürlich nicht. Sie hatten eine Mutter, die Sie vergöttert hat. Klar war Ihr Vater nicht oft da, aber Sie hatten alles, was Sie brauchten, und noch mehr. Sie hatten ein privilegiertes Leben. Ein glückliches Leben. Ich nicht. Ihre Mutter ist übrigens eine nette Frau. Ich mochte sie sehr.«

Jackman trat unwillkürlich einen Schritt auf Ashcroft zu.

»Denken Sie nach. Keine Bewegung, schon vergessen?«

Jackman schloss die Augen und versuchte, die Fassung wiederzufinden.

»Sehr vernünftig. Und jetzt entspannen Sie sich, und ich erzähle Ihnen, warum ich nie etwas gesagt habe.«

»Das weiß ich doch längst. Sie waren ein Kind und haben etwas so Schreckliches gesehen, dass es keine Worte dafür gab. Natürlich trugen Sie keine Schuld, ich hätte das nicht sagen sollen. Aber ich werde Ihnen nie verzeihen, was Sie meinen Neffen angetan haben.«

»Wenn sie stark sind, werden sie es überleben. Ich habe immerhin auch überlebt.«

Jackman fragte sich, um welchen Preis.

»Sie mussten dafür bezahlen. Alle, die mit dieser Farce zu tun hatten, mussten bezahlen.«

»Und das haben sie auch.«

»Genau.«

»Mein Gott, Sie haben gerade einen Mann gehängt! Verspüren Sie denn kein bisschen Reue?«

Alistair lachte. »Warum sollte ich? Hat er Reue empfunden für das, was er getan hat? Nein. Er hat zugesehen, wie ein unschuldiger junger Mann für ihn ins Gefängnis ging und dort zu Tode kam. Er hat bekommen, was er verdient hat.«

Jackman ignorierte die Antwort und beschloss, eine Frage zu riskieren. »Eins verstehe ich nicht. Ihre Schwester war tot, und nichts konnte sie zurückbringen. Es wirkt auf mich, als wollten Sie nicht Lyndsays, sondern vielmehr Brendans Tod rächen.«

»Brendan war der Einzige, der nett zu mir war. Sogar Lyndsay war oft gemein zu mir, auch wenn ich weiß, dass sie mich tief in ihrem Inneren geliebt hat. Aber sie hat mir das Versprechen abgenommen ... Ich musste schwören ...«

»Was haben Sie ihr versprochen, Alistair?«

»Dass ich niemandem erzählen würde, was sie und Brendan vorhatten. Sie ließ mich schwören ...«

Alistair klang mit einem Mal wie ein verängstigtes Kind.

»Sie meinte ... Sie hat mir gedroht, dass mir schlimme Dinge zustoßen würden. Ich dachte, sie wäre gestorben, weil ich ihr gefolgt war und sie beobachtet hatte.«

»Aber Sie haben es Ihrem Vater erzählt, und den haben Sie gehasst«, erwiderte Jackman.

»Er *wusste* es.« Ashcrofts Stimme zitterte. »Er hat mich angesehen und wusste es. Dann hat er mich geschlagen, bis ich ihm alles gesagt habe. Ich habe ihm sogar erzählt, dass Lyndsay und Brendan vorhatten fortzugehen und mich mitnehmen wollten. Ich habe sie verraten.«

Jackman war sich nicht sicher, aber es kam ihm vor, als würde Alistair Ashcroft weinen. An diesem Tag waren alle Hoffnungen und Träume des Jungen zerplatzt. Er hatte nicht nur seine Schwester, sondern auch die Chance auf ein besseres Leben verloren.

»Und dann hat Ihr Vater Sie weggeschickt«, sagte Jackman leise.

»Ja, aber kurz darauf ist er gestorben.« Ashcroft klang fast schon wieder fröhlich. »Und von da an begann mein neues Leben.« Er hielt inne. »Wie auch immer, Jackman. Ich dachte mir, es wäre nett, wenn wir uns zumindest einmal von Angesicht zu Angesicht gegenüberstehen. Ich werde jetzt gehen, aber wir werden uns wiedersehen, darauf können Sie sich verlassen.«

Sollte er einen Mörder wirklich einfach so gehen lassen? Aber Ashcroft war immerhin bewaffnet. Jackman fühlte sich hilflos. »Wer *sind* Sie?«

Ashcroft seufzte. »Finden Sie's raus. Es wird Ihnen einfallen, sobald ich fort bin. Aber ich fürchte, Sie verstehen nicht. Es spielt keine Rolle! Wie oft muss ich Ihnen das noch sagen? Ich bin *Alistair Ashcroft*, Ihr schlimmster Albtraum.«

Ganz in der Nähe heulte ein Motorrad auf, und Ashcroft war verschwunden.

Jackman versperrte mit zitternden Fingern die Eingangstür hinter sich und schenkte sich einen Brandy ein. *»Finden Sie's raus. Es wird Ihnen einfallen, sobald ich fort bin.«* Die Worte fuhren in seinem Kopf Karussell. Warum, wenn er fort war? Was hatte Ashcroft gemeint? Jackman stürzte ein gutes Drittel des Glases hinunter und seufzte laut.

Ashcroft hatte ihm nichts erzählt, was er nicht bereits

wusste oder selbst herausfinden hätte können. Sein Besuch war eine reine Machtdemonstration gewesen.

Jackman nahm noch einen großen Schluck und sah den großen, in Schwarz gekleideten Mann mit den schmalen Hüften vor sich. *»Es wird Ihnen einfallen …«*

Jackman stöhnte, und beinahe wäre ihm das Glas aus den Fingern gerutscht. Ashcroft hatte den letzten Satz mit kaum merklichem Akzent ausgesprochen.

Jackman griff nach dem Autoschlüssel und eilte in die Nacht hinaus. Er musste zurück ins Büro. Und zwar schnell.

»Annie! Ist sie da?«, rief er dem diensthabenden Beamten am Empfang zu.

»Ja, Sir. Sie ist wahrscheinlich oben im Stockwerk der Superintendentin.«

Er nahm zwei Stufen auf einmal und fand Annie im Konferenzzimmer, wo sie gerade die Papiereimer leerte.

»Annie?« Er sah sich nach Eric und Stefan um. »Sind Sie heute ganz allein?«

»Oh, hallo, Sir.« Sie verzog das Gesicht. »Ja, und das werde ich die ganze Woche sein, bis ich einen neuen Kollegen bekomme.«

»Warum?« Er wusste die Antwort zwar schon, aber er wollte, dass Annie es bestätigte.

»Ehrlich gesagt, ist es zum Teil auch meine Schuld. Eric wurde versetzt, und Stefans Baby ist so krank, dass es rund um die Uhr betreut werden muss. Er hat gestern gekündigt, Sir. Ich werde ihn vermissen. Er war ein netter Kerl, so freundlich und verlässlich.«

Und ein wahnsinnig guter Schauspieler, dachte Jackman und sah Stefan vor sich. Groß, schlank, die dunklen Haare zum Seitenscheitel frisiert. Die großen, mandelförmigen

Augen und der kaum merkliche Akzent, der den Frauen so gefallen hatte. Alistair Ashcroft war ihnen vor der Nase herumgetanzt und hatte ganze Abende allein in der Dienststelle verbracht.

»Wissen Sie, wo Stefan wohnt, Annie? Ich muss dringend mit ihm sprechen.«

»In Cartoft, glaube ich. Ich kann Ihnen die Nummer meines Vorgesetzten geben. Wenn Sie ihn morgen früh anrufen, gibt er Ihnen sicher die Adresse.«

Sehr schlau. Jackman wohnte in Cartoft und kannte jeden einzelnen Einwohner. Stefan war nicht darunter. Er wusste auch schon, was er herausfinden würde, wenn er bei der Reinigungsfirma anrief. Stefan hatte eine lupenreine Vergangenheit, das Auswahlverfahren mit Bravour bestanden, exzellente Referenzen vorgelegt und galt als vertrauenswürdig und verlässlich. Natürlich war er sauber. Alistair Ashcroft hatte sein ganzes Leben lang keine Probleme mit dem Gesetz gehabt. Bis er begonnen hatte, Menschen zu töten.

»Wie heißt Stefan denn noch, Annie?«

»Irgendetwas mit *Ash*. Ashton? Nein, Ashcroft. Stefan Ashcroft. Ich glaube, sein Vater war Brite und seine Mutter Polin.«

Richard Stephan Ashcroft. Was musste er gelacht haben, als er seinen Namen auf den Whiteboards gesehen hatte. Er hatte sie monatelang zum Narren gehalten!

Jackman bedankte sich bei Annie, ging in sein Büro und wählte Maries Nummer. Sie war bei Gary, um ihm zu erzählen, was er – glücklicherweise – im alten Auktionshaus verpasst hatte.

»Und nebenbei schlagen Sie sich zweifellos den Bauch voll«, meinte Jackman trocken.

»Na ja, wenn ich schon mal hier bin ... Aber warum rufen Sie an, Sir?«

Er erzählte ihr von seinem Besucher, und dass er mittlerweile wusste, wer Ashcroft war.

Marie schnappte nach Luft. »Natürlich! Er hat dieses lange, ovale Gesicht, von dem der Schuldirektor gesprochen hat. Es kann ein Anzeichen für das Fragile-X-Syndrom sein. Ich *wusste*, dass ich ihn schon irgendwo gesehen habe.«

»Außerdem ähnelt er Miles' Zeichnung des bösen Mannes.«

»Genau! Und dem Mann auf dem Video mit den dichten Locken. Stefan hatte die Haare allerdings immer zum Seitenscheitel gegelt, sodass er vollkommen anders aussah.« Sie hielt inne. »Ist alles okay, Jackman? Mein Gott, Sie wurden gerade von einem Serienmörder mit einer Waffe bedroht. Das ist nicht ohne.«

»Mir geht es gut. Ich bin nur frustriert, weil ich keine Chance hatte, ihn zu stellen. Ich musste ihn gehen lassen, und das tut weh. Er war übrigens auf einem Motorrad unterwegs. Ich wünschte, Sie wären dabei gewesen, vermutlich hätten Sie es am Motorengeräusch erkannt.«

Jackman legte auf. Sein nächster Anruf galt Ruth Crooke, um sie auf den neuesten Stand zu bringen und ihr zu zeigen, dass er alles im Griff hatte. Sie hatten den Mörder identifiziert. Das sollte ihm einige Pluspunkte einbringen.

Zuletzt rief er Cam Walker an.

»Am meisten irritiert mich, dass es ihm herzlich egal ist, dass wir wissen, wer er ist. Er sagte, es würde keine Rolle spielen, und langsam verstehe ich, was er damit gemeint hat.«

»Wenigstens haben wir jetzt ein Gesicht zu dem Namen.

Die Reinigungsfirma hat sicher ein Mitarbeiterfoto, und auch bei uns brauchte er eine Zugangskarte mit Foto.«

»Wie schon gesagt, das ist ihm egal. Er wollte nur, dass ich weiß, gegen wen wir antreten. Er hält sich für unantastbar, aber ...« Jackman dachte kurz nach. »Teilweise klang er total cool, dann wieder wie ein unsicheres Kind. Es war unheimlich, und auch wenn ich ihn am liebsten in Stücke gerissen hätte, habe ich ...«

»Mitleid für ihn empfunden?«

Jackman überlegte. »So weit würde ich nicht gehen. Es ist jedenfalls schwer zu glauben, dass Misshandlungen einen kleinen Jungen so derart verändern können.«

»Und dann hatte er auch noch das unsägliche Pech, den Mord an seiner Schwester mitansehen zu müssen. Ich sage es ungern, aber es ist kaum verwunderlich, dass ein Psychopath aus ihm wurde.«

Jackman gähnte. »Ich sollte nach Hause und ein wenig schlafen, Cam.«

»Vielleicht wäre es ratsam, einen uniformierten Kollegen mitzunehmen, der sich Ihr Haus genauer ansieht. Ashcroft hat es offensichtlich auf Sie abgesehen.«

Jackman überlegte. »Nein, er wird heute Nacht nicht wiederkommen. Er hat seine Nachricht überbracht. Er wollte lediglich, dass ich meinem Gegenspieler – meinem Untergang – ins Auge blicken kann.«

»Sie können auch gerne zu uns kommen, wenn Sie wollen.«

Jackman lächelte. Cam Walker war ein freundlicher und fürsorglicher Kollege. »Nein, ich komme schon klar, Cam. Ehrlich. Trotzdem danke.«

»Sind Sie sicher?«

»Ja. Wir sehen uns morgen.«

Nachdem er aufgelegt hatte, fragte er sich, ob er vielleicht etwas zu vorschnell gewesen war, aber im Grunde wusste er, dass er recht hatte. Zumindest heute Nacht drohte ihm keine Gefahr mehr.

Alistair machte sich fürs Bett fertig und dachte an sein Treffen mit Jackman. Es war genau nach Plan verlaufen. Er sah Jackman nun in einem anderen Licht. Als Widersacher. Als Gegner in einem tödlichen Schachspiel.

Dabei mochte er den Inspector durchaus. Er bewunderte seinen Mut. Selbst angesichts einer Waffe war er bereit gewesen, einen Angriff zu wagen, um seine Liebsten zu beschützen. Er hatte sich nicht zurückgehalten. Das gefiel ihm ebenfalls.

Nach dem Gespräch mit Jackman wäre er am liebsten hinaus in die einsame Marsch gefahren, doch stattdessen hatte er zu Hause eine lange, heiße Dusche genommen.

Er sah sich um. Hier würde ihn niemand finden. Es sei denn, er wollte es so.

Aber im Moment brauchte er diesen Zufluchtsort noch. Er ging barfuß über den dicken Teppich zu seinem Bett und schlug die Decke zurück. Er würde die kommenden Stunden dafür nutzen, seinen nächsten Schachzug bis ins Detail durchzuplanen. Er hatte sein Ziel bereits ins Auge gefasst, und seine Nachforschungen waren beinahe beendet. Jetzt ging es um die richtige Zeiteinteilung. Um den Countdown des Todes für sein neues Opfer.

Er ließ sich in die Kissen sinken und lächelte.

KAPITEL 29

Am nächsten Morgen war Jackman früh im Büro, wo Max bereits auf ihn wartete. Er schien ein vollkommen anderer Mensch zu sein.

»Tut mir leid, dass ich Sie so überfalle, aber könnten wir uns kurz unterhalten, bevor die anderen kommen?«

Jackman hielt ihm verblüfft die Bürotür auf. Hatte sich Rosie so schnell erholt?

Max setzte sich. »Sir, ich schätze, Sie waren genauso überrascht wie ich, dass Rosie der letzte Einsatz so nahegegangen ist.«

Jackman nickte. »Es war ein Schock, sie so zu sehen, aber so etwas passiert manchmal. Jeder hat einen Fall, der einen ganz besonders mitnimmt.«

Max wand sich unruhig und war sich offensichtlich nicht sicher, wie er weitermachen sollte. »Na ja, es war nicht nur das. Es ... Wir wussten nicht ...«

»Max, kommen Sie zum Punkt.«

»Sie ist schwanger, Sir! Wir bekommen ein Baby! *Deshalb* war sie so durch den Wind!«

Jackman war einen Moment lang sprachlos. Das hatte er nicht erwartet. »Wirklich!«

»Ja, ist das nicht fantastisch?« Max strahlte übers ganze Gesicht.

»Ich gratuliere Ihnen, Max! Ich nehme an, dass Sie sich freuen?«

»Es war nicht geplant, Sir, ganz und gar nicht, aber nachdem es nun mal so ist, bin ich überglücklich.«

»Das sieht man.« Jackman lächelte. »Und wie geht es jetzt weiter?«

»Als Erstes werden wir heiraten, Sir. So schnell wie möglich. Wir wollen es beide. Die letzten Morde haben die Dinge ins rechte Licht gerückt. Auch ohne Kind. Wir sind einfach ein tolles Team, und es gibt keinen Grund, es nicht offiziell zu machen.« Max schluckte. »Ich liebe Rosie über alles, Sir.«

»Das ist ein wirklich guter Grund, um den Bund fürs Leben zu schließen. Und dann?«

»Darüber müssen wir erst nachdenken, aber wir haben mehr als genug Zeit. Wir lieben unseren Job, und wenn es geht, wollen wir beide weitermachen, auch wenn einer vielleicht eine Zeit lang zurückstecken muss. Wir können auf die Hilfe unserer Familien zählen und werden sicher einen Weg finden, der für alle passt.« Er grinste. »Wir wollten nur, dass Sie es zuerst erfahren, Sir. Bevor ich es überall verkünde.«

»Danke, Max, das weiß ich zu schätzen.« Plötzlich kam Jackman Ashcroft in den Sinn, und eine tiefe Angst packte ihn. »Trotzdem würde ich Ihnen gerne einen Vorschlag machen, und ich hoffe, er bringt Ihre Pläne nicht durcheinander. Ich glaube, Sie sollten die Neuigkeiten vorerst nur Ihren engsten Freunden anvertrauen.«

»Sir?« Max sah ihn ratlos an.

»Zumindest so lange, bis wir mehr über Alistair Ashcroft wissen.«

Max runzelte die Stirn, dann fiel der Groschen. »Verdammt! Ich war so aufgeregt, dass ich vergessen habe, wie er tickt. Er nutzt die Schwachstellen der Opfer aus, nicht wahr?«

»Ganz genau, Max. Sie verstehen also, was ich meine?«

»Ich rufe Rosie sofort an. Ich werde versuchen, ihr keine Angst einzujagen, werde aber dafür sorgen, dass sie nichts Unüberlegtes tut – wie die Neuigkeit auf Facebook posten, zum Beispiel.«

»Sehr vernünftig. Und Max? Ich freue mich riesig für Sie.«

»Danke, Sir.« Max stand auf. »Ich denke, Marie sollte es auch erfahren, die anderen können ruhig noch ein Weilchen warten, es ist ja noch früh. Ach ja, Rosie meinte übrigens, dass sie hoffentlich nächste Woche wieder einsatzbereit sein wird. Es geht ihr viel besser, seit sie weiß, was los ist.«

»Wir freuen uns, wenn sie wiederkommt, aber wir brauchen das Okay vom Amtsarzt.«

»Das ist ihr bewusst, Sir. Mal sehen, wie es läuft.«

»Max? Ihnen ist doch klar, dass Sie in nächster Zeit eine oscarreife Vorstellung abliefern müssen, oder? Im Moment sehen Sie aus wie die Grinsekatze aus *Alice im Wunderland*.«

»Das wird zwar nicht leicht, aber wenn mich jemand fragt, sage ich einfach, dass ich froh bin, dass es Rosie wieder besser geht.«

Nachdem Max gegangen war, starrte Jackman besorgt ins Leere. Sam und Laura hatten ihn gewarnt, dass Ashcroft seine Vorgehensweise ändern würde und es möglicherweise in Zukunft auf Dinge und Menschen abgesehen haben könnte, die die Leute in seinem Umfeld liebten. Alle waren verwundbar. Aber war Max womöglich der Verletzlichste von allen?

Charlie Button war in eine hitzige Diskussion mit Robbie vertieft. »Weißt du, was ich nicht verstehe?«, meinte er gerade. »Warum gab es keine Spuren am Tatort, die John Blake mit dem Mord in Verbindung gebracht haben? Wenn er Lyndsay wirklich umgebracht hat, hätte man dann nicht irgendetwas von ihm finden müssen?«

Robbie zuckte mit den Schultern. »Denk mal nach, Kumpel. Das war vor zweiundzwanzig Jahren. Außerdem gab es zwei Zeuginnen, die Lyndsay und Brendan zusammen gesehen und ihn anschließend beobachtet haben, wie er die Lichtung allein verließ.«

Marie hatte ebenfalls zugehört. »Dazu kam noch, dass Brendans DNA praktisch überall war. Die Staatsanwaltschaft hatte also alles, was sie brauchte.«

»Und was ich gelesen habe, war Phillip Seaton heiß auf eine Verurteilung. Warum also noch weitersuchen?«, fügte Robbie hinzu.

»Aber *wir* könnten doch etwas ausgraben. Mit den heutigen Methoden ...«, beharrte Charlie.

Marie schüttelte den Kopf. »Charlie, der Fall ist abgeschlossen. Alle, die an dieser Farce beteiligt waren, sind tot. Außer Alistair Ashcroft, und bei ihm liegt im Moment unsere Priorität, nicht bei Lyndsay. Wir müssen unsere ganze Energie darauf verwenden, ihn zu finden.« Sie sah Charlies aufgebrachte Miene und fuhr fort: »Aber Sheila Symons sollte unbedingt davon erfahren. Blakes Geständnis würde vor Gericht nicht standhalten, da es unter Zwang zustande kam, aber vielleicht findet sie Frieden in dem Wissen, dass wir mittlerweile alle von Brendans Unschuld überzeugt sind.« Sie lächelte ihm zu. »Und wer weiß? Wenn die Familie weiter Druck macht, wird der alte Fall doch noch neu aufgerollt und Brendan posthum begnadigt. Im Moment läuft allerdings gerade ein Mörder frei herum, den wir uns schnappen müssen.«

Charlie erwiderte das Lächeln. »Das weiß ich doch, Sarge. Ich hasse nur Ungerechtigkeiten in jeder Form.«

»Genau deshalb machen wir unseren Job, Kumpel«, erklärte Robbie.

Gary kam auf sie zu. »Sarge? Die uniformierten Kollegen haben gerade Bericht erstattet. Die Adresse aus *Stefan* Ashcrofts Akte ist nur eine Einzimmerwohnung in irgendeiner Hintergasse in Saltern. Sie haben lediglich ein Feldbett, einen Tisch, einen Stuhl, ein Telefon mit Anrufbeantworter, einen Wasserkocher und einen Minikühlschrank gefunden. Dort hat ganz sicher niemand gewohnt. Ashcroft hat sie bloß benutzt, um seine Identität glaubhaft erscheinen zu lassen und Post sowie Anrufe für *Stefan* entgegenzunehmen.«

»Das heißt, er wird sicher nicht noch mal dort auftauchen.« Marie verzog das Gesicht. »Das war zu erwarten.«

Keiner hatte gehört, dass auch Jackman zu ihnen getreten war. »Aber irgendwo muss er wohnen. Womöglich befindet er sich auch direkt vor unserer Nase, mitten in Saltern-le-Fen.«

»Sie meinen, die Wohnung läuft auf eine weitere seiner unzähligen Identitäten?«, fragte Robbie.

»Er hat gesagt, er wäre jetzt wieder Alistair Ashcroft und hätte mit den anderen Namen abgeschlossen, aber wer weiß? Jetzt ist es jedenfalls Zeit für die Morgenbesprechung.«

Jackman erzählte den anwesenden Kollegen noch einmal vom Tatort im alten Auktionshaus und berichtete, was danach bei ihm zu Hause vorgefallen war. Marie ließ ihn dabei nicht aus den Augen. Er wirkte fahrig. Vielleicht hatte ihn seine Begegnung mit Alistair stärker mitgenommen, als er zugeben wollte.

»Ich will, dass Sie sich alle bewusst sind, mit wem wir es hier zu tun haben. Sie dürfen ihn auf keinen Fall unterschätzen. Ich werde Laura Archer bitten, bei der Vier-Uhr-Besprechung eine kurze Erklärung abzugeben, wie sich sein Verhalten im weiteren Verlauf des Falles verändern könnte. Aber jetzt ...« Jackman griff nach einer Handvoll leerer A4-Seiten, die er unter den Anwesenden verteilte. »Das kommt Ihnen womöglich seltsam vor, aber um auf Ihre Privatsphäre Rücksicht zu nehmen, bitte ich Sie alle, eine Liste mit den Namen jener Personen zu erstellen, die Ihnen besonders nahestehen. Nur Marie, Laura Archer und ich werden sie lesen und natürlich höchst vertraulich behandeln. Ich muss es leider sagen, wie es ist: Ashcroft wird Dinge und Leute ins Visier nehmen, die uns wichtig sind. Ich muss wissen, wer oder was das in Ihrem Fall ist. Denken Sie dabei auch an Ihre geliebte Großmutter, den neuen Hundewelpen, Ihre Teekannen-Sammlung und sogar an die heimliche Geliebte. Bitte halten Sie nichts zurück! Die Listen werden entsorgt, sobald wir Ashcroft gefasst haben. Ich muss all Ihre Schwachstellen kennen, verstanden?«

Seine Mitarbeiter sahen sich an, dann nahm jeder ein Blatt Papier.

»Erledigen Sie es gleich. Denken Sie gründlich darüber nach, und bringen Sie die Listen anschließend in mein Büro. Außerdem sollte sich jemand darum kümmern, dass auch alle, die im Moment nicht hier sind, eine Liste anfertigen.«

Er beendete die Besprechung, und Marie folgte ihm in sein Büro. »Sie scheinen sehr angespannt, Boss. Hat es mit Ihrem späten Besucher zu tun?«

»Es ist mir ziemlich nahegegangen. An einem Punkt

dachte ich, ich hätte es zu weit getrieben. Ich glaubte wirklich …« Er schüttelte den Kopf.

»Er hat eine Waffe auf Sie gerichtet, Sir. Mein Gott, Sie hatten allen Grund, sich in die Hose zu machen!«

Jackman lächelte müde. »So weit ist es glücklicherweise nicht gekommen. Aber er hatte etwas Beunruhigendes an sich. Es war die Art, wie sich seine Stimmung und auch seine Stimme veränderten. Dabei klang das, was er gesagt hat, vollkommen glaubwürdig. Er zieht einen in seinen Bann, und man bekommt beinahe Mitleid mit ihm. Doch im nächsten Moment gibt er etwas derart Gefühlloses von sich, dass man ihn am liebsten in Stücke reißen würde.«

»In etwa so, wie während seiner Pseudogerichtsverhandlung«, erklärte Laura Archer, die plötzlich im Türrahmen stand. »Tut mir leid, ich wollte Sie nicht belauschen. Ich wollte Sie nur ausreden lassen.«

»Kommen Sie rein, Laura.«

Jackman lächelte, und Marie spürte erneut die kaum merkliche Spannung in der Luft. Was wohl auf Lauras Liste stand?

Die Psychologin sah so makellos aus wie immer. Dieses Mal trug sie eine Jacke aus weichem, rotem Leder und eine enge, grau karierte Hose. Im Gegensatz zu Maries Motorradjacke hatte Lauras einen einfachen Reißverschluss und einen Stehkragen. Marie schätzte, dass sie an die fünfhundert Pfund gekostet hatte. Dabei hätte die Psychologin sogar in einem schwarzen Müllsack umwerfend ausgesehen.

»Ich habe Laura gebeten, in nächster Zeit mit uns zusammenzuarbeiten, Marie. Vielleicht finden wir heraus, was Alistair als Nächstes plant.«

»Wunderbar.« Marie lächelte Laura zu.

Gary trat mit einem Stapel Blätter ins Büro. »Das sind

die ersten, die abgegeben wurden, Sir. Ich dachte, Sie wollen vielleicht schon mal anfangen.« Er wandte sich grinsend an Marie. »Und ich habe keinen Blick riskiert, ehrlich.«

»Danke, Gary.« Jackman legte die Seiten umgedreht auf seinen Schreibtisch. »Ich fühle mich wie ein Voyeur, aber wir müssen das tun.« Er sah von Laura zu Marie. »Nachdem Ashcroft so lange hier gearbeitet hat, müssen wir davon ausgehen, dass er einen Großteil der Belegschaft kennt. Als Stefan war er zwar hauptsächlich in der Nacht hier, aber wir sind auch häufig spätabends oder frühmorgens im Büro, das heißt, er konnte unzählige Gespräche belauschen und Informationen sammeln.«

»Sam und ich haben uns gestern Abend noch lange über ihn unterhalten«, erklärte Laura. »Und wir sind zu dem Schluss gekommen, dass wir keine Ahnung haben, in welche Richtung er sich entwickeln wird. Wie gesagt, er ist sehr komplex. Er zeigt noch immer Anzeichen der Dunklen Triade, und er könnte durchaus das Produkt einer tödlichen Kombination mehrerer Psychosen sein. Wir wissen, wie er bis jetzt getickt hat, aber wir befürchten, dass er in Zukunft davon abweichen könnte.«

Marie starrte sie an. »Sie meinen, er könnte seine Vorgehensweise vollkommen verändern?«

»Er hat mit jedem Mord an Selbstvertrauen gewonnen, und ich glaube, durch den Schauprozess könnte es eskaliert sein. Er ist zweifellos der Meinung, dass Sie ihn nie fassen werden – es sei denn, er möchte es.«

»So etwas Ähnliches hat er gestern Abend gesagt, als er bei mir war.« Jackman überlegte. »Ich habe ihm gesagt, dass ich ihn am liebsten in einer Zelle sehen möchte, und er meinte, so weit würde es nie kommen.«

»Aber vergessen Sie nicht …« Laura beugte sich vor. »Sie

dürfen nicht auf ihn hereinfallen. Seine Selbsteinschätzung ist vollkommen überzogen. Er ist genauso fehleranfällig wie alle anderen auch.«

»Womit wir wieder bei der guten alten Polizeiarbeit angelangt wären. Glauben Sie wirklich, dass wir ihn damit aufhalten können?«, fragte Marie.

»Ich habe schon einige Mörder geschnappt, die sich für unantastbar hielten«, erwiderte Jackman. »Ich bin mir sicher, dass wir ihn am Ende fassen werden.« Er griff nach den Listen und teilte sie an die beiden Frauen aus, während er einen Teil selbst behielt. »Mal sehen, was wir hier haben.«

Sie lasen schweigend, und Marie fühlte sich überwältigt von dem Ausmaß der Aufgabe, der sie sich gegenübersahen. Sie legte die Seiten auf den Tisch und schüttelte den Kopf. »Das ist unmöglich! So viele Schwachstellen, und unser kleiner Kuckuck im Nest kennt sie alle.«

»Vieles davon können wir getrost außer Acht lassen«, erklärte Laura ruhig. »Wenn er so weitermacht wie bisher, dann wird er von dem Verlangen getrieben werden, innige Liebe zu zerstören.« Sie deutete auf die Listen. »Das meiste würde ihn nicht einmal ansatzweise interessieren. Er sucht nach intensiven Gefühlen.« Sie überlegte. »Und er will Gerechtigkeit. Sam ist in dieser Hinsicht zwar anderer Meinung, aber ich glaube trotzdem, dass Ashcroft einen Grund für seine Taten braucht. Er will sie gegenüber sich selbst verantworten können. Er sieht sich als dunkler Racheengel, als misshandeltes Kind, das als Erwachsener für Gerechtigkeit kämpft.«

Jackmans Blick huschte durchs Zimmer, und Marie sah etwas in seinen Augen aufblitzen. »Dachten Sie gerade an etwas Bestimmtes, Sir?«

Jackman ließ sich Zeit mit der Antwort. »Max ist wahrscheinlich noch nicht dazu gekommen, es Ihnen zu sagen, aber Rosie und er erwarten ein Baby.«

Maries anfängliche Freude löste sich in Sekundenschnelle in Luft auf. Was war verletzlicher als ein Neugeborenes?

»Aber Alistair weiß nichts davon. Sie haben es erst gestern Abend erfahren und niemandem erzählt. Deshalb hat Max es auch nicht aufgeschrieben.« Er wandte sich an Laura. »Wahrscheinlich haben Sie genau so etwas gerade gemeint, oder?«

Sie nickte.

Gary brachte einen neuen Stapel Listen, doch Marie fiel es schwer, sich zu konzentrieren. Die Neuigkeiten über Max und Rosie warfen eine Menge Fragen auf, die sie jedoch mit aller Kraft beiseiteschob. »Es ist interessant, dass einige eine ganze Reihe an Menschen und Dingen aufgelistet haben, und andere nur sehr wenig. Wie hier ...« Marie hielt Garys Übersicht hoch. Darauf stand schlicht und einfach: »Das Team.«

Jackman lächelte. »*Das Team* kommt häufig vor. Aber auf Ihrer Liste steht etwas von einem Harvey. Wer ist das?«

Marie wurde rot. »Mein Motorrad. Ich nenne es Harvey.«

»Alistair Ashcroft fährt auch Motorrad. Das heißt vielleicht Roxanne oder Flossie oder so.« Sie lachten und waren dankbar für diesen kurzen, unbeschwerten Moment.

Gerade, als Marie sich fragte, ob diese Übung eigentlich einen Sinn hatte, klopfte Gary erneut an die Tür.

»Hier sind die letzten Listen, Sir. Und Robbie lässt ausrichten, dass die Reinigungsfirma uns ein sehr gutes Foto von Stefan zur Verfügung gestellt hat. Er hat es ein wenig bearbeitet, sodass Ashcroft nun dichte Locken trägt wie auf dem Überwachungsvideo der Schule. Robbie leitet es gerade an alle Dienststellen und an die Medien weiter.«

»Gute Arbeit. Ich würde vorschlagen, wir verteilen das Fahndungsfoto in der ganzen Stadt. Schaufenster, Bushaltestellen, alles, was wir finden können. Ich will, dass jeder in Saltern das Gesicht dieses Mannes kennt.«

Gary nickte. »Ich kümmere mich sofort darum, Sir.«

»Sir?«, meinte Marie. »Ich glaube nicht, dass ich hier eine große Hilfe bin. Könnte ich mich um etwas anderes kümmern? Laura und Sie haben zu zweit alles bestens im Griff.«

»Ich schätze zwar Ihren Input, Marie, aber in Ordnung, wir geben Ihnen Bescheid, wenn wir hier fertig sind.«

»Ich würde gern mit Sheila Symons sprechen. Sie hat nicht mehr viel Zeit, und es wäre nicht gut, wenn sie von jemand anderem von Ashcroft und Blake erfährt und nicht von uns.«

Jackman nickte. »Ich wollte selbst hin, aber ich sehe schon, dass daraus nichts wird. Ja, Marie, machen Sie das.«

Marie verschwand so schnell wie möglich, ohne verdächtig zu wirken, und seufzte erleichtert auf, als sie vor dem Gebäude stand. Sie konnte es Jackman unmöglich sagen, aber sie war sich sicher, dass sie erst wissen würden, was Ashcroft vorhatte, *nachdem* er wieder in Aktion getreten war.

Sie hatte beschlossen, nicht bei den Symons anzurufen, um ihr Kommen anzukündigen. Sheila konnte nirgendwohin, und es würde sicher zumindest eines ihrer Kinder da sein, das sich um sie kümmerte, also schlüpfte sie in ihre Motorradklamotten und machte sich auf den Weg nach Nettleby Oaks.

Marie liebte das Motorradfahren. Die Straßen waren frei, das Wetter war gut, und es war genau das, was sie brauchte, um ihr verstaubtes Gehirn frei zu bekommen. Auf dem Motorrad konnte sie sich entspannen und fühlte sich wieder lebendig. Auch wenn Harvey kein Mensch aus Fleisch und Blut war, hatte sie ihn auf die Liste gesetzt, denn ihr Motorrad zu verlieren hätte sie schwer getroffen. Ein herrliches Bike hatte sie bereits an einen psychopathischen Mörder verloren, und sie hatte nicht vor, es noch einmal so weit kommen zu lassen.

In Nettleby Oaks angekommen, nahm sie den Helm ab und klingelte. Die Tür ging auf, und sie sah ein unbekanntes Gesicht, das sie misstrauisch beäugte.

»Liam! Dann gibt es Sie also wirklich!« Sie hielt ihm ihren Ausweis entgegen. »Auf ein Wort, bitte, und dann möchte ich zu Ihrer Mutter.«

»Verschwinden Sie!«

Sie stellte einen Stiefel in die Tür, drückte die Hand auf seine Brust und schob ihn nach hinten in den Flur. »Das war keine höfliche Bitte, Kumpel. Sie spielen seit Tagen mit uns Katz und Maus. Wir können die Sache entweder jetzt und hier klären, oder ich fordere einen Wagen an, der Sie aufs Revier bringt. Ihre Entscheidung.«

Er warf ihr einen vernichtenden Blick zu und ging widerwillig ins Wohnzimmer.

Ihr war schon nach der ersten Sekunde klar gewesen, dass Liam nicht der Mörder sein konnte, doch eine kleine Abreibung hatte er durchaus verdient, nachdem er sie so lange an der Nase herumgeführt hatte. Marie ließ ihre Stiefel im Flur und folgte ihm.

»Also, was hat Sie dazu bewogen, den Wunsch Ihrer Mutter zu ignorieren und uns aus dem Weg zu gehen? Sie haben wohl etwas zu verbergen, was? Etwas, von dem der Rest der Familie nichts wissen darf?«

Yvette trat in die Tür und warf Marie ein wissendes Lächeln zu.

»Ich habe gar nichts zu verbergen«, knurrte Liam. »Ich finde nur, dass Mum unrecht hat. Sie ist so krank, dass sie nicht mehr klar denken kann. Warum sollten wir Ihnen helfen?«

»Weil wir versuchen, die Wahrheit herauszufinden, und nebenbei sind wir auf der Jagd nach einem irren Mörder, der verdammt gefährlich ist. Wir brauchen jede Hilfe, die wir bekommen können, selbst Ihre.« Ihre Augen wurden schmal. »Und Ihre Mutter ist hundertmal schlauer, als Sie jemals sein werden, Herzchen.«

Liam schwieg.

Marie griff in ihre Tasche und zog das Foto von Alistair Ashcroft heraus. »Kennen Sie diesen Mann?«

Liam warf einen Blick darauf und lachte. »Soll das ein Scherz sein?«

Marie war einen Moment lang verwirrt. Yvette sah ihrem Bruder über die Schulter, und es war sofort klar, dass sie den Mann kannte.

»Das ist Alan. Er ist doch nicht in Schwierigkeiten, oder?«

»Wie bitte? Alan wer?«

»Er ist unser Psychologe. Er hilft uns jetzt seit ... etwa sechs Jahren oder so. Er ist unglaublich.«

Damit hatte Marie nicht gerechnet. Selbst Liam war anzusehen, wie sehr er den Mann mochte.

»Er hört uns zu«, erklärte er. »Ich meine, er hört uns *wirklich* zu, ohne sich einschmeicheln zu wollen. Er ist ein anständiger Kerl.«

Marie versuchte zu begreifen, was sie gerade gehört hatte. Alistair betreute die gesamte Familie Symons seit sechs Jahren als Psychologe namens Alan? Das waren wichtige Neuigkeiten! Vielleicht stießen sie dadurch auf einen Hinweis, wo er sich versteckt hielt. »Wie haben Sie ihn kennengelernt?«

»Er ist mit zwei unserer langjährigen Unterstützer befreundet«, erklärte Yvette. »Mit Christian und Mark. Mark machte sich Sorgen um uns, weil wir unter so großem Druck standen, also bat er Alan, sich mal mit uns zu unterhalten. Wir sehen ihn immer noch gelegentlich. Er hat uns sehr viel Kraft gegeben.«

Yvette sprach so warmherzig über diesen Mann – über diesen *Mörder* –, dass Marie eiskalt wurde.

Yvette sah sie ratlos an. »Warum haben Sie ein Foto von ihm dabei, Sergeant?«

Wie viel sollte sie ihr sagen? »Wir glauben, dass er uns bei den Ermittlungen behilflich sein kann, Yvette. Wir müssen unbedingt mit ihm sprechen.«

»Ist er denn verschwunden?«, fragte Liam argwöhnisch.

»Ja. Haben Sie ihn in letzter Zeit gesehen?«

Liam schüttelte den Kopf. »Nein, seit einigen Wochen nicht mehr.«

»Was wissen Sie sonst noch über ihn? Die beiden Freunde, die Sie vorhin erwähnten, sind wahrscheinlich Mark Courtney und Christian Ventnor?«

Yvette nickte und setzte sich neben Liam auf das Sofa. »Er hatte irgendetwas mit der Kirche zu tun, oder, Liam?«

Liam nickte. »Ja, aber er hat trotzdem nie gepredigt. Er schien einfach zu verstehen, was wir durchmachen.«

»Wenn ich Kirche sage, meine ich nicht, dass er Pfarrer war oder so.« Yvette wirkte immer noch unsicher. »Mark hat erzählt, dass Alan fürs Kirchenhilfswerk arbeitet. Außerdem kümmert er sich um misshandelte Kinder in Pflegeeinrichtungen.«

Marie schluckte. »Entschuldigen Sie mich bitte einen Moment, ich muss die Info weitergeben.« Sie stand auf, eilte in den Flur und wählte Jackmans Nummer. »Jemand muss mit Christian Ventnor und Mark Courtney sprechen. Sie sollen uns alles über den Psychologen erzählen, den sie der Familie Symons empfohlen haben. Er nennt sich Alan, Nachnamen gibt es keinen. Aber Yvette und der wiederauferstandene Liam haben gerade Alistairs Foto gesehen und den Mann wiedererkannt. Er geht seit sechs Jahren in diesem Haus ein und aus!«

Marie kehrte zu Yvette und Liam zurück. »Entschuldigen Sie. Sie haben nicht zufällig Alans Adresse, oder?«

»Nein. Er kam regelmäßig zu uns, aber wir waren nie bei ihm«, erwiderte Yvette.

»Eine Telefonnummer, vielleicht?«

Yvette schüttelte den Kopf. »Tut mir leid. Wir waren dankbar für seine Hilfe. Es war alles gratis, und daher wollten wir uns ihm nicht aufdrängen.« Yvette sah Marie mit großen Augen an. »Sie scheinen unbedingt mit ihm sprechen zu wollen. Ist er vielleicht ...« Sie schnappte nach Luft.

»Sagen wir einfach, dass es von äußerster Dringlichkeit ist, dass wir ihn finden.«

Liam warf einen besorgten Blick auf seine Schwester und griff zu Maries Überraschung nach ihrer Hand. »Scheiße, Schwesterherz. Da haben wir echt Mist gebaut, dass wir dem liebenswürdigen Alan so viel anvertraut haben.« Er wandte sich an Marie. »Oder irre ich mich etwa?«

»Nein, Liam, aber das konnte keiner von Ihnen wissen. Dieser Mann ist einer der besten Manipulatoren, mit denen wir es je zu tun hatten.« Da kam ihr plötzlich ein Gedanke. Wenn Alistair vorhatte, sich die Liebe zunutze zu machen, fand er hier bei den Symons mehr als genug davon. Ihre Liebe zu Brendan hatte sie jahrelang angetrieben und zusammengeschweißt. Die Familie Symons wäre das perfekte Opfer. Sie musste unbedingt mit Jackman und Laura darüber reden.

»Eines noch, bevor ich mit Ihrer Mutter spreche. Sah Alan genau so aus wie auf dem Bild, als er hier war?« Sie hielt das Fahndungsfoto noch einmal hoch.

»Seine Haare waren zurückgegelt und wirkten glatter, aber abgesehen davon, ist das definitiv Alan.« Yvette sah zu Liam, und er nickte.

Yvette stand auf. »Warum sind Sie hier, Sergeant? Ich weiß, dass Sie mit unserer Mutter reden wollen. Aber warum?«

Marie lächelte freundlich. »Ihre Mum hat nicht mehr viel Zeit, und ich habe Neuigkeiten für sie. Normalerweise würden wir diese Art Informationen streng vertraulich behandeln, aber unter diesen Umständen wollen wir, dass sie davon erfährt, bevor es zu spät ist. Sie hat ein Recht darauf.«

Liam warf einen Blick auf seine Schwester und anschließend auf Marie. »Dürfen wir dabei sein?«

»Es dürfen alle Familienmitglieder dabei sein, die gerade hier sind, aber Sie müssen mir versprechen, es für sich zu behalten, bis Sie von uns das Okay bekommen. Nichts davon darf an die Presse. Das könnte unsere Chancen, den Mörder zu schnappen, vollkommen zunichtemachen.«

Yvette öffnete die Tür, und sie gingen gemeinsam nach oben in Sheilas abgedunkeltes Schlafzimmer.

Jackman beschloss, persönlich mit Mark Courtney zu sprechen. Dieser saß gerade in seinem Büro vor dem Computer. Vermutlich tippte er noch mehr Briefe, um Brendans posthume Begnadigung einzufordern.

Er zeigte Courtney das Foto von Ashcroft. »Wo haben Sie ihn kennengelernt?«

»Bei einer Vorlesung, glaube ich. Ja, genau. Nachdem ich in Rente gegangen war, wollte ich unbedingt noch einmal eine wissenschaftliche Arbeit schreiben. Ich besuchte einige Vorlesungen zu dem Thema, und auf einer davon traf ich ihn. Wir verstanden uns auf Anhieb und blieben in Kontakt. Er ist ein interessanter Mann mit einem breiten psychologischen Wissen.«

Warum überrascht mich das jetzt nicht?, dachte Jackman. »Und er arbeitet als Therapeut?«

»Er hat sich auf Depressionen bei Teenagern spezialisiert, sein Hauptaugenmerk gilt Jugendselbstmorden. Er hat einige sehr umfangreiche Studien dazu durchgeführt.«

Ein Experte zum Thema Selbstmord. Na, großartig! »Haben Sie Beweise für seine Ausbildung gesehen? Abschlusszeugnisse, vielleicht? Irgendetwas?«

»Ich war nie bei ihm zu Hause, Inspector. Wir trafen uns immer bei mir.«

Jackman verlor langsam den Mut. Er musste wissen, wo Ashcroft wohnte. »Und Christian Ventnor kennt ihn ebenfalls? Ist das richtig?«

»Ich habe sie einander vorgestellt. Chris fand ihn faszinierend.« Er hielt inne. »Mir ist gerade etwas eingefallen. Ich selbst war zwar nie bei Alan zu Hause, aber meine Schwester schon.«

Jackman richtete sich auf. »Ihre Schwester?«

»Ja. Pip. Sie und Alan verstanden sich sehr gut. Ich bin

mir sicher, dass sie ein- oder zweimal bei ihm war. Geschäftlich.«

»Um welche Art von Geschäften ging es?«

»Das müssen Sie Pip fragen. Ich weiß nur, dass sie mehr von ihm wollte. Er outete sich als homosexuell, wollte aber weiterhin mit ihr befreundet sein. Es war eine ziemlich traurige Geschichte, aber sie standen sich auch danach noch sehr nahe.«

»Wo finde ich Pip?« Jackman hatte sich bereits halb erhoben.

»Sie wohnt nebenan. Ich rufe sie gleich an.« Er zog sein Handy aus der Tasche. »Hast du einen Moment, Pip? Die Polizei ist da. Es geht um Alan.« Er legte auf. »Schon unterwegs.«

Jackman musterte sein Gegenüber. »Darf ich fragen, warum Sie sich immer noch für Brendans Begnadigung einsetzen? Das alles ist schon Jahre her, aber trotzdem wurden Sie in den letzten Jahren mehr oder weniger die treibende Kraft der Kampagne. Was ist der Grund, dass Sie so lange durchgehalten haben?«

Mark Courtney starrte einen Moment ins Leere. »Soll ich ehrlich sein? Der Grund ist Sheila.«

»Sheila Symons? Weil Sie ihre Beharrlichkeit bewundern?«

»Das auch, aber es ist mehr als das. Ich liebe sie. Ich habe sie immer geliebt, schon damals in der Schule, und ich habe nie eine andere angesehen. Leider hatte mein Freund Symons mehr Charisma und gewann das Herz der holden Maid.« Er seufzte. »Jetzt ist er tot, und ich kümmere mich, so gut es geht, um sie. Sie weiß nichts davon, Inspector, und nachdem sie nicht mehr viel Zeit hat, erwarte ich, dass dieses Gespräch unter uns bleibt, in Ordnung?«

Jackman nickte. Eine weitere große Frage war beantwortet. Bevor er etwas erwidern konnte, trat Pip Courtney ins Zimmer.

Sie war eine temperamentvolle Rothaarige, und ihre schrille Stimme irritierte Jackman ein wenig. »Ist Alan etwas passiert?«

»Nein. Er ... ähm ... ist nicht auffindbar, und wir müssen dringend mit ihm sprechen. Haben Sie seine Adresse?«

»Die hatte ich, aber er ist vor etwa zwei Monaten umgezogen, und seitdem habe ich nichts mehr von ihm gesehen oder gehört. Ich habe mir schon Sorgen gemacht, und jetzt natürlich noch mehr.«

»Ihr Bruder hat gesagt, dass Sie geschäftlich mit diesem ... Gentleman zu tun hatten. Ist es da nicht seltsam, dass er einfach verschwindet, ohne Ihnen seine Adresse zu hinterlassen?«

»Unsere Geschäfte sind beendet«, erklärte sie überheblich.

»Um welche Art von Geschäften handelte es sich denn?«

Sie biss sich auf die Lippe.

»Soll ich einen Moment lang rausgehen?«, fragte Mark seine Schwester und wandte sich mit einem leidvollen Lächeln an Jackman. »Pip war schon immer sehr verschwiegen, und ich habe gelernt, mich aus ihren Angelegenheiten rauszuhalten.«

»Nein, Mark. Es ist ja mittlerweile Schnee von gestern, also spielt es keine Rolle mehr.« Pip Courtney seufzte tief. »Alan war ... Na ja, er war ...«

»Homosexuell?«, wagte Jackman einen Versuch.

»Ja. Sein Vater hat ihn deswegen vor die Tür gesetzt, und vom Rest der Familie konnte er sich keine Unterstützung erwarten. Ich hatte wirklich Mitleid mit ihm. Der arme Mann. Er muss schrecklich gelitten haben!«

Jackmans Gesicht blieb ausdruckslos.

»Wie auch immer …« Sie räusperte sich. »Er hatte einige Immobilien und wollte nicht, dass seine Familie davon erfuhr. Er war regelrecht paranoid, dass ihm etwas zustoßen könnte und sie sich wie die Geier auf sein Erbe stürzen würden.«

Mark hörte aufmerksam zu und fragte sich offensichtlich, wohin die Geschichte führen würde.

»Wir haben einen Plan ausgearbeitet, um sie hinters Licht zu führen. Alan hat alles verkauft und sich nach etwas Neuem umgesehen. Nachdem er etwas gefunden hatte, gab er mir das Geld, und ich erwarb die Immobilie für ihn. Nachdem alles auf meinen Namen lief, hatte die Familie keinerlei Zugriffsrechte darauf. Er zahlte mir ein kleines Gehalt, und ich behielt dafür seine Häuser im Auge, redete mit den Nachbarn und so weiter. Ich erzählte ihnen, dass Alan nur zur Miete bei mir wohnte und ein wunderbarer Mieter wäre.«

»Um den Schein zu wahren«, murmelte Jackman, bevor er etwas lauter fortfuhr: »Und das alles war amtlich dokumentiert, falls er einmal verkaufen wollte?«

»Genau. Es war bloß eine Formsache. Ich hatte nie wirklich Anspruch auf die Häuser.«

»Wie viele waren es?«

»Drei.«

»Und er hat sie alle abgestoßen?«

Pip wirkte traurig. »Er hat sie vor nicht allzu langer Zeit verkauft. Er meinte, er wolle auf Reisen gehen, und sie wären bloß eine Last, selbst wenn er sie vermieten würde.«

Jackman dachte nach. »Sie hatten doch sicher einen Anwalt, um alles zu regeln?«

»Ja, *Rotherham Keats*. Das ist eine kleine Anwaltskanzlei in Saltern. Alan wollte zu niemandem, den die Familie womöglich kannte.«

Jackman notierte den Namen. »Könnten Sie mir Alans Nachnamen verraten, Ms Courtney? Er heißt nicht zufällig Ashcroft, oder?«

Sie sah ihn überrascht an. »Doch.«

»Außerdem bräuchte ich bitte noch die Adressen der drei Häuser.« Jackman schrieb die Angaben auf. »Haben Sie eine Ahnung, wo Alan sich gerade aufhält?«

»Er meinte, er würde sich bei mir melden, aber ... Warum interessieren Sie sich eigentlich so für ihn?« Sie wirkte mit einem Mal misstrauisch.

»Wir müssen dringend mit ihm über eine laufende Ermittlung sprechen. Wenn Sie also von ihm hören, erzählen Sie ihm bitte nichts von unserem Gespräch, sondern rufen mich sofort an.« Er gab ihr seine Karte. »Ich danke Ihnen beiden für Ihre Zeit.«

Zurück im Auto, rief Jackman Orac an.

»Jackman? Du meine Güte! Na ja, es gibt offenbar für alles ein erstes Mal. Was kann ich für Sie tun?«

Er sah ihre silbernen Augen vor sich. »Wenn ich Ihnen zwei Namen, drei Adressen kürzlich verkaufter Immobilien und eine Anwaltskanzlei nenne, können Sie dann vielleicht ein weiteres Wunder vollbringen und mir sagen, ob der Mann, der den Verkauf der Häuser veranlasst hat und bei dem es sich in Wahrheit um Alistair Ashcroft handelt, noch andere Geschäfte mit dieser Anwaltskanzlei gemacht hat? Ich bräuchte vor allem eine aktuelle Adresse.« Er gab ihr die Daten durch.

»Ich rufe zurück, sobald ich etwas habe«, versprach Orac.

Jackman legte auf und wählte Robbies Nummer. »Hatten Sie Glück mit Ventnor?«

»Ja, Sir, aber er weiß so gut wie nichts über Ashcroft. Abgesehen von dem üblichen Mist, mit dem er die Leute füttert. Ich schätze, Ventnor war ein wenig vernarrt in den mysteriösen Ashcroft.«

»Courtney hat mehr oder weniger dasselbe gesagt. Auch wenn er das Wort ›fasziniert‹ verwendet hat.«

»Er wickelt alle um den Finger, was?«

»Leider ja. Gibt es Neues von Marie?«

»Sie ist auf dem Rückweg, Sir. Sie meinte, wir können Liam von der Liste streichen, er ist koscher. Ein ziemlicher Idiot, aber koscher. Ihre Worte, nicht meine.«

Jackman lächelte. »Das dachte ich mir schon, Robbie. Okay, wir sehen uns im Büro.«

KAPITEL 30

Auf dem Weg zurück nach Saltern, hatte Marie zur Abwechslung einmal das Gefühl, ein Leben zum Guten verändert zu haben. Auch wenn es schon bald ein Ende finden würde. Sie musste mehrere Male ihr Visier hochklappen, um sich die Tränen aus den Augen zu wischen.

Sie hatte Sheila so viel wie möglich verraten, und diese hatte mit glänzenden Augen zugehört. Als Marie ging, hatte Sheila Symons ausgesehen, als hätte ihr jemand ein tonnenschweres Gewicht von den Schultern genommen.

Yvette hatte Marie umarmt, als hätte sie ihr gerade einen Scheck über eine Million Pfund in die Hand gedrückt, Dale und Liam schienen den Tränen nahe, und Kenny und Susie sahen einander an und lächelten voller Erleichterung.

Marie hatte der Familie deutlich klargemacht, dass Blakes Geständnis auf dem Tonband vor Gericht nicht standhalten würde. Aber sie hatte ihnen versichert, dass sie – nachdem der laufende Fall abgeschlossen war – alles daransetzen würde, dass Brendans Fall noch einmal aufgerollt wurde. Es gab neue Erkenntnisse und auch neue technische Möglichkeiten zur Beweisanalyse. Sie konnte zwar nichts versprechen, aber sie hatte ihnen ihr Wort gegeben, dass sie es zumindest versuchen würde.

Sie lächelte immer noch, als sie in den Ermittlungsraum trat, doch dort starrte ihr eine Reihe ernster Gesichter entgegen.

»Okay, was habe ich verpasst?«

Robbies Stimme war leise. »Es geht um Jackman. Er musste zu seinen Eltern. Sein Bruder James ist zu einem Meeting nicht erschienen. Er ist verschwunden, Marie.«

Ihre Hoffnung und das Hochgefühl waren dahin. Als sie sah, dass die Tür zu Jackmans Büro offen stand, eilte sie hinüber und stieß auf Laura, die immer noch die Listen der Mitarbeiter durchging.

»Ist das möglich? Hat Alistair es tatsächlich auf James abgesehen?«

Laura sah zu ihr. »Ja, es ist sogar sehr wahrscheinlich. Es bestätigt meine Vermutung, dass es ihm um Gerechtigkeit geht.«

Marie sank in Jackmans Stuhl und starrte Laura über den Tisch hinweg an.

»Das müssen Sie mir genauer erklären.«

»Ich habe eine Menge über diesen Mann nachgedacht. Über seine schreckliche Vergangenheit, die Dinge, die er mitansehen musste, und die Dinge, die er selbst getan hat. Und ich bin zu dem Schluss gekommen, dass er niemals einem Kind wehtun würde.«

»Aber Psychopathen fehlt doch jegliche Empathie, und das gilt auch im Hinblick auf Kinder.«

»Das ist kein Fall aus dem Lehrbuch, Marie. Alistair wurde nicht mit einer psychischen Störung geboren, sie ist das Resultat dessen, was er durchgemacht hat. Irgendwo in seinem Inneren sitzt immer noch der kleine Junge, der sich nach Liebe sehnt.«

»Aber was ist mit dem Leid, das er den Jungen durch den Tod ihrer Mutter zugefügt hat?«, fragte Marie.

»Er weiß, dass Menschen diese Art von Schmerz überwinden können. Er hat es immerhin auch geschafft. Womöglich glaubt er sogar, dass er ihnen durch das Leid und den Verlust zu größerer innerer Stärke verhilft.« Laura holte tief Luft. »Ich meinte vorhin, dass er einem Kind keinen *körperlichen* Schaden zufügen könnte. Was bedeutet, dass Ryan und Miles relativ sicher sind.«

»Aber warum James? Er war doch in letzter Zeit kaum greifbar. *Jackman* hat mehr für die Kinder getan als er ...« Marie hielt inne. »Oh. Aber natürlich!«

Laura nickte. »Falls Alistair weitermordet, um für Gerechtigkeit zu sorgen, ist James das perfekte Opfer. Er war nicht für seine Söhne da, als sie ihn am dringendsten gebraucht hätten. Die Arbeit ist ihm wichtiger als seine Kinder. Er hat sich der groben Vernachlässigung schuldig gemacht.«

»Dann ist Alistair also auch dieses Mal Kläger, Richter, Geschworenenjury und Vollstrecker.« Marie stöhnte. »Aber wo ist er? Wo hat er James hingebracht?«

»Das ist das größte Problem. Ich glaube nicht, dass James viel Zeit bleibt. Wir haben alle das Tonband gehört. Alistair ist leicht reizbar, und seine Wut eskaliert gerne. Ein falsches Wort von James, und es wäre sein Ende.«

Marie seufzte. »Die armen Kinder.«

»Und der arme Jackman«, fügte Laura hinzu. »Die Aufgabe, den Mörder zu stellen, lastet schwer auf seinen Schultern.«

»Sie mögen ihn wirklich, nicht wahr?«, platzte Marie heraus, bevor sie sich zurückhalten konnte.

Laura lächelte beinahe entschuldigend. »Ich fürchte, ja.«

Marie grinste breit. »Ich glaube, das ist das Beste, was ich seit Jahren gehört habe.«

Laura senkte den Blick. »Dann stelle ich mich Ihnen also nicht in den Weg?«

Marie schnaubte. »Mir? Auf keinen Fall! Er ist mein Boss, ein guter Freund, und ich würde mein Leben für ihn geben, aber mehr ... Nein, Laura. Da haben Sie freie Bahn.«

Laura schüttelte den Kopf. »Nicht direkt. Ich bin nicht die Einzige, die Gefühle für ihn hat.«

Marie richtete sich auf. »Wie bitte? Das kann doch nicht sein! Gibt es da etwas, wovon ich nichts weiß? Wer?«

»Ella Jarvis«, antwortete Laura. »Ich habe sie beobachtet, als wir mit den Jungen gesprochen haben.«

»Wirklich? Also, ich kann nur sagen, dass ich eine ziemlich gute Menschenkenntnis besitze, und ich bin mir hundertprozentig sicher, dass Jackman dasselbe für Sie empfindet. Ich würde es an Ihrer Stelle riskieren.«

Ehe Laura etwas erwidern konnte, läutete das Telefon auf Jackmans Schreibtisch.

»Büro DI Jackman, DS Evans am Apparat.«

Orac klang fast schon aufgeregt. »Jackman hat mich gebeten, mir Ashcrofts Immobilienverkäufe anzusehen, die er unter dem Namen *Alan* getätigt hat. Dabei bin ich auf eine kleine Anwaltskanzlei gestoßen, mit der er gearbeitet hat. Er hat vor Kurzem ein Objekt gemietet. Der Anwalt wollte mir nichts dazu sagen, aber er hat mir die E-Mail-Adresse seines Mandanten überlassen. Ich habe mir Zugang zu seinem Posteingang verschafft und mehrere Dokumente gefunden. Der Rest ist – wie man so schön sagt – Geschichte. Ich habe die Adresse des gemieteten Objekts hier vor mir liegen.«

Marie bedankte sich überschwänglich und machte sich Notizen. »Tut mir leid, Laura, aber wir haben vielleicht Ashcrofts Versteck. Ich muss ein paar Männer hinschicken.«

Sie lief aus dem Büro und rief nach Robbie und Max. »Holt euch ein paar uniformierte Kollegen! Und vielleicht brauchen wir auch eine bewaffnete Einsatztruppe. Es kann sein, dass wir Ashcroft aufgespürt haben, und wir wissen, dass er eine Waffe besitzt. Also los, und zwar schnell!«

»Und du, Sarge?«

»Ich koordiniere von hier aus alles. Haltet mich einfach auf dem Laufenden.«

Als Nächstes rannte sie nach oben zur Superintendentin, die sofort den Einsatz der bewaffneten Sondergruppe genehmigte.

»Wo befindet sich das Haus?«, fragte Ruth.

»Es ist ein kleines Farmhouse, an der Straße zu einem Ort namens Chapel Rise. Ich habe es gerade gegoogelt. Es liegt ziemlich abgelegen.«

»Dann hört er uns kommen.« Ruth verzog besorgt das Gesicht. »Dort draußen gibt es keine Deckung.«

»Ich habe angeordnet, dass sie so leise wie möglich anrücken. Ohne Blaulicht und Sirenen. Mehr können wir nicht tun.« Marie sah die Superintendentin fragend an. »Sollen wir es Jackman sagen?«

»Noch nicht. Er versucht gerade, seine Familie zu beruhigen. Wir rufen ihn an, wenn wir uns sicher sind, dass es sich um Ashcrofts Versteck handelt.«

»Und ob sein Bruder dort ist«, fügte Marie hinzu und ließ den Teil mit »tot oder lebendig« lieber beiseite.

Zurück im Ermittlungsraum, fragte Laura Marie, warum sie nicht mit den anderen gefahren war.

Marie überlegte einen Augenblick. »Weil ich nicht glaube, dass Ashcroft dort ist. Ich bin mir zwar sicher, dass er eine Zeit lang in dem Haus gewohnt hat, aber – fragen Sie mich nicht, warum – ich glaube, dass er sein Opfer keinesfalls nach Hause mitnehmen würde.«

Maries Handy läutete. Es war Jackman.

»Wie geht es Ihnen?«, fragte sie.

»Genauso furchtbar wie erwartet. Aber ich komme bald wieder ins Büro. Von hier aus kann ich nichts tun, und es sind mehr als genug Officer bei der Familie.«

Das konnte Marie verstehen. »Okay, dann bis gleich. Fahren Sie vorsichtig.«

Als sie auflegte, fiel ihr Blick auf Lauras Gesicht. »Er ist auf dem Weg hierher. Und bevor Sie fragen: Er klang beschissen.«

»War das der Boss?« Gary kam mit besorgtem Gesicht auf sie zu.

»Ja, er kommt bald wieder. Gary? Was genau ist mit James passiert? Was wissen wir bis jetzt?«

»Soweit ich weiß, hat James am Vormittag von zu Hause aus gearbeitet und ist gegen Mittag zu einer Besprechung aufgebrochen. Um halb drei hat seine Sekretärin bei seinen Eltern angerufen und nachgefragt, ob es ein Problem gäbe, weil er nicht aufgetaucht sei. Sein Telefon ist aus, was sonst so gut wie nie vorkommt. Jackmans Vater ist den Weg bis ins Büro abgefahren, falls er eine Panne oder einen Unfall gehabt hatte, aber da war nichts.«

»Waren Sie auch bei ihm zu Hause?«, fragte Marie.

Gary nickte. »Ja, Jackman hat sofort ein paar Leute hingeschickt, aber es war niemand da.«

»Dann ist er also noch nicht allzu lange verschwunden, oder? Wir wissen mittlerweile, dass Ashcroft Inszenierungen liebt. Er plant jeden Mord bis ins kleinste Detail. Es ist nicht seine Art, ein Opfer zu entführen und es sofort umzubringen. Er will sicher, dass der *Angeklagte* sich vollkommen klar ist, was gerade passiert und was ihm vorgeworfen wird, oder was meinen Sie?« Marie wandte sich an Laura.

Die nickte. »Er möchte, dass seine Opfer spüren, wie viel Macht er besitzt. Sie müssen ihre Fehler anerkennen und zugeben, dass sie ihnen nahestehende Menschen enttäuscht haben. Dass seine Anschuldigungen gerechtfertigt sind.«

»Dann könnte James also noch am Leben sein?« Gary starrte gedankenverloren ins Nichts und zuckte zusammen, als Maries Handy klingelte.

Robbie klang aufgeregt. »Es ist das richtige Haus, Sarge, aber er ist nicht da. Die bewaffnete Einheit ist zuerst rein, aber es gab keine Anzeichen, dass etwas nicht stimmt. Niemand wurde hier gefangen gehalten. Es ist alles sauber, aufgeräumt und an seinem Platz. Wir haben keine Waffe und auch kein Motorrad gefunden, nur Reifenspuren vor dem Grundstück.«

»Was ist mit einem Auto?«

»Ein Nissan. Hinter dem Haus.«

»Okay, Rob, lass das Haus abriegeln und durchsuchen. Wir brauchen jeden Papierschnipsel, jedes Dokument, jede Rechnung, jeden Brief – alles, was uns einen Hinweis darauf geben könnte, wo sein richtiger Unterschlupf ist oder was er plant. Außerdem will ich, dass mehrere uniformierte Kollegen das Haus rund um die Uhr bewachen, falls er wiederkommt.«

»Dann hatten Sie also recht.« Laura wirkte beeindruckt. »Gut gemacht.«

Marie trat vor die Karte des entsprechenden Gebietes,

die sie an die Wand geheftet hatten, und betrachtete den Ort, an dem sich das Farmhouse befand. Es war tatsächlich ziemlich abgeschieden und mindestens zehn Minuten von der nächsten Hauptstraße entfernt.

Wo steckte Ashcroft nur? Und wie hatte er es geschafft, sich James zu schnappen? Falls er ihn überhaupt in seiner Gewalt hatte. Sie sah sich um. »Laura?«

Diese eilte zu ihr.

»Besteht die Möglichkeit, dass James es einfach nicht mehr ausgehalten hat? Dass er mit einem Mal von der Trauer überwältigt wurde und eine Zeit lang allein sein wollte?«

»Es wäre möglich, dass ihm alles zu viel wurde. Im Prinzip steht die ganze Familie unter einer Art Hausarrest. Vielleicht brauchte er eine Auszeit.«

»Aber warum hat er dann gleich das Handy ausgemacht?«, warf Gary ein. »Er hat zwei kleine Kinder, und die ganze Familie ist in Gefahr. Das kann ich mir nicht vorstellen.«

»Wenn er es wirklich nicht mehr aushielt, vielleicht. In diesem Fall würde er nicht klar denken können«, erwiderte Laura.

»Wir glauben, dass es Ashcroft war, weil wir auf seinen nächsten Schachzug warten, aber vielleicht ist es James einfach zu viel geworden?«, überlegte Marie. »Wie auch immer, wir müssen ihn so oder so finden, egal, aus welchem Grund er verschwunden ist.«

Sie warteten eine scheinbare Ewigkeit und wussten nicht, was sie tun sollten. Da läutete einer der Festnetzapparate. Gary hob ab.

»Die Kollegen vom Verkehr haben James' Toyota auf einer Nebenstraße der Lincoln Avenue gefunden. Er parkte ordnungsgemäß in einer Parkbucht, unversehrt und versperrt.«

»Wann war das?« Beim Klang von Jackmans Stimme drehten sich alle um.

»Vor ein paar Minuten, Sir. Der Officer nimmt an, dass der Wagen dort schon eine ganze Weile steht. Der Motor ist kalt.«

»Gibt es eine Videoüberwachung für diesen Abschnitt?«

»Nur auf der Kreuzung mit der Hauptstraße, und dort war er nirgendwo zu sehen. Er ist offenbar über mehrere Seitenstraßen zur Parkbucht gelangt, und dort gibt es weit und breit keine Kameras.« Gary warf einen Blick auf das Memo. »In der Nähe befindet sich allerdings eine Tankstelle, und der Mann dort hat von einem Toyota erzählt, der stehen geblieben ist, um einem Motorradfahrer mit Panne zu helfen. Die Beschreibung passt auf James.«

»Diese verdammte Tankstelle hat doch sicher Videoüberwachung, oder?«, meinte Jackman gereizt.

»Die uniformierten Kollegen sehen sich gerade die Bänder an, Sir. Sie melden sich, wenn sie etwas gefunden haben.«

»Sieht so aus, als hätte ihn Ashcroft mit dem guten alten Pannentrick geködert«, murmelte Marie. »Aber Sir, es gab noch eine Entwicklung, während Sie nicht da waren.« Sie erzählte ihm von dem gemieteten Farmhouse.

Jackman nickte. »Dann hindern wir ihn also daran, in seinen Unterschlupf zurückzukehren. Das ist gut. Aber wo ist er jetzt?«

Gary nutzte das darauffolgende Schweigen, um Tee und Kaffee zu holen.

Jackman ging in sein Büro, und Laura folgte ihm. Marie wollte ihnen schon nachgehen, überlegte es sich dann aber doch anders. Es war der schlechteste Zeitpunkt, den man sich vorstellen konnte, aber sie hoffte trotzdem, dass Jackman und Laura die Chance auf etwas Glück haben würden, wenn alles vorbei war.

»Sarge?« Gary eilte zurück in den Ermittlungsraum. »Die Kollegen haben gerade bestätigt, dass der Mann, dem James geholfen hat, auf dem Video zu erkennen ist. Es handelt sich um Alistair Ashcroft. Ich sage nur schnell dem Boss Bescheid.«

Maries Herz wurde schwer. Sie hatte zwar bereits vermutet, dass es so abgelaufen war, aber die Bestätigung machte es erst real. Sie mussten sich etwas einfallen lassen, und zwar schnell. Sie versuchte, sich vorzustellen, was sie an Ashcrofts Stelle getan hätte. Wo hätte sie James hingebracht?

Sie ließ sich weiter in den Stuhl sinken und schloss die Augen. *Wenn ich Alistair Ashcroft wäre ...*

Alistair Ashcroft betrachtete nachdenklich sein Opfer. Seinen Gefangenen in Untersuchungshaft. Den Angeklagten, der auf seinen Prozess wartete.

Er hatte sich DI Rowan Jackman als Widersacher ausgesucht, und er war ein würdiger Gegner.

Er musterte den Bruder erneut.

Dieser Mann hingegen war unwürdig. Das, was er seinen Söhnen antat, war verabscheuungswürdig. Er fragte sich, was die verstorbene Sarah wohl in ihm gesehen hatte. Ach, Sarah. Er lächelte in sich hinein. Sie war viel stärker gewesen als erwartet und hatte ungeheuren Mut bewiesen. Nur wenige wussten, dass sie höllische Angst vor Menschenansammlungen und hohen Gebäuden gehabt hatte. Seit sie Kinder waren, hatten sie und ihre Freundin sich von größeren Städten ferngehalten. Es war passend gewesen, dass sie ihrem Leben an einem für sie Furcht einflößenden Ort ein Ende gesetzt hatten.

Er sah erneut Sarahs Gesicht vor sich, als sie den letzten Schritt ins Vergessen gemacht hatte. Er hoffte, es immer in Erinnerung zu behalten.

James war hingegen kein schöner Anblick. Er hing in seinem Stuhl, und nur die Fesseln verhinderten, dass er nach unten rutschte. Aus seinem Mundwinkel lief Speichel, der bereits einen dunklen Fleck auf seinem hellblauen Hemd hinterlassen hatte. Es würde nicht mehr lange dauern, bis er aufwachte, und dann konnte Alistair endlich weitermachen.

Er stand auf und streckte sich. Er war sich sicher, dass ihn hier niemand finden würde, und hatte keine Eile. Noch einige kleine Abänderungen des Bühnenbildes, dann konnte der Prozess beginnen.

KAPITEL 31

W*as wäre, wenn ...?* Marie riss ruckartig die Augen auf, schob eilig den Stuhl zurück und machte sich auf den Weg in Jackmans Büro.

»Sir? Es ist vielleicht nichts weiter, aber ich hatte da gerade einen Gedanken.«

Jackman und Laura sahen erwartungsvoll auf.

»Ich will nicht gleich eine Einsatztruppe hinschicken, aber was wäre, wenn Ashcroft James nach Hause gebracht hätte?«

Jackman wirkte nicht überzeugt. »Aber dort ist doch niemand, oder? Die uniformierten Kollegen waren bereits da und haben niemanden gesehen. Allerdings könnte er gewartet haben, bis sie fort sind. Vielleicht haben Sie recht, Marie! Aber wenn Ashcroft meinen Bruder wirklich dort gefangen hält, wird er ihn umbringen, wenn wir das Haus stürmen. Ich will das selbst abklären. James hat nur eine Chance, wenn ich versuche, mit Ashcroft zu reden.«

Laura sah ihn entsetzt an. »Mit einem Psychopathen kann man nicht vernünftig reden, Jackman. Er spielt nach seinen eigenen Regeln.«

»Aber es würde uns Zeit verschaffen. Marie wartet inzwischen im Hintergrund, und wenn er wirklich dort ist, schicken wir im Schutz der Dunkelheit die ganze Truppe hin. Zu Fuß und so leise wie möglich.«

»Das ist zu gefährlich.« Laura sah aus, als hätte sie sich am liebsten vor die Tür geworfen, um Jackman aufzuhalten.

»Wir müssen gehen, Laura«, sagte Jackman, und Marie bemerkte, wie er sanft ihren Arm berührte. »Wir kommen wieder, versprochen.«

»Machen Sie keine Versprechen, die Sie nicht halten können.« Lauras Stimme zitterte.

»Wir *werden* wiederkommen«, wiederholte er bestimmt.

Marie wünschte, sie wäre sich ebenfalls so sicher gewesen, doch dann nickte sie.

Vor dem Büro zog Jackman sie beiseite. »Ich weiß, dass es nicht dem korrekten Ablauf entspricht, aber ich kann nicht James' Leben riskieren, indem ich eine bewaffnete Einsatztruppe hinschicke. Sie wissen so gut wie ich, dass es nicht immer nach Plan läuft.«

Er war verzweifelt, und Marie fühlte mit ihm. »Ich könnte doch Robbie Bescheid geben? Er und eine bewaffnete Einheit sollen uns folgen und in einiger Entfernung Stellung beziehen. Sobald wir wissen, was Sache ist, rufe ich ihn an, und er schickt seine Leute nach. Genau, wie Sie sagten: leise und im Dunkeln.« Sie sah ihm in die Augen. »Versuchen Sie erst gar nicht, mich auszuschließen. Ich weiß, wie riskant es ist, aber zufällig stimme ich Ihnen zu. Machen wir es auf Ihre Art.«

»Okay, dann reden Sie mit Robbie, und anschließend fahren wir. Wenn ich noch länger darüber nachdenke, überlege ich es mir womöglich anders.« Jackman wollte Marie den Autoschlüssel zuwerfen, doch sie hob die Hand.

»Sie fahren, und ich folge Ihnen auf dem Motorrad. Ashcroft ist ebenfalls Biker, und wenn er fliehen will, dann ist die Chance, dass ich ihn erwische, auf zwei Rädern höher.«

»Gutes Argument. Wir parken kurz vor der Water Lane und gehen dann zu Fuß weiter.«

Sie zeigte ihm den hochgereckten Daumen, sprach kurz mit Robbie und eilte anschließend in die Garderobe, um ihre Motorradkluft anzuziehen.

Der Land Rover fuhr an den Straßenrand und war Sekunden, nachdem die Lichter ausgegangen waren, nicht mehr zu sehen.

Marie ließ ihr Motorrad ausrollen und kam hinter dem Wagen zum Stehen. Sie nahm den Helm ab und hängte ihn über den Lenker. Zum Haus von Jackmans Bruder ging es ein Stück die Straße entlang und schließlich über eine kleine Brücke.

»Der vordere Teil des Gebäudes liegt im Dunkeln«, flüsterte Jackman. »Aber in einem der oberen Fenster sieht man einen schwachen Lichtschimmer.«

Marie betrachtete die finstere Auffahrt. »Ich sehe kein Auto. Sie etwa?«

»Nein. Aber er hatte mehr als genug Zeit, um es zu verstecken. Vielleicht hat er James aber auch hergebracht, das Auto zurückgestellt und ist anschließend mit dem Motorrad wiedergekommen. Wenn er James umbringt, kann er ihn gleich hierlassen und hat gleichzeitig die Möglichkeit, schnell zu verschwinden. Die Leute erkennen vielleicht eine Automarke wieder, aber über Motorräder weiß kaum jemand Bescheid.« Jackman griff in seine Tasche. »Ich habe immer einen Reserveschlüssel dabei, falls ich schnell zu Ella und den Jungen muss.«

Sie schlichen näher an das Haus heran und hielten sich auf dem feuchten Gras neben der Kiesauffahrt. An der Eingangstür blieben sie stehen und lauschten. Marie hörte nichts, aber sie war sich trotzdem sicher, dass sie nicht allein waren. Sie wurde von einer nervösen Energie gepackt. Wenn sie es richtig angingen, würde Alistair Ashcroft schon bald in einer Zelle sitzen. Wenn nicht ...

Jackman steckte den Schlüssel ins Schloss und drehte ihn.

Noch immer nichts. Sie schoben sich durch die Tür, und Jackman schloss sie mit einem leisen Klicken. Er führte Marie bis zur Treppe. Er hatte recht gehabt. Aus einem Raum am Ende des Flurs im Obergeschoss drang tatsächlich Licht.

»Das Spielzimmer der Jungen«, flüsterte Jackman. »Einige Stufen knarren. Halten Sie sich rechts.«

Sie stiegen langsam die Treppe nach oben und schlichen durch den Flur auf das Spielzimmer zu. Mittlerweile waren Stimmen zu hören.

Zuerst dachte Marie, dass sich drei Leute in dem Raum befanden, doch dann wurde ihr klar, dass Alistair mit zwei verschiedenen Stimmen sprach. Die eine klang kräftig und gebieterisch, die andere schwach und wimmernd.

Das ist nicht gut, dachte sie. Laura hatte sie gewarnt, dass Ashcroft womöglich vollends den Verstand verlor. Es war, als würde man einem Bauchredner und seiner Puppe zuhören.

Jackman biss die Zähne aufeinander. »Er verliert die Kontrolle und könnte James jeden Moment töten. Marie, gehen Sie wieder runter und verständigen Sie Robbie. Er soll mit der ganzen Truppe anrücken. Ich verschaffe uns so viel Zeit wie möglich.«

Marie wollte ihn auf keinen Fall mit diesem Verrückten allein lassen, aber sie hatten vereinbart, dass er das Kommando hatte. Also berührte sie kurz seinen Arm, nickte und schlich den Flur entlang zurück zur Treppe.

Es dauerte eine gefühlte Ewigkeit, bis sie wieder vor dem Haus stand. Glücklicherweise hatte ihr Handy einen guten Empfang.

Robbie hob sofort ab.

»Er ist in der Rainham Lodge, und er hat James. Wir brauchen Verstärkung. Wir machen es so wie besprochen: leises Anrücken und den letzten Teil zu Fuß, verstanden?«

»Wir sind ohnehin gleich da, Marie. Bleib am besten vor dem Haus stehen, dann kannst du uns zu ihm führen.« Sie hörte das Zittern in seiner Stimme. Er hatte Angst um sie.

»Tut mir leid, Robbie, aber ich muss wieder zu Jackman.« Sie legte auf.

Bevor sie wieder ins Haus ging, lief sie zu ihrem Motorrad und schob es näher an den Eingang. Sie wollte Harvey in der Nähe wissen. Nachdem sie das Motorrad hinter einem großen Lorbeerstrauch versteckt hatte, rannte sie auf die Eingangstür zu. Nach einem kurzen Blick, ob Harvey auch gut versteckt war, atmete sie tief durch und schlüpfte erneut ins Haus.

Jackman war eiskalt. Die schrille Stimme seines Bruders drang durch die geschlossene Tür. Der selbstsicherere, rechthaberische und manchmal herablassende James klang wie ein verängstigtes Tier.

Jackman hatte sich keine Strategie zurechtgelegt, doch er erinnerte sich genau an Lauras Worte. Es hatte keinen Sinn, vernünftig mit diesem Mann zu reden.

Also, was soll's! Er stürzte durch die Tür und fand sich in einem provisorischen Klassenzimmer wieder.

Sein Bruder rief: »Rowan!«, und bekam im nächsten Augenblick eine so heftige Ohrfeige, dass sein Kopf zur Seite geschleudert wurde.

Jackmans Blick fiel auf zwei Tische, die er den Jungen für die Hausaufgaben gekauft hatte. Dahinter standen mehrere Stühle, die alle nach vorne zeigten, wo Alistair eine behelfsmäßige Tafel an die Wand gemalt hatte. Auf ihr stand mit weißem Stift: *Ich soll meine Kinder nicht vernachlässigen.*

Ashcroft stand auf einer umgedrehten Kiste, in der die Jungen ihre Spielsachen aufbewahrten. James war unmittelbar vor ihm an einen Stuhl gefesselt und hörte dem »Lehrer« aufmerksam zu.

»Lassen Sie ihn in Ruhe, Alistair! Das muss sofort aufhören!«

Sein unerwartetes Auftauchen hatte Ashcroft wütend gemacht. »Wie können Sie es wagen! Das hier ist eine geschlossene Verhandlung. Dieser Mann ist angeklagt, seine Kinder vernachlässigt zu haben.«

»Und ich bin sein Verteidiger.«

Ashcroft warf ihm einen hasserfüllten Blick zu. Doch dann lächelte er plötzlich. »Ah, ich verstehe. In diesem Fall ... Nehmen Sie bitte Platz.« Er wirkte amüsiert. »Eines muss ich Ihnen lassen, Inspector. Ich hätte nie gedacht, dass Sie herausfinden, wohin ich Ihren Bruder gebracht habe. Bemerkenswert.«

Jackman rührte sich nicht von der Stelle. »Alistair, bitte. Ich bitte Sie, meinen Bruder gehen zu lassen. Nehmen Sie stattdessen lieber mich.«

Aus dem Augenwinkel sah er, wie sich James' Augen weiteten.

»Ich meine es ernst. Sie und ich, Alistair. Sie brauchen James nicht. Sie haben ihm die Frau genommen, die er von Herzen geliebt hat. Ist das nicht Strafe genug? Sie haben ihn zu dem gemacht, was er jetzt ist. Er liebt seine Söhne. Aber er trauert um seine tote Frau, und daran sind Sie schuld, nicht er.«

»Verstehen die Kinder denn, dass sie ignoriert und jeden Abend mit der Nanny allein gelassen werden, bloß weil Daddy Mummy vermisst? Verstehen sie es, wenn sie Albträume haben, und ihr Vater ist wieder einmal nicht da, weil er bis spätabends arbeitet? Wie fühlen sie sich, wenn er ein großes Fußballspiel oder eine wichtige Präsentation in der Schule verpasst? Es tut ihnen trotzdem weh, Jackman. Sie spüren es hier drin!« Ashcroft klopfte sich auf die Brust. »Ignoriert zu werden, das Gefühl zu haben, man würde gar nicht existieren. Man wäre ein Nichts! Es zerreißt einem das Herz. Kein Mann sollte seinen Söhnen solches Leid antun. Sie meinen, ich brauche James nicht, aber das ist nicht wahr. Es tut mir leid, Jackman, Ihr Bruder muss bezahlen, nicht Sie.«

Die Pistole steckte in Ashcrofts Hosenbund. Nachdem er keine Chance hatte, an sie heranzukommen, konnte Jackman nur versuchen, ihn durch Reden aus dem Konzept zu bringen.

»Warum wollen Sie meine Familie zerstören?«

Ashcroft lachte. »Wie bitte? Es war *Ihre* Sarah, die *meine* Familie zerstört hat! Ich will Ihrer Familie keinen Schmerz zufügen. Ihre Familie ist mir egal. Ich sorge bloß für Gerechtigkeit.«

»Der Mann, der Lyndsay umgebracht hat, hat Ihre Familie zerstört, nicht Sarah.« Jackman versuchte nachzudenken. Komm schon, Jackman, Vernunft bringt hier nichts.

Vielleicht sollte er versuchen, eine körperliche Reaktion Ashcrofts zu provozieren. Er war sich ziemlich sicher, dass er in einem Kampf die Oberhand gewinnen konnte – solange keine Pistole im Spiel war. Es wurde Zeit, den Einsatz zu erhöhen.

»Wissen Sie, was ich denke?«

Ashcrofts Augen wurden schmal.

»Ich glaube, es gefällt Ihnen einfach, Menschen zu verletzen, zu foltern und zu töten. Aber Sie brauchen eine Rechtfertigung. Einen ach so gewichtigen Grund. Sonst wären Sie wie jeder x-beliebige degenerierte, hirnlose Arsch, der in der Nacht mit einem Messer in der Hand die Straßen unsicher macht!«

Ashcrofts Augen waren nur noch dünne Schlitze, und er versuchte mit aller Kraft, seine Wut im Zaum zu halten.

»Denken Sie, was Sie wollen, aber Sie irren sich. Ich bin anders als alle, mit denen Sie bisher zu tun hatten, Jackman.«

»Nein, Alistair. Sie sind bloß ein weiteres misshandeltes Kind, dessen Verstand nicht mit den Qualen zurechtkam. Ein weiterer Psychopath, den wir jagen und wegsperren müssen. Sie sind nichts Besonderes, Alistair.« Er zuckte mit den Schultern. »Tut mir leid.«

Ashcroft ballte die Fäuste und ließ sie wieder locker. Seine Knöchel traten weiß hervor. »Das werden Sie noch bereuen, Jackman. Irgendwann werden Sie jedes einzelne Wort davon zurücknehmen.«

Er griff nach der Pistole, entsicherte sie, zielte auf Jackmans Kopf und ...

Ashcroft schrie, und ein Schuss erklang.

Jackman erkannte erst nach einem Moment, dass Marie

ins Zimmer geplatzt und mit einer Gusseisenpfanne auf Ashcroft losgegangen war. Sie hatte seinen Arm getroffen und ihm die Pistole aus der Hand geschlagen, wodurch sich der Schuss gelöst hatte.

Bevor Jackman ihn zu fassen bekam, packte Ashcroft die Pistole erneut und warf sich auf Marie. Jackman erinnerte sich an seine Tage im Rugbyteam und hechtete auf Ashcroft zu. Er traf ihn mit der Schulter, und Ashcroft stolperte, verpasste Marie dabei jedoch einen Schlag in die Rippen. Sie stöhnte auf und ging zu Boden.

Im nächsten Moment war die Waffe wieder auf Jackman gerichtet, und dieses Mal zielte sie aus kürzester Entfernung auf ihn.

Ein zweiter, ohrenbetäubender Knall erklang, doch Marie hatte es geschafft, mit dem Stiefel gegen Ashcrofts Bein zu treten, sodass er ins Taumeln geriet. Jackman spürte, wie die Kugel in seinen Oberarm drang.

»Sir! Jackman!« Marie warf sich keuchend neben ihn.

»Schon okay, alles gut. Es ist nur mein Arm. Sie haben ...« Er sah sich panisch um. »Wo ist er?«

Marie antwortete nicht. Stattdessen stemmte sie sich hoch und schwankte durch die Tür. »Rufen Sie Robbie an!«, rief sie ihm über die Schulter zu. »Ich folge Ashcroft.«

Vor dem Haus brüllte ein Motor auf, und Marie hielt kurz inne. »Yamaha R6«, murmelte sie. »Schnelles Teil, aber es kommt darauf an, wer sie fährt.« Sie hielt sich ihre geprellten Rippen und rannte auf Harvey zu. Im nächsten Augenblick hatte sie sich den Helm übergezogen und verließ das Grundstück auf dem einzig möglichen Weg – über die Brücke.

Als sie auf die Hauptstraße bog, sah sie Ashcrofts Rücklicht vor sich. Eine Reihe Autos raste ihr entgegen. »Die Kavallerie«, murmelte sie. »Ein bisschen zu spät für dieses besondere Rennen.«

Ashcroft schoss an den Polizeiautos vorbei, und Marie war dicht hinter ihm. Als sie an ihnen vorbeikam, glaubte sie eine Sekunde lang, Robbie Meltons kalkweißes Gesicht zu sehen. »Tut mir leid, mein Freund«, flüsterte sie.

Sie kannte die Straße, auf der sie sich befanden – hoffentlich sogar besser als Ashcroft. Sie verlief mehrere Kilometer geradeaus, doch der darauffolgende Abschnitt durch die Fens war schwierig, mit mehreren scharfen Kurven. Sie waren schon am Tag Respekt einflößend, aber in der Nacht konnte einem niemand mehr helfen, wenn man eine davon auf dem Motorrad zu schnell nahm.

Ashcroft war ein guter Fahrer, aber Marie bemerkte bald, dass er vor einer Kurve immer wieder leicht zögerte. Das Problem war, dass sie nicht wusste, wohin er wollte. Sollte sie warten, bis er dort war, oder sollte sie versuchen, ihm den Weg abzuschneiden, und seiner halsbrecherischen Fahrt ein Ende bereiten? Nach zwei Kilometern im vollen Tempo wusste sie, dass sie ihr Motorrad besser beherrschte als Ashcroft, aber wie konnte sie sich diesen Vorteil zunutze machen? Marie versuchte, sich die Straße vorzustellen. Sie wusste, dass sie schon bald etwas breiter werden und um eine sanfte Kurve führen würde, hinter der sie wieder enger wurde und auf einer Seite von einer Steinmauer und auf der anderen von einem Entwässerungsgraben begrenzt wurde.

Sie holte tief Luft und schloss die Lücke zu Ashcroft. Die Yamaha schlug sich gut, aber Marie wusste, dass es das andere Motorrad nicht mit Harvey aufnehmen konnte, solange sie einen kühlen Kopf bewahrte.

Sie bat ihren Bill um seinen Beistand und Schutz, dann gab sie Gas.

Sie blieb Ashcroft den breiteren Abschnitt über dicht auf den Fersen und überholte, kurz bevor er sich in die Kurve legte. Danach riss sie das Motorrad herum und bremste gleichzeitig abrupt. Ashcrofts Vorderrad knallte gegen ihr Hinterrad, und er verlor die Kontrolle.

Marie ließ sich kontrolliert zur Seite rutschen und bemerkte aus dem Augenwinkel, dass sich sein Motorrad wie ein Kreisel über den Asphalt drehte. Am Ende krachte es in die Mauer.

Durch den Aufprall löste sich ein Stück der Verkleidung und flog in ihre Richtung. Es verkeilte sich in Harveys Vorderrad, und ihr geliebtes Motorrad überschlug sich.

Es passierte wie in Zeitlupe. Sie flog durch die Luft und ... Dann prallte sie auf dem Boden auf und rutschte in ihrer Lederkluft auf Ashcroft zu, der sich gerade unter seinem Motorrad hervorkämpfte.

Sie sahen gleichzeitig die Pistole, die zwischen ihnen auf der Straße lag.

Sie waren beide verletzt, und Marie fragte sich, wer wohl stärker war. Wie nannten sie ihre Kollegen noch gleich? *Amazone*? Nun, da hatten sie verdammt noch mal recht!

Nachdem sie wusste, dass ihr Bein nicht mehr zu gebrauchen war, zog sie sich über den Boden auf die Waffe zu, die schimmernd vor ihr auf dem Asphalt lag. Ihr Blick fiel auf Ashcroft. Er war aufgestanden, und Blut tropfte von seinem Arm, der schlaff nach unten hing. Er wollte nach der Waffe greifen, doch Marie nahm all ihre Kraft zusammen und kickte die Pistole mit dem gesunden Bein beiseite.

Sie landete mit einem Platschen im Entwässerungsgraben.

Im nächsten Moment stand Ashcroft über ihr, das Gesicht schmerz- und wutverzerrt.

»Das hier ist noch nicht vorbei«, keuchte er. »Ich lasse Sie leben, aber nur, um Jackman eine Nachricht zu überbringen. Sagen Sie ihm, dass ich ein geduldiger Mann bin, er aber gut daran tun wird, immer einen Blick über die Schulter zu werfen. Denn eines Tages werde ich wiederkommen und ihn mir holen.«

Ashcroft versetzte Marie einen Tritt gegen die geprellten Rippen, und kurz bevor sie das Bewusstsein verlor, sah sie seinen dunklen Schatten, der sich von ihr fortbewegte. Er meinte es ernst.

Er würde wiederkommen.

EPILOG

Zwei Monate später

Robbie blickte sich in seiner Wohnung um, und ihm gefiel, was er sah. Jetzt war es wirklich ein Zuhause. Max hatte etwa zehn Minuten gebraucht, um ihm zu sagen, was fehlte. Beim nächsten Mal hatte er Rosie mitgebracht, damit auch sie ihre Meinung abgeben konnte, und innerhalb von zwei Wochen war die Verwandlung abgeschlossen gewesen.

Am besten gefiel Robbie das Bild auf der gegenüberliegenden Wand des großen, offenen Wohn- und Essbereiches. Über dem modernen Esstisch hing nun eine herrliche Hafenszene mit hohen Klippen, einer ruhigen See und bunten Booten.

Zusammen mit den neuen Gardinen, den farbenfrohen Kissen und einigen strategisch platzierten Zimmerpflanzen in ausgefallenen Töpfen verlieh es dem minimalistischen, sterilen »Hotelzimmer« echten Charakter.

Er warf einen Blick auf die große Bahnhofsuhr in der Küche – eine weitere Neuanschaffung. Seine Freunde würden jede Minute eintreffen. Das Team wollte Max' und Rosies Hochzeit feiern, aber nach allem, was passiert war, hatte niemand Lust, sich in einem öffentlichen Pub zu betrinken.

Also hatte Robbie vorgeschlagen, dass sie sich alle in seiner Wohnung treffen sollten.

Er holte zwei Flaschen Champagner aus dem Kühlschrank und dachte an die letzten zwei Monate zurück. Es war eine seltsame Zeit mit starken Gefühlen und großer Traurigkeit gewesen. Alistair Ashcroft hatte sich buchstäblich in Luft aufgelöst, warf aber immer noch einen dunklen Schatten auf das Leben aller, und Robbie vermutete, dass dieser sich erst verziehen würde, wenn Ashcroft gefasst und eingesperrt worden war.

Seine bösartigen Machenschaften hatten ihnen allerdings auch gezeigt, was im Leben wirklich wichtig war, und zum ersten Mal seit Langem hatte Robbie eine klare Sicht auf die Dinge. Er wusste, dass er Marie Evans – wie Stella North – auf ein Podest gehoben und sie angebetet hatte. Mittlerweile sah er sie einfach als liebe Freundin und Kollegin, und nachdem er das erkannt hatte, konnte er mit seinem Leben weitermachen. Er hatte sich bereits einige Male mit Ella Jarvis getroffen, und nach einiger Zeit hatte sie ihm gestanden, dass sie dieselben Gefühle für Jackman verspürt hatte. Sie war verletzlich gewesen und hatte ihn als Fels in der Brandung gesehen, aber es war nie wirklich Liebe gewesen.

Robbie war sich nicht sicher, ob es zwischen Ella und ihm Liebe war, aber was auch immer vor sich ging, sie waren glücklich miteinander. Ella hatte beschlossen, bei den Kindern zu bleiben, bis das Haus verkauft war. James hatte das Angebot seiner Eltern angenommen, wieder zurück zu ihnen zu ziehen, wo die Jungen Oma und Opa, ihr neues Pony und hoffentlich ein besseres Leben hatten. Dann würde auch Ella wieder weiterziehen können, und sie hatte beschlossen, es noch einmal in der Spurensicherung zu versuchen, wo Rory sie mit offenen Armen empfangen würde. Die größte Überraschung war allerdings die radikale Verwandlung, die James Jackman durchgemacht hatte. Zu hören, dass sein Bruder sich für ihn in die Hände eines Mörders begeben hätte, hatte etwas in ihm ausgelöst, und nachdem er sich von der Entführung erholt hatte, nahm er sich eine Auszeit vom Job und war nun wieder ein richtiger Vater.

Marie und Gary kamen als Erste. Sie humpelte immer noch, aber der Chirurg hatte eine gute Prognose abgegeben, und sie durchforstete bereits das Internet nach einem Nachfolger für ihren irreparabel beschädigten Harvey.

»Wow!«, rief sie. »Robbie Melton! Tolle Wohnung!«

Robbie wurde vor Stolz rot. Stellas »Hotelzimmer« war Vergangenheit.

Auf Marie und Gary folgten kurze Zeit später Rory und die anderen, und nachdem Robbie das Büfett abgedeckt und die Drinks verteilt hatte, standen die Gäste in kleinen Gruppen beisammen und unterhielten sich. Robbie zog sich einen Moment an den Rand zurück und beobachtete das Team. Alle wirkten entspannt und genossen das Fest, doch etwas in ihnen hatte sich verändert. Das Zusammentreffen mit Ashcroft hatte Narben hinterlassen. Niemand lachte so laut oder so lange wie früher, das Geplapper war weniger angeregt, ein Lächeln verblasste schneller. Ashcroft war auch heute als ungebetener Gast unter ihnen und dämpfte die Feierlaune.

Robbie trat neben seinen Boss. »Sir? Würden Sie einen Toast aussprechen?«

Jackman, der mit Laura auf der Couch saß, stand auf und hob sein Glas. »Zuerst einmal, danke, Robbie, dass Sie uns in Ihre herrliche Wohnung eingeladen haben! Ich muss zugeben, dass ich einigermaßen überrascht war. Ich dachte, Sie wohnen in einer Einzimmerwohnung in irgendeiner Seitengasse und nicht an einem derart traumhaften Ort!«

Alle lachten. Robbie lächelte und nickte Max und Rosie zu.

»Aber jetzt zu dem Grund, warum wir alle hier sind. Wir möchten unseren lieben Freunden Max und Rosie ein wunderbares Leben miteinander und mit ihrem Kleinen wünschen. Möge der Weg, den ihr beide zusammen geht, euch immer eine wunderbare Aussicht bescheren, auch wenn er zwischendurch noch so steil ist! Auf Rosie und Max!«

Sie hoben alle die Gläser und prosteten einander zu.

Als das Gemurmel verstummt war, sprach Jackman weiter. »Ich ...« Er sah sich um. »Ich will uns diesen schönen Abend nicht verderben, aber ich kann mir keinen besseren Zeitpunkt vorstellen, um Ihnen allen etwas Wichtiges mitzuteilen.«

Robbie runzelte die Stirn. Das klang ernst, und einen Moment lang hatte er Angst, dass Jackman den Namen des unsichtbaren Gastes laut aussprechen würde. Wenn etwas die Feierlaune im Keim ersticken konnte, dann wohl das.

»Wie Sie alle wissen – und wie die Buschfeuer bereits verkündet haben –, gehen Laura und ich mittlerweile seit zwei Monaten miteinander aus.«

»Das wurde verdammt noch mal aber auch Zeit!«, rief Marie.

»Hört, hört!«, stimmte Robbie ihr zu. »Sie sehen viel zu gut aus, um für immer Junggeselle zu bleiben.«

Alle lachten, und Jackman schnitt eine Grimasse.

»Die Sache ist die. Es sollte eine besonders glückliche Zeit sein, aber das habe ich nicht zugelassen, und dafür möchte ich mich bei Laura entschuldigen.« Er legte sanft eine Hand auf ihre Schulter. »Und ich will ihr etwas versprechen. Tatsächlich will ich *Ihnen allen* etwas versprechen.«

War Robbie zuvor noch besorgt gewesen, war er jetzt vor allem gespannt, was als Nächstes kommen würde.

»Ich wurde von Schuldgefühlen darüber zerfressen, wie ich den letzten Fall gehandhabt habe. Ich habe versagt und einen bösartigen Menschen nicht der Justiz zugeführt, aber es ist noch schlimmer. Ich habe erlaubt, dass dieser Fehler alles andere überschattet hat. Es war wie ein Krebs, der sich immer weiterfrisst, und irgendwann habe ich bemerkt, dass Sie alle in dieser schrecklichen Negativität gefangen sind. Aber das soll nun ein Ende haben.«

Es folgte aufgebrachtes Gemurmel. Niemand gab Jackman die Schuld an dem, was passiert war.

»Nein, hören Sie mir bitte zu. Heute Abend möchte ich Ihnen versichern, dass Alistair Ashcroft nicht mehr länger wie ein dunkler Fluch auf uns lasten wird, über den niemand spricht. Er wird nicht mehr länger unsere Gedanken mit seinem heimtückischen Flüstern vergiften. Jedes Mal, wenn wir leise und voller Ehrfurcht von ihm reden, hat er schon gewonnen.« Sein Blick wurde hart. »Aber dieser Mann darf nicht gewinnen! Heute Abend werden wir ihn dorthin zurückbefördern, wo er hingehört. Er ist ein gestörter, kaltblütiger Mörder. Ein Psychopath, der nicht frei herumlaufen darf, und wir, meine Freunde, werden ihn fassen!«

Eine elektrische Spannung nahm vom ganzen Raum Besitz. Rücken wurden gestrafft, und Augen begannen zu leuchten.

»Das ist mein Versprechen an Sie alle. Ich werde nicht zulassen, dass meine Gefühle und die Schuld, die ich mir gebe, Sie weiterhin beeinflussen. Wir werden wieder zu dem funktionierenden, dynamischen Team, das wir immer waren. Wir werden wieder erstklassige Polizisten sein, und damit bekommen wir auch unser altes Leben zurück. Wir werden nicht einfach dasitzen und warten, bis unser geduldiger Mörder beschlossen hat, wie es weitergehen soll. Wir werden uns auf die Suche nach ihm machen und ihn endlich festsetzen.«

Es war, als hätte jemand hochwirksames Gas ins Zimmer geleitet. Die Apathie fiel von ihnen ab, und eine neue Entschlossenheit nahm von ihnen Besitz.

Marie hob ihr Glas. »Wir sind dabei, Sir! Wir gehen bis ans Ende mit Ihnen! Auf Jackman und die Ergreifung dieses kranken Psychos!«

Zum zweiten Mal prosteten einander alle zu und jubelten.

Nun begann die Party erst so richtig, und Robbie entspannte sich. Er ließ sich mit einem zufriedenen Seufzen neben Ella sinken und nahm ihre Hand. Sie lächelte. »Das hast du gut gemacht. Ein solcher Abend war genau das, was wir gebraucht haben.«

Robbie nippte an seinem Champagner. Es gab mehr zu feiern als die Hochzeit von Rosie und Max. Es war ein Neuanfang für sie alle.

Okay, Alistair Ashcroft war immer noch dort draußen, aber jetzt hatten sie nicht mehr das Gefühl, als würde er sie jagen. Sie hatten das Blatt gewendet und waren erneut zu Jägern geworden.

Er hob das Glas und sprach einen lautlosen Toast. »Wir kommen, Ashcroft. Warte nur ab.«

ENDE

HANDELNDE PERSONEN

DI Rowan Jackman

Jackman ist ein Gentleman. Er ist groß, schlank, gebildet und hat einen Abschluss in Anthropologie und Soziologie an der Universität von Cambridge. Abgesehen von seiner Arbeit bei der Polizei, gilt seine Leidenschaft dem Reiten. Er ist ein fairer Vorgesetzter und hat die Gabe, die Stärken eines jeden Einzelnen zu sehen und dadurch das Beste aus seinem Team herauszuholen.

DS Marie Evans

Marie ist so etwas wie eine Amazone. Sie ist sechsundvierzig Jahre alt, groß gewachsen und hat lange, kastanienbraune Haare. Sie erinnert Jackman an eine präraffaelitische Schönheit in Ledermontur, da sie eine sehr erfahrene Motorradfahrerin ist. Marie ist Witwe. Ihr Mann wurde bei einem Motorradrennen getötet. Bei der Arbeit vertraut sie vor allem auf ihren Instinkt. Sie wird vom ganzen Team gemocht. Trotz ihrer unterschiedlichen Hintergründe verstehen Jackman und Marie sich ausgezeichnet.

DC Max Cohen

Max ist ein junger Detective mit starkem Cockney-Akzent. Er hält seine Meinung nicht zurück und führt einen ständigen Kleinkrieg mit seinem jüngeren Partner Charlie. Er stammt aus einer Großfamilie aus dem Osten Londons und musste sich oft allein durchschlagen, was auch sein überbordendes Selbstvertrauen erklärt. Und auch wenn er Charlie immer wieder aufzieht, stellt er sich voll und ganz vor ihn, wenn es jemand anders versucht. Max' Loyalität gegenüber dem Team ist unerschütterlich, und er ist immer für die anderen da, wenn es mal eng wird.

DC Charlie Button

Charlie ist ein ziemlich ungepflegter und jungenhaft wirkender Polizist. Er ist der Jüngste im Team, aber er ist bemüht und begierig darauf, Neues zu lernen. Er ist gutmütig und steckt es locker weg, wenn jemand über ihn Witze macht. Charlie hat immer wieder brillante Geistesblitze und sieht Dinge, die so offensichtlich sind, dass sie die anderen übersehen haben.

DC Robbie Melton

Robbie kam nach Saltern-le-Fen, nachdem seine Partnerin und Freundin DS Stella North bei einer schiefgelaufenen Razzia angeschossen wurde. Danach hatte er Schwierigkeiten, in seinen Job zurückzufinden, doch seit er mit Marie und Jackman zusammenarbeitet, ist er wieder voll bei der Sache. Er sieht aus wie ein Teenager, obwohl er bereits über dreißig ist, und hat einen guten Draht zu Menschen. Er ist eine echte Bereicherung für das Team.

Superintendentin Ruth Crooke

Ruth ist eine furchtlose Polizistin, die sich die Karriereleiter hochgearbeitet und in ihrem administrativen Posten ihre Erfüllung gefunden hat. Sie hat das Budget fest im Griff und sorgt dafür, dass in der Dienststelle alles glattläuft. Sie ist keine einfache Vorgesetzte, barsch und leicht reizbar, doch sie hat eine Schwäche für DI Jackman, den sie als Einzige Rowan nennen darf.

Professor Rory Wilkinson

Rory ist Chefpathologe und wird von allen Detectives sehr geschätzt. Er lebt mit seinem Partner David zusammen und steht offen zu seiner Homosexualität. Er hat einen abgründigen Sinn für Humor, doch er ist überaus intelligent und behandelt alle, die auf seinem Tisch landen, mit höchstem Respekt und Feingefühl.

Laura Archer

Laura ist als Polizeipsychologin für die Dienststelle in Saltern-le-Fen zuständig und hat sich auf posttraumatische Belastungsstörungen und Bewältigungsmechanismen spezialisiert.

Orla »Orac« Cracken

Orac arbeitet in den Kellerräumen der alten Polizeidienststelle. Sie leitet die IT-Abteilung und ist Expertin im Programmieren. Ihre weißblonden Haare und die seltsamen Augen verleihen ihr eine außergewöhnliche Aura. Sie ist ein Mysterium, und niemand weiß Genaueres über sie.

Ganz zu schweigen von dem Grund, warum es ein solches Genie in eine ländliche Polizeidienststelle verschlagen hat.